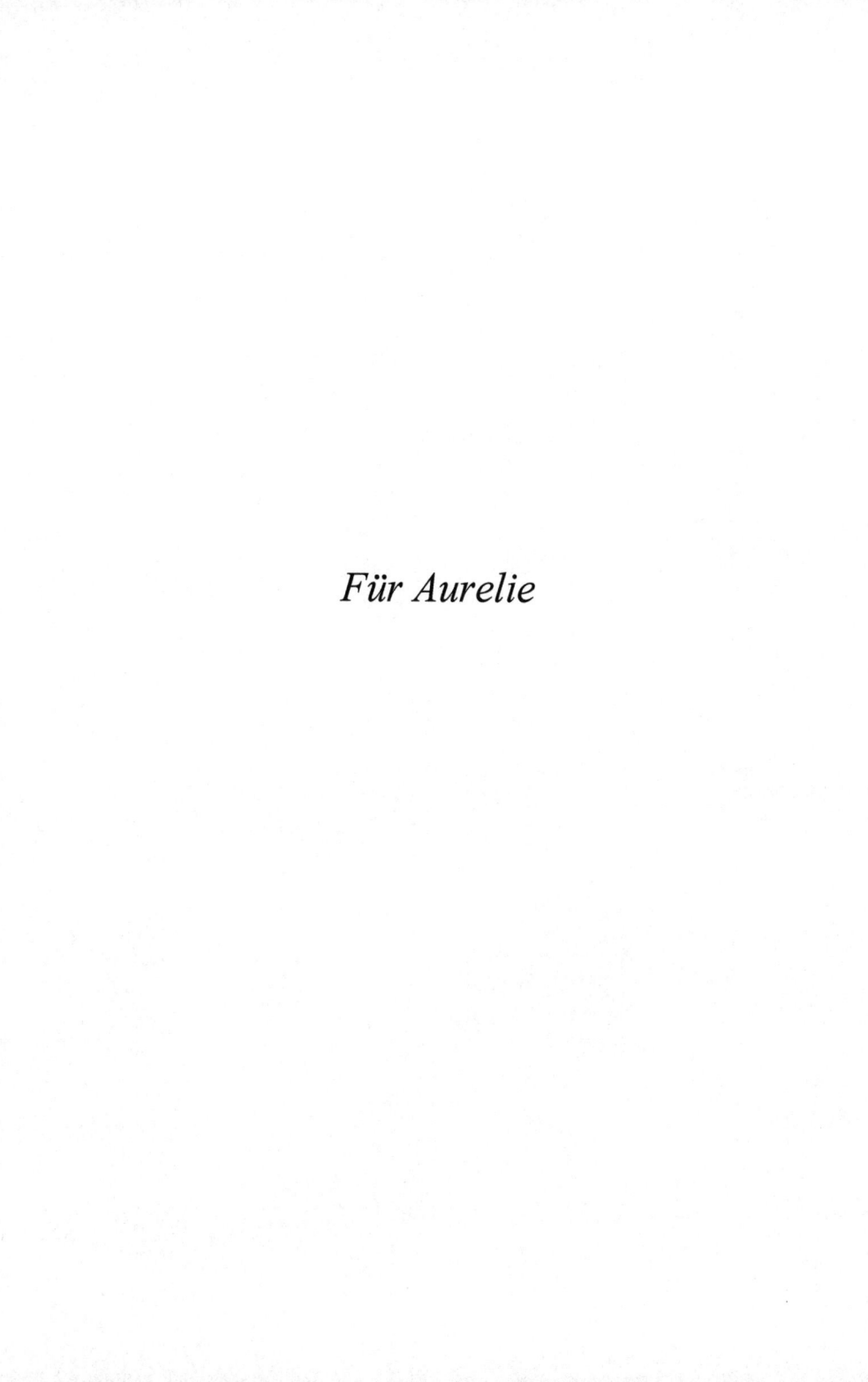

Für Aurelie

Stefan Frey

Die Befreiung

Eine Liebe auf Madagaskar

Von der Kolonie zur Befreiung und zurück.

Roman

2. Auflage

Herstellung und Verlag:
tredition GmbH, Hamburg

ISBN:
978-3-7439-5530-1 (Paperback)
978-3-7439-5531-8 (Hardcover)
978-3-7439-5532-5 (e-Book)

Foto Titelseite: Stefan Frey (Eulemur coronatus)

Foto Rückseite: Ellen Mathys

Prolog

Im gleißenden Licht eines von Zikadengezirp erfüllten Nachmittags erblickt sie die junge Frau am Eingangstor zum Anwesen. Die Junge zögert und prüft die Lage vor dem Schritt auf unbekanntes Gebiet. Endlich öffnet die Fremde die kleine Pforte neben dem großen, verschlossenen Tor und nähert sich auf der langen, von Kokospalmen gesäumten Zufahrt dem von blau-weiß-roten Bougainvilleen umrankten, eingeschossigen, an die Kolonialzeit erinnernden Haus, dessen tiefe, beschattete Veranda Kühle verspricht.

Die, von einer gleichaltrigen Älteren begleitete, im Schatten Stehende kennt diesen Entschlossenheit behauptenden, vor der Kennerin aber nicht zu verbergenden zögernden Gang; selbst die Müdigkeit der Fremden bleibt ihr nicht verborgen. Getrieben von der Angst, gezogen von der Hoffnung. Sie erkennt das auf dem Kopf getragene leichte, schnell gepackte Bündel. Und es würde sie nicht wundern, wäre auf den Rücken der sich nunmehr eilenden, beinahe fliehenden Schrittes nähernden Frau ein Säugling gebunden. Das im Licht der untergehenden Sonne kupferne Gesicht, die nach der Sitte des Waldvolkes zu Knoten zusammen gebundenen Haarzöpfe, der sich im dünnen Tuch abzeichnende, schlanke, perfekt proportionierte Körper. Als blickte sie in einen Spiegel, aus dem sie, die Alte, auf sich selber zukäme. Heraus steigend aus einer Zeit vor ungezählten Jahren, als sie, die junge Frau, ein Mädchen noch, ein Bündel auf dem Kopf und einen Säugling auf dem Rücken auf ein Haus zuging, Zuflucht suchend.

Seit Jahren hat sie diesen Besuch erwartet.

1945/1947

Noch bevor der Zug um die Kurve stampfte und sichtbar wurde, war er von weitem schon zu hören. Aber es war nicht der Dieselmotor der Lokomotive, der von der aufgeregten Menge auf einer zum Verladebahnhof für Edelhölzer ausgeweiteten Lichtung wahrgenommen wurde. Es waren die fröhlichen Jauchzer, das ausgelassene Gejohle, die aus dem bergwärts noch dicht geschlossenen Regenwald, von wo die Rauchfahne des Zuges wie aus einem Tunnel jeden Moment auftauchen musste, ein vielschichtiges tönendes Grün machten. Die zum Fest aufgebotene Blasmusik stimmte kakophonisch in den vielstimmigen Freudentaumel ein, als gelte es, den ankommenden jungen Männern einen aus vertrauten Tönen gewobenen Teppich entgegen zu rollen. Der blau-weiß-rot beflaggte Zug kam endlich in Sicht, das Gejohle wurde zum Gesang und mutierte im Einklang mit dem zur Melodie gewordenen Scheppern der Blasmusik zur Marseillaise, der Nationalhymne der Colons, die die Große Insel seit nunmehr fünfzig Jahren als einträgliche Kolonie betrieben.

Das Dorf, das dem Bahnhof seinen Namen gab, war von den weißen Herren zur Unter-Präfektur geadelt worden war. Das war bevor der Krieg kam, der ein Krieg der Weißen sein würde. Bevor sich die Bösen aus Vichy die Insel in ihre Pläne einverleibten, um dann von den guten Alliierten befreit zu werden. Bevor die Insulaner in den Uniformen der soldats nègres als Kanonenfutter an ferne Fronten geschickt wurden, um als tote, verwundete, in jedem Fall an Körper und Seele versehrte Befreier des Mutterlandes zurück zu kommen.

Aus den Waggons entstiegen im Dorf bekannte Gesichter, die als junge Männer verabschiedet worden waren und die man nun zwar singend und fröhlich, aber als früh gealterte Wesen zurück erhielt.

Die Helden waren ausgestiegen, das wenige Gepäck ausgeladen. Der Zug fuhr an, um an den nächsten Stationen die noch in den Waggons Verbliebenen in deren Freiheiten zu entlassen. Wo sie in anderen Walddörfern gleichfalls von Blasmusik und erwartungsfrohen Kindern, Ehefrauen, Schwestern, Brüdern, Müttern und Vätern empfangen werden würden. Bis sich der Zug im Endbahnhof am Ozean endgültig entleert haben würde.

Vor dem Bahnhofgebäude war eine gedeckte Tribüne errichtet worden. Girlanden kippelten am Bahnhofsgebäude, wanden sich um die Tribüne, baumelten an jedem Haus und ganz besonders an der Mairie, am Bürgermeisteramt, wo zudem eine mächtige Trikolore im Wind stand. Als hätte die Marine ihre Offiziere entsandt, setzten sich Weiße in blendend weißen Uniformen der Kolonialverwalter im Schatten der Tribüne, den ebenfalls weißen Tropenhelm im Schoss, auf die gepolsterten Stühle der Ehrengäste. Ein paar Damen der besseren Kolonialgesellschaft fanden sich ein. Im Hintergrund die einheimischen Beamten aus den Büros der Sous-Préfecture. Die aus dem Krieg Heimgekehrten bildeten ein letztes Mal ein akkurates Geviert vor der Tribüne, wo nun der höchste anwesende Verwalter, erkennbar an einer von der rechten Schulter zur linken Hüfte drapierten blau-weiß-roten Schärpe, an das blau-weiß-rot dekorierte Rednerpult herantrat, um das Wort zu ergreifen. Doch vorher erschallte - nun offiziell - die Marseillaise, zu der nicht nur die Gäste auf der Tribüne und das Soldaten-Geviert sondern auch das im mehrreihigen Rund um den Platz angeordnete gemeine Volk stramm zu stehen und zu singen hatte.

Die Rede war von La Patrie, dem Mutterland der Kolonien, seine Geschichte, seine Größe, sein Heroismus in diesem größten aller Kriege, und gebührend erwähnte der Redner den General. Die Toten waren zu ehren und immer wieder La Patrie. Am Schluss gab es Orden, einen Händedruck, einen militärischen Gruß und das Versprechen, die Helden aus dem Regenwald der Insel, die sich für die Befreiung des fernen Mutterlandes eingesetzt hätten, jamais - niemals! - zu vergessen. Und noch ein letztes Mal an diesem Tag: die Marseillaise.

Die geladenen Gäste wechselten zu Champagner und festlichem Mahl in das Buffet de la Gare, derweil sich das Volk und seine Helden unter ambulanten, mit Bananenblättern überdachten Garküchen zu Reis, Ragout und Hochprozentigem aus eigenem Brand verzog. Der Tag der Befreiung in einem Dorf im Regenwald, wo es nur zwei Jahreszeiten gibt: die Saison de pluie und die Saison pluviale. Die kupfernen Orden hatten noch vor Einbruch der Dunkelheit, gleich nach dem zweiten Regen dieses Juni-Tages nach dem Krieg, grüne Patina angesetzt.

*

Am Boulevard St. Germain herrschte auch noch Wochen nach dem endgültigen Sieg eine nicht enden wollende Feststimmung. Im Flore sog Sartre an seiner Pfeife, de Beauvoir nippte am Tee; sie debattierten mit ihren Kollegen von der Sorbonne über das soeben überlebte Undenkbare der europäischen Katastrophe; während sich im Deux Magots Camus von der geheimnisvoll schönen Greco bezaubern ließ, die ihrerseits dem durchaus anziehenden Vian ein Auge zuwarf. Der Champagner floss überall in Strömen. Auf den Champs-Elysees paradierten die Sieger. Jetzt nicht mehr in geordneten deutschen Kolonnen, dafür in gut gelaunten Gruppen amerikanischer Soldaten, die sich – nachdem die Orden und die Nylons in Francs verwandelt waren - gerne mit hübschen Frauen dekorierten. Und in der Rue St. Denis gingen die Geschäfte mit der Lust so gut wie seit der Besetzung nicht mehr. Unweit davon begannen sich – für den Moment des Triumphes nur - Les Halles mit allem zu füllen, wovon man vier Jahre lang nur träumen konnte. Das große Fressen sollte indessen nicht von langer Dauer sein.

***

Wie Heuschrecken fallen Sie im Morgengrauen über das schlafende Dorf her, von allen Seiten dringen sei ein und umstellen im Handumdrehen die Siedlung um den Bahnhof, der seit den Anschlägen unbenutzt auf Züge wartete. Sie, das sind die „les Sénégalais", in den Uniformen der Fremdenlegion. Pechschwarz, Hünen und bis an die Zähne bewaffnet, die Bajonette aufgepflanzt. Die schwarzen Schlächter, Kolonisierte wie die kleinen, hellhäutigen Insulaner, treiben die Menschen vor sich her, nachdem sie die Türen zu den einfachen Behausungen mit Fußtritten eingedrückt haben. Die verängstigten Kinder, Frauen, Alten und die wenigen Halbwüchsigen werden unter wildem Geschrei zum Bahnhofsvorplatz getrieben.

Dort wartet, hoch aufgerichtet auf einem Jeep ein weißer Colonel, umrahmt von zwei seiner Adjutanten und dem Fahrer. Die Miene des

Colonels der Kolonialarmee verfinstert sich, je mehr Leute auf dem Platz erscheinen. Kaum ein erwachsener Mann - von einem durch Kinderlähmung zum Krüppel gemachten, der sich auf die Arme abstützend dem Platz entgegen rutscht, und einem Zurückgebliebenen, einem Idioten, abgesehen.

Der Colonel verliert nicht viele Worte. - Wo sind sie? -, schreit er die Verängstigten an. Keine Antwort. Aber auch wenn sie geantwortet hätten, wären die Informationen sinnlos gewesen, denn die geflüchteten, aufständischen Ehemänner, Väter, Großväter halten sich in Höhlen auf, die nur ganz wenige Ausgewählte kennen. Es sind die seit Generationen als Friedhöfe genutzten Höhlen der Ahnen und nur jenen bekannt, die als Schamanen oder Panjaka, als Häuptlinge, eingeweiht worden sind. Aber in diesen Zeiten des Aufstandes gegen die Kolonialmacht, führen die Schamanen selbst die nicht eingeweihten Rebellen an diesen heiligen Ort. Es geht um den Fortbestand des Volkes. Ein Fortbestand in Würde statt als Sklaven der verhassten Kolonisten. Deshalb die Angriffe auf die Garnison, die Verwaltungsgebäude, die Sabotage in den Plantagen der Weißen und gelegentlich ein tödliches Attentat auf einen Polizisten.

Der Colonel erteilt kurze Befehle an die Adjutanten, diese lassen die Gruppenführer der Schwarzen antreten, gaben die Befehle weiter. Sie zählen die Dorfbewohner ab. Jeder zehnte - Kind, Frau oder Alter - wird herausgenommen, gefesselt und in einer Reihe aufgestellt.

Abmarsch. Der Jeep setzt sich in Bewegung, nimmt die Piste zur nächsten befestigten Straße unter die Räder, gefolgt von einer an einem Seil geführten Menschenschlange. Dreißig Menschen, gefesselt und aufgereiht als lebende Perlenschnur.

*

Sie waren bei Tagesanbruch abmarschiert und trafen in der Dämmerung bei der Garnison, die zugleich ein Flugplatz der Kolonialarmee war, ein. Die Gefangenen wurden in eine Art Hangar geführt, wo man ihnen in Kübeln Wasser und einen Reisbrei hinstellte. Die Nacht mussten sie hier verbringen. Vor dem Tor standen die hünenhaften Afrikaner Wache. Die bereit stehenden Flugzeuge sahen sie nicht.

Am nächsten Morgen trieb man die durchgefroren und verzweifelten Verschleppten vor den Hangar. Sie mussten sich in einer Reihe aufstellen. Der Colonel erschien. Er gab Befehle. Wieder wurde abgezählt. Jeder fünfte wurde herausgepickt, ein halbes Dutzend Menschen. Drei Frauen, zwei Kinder, ein alter Mann. Man führte sie zu einem Flugzeug, das die Gefangenen schon kannten. Es war schon oft über das Dorf geflogen, aus dem Laderaum war geschossen worden. Die Senegalsen trieben die sechs nun in Todesangst weinenden, flehenden Gefangenen in den Laderaum des Flugzeuges. Ein halbes Dutzend Bewaffnete stieg an Bord und hielt sie in Schach.

Das Flugzeug startet, gewinnt an Höhe und folgt dem Fluss, den die gefesselten Passagiere kennen. Über einem Dorf wird gekreist. Es ist das Dorf der Gefesselten. Ein Schwarzer reißt die Türe auf, aus der sonst Fallschirmspringer in die Tiefe stürzen. Er wirft Flugblätter aus dem Flugzeug. Darauf steht, solange sich die Terroristen nicht ergäben, werde an jedem folgenden Tag ein neues Paket abgeworfen. Sie packen einen Gefangenen nach dem andern und werfen sie den Flugblättern hinterher. Die Schreie der Frauen, der Kinder und des Alten sind nicht lange zu hören, denn das Flugzeug kreist nicht sehr hoch über dem Dorf.

1

Das Licht fiel in Strahlen durch das Blätterdach, das während des kurzen Frühlings an Dichte noch zugenommen hatte. In kristallenen Perlenschnüren und gläsernen Kordeln ergoss sich ein dünner Wasserfall über den bemoosten Felsenrücken in einen untiefen, kieseligen See und bildete so vor dem überhängenden grünlichen Gestein einen rauschenden Vorhang, der zusammen mit Palisander-Säulen und Brettwurzeln der Baumriesen das Bild eines grün-grün-grünen Doms schuf, unter dessen Kuppel, auf der smaragdenen Wasserfläche, sich Elfen und Kobolde zum Tanze treffen müssten. Die roten Weber-Vögel des Waldes schwirrten um den See, nippten im Wasser, nahmen Pflanzenfasern auf, die Nester des Vorjahres neu polsternd oder gar um neue zu bauen. Ein Eisvogel-Paar fischte um die Wette und schlug seine winzigen, silbernen Beutefischchen auf überhängenden Ästen wippend tot. In den Baumkronen, scheinbar ganz nahe der über der Domkuppel gleißenden Sonne, turnte eine Gruppe Lemuren herum, sich an den zarten Trieben der Waldriesen verköstigend und von einem Ast tollkühn zum anderen springend, der über Nacht gesprossenen Nahrung folgend. Im Waldsee schwammen fingerlange Fischchen, Süßwassergarnelen waren zu erhaschen. Leuchtendrote Frösche hockten auf dem dicht säumenden Blattwerk, auf Insekten lauernd. Die Luft war erfüllt vom sanften Moderduft des Regenwaldes und erfrischt zugleich durch den Wasserfall. Das im Hintergrund rauschende Wasser war der Chor zu einem aus Vogelstimmen, Lemurenschreien und dem Geknarre der Urwaldriesen besetzten Konzert. Eine Ode an die Freude, in einer Kathedrale des Waldes. Ein heiliger Moment an einem heiligen Ort.

Aber von Heiligkeit wussten wir nichts. Etienne, mein gleichaltriger Spielkamerad und ich preschten wie jeden Morgen ebenso unbekümmert wie lärmend und neckend durch den dicht von Beeren behangenen Strauchpfad - der auf dem Rückweg von seiner süßen Last befreit werden würde - heran und stürzten uns laut platschend und quietschend ins erfrischende Wasser. Hier war unser Paradies, nur wussten wir es damals nicht. Wir wussten nicht einmal was ein Paradies war. Wir waren ein Mädchen und ein Junge aus dem Dorf am Bahnhof, die sich der Sorgen und

Kleider ledig in den seichten See warfen und unter der natürlichen Dusche des Wasserfalles die unschuldige Morgentoilette sechsjähriger Waldkinder verrichteten. Die Symphonie des Waldes war beendet, Kinderlärm löste sie ab, nur eine andere Form der Musik. Nach ausgiebigem Geplansche, der Jagd nach Garnelen und nach ein paar Neckereien mit Chamäleons, traten wir den von Beeren gesäumten Heimweg an. Für die Mangos war es noch zu früh im Jahr.

*

Wie immer begleitete ich Etienne nachhause, wo uns seine Mutter bereits erwartet. Sie lebte mit ihrem Sohn, ihrem einzigen Kind, alleine zusammen. Im Dorf erzählte man sich Dinge über Etiennes Mutter, die nach ungutem, in der Vergangenheit begründeten Geheimnissen klangen. Gerüchte, von denen ich damals noch nichts verstand. Er wurde von seiner Mutter stets liebkosend in Empfang genommen. Einmal küsste sie ihn, ein anderes Mal streichelte sie seine ungewöhnlich geraden Haare oder sie tappte ihm liebevoll auf die Wangen seines hellen Gesichtes. Und sie vergaß nie, auch mir mit der einen oder anderen Geste, einer hauchzarten Berührung, etwas von ihrer Liebe abzugeben. Mehr als einmal wollte ich bei ihnen bleiben, nicht zu uns nachhause gehen, nicht mit gesenktem Kopf und schuldbewusst durchs Dorf zum großen Haus des Lehrers schleichen. Zumindest nicht an Wochentagen, wenn Papa schon im Schulhaus war. An Sonntagen freilich war es anders, da flog ich schier nachhause, denn da erwartete mich Papa, damit ich mit ihm voller Stolz zur Kirche marschierte, als seine - kleine Prinzessin -, wie er mich bei diesen Gelegenheiten und vor allen Leuten nannte.

Doch Sonntag war nur einmal in der Woche, an gewöhnlichen Tagen, endete das Kindsein mit der Rückkehr aus dem Wald.

Sie wartete bereits an der Tür, meinen kleinen Bruder an der Brust, und warf mir, dem dunkelhäutigen, krausen Balg, düstere Blicke entgegen.

- Kommst du endlich -, war die schroffe Begrüßung, die eher Vorwurf denn Frage war. - Ich muss wohl wieder alles selber machen. -

- Nein, Maman, verzeihen Sie, ich geh gleich an die Arbeit. - Und ich beeilte mich, den Haushalt zu besorgen. Räumte die Zimmer auf, machte die Betten, wischte die Böden, um am Ende mit dem Reisigbesen, dessen Stiel mich um einen Kopf überragte, den Platz rund um das Haus zu kehren. Dann kam die angebaute Küche dran. Das Geschirr, das in blechernen Becken zu spülen war, doch dazu brauchte es Wasser. Das hieß, zum Fluss hinunter zu gehen, den Kessel auf dem Kopf balancierend. Leer und bergab, da ging es noch, zurück und hinauf ins Dorf, das war ein Kraftakt für ein junges, sechsjähriges Ding. Und ein einziger Gang reichte nie, man brauchte immer mehrere Kessel. Man hätte natürlich auch das Geschirr an den Fluss hinunter tragen können - was erwachsene Frauen auch taten - aber da wäre bei meiner Körpergröße und den noch kurzen Armen die Gefahr von Verlust zu groß gewesen oder dann hätte ich mehrmals mit einem Teil des Geschirrs hinunterlaufen müssen, also schleppte ich das Wasser hoch.

Nach der Küche die Wäsche, die an untiefen, felsigen Stellen flussaufwärts zu waschen war. Einseifen, schrubben, mit einem Schlegel klopfen, auswringen, ausspülen, nochmals einseifen, nochmals schlagen, nochmals spülen, nochmals auswringen und die schwere Last in einem Korb auf dem Kopf nachhause tragen.

Nach der Wäsche war das Mittagessen zuzubereiten. Den Reis schälen, das hieß, ihn mörsern. Den mädchenlangen, zum Stossen viel zu schweren Hartholzstößel rhythmisch in den aus steinhartem Holz gefertigten Mörser fallen lassen, denn nur im richtigen Rhythmus, der das Gewicht des Stößels reduzierte, war die Anstrengung zu ertragen. Und dann den Reis nach Unreinem absuchen, nach Steinchen, Holz- und Schalenresten, ihn in der palmblattgeflochtenen Schale schütteln und in die Luft werfen, dem Wind die Spreu übergeben. Ich beklagte mich nicht, denn das Reisschälen geschah, wenn Maman nicht zuhause war, weil sie dann zum Markt ging, um Fleisch einzukaufen, Fisch, ein Huhn, wonach ihr die Lust stand und womit sie den Frauen im Dorf zu verstehen gab, dass sie die Frau des Lehrers war, die sich im Gegensatz zu den ärmlichen Bauersfrauen oder Kaffeepflückerinnen leisten könne, wonach ihr gerade der Sinn stehe.

Vom Markt zurück, war sie stets - total erschöpft, ganz ausgepumpt -, sagte sie jedes Mal. Sie übergab mir dann den Einkauf, damit ich das Huhn von einem Nachbarjungen, der noch nicht oder nicht mehr zur Schule ging oder sonst einem männlichen Wesen - denn Frauen, zu denen bei der Hausarbeit auch die Mädchen gezählt wurden, durften keine Tiere töten - zwecks Kehledurchschneidens weiter reichen konnte. Die toten Hühner rupfen musste ich freilich schon oder Enten, Gänse, Perlhühner; Fische ausnehmen auch.

Auf dem Feuer blubberte bereits der Reis in einer Kasserolle, um am Ende zur gewünschten, der Tradition geschuldeten Pampe zu werden. Dann füllte ich einen zweiten Kochtopf mit Wasser, in das nebst dem Fleisch das Gemüse kam, dann die Brède, eine Art Brunnenkresse oder sonst ein Grünzeug, je nachdem, was Maman heimgebracht hatte; denn einen Garten hatten wir nicht. Da hätte sich Maman schmutzig gemacht und - das ewige Bücken und Jäten, ganz zu schweigen vom Ungeziefer, das so ein Garten anzieht! rechtfertigte sie oft ihre Abneigung gegenüber der Gartenarbeit. Nein, Maman war darauf bedacht, einen sauberen Haushalt zu führen. Man war schließlich im Haus des Lehrers und nicht bei den ärmlichen Reisbauern und Kaffeepflückern des Dorfes. Den Haushalt hatte ich zu besorgen. Ich, die Tochter einer Frau, die mich nicht liebte, weil aus ihrem Bauch kein hellbraunes Ding, wie es ihrer noblen Herkunft entsprochen hätte, gekommen war, sondern ein fast schwarzhäutiges, kraushaariges Etwas.

*

Sechs Wochentage waren Arbeitstage, die mein Leben in die Pflichten einer Hausfrau einteilten. Als der kleine Bruder kam, wurde ich auch gleich dessen Kinderfrau. Kaum hatte ihn Maman mit ihrer Milch versorgt, reichte sie ihn mir, als sei er ein fremdes Kind in ihren Armen, das so wenig mit ihr gemeinsam habe, wie ihre erstgeborene, ebenfalls dunkelhäutige Tochter.

So verbrachten wir - er auf meinem Rücken, ich an die Arbeiten im Haus gebunden – Kindertage. Kinderwochen, Kindermonate. Es war eine verlorene Kindheit, an die ich jedoch kaum Erinnerungen von besonderer Traurigkeit habe, man kannte nichts anderes. Vielleicht lag es ja auch an den frühmorgendlichen Spielereien mit Etienne, während denen ich Vorräte an Wärme und Lachen für einen ganzen Tag anlegte.

Als wir eines Morgens zurück ins Dorf liefen, erzählte er mir von der Schule. Dass er im nächsten Jahr in die erste Klasse käme. Er war mächtig stolz darauf. Ich wusste nicht, was sagen. Behauptete aber mutig, dass wir dann ja wohl zusammen in die Schule kämen. Und einen Tag lang hoffte ich, dass Papa mich nicht enttäuschen würde, wenn ich ihn abends dazu befragte; und er tat es nicht. Im Gegenteil, auf meine Frage hin fasste er mich in der Taille und hob mich zu Mamans deutlichem Missfallen in die Höhe und wirbelte mit mir im Salon herum und eröffnete mir singend, dass ich seine Schülerin werden würde. Es war der schönste Moment in meinem sechsjährigen Leben.

Schon am nächsten Morgen begann ich mich nach dem Schuleintritt zu sehnen, der mir nicht nur die Befreiung aus dem Haushalt, sondern auch die Nähe zu Papa und – ohne es zu wissen, aber doch zu spüren – jene zu Etienne bringen würde. Aber was sollte aus meinem Bruder werden? Würde er bald schutzlos den Anfeindungen, der Herablassung seiner Mutter ausgeliefert sein.

Ein Kind lebt im Moment; was in Monaten sein wird, ist unvorstellbar weit weg. Ich konnte es mir nicht vorstellen, also konnte ich mir auch keine Sorgen machen. Es galt, den Alltag irgendwie zu bewältigen. Dazu trieb mich Maman vor sich her. Sechs Tage in der Woche.

Die Sonntage waren meine schönsten Tage. Dann kümmerte sich Papa um mich. Um mich ganz allein. Wenn ich vom Wasserfall zurückkam, wartete er bereits mit seiner Tasse dampfenden Kaffees im Salon und goss mir dann in einer ausladenden Schale heiße, wunderlich duftende Milch ein. Es gab Brot; die Baguette, die er beim Bäcker für sich und für mich geholt hatte. Dann nahm er sich meiner Haare an. Die krausen Haare, die Maman so hasste und niemals berührte, es sei denn, sie schlug mich auf den Kopf. Ich hatte nicht eigentlich das negroide Kraushaar, es war eher strubbelig und ließ sich mit etwas Geduld bürstend und kämmend in eine wellige Form bringen und sogar zu einem lustig wippenden Rossschwanz binden. Papa schaffte das. Immer am Sonntag, bevor wir uns zu seiner Maman, zu meiner Großmutter auf den Weg machten. Nachdem er mir mein schönstes Kleid angezogen, mich in die Sonntagsschuhe gesteckt und mir einen dicken Kuss gegeben hatte. Jeden Sonntag beobachtete mich Maman mit demselben Verdruss. Doch das spürte ich damals noch nicht, denn dann hätte ich auch ihre Eifersucht spüren müssen.

Maman blieb zurück mit meinem Bruder, denn sie musste ihm die Brust geben, was aber nur eine Ausrede war. Denn sie wollte ganz einfach nicht zur Großmutter mitkommen, zu ihrer Schwiegermutter. Zu der Frau, deren Mann sie diese Ehe zu verdanken hatte. Ihrem verstorbenen Schwiegervater, aber auch ihrem eigenen Vater, was sie geflissentlich verschwieg. Der noble Schwarze und der noble Kupferfarbene, die sich über die Verbindung und die Mitgiften verständigt und die sich einen Deut darum gekümmert hatten, was dereinst aus Mamans Wünschen werden sollte. Sie, Abkömmling aus royalem, hauptstädtischem Milieu, die sich fortan an der Seite eines kleinen, schlimmer noch: fast schwarzen Buschprinzen zu arrangieren haben würde. Maman wäre niemals freiwillig zu ihren Schwiegereltern gegangen. Das letzte Mal hatte sie den Weg unter die Füße genommen, als ihr Schwiegervater gestorben war. Es sollte das einzige Mal gewesen sein.

Der gut stündige Fußmarsch zu Großmutters Dorf war für mich ein einziges Abenteuer. Der Weg führte quer durch den Wald, vorbei an Bächen, entlang eines breiten Flusses, folgte zur Hälfte einem kleinen See und erreichte schließlich das abgeschiedene Tal meiner Großmutter. Es war eine wandernde Unterrichtsstunde. Eigentlich waren es zwei, denn Papa wusste immer etwas Neues zu erzählen, das ich noch nicht kannte und so verbrachten wir doppelt so viel Zeit als für den Weg tatsächlich nötig gewesen wäre. Einmal erklärte er mir alles über Pflanzen. Welche man zu welchen Zwecken verwendete, gegen welche Krankheiten, wann man sie schneiden, oder, wenn es Früchte waren, sie ernten musste, wie sie zu trocknen oder ob sie direkt in einen Sud zu geben waren. Ich staunte, als er mir von Baumrinden erzählte, vom Saft von Bäumen, denen Heilkraft zukäme. Von Giften erzählte er mir nichts. Das fand ich sehr viel später alleine heraus.

Ein andermal gab er mir eine Lektion über Lemuren, die damals noch zahlreich durch die Wälder streiften und in den Baumkronen ihre Späße trieben. Ich erfuhr die Unterschiede der Arten, deren Verhaltensweisen. Und einmal griff Papa in eine Baumhöhle und hielt unvermittelt einen grauen, mausgroßen, riesenohrigen Lemur hervor, der uns in übergroßen Augen völlig verschreckt anstarrte. Ein nachtaktives Tier, das man sonst nur im Schein von Lampen als grell leuchtende, durch die Nacht hüpfende Katzenaugen erspähen konnte, aber nie am Tag zu sehen bekam und das sich tagsüber schlafenderweise in Baumhöhlen oder Astgabeln versteckt hielt. Nächtens das Krabbeln eines Käfers auf Distanz hörend, die Dunkelheit mit großen Augen durchleuchtend, war das Tier am Tag fast blind und hilflos.

Den Bach konnten wir nicht überqueren, ohne nach Garnelen, Krebsen oder Fischen zu grabschen. Gab es Krebse, dauerte die Suche solange, bis wir zwei Dutzend davon - die Zangen von kräftigen Grashalmen zusammen gebunden - in einen im Handumdrehen aus Schlingpflanzen oder

Palmenblättern geflochtenen Korb verstaut hatten, um die Beute Großmutter zu bringen, wo die Flusstiere eine feine Zugabe zum Mittagessen
ergeben würden.

Wenn wir über eine gerodete Lichtung kamen, erzählte mir Papa, wie
er als kleiner Junge die Setzlinge in die von Asche bedeckte Erde stecken
musste, um dem kurz darauf folgenden Regen den Reis anzuvertrauen,
den sein Vater ein paar Monate später erntete und die Familie wieder für
ein paar Monate das Wichtigste zu essen hatte. Manchmal hätten sie auch
Mais gepflanzt, Bananen, auf manchen Flächen auch Maniok. Immer
zuerst ein Stück Wald gerodet, angezündet, gesät oder gesetzt, gewartet
und, wenn alles gut gegangen war, der Regen nicht ausblieb, keine Wild-
schweine den Acker durchwühlten, geerntet. Nach ein paar Jahren wurde
der Ort gewechselt.

Papa lehrte mich die Natur zu lesen, sie zu respektieren, mit ihr zu arbeiten, um sie zum Guten zu nutzen. Und dabei erzählte er mir so vieles
aus seiner Kindheit, die eine so viel glücklichere als die meine gewesen
sein musste. Hinter den Geschichten der Pflanzen, der Tiere und dem
Reis schimmerte sein eigenes Leben durch. Er erzählte mir sein Leben als
Junge. Später hatte ich oft das Gefühl, Papa wollte mich mit seiner Sonntagsschule über die Werktage hinweg trösten, mir zu spüren geben, dass er
sich meines Alltages bewusst sei, es aber nicht ändern könne, mir dafür im
Tausch seine eigene Kindheit anbiete. Die Sonntage waren meine schönsten Tage. Es waren die Tage mit Papa. Unsere Tage. Sie gehörten uns.

In Großmutters Dorf angekommen, standen bereits viele Menschen
im Sonntagsstaat vor der wellblechenen Kirche. Ein weißer, bärtiger
Mann in einer schwarzen Kutte, über der eine Art gesticktes Nachthemd
getragen wurde, umrahmt von einem um den Hals gelegten rot-golden
bestickten Schal, der ihm fast bis zu den Füssen fiel, stand vor dem Gotteshaus und begrüßte seine Gläubigen. Wir nannten ihn Frère Jacques. Ich
habe nie begriffen, wie es Papa trotz den vielen Halten unterwegs immer
gelang, dass wir stets pünktlich bei der Kirche eintrafen und er sogar noch
gelegentliche Mitbringsel bei Großmutter abladen konnte, bevor der Gottesdienst begann.

Unsere Kirche war immer bis zum Bersten voll. Schon nach kurzer Zeit herrschte trotz der sperrangelweit offenen Türen und Fenster eine Backofenhitze. Ich verstand kein Wort von dem, was Frère Jacques vorne auf dem Podest in unserer Sprache zur Gemeinde sagte, aber es musste etwas Ernstes sein. Während der Redepausen hörte man sogar das Summen einer Fliege; das Schnattern der Gänse im Dorf nahm man geradezu als aufdringlichen Lärm war. Die Kirche war in Männer und Frauen aufgeteilt. Sie wischten sich den Schweiß von den Gesichtern, Hemden und Blusen klebten an gebeugten Rücken. Auch Papa rann der Schweiß über die Wangen, aber er blickte lächelnd zu mir herunter, strich mir übers Haar, hielt meine Hand. Dann begannen die Gesänge. Man sang aus voller Kehle, inbrünstig, gläubig gewiss, aber für ein sechsjähriges Mädchen dauerte es sehr, sehr lange. Der weiße Pater, ein Missionar, wie ich später erfuhr, sprach zwischen den Liedern zu den Leuten, erzählte ihnen von Jesus, den Aposteln und von den Todsünden. Alle schauten sehr betrübt. Manchmal bestätigten die Leute die Worte mit deutlichem Nicken und einer Gebetsformel, die ich nicht verstand. Am Schluss zogen die meisten in einer langen Schlange vor Frère Jacques vorbei, der ihnen ein Stück Brot in den Mund steckte, wie mir schien. Sie tippten mit den Fingern auf Stirn, Brust und Bauch und verließen einer nach dem anderen, scheinbar zufrieden lächelnd die Kirche. Papa stand nie an, um Brot zu bekommen. Ich vermutete damals, dass er keinen Hunger hatte, jedenfalls nahm er mich bei der Hand und führte mich aus der Kirche, dem Haus der Großmutter zu.

*

Ihr Anwesen stand etwas abseits und oberhalb des Dorfes, so als sei es der Wachtposten für dessen Bewohner. Zur Strasse hin zeigte das Haus eine bescheidene Fassade, ohne besondere Merkmale, wäre da nicht eine Unzahl Blumentöpfe gewesen, die auf einer exakten Linie dem Haus entlang, der Morgensonne entgegen gestellt waren und um die sich offenkundig jemand liebevoll zu kümmern schien, denn alles prangte in den schönsten Farben und selbst Orchideen aus dem nahen Regenwald fehlten nicht. Der Straße und den Blicken der Nachbarn abgewandten Seite, der Nachmittagssonne und dem Sonnenuntergang zu, spendete eine riesige Veranda kühlenden Schatten und im Bedarfsfall Schutz vor den zahlreichen Regen. Daran schloss sich der ausgedehnte Hof an, der die Sicht auf eine kupierte Landschaft natürlich geplenterter Wälder freigab, von wo zwischen Urwaldriesen und einer vielfältig grünen Decke silbrig glitzernde Wasserfälle wie Ausrufezeichen heraus stachen. Auf dem weiten Grundstück standen ein stattliches Hühnerhaus, Unterstände für Enten und Gänse, ein Schafstall und ein paar riesige Mangobäume, die Bedeutung des Gutes unterstreichend. Es neigte sich sanft einem nahen Bach zu, der gleichsam die natürliche Grenze von Großmutters Reich bildete.

Sie empfing uns stets mit einem breiten Lachen, das sogar aus ihren strahlenden Augen zu funkeln schien, sie küsste mich schmatzend und herzte ihr kleines Enkelkind so, dass diesem beinahe die Luft ausging. Genau so liebevoll ging sie mit Papa um, als hätte sie ihn schon seit Jahren nicht mehr gesehen, dabei war es genau eine Woche her seit dem letzten Mal. Weil sie den sonntäglichen Ablauf kannte, wusste sie um den Hunger ihrer Gäste. Alles stand schon bereit, als wir in ihr großzügiges Anwesen eintraten und unsere Plätze am für viele Esser bestimmten Tisch auf der Veranda einnahmen.

Da standen Schalen und Schüsseln voll gegrillten Fisches, mit den von mir so sehr geliebten Krebsen und Garnelen, natürlich fehlte der Fleischtopf nicht und auch nicht die Gemüse und der dampfende Reis. Es gab Ente an Sauce und gegrilltes Huhn; Paprika und Karotten an einer Vinaigrette. Es fehlte an nichts und so wollte es Großmutter haben. Dass es ihrem Sohn und seiner ältesten Tochter an nichts fehle. Es war ihre Art, Liebe zu zeigen.

Seit Großvater, den ich nur aus Papas Erzählungen kannte, gestorben war, lebte Großmutter alleine im großen Haus. Eigentlich nicht ganz, denn seit einiger Zeit wohnte auch eine verwitwete Schwägerin mit ihr. Diese kinderlos gebliebene Großtante war eine freiwillige Haushälterin geworden, half ihrer Schwägerin, wo sie nur konnte; wenn Gäste wie wir eintrafen, war sie Köchin und Serviererin und kümmerte sich um alles und aß mit uns am Tisch.

Großmutter war eine wunderbare Geschichtenerzählerin. So erfuhr ich zum ersten Mal etwas über die Ahnen. Die Vorfahren, die alle längst schon gestorben waren und – was mich immer schaudernd faszinierte – dass diese Leute immer mit uns – auch mit mir! – seien. Uns beobachteten und, wenn wir gut aufpassten, uns Ratschläge erteilten. Das geschähe nachts, wenn wir schliefen, behauptete Großmutter und sie wollte immer genau wissen, was ich träumte. Manchmal hatte ich noch die eine oder andere Erinnerung an einen Traum, aber ohne Zusammenhang, es war auch nie etwas Besonderes.

- Die bist noch zu jung, mein liebes Kind. Wenn es so weit ist, wirst Du es wissen. -

Und sie fuhr mit Anekdoten aus Papas Kindheit fort oder trug Erlebnisse vor, die für sie persönlich und für die Familie von Bedeutung gewesen waren. Ich erfuhr jeden Sonntag neue Geschichten aus Papas Kindheit, aber ganz anders als sie Papa erzählte. Erst viel später, als Großmutter schon gestorben war, fiel mir auf, dass sie mir jeden Sonntag stets eine der Geschichten vom vorigen Sonntag nochmals erzählte. So, als wollte sie sicher sein, dass ich sie auch tatsächlich in meinem Gedächtnis gespeichert hätte. Oft flocht sie eine Begebenheit ein, die mir im Laufe der Zeit die Ahnen als Teil der Familie, als Teil des Alltags, erscheinen ließen. So, als säßen die Urgroßmutter, der Urgroßvater oder jene fernen, längst verstorbenen Onkel oder Tanten gerade mit am Tisch. Sie erzählte aus frühen Zeiten - après la guerre -, von den Colons, die die Bahn zum Abtransport der Baumstämme betrieben und dass ihre Brüder, Neffen und Cousinen bei den Colons Arbeit und Verdienst gefunden hätten. Wenigstens bis ... Gelegentlich kam es vor, dass sich Großtante Beatrice erhob, für ein paar Momente vom Tisch wegging und wenig später wieder Platz nahm. Ihre Augen waren wässerig geworden und Großmutter berührte zärtlich die Hand ihrer Schwägerin und sagte - excuse moi, ma chère-. Großmutter hatte etwas Falsches gesagt, aber ich wusste nicht, was es war.

Den Heimweg traten Papa und ich nur ungern an. Wir zögerten den Abmarsch solange hinaus, bis uns Großmutter dazu drängte. Sie wollte nicht, dass ihre Enkelin nachts im Wald unterwegs war, selbst, wenn sie vom eigenen Vater begleitet und beschützt würde.

- Nachts im Wald, da hast du nichts verloren -, sagte sie mit einer Bestimmtheit, die mich manchmal irritierte und mich rasch Papas Hand ergreifen ließ, um nachhause, zum ungeliebten Heim zurück zu kehren.

2

Der erste Schultag rückte näher. Schon seit Tagen war ich wie auf Nadeln. Maman hatte sich in den letzten Monaten in ihr Schicksal gefügt. Obwohl sie, die nie eine Schule besucht hatte, mich missgünstig beobachtete und ich ihr die letzten Wochen vor Schulbeginn nichts recht machen konnte, musste sie einsehen, dass weder gegen Papas Willen, noch gegen die von den Colons verordnete obligatorische Schulpflicht etwas auszurichten war. Dafür zog nun tagsüber eine junge Frau in unser Haus. Eine von Papas jüngsten Schulabgängerinnen, für die weder eine Heirat arrangiert war, noch ein junger Mann aus dem Dorf sich zu interessieren schien. Wäre ich dazu fähig gewesen, ich hätte von Herzen Mitleid mit der neuen Sklavin gehabt. Aber ich fühlte nur eines: eine Befreiung.

Glücklich und stolz ließ ich mich in meiner ersten Schuluniform von Papa zur Schule führen. Maman zog es vor, zuhause zu bleiben. Und noch eine ganze Strecke vom Haus entfernt, hörte ich, wie sie das Zugehmädchen mit Befehlen und Schimpfworten traktierte.

Auf dem Schulhof, unweit des Bahnhofs waren schon viele Kinder versammelt. Es waren auch die meisten Eltern gekommen, die den ersten Schultag ihres Kindes nicht versäumen wollten. Fröhliche Spannung herrschte. Jeweils zwei Schulklassen der älteren Kinder reihten sich bereits artig in Achterkolonnen vor der blau-weiß-roten Nationalflagge ein und richteten sich nach vorne und nach der Seite aus, wie man es ihnen befohlen hatte. Ein Ritual, das für mich und gut zwei Dutzend andere Kinder neu war. Wir wurden von einem Abschlussklässler eingewiesen, der uns in harschem Ton herumkommandierte und auf die Lehrer Eindruck machen wollte.

Die sechs Lehrer, darunter Papa, hatten sich unter dem Vordach des mittleren von drei Schulgebäuden mit jeweils zwei Klassenzimmern in ihren weißen Kitteln aufgestellt. Etwas abseits stand ein Weißer in einer weißen Uniform und beobachtete die Szene.

Als alle an ihren Plätzen standen, gab Papa das Zeichen. Ein älterer Schüler hisste die Trikolore. Und dann: Allons enfants de la Patrie, le jour de gloire est arrivé! ... Die Marseillaise wurde mit Ausnahme der Erstklässler von allen, auch von den Eltern, die ein Halbrund um die Schülerschaft bildeten, mit großer Inbrunst gesungen. Dass die wenigsten den Text verstanden oder gar die Worte richtig aussprechen konnten, ging im vielstimmigen Chor des Dorfes unter. Es tönte so, wie es zu tönen hatte. Für mich und meine Klassenkameraden war es das erste Lied, das wir bald lernen würden. Aber dass Papa unser Lehrer war, zählte für mich am meisten. Er war, nebst dem weißen Schulinspektor, der einzige im Dorf, der wusste, dass unsere Marseillaise, die Marseillaise des Citoyens des Couleurs und nicht jene der Mère Patrie war.

Unser Schulzimmer befand sich im linken der drei Gebäude. Die Schulbänke waren noch ganz neu und man roch den frisch aufgetragenen Lack. Mädchen und Jungen wurden in zwei Hälften aufgeteilt. Links die Mädchen, rechts die Jungen. Auf einem Podest vor der Klasse stand Papas Tisch, an der Wand hing eine pechschwarze Wandtafel mit einem Behälter für Schwamm und Kreiden. Neben der Wandtafel eine Landkarte, der Mère Patrie, in deren vier Ecken die Terres d'outre-mer dargestellt waren. Unten rechts die Große Insel.

Ich durfte mich in die Bank ganz vorne setzen, gleich gegenüber Papas Pult. Und Etienne saß in der Bank daneben. Wir hätten uns über die Gasse zwischen den Bankreihen die Hände reichen können. Aber am ersten Schultag hatten wir für solche Dinge keinen Sinn. Es war alles neu und furchtbar aufregend.

Papa verteilte uns die Schulbücher, die wir gierig entgegen nahmen und in denen wir wunderliche Dinge entdeckten, von denen wir noch nie zuvor gehört hatten. Der Eiffelturm nahm einen wichtigen Platz ein. Napoléon, der Mann hoch zu Ross, feldherrisch blickend, die eine Hand in der Uniformjacke steckend. Und dann natürlich die wichtigen Monumente aus der Hauptstadt – die Champs-Elysees, das Panthéon, der Louvre. Ein anderes Buch war voller Buchstaben, ein drittes voller Zahlen. Dann ließ Papa mich und Etienne die Arbeitshefte austeilen, in die wir ab jetzt das Gelernte hinein zu schreiben hätten. Wir waren mächtig stolz, schon am ersten Tag, dem Lehrer eine Hilfe sein zu dürfen. Und für Momente dachte ich nicht einmal mehr daran, dass Papa mein Lehrer oder der Lehrer mein Papa war.

*

Nach ein paar Tagen hatte sich die Nervosität bei Schülern, Lehrern und Eltern gelegt. Wir Erstklässler waren zu normalen Schülern geworden, die sich mit Freude, ja mit Begeisterung auf die Bücher, die Hausaufgaben, auf alles, was mit Schule zu tun hatte, stürzten. Wir hingen Papa an den Lippen und verfolgten seine Finger Strich für Strich, wenn er etwas an die Wandtafel schrieb. Seine Schrift war wundervoll geschwungen und für uns das Vorbild, dessen getreues Abbild wir nie erreichen sollten.

Mein Schulweg, unser Schulweg, denn Papa und ich gingen meistens zusammen von zuhause fort, während er nach dem Unterricht oft noch irgendwelche Besprechungen mit der Lehrerschaft oder mit dem weißen Inspektor hatte, unser Schulweg führte am Hause Etiennes und dessen Mutter vorbei. Es war selbstverständlich, dass wir ab da zu dritt zur Schule marschierten, nachdem Papa und Etiennes Mutter ein paar freundliche Worte gewechselt hatten, die so ganz anders waren, als die schroffen, kommandoartigen Wortwechsel zwischen Maman und Papa.

Der Unterricht dauerte montags bis freitags normalerweise von acht Uhr früh bis dreizehn Uhr. Nachmittags und an den Wochenenden hatten wir, von Hausaufgaben abgesehen, frei. Das Dorf am Bahnhof war eine Unterpräfektur und somit ein Schulzentrum für eine weitläufige Region. Viele Kinder marschierten jeden Tag eine Stunde und mehr, um zur Schule zu kommen. Zwei bis drei Stunden Fußmarsch jeden Tag. Soviel, wie Papa und ich an Sonntagen für die Besuche bei Großmutter zurücklegten. Die auswärtigen Kinder wurden am Ende des Unterrichtes verköstigt, keines sollte hungrig nachhause zurückkehren müssen. Es war ein Ansporn für die meist armen Eltern – Reisbauern, Kaffeepflücker, Waldarbeiter, Sammler - die Kinder zur Schule zu schicken. Jene, die zur Schule gingen, hatten wenigstens eine richtige Mahlzeit pro Tag.

Wir anderen kehrten in unsere Elternhäuser zurück und aßen dort. Manchmal nahm mich Etienne mit zu sich nachhause. Dann schlugen wir uns die Bäuche voll und trieben unsere Späße am Tisch, was Maman Etienne uns nachsah, denn sie verwöhnte ihren einzigen Sohn scheinbar noch mehr als Papa seine Erstgeborene.

Etiennes Mutter war eine liebevolle Frau. Klein und schlank, mit einem fröhlichen, hochwangigen Gesicht, aus dem kluge, warme Augen strahlten. Sie war so dunkelhäutig wie Papa und ich und trug die Haare nach dem Brauch der Frauen unseres Volkes. Zwei aus Zöpfen geflochtene Knoten standen links und rechts schräg hinter den Ohren vom Kopf ab, ein geflochtener Hut, ein Helm fast, vollendete den Kopfschmuck. Ihr Lachen war immer offen und ließ zwei perfekte Zahnreihen aufblitzen – eine große Seltenheit in einer Region, in der Zahnfäulnis damals schon epidemisch war.

Schon während des ersten Schuljahres begann ich mehr und mehr Zeit bei Etienne zu verbringen. Zum Missfallen von Maman, die zwar dank der Haushalthilfe nicht mehr zu tun hatte, als zuvor dank meiner Sklavenarbeit, aber sie sah es nicht gern, wenn ich bei dieser Frau meine Zeit verbrachte. In der Art, in der sie es sagte, drückte sie ihre Geringschätzung, ja geradezu einen Abscheu gegenüber Etiennes Maman aus. Aber weil Papa, der im gemeinsamen Lernen seiner beiden Schüler einen Vorteil sah, es so wollte, konnte sie nichts dagegen unternehmen. Als Analphabetin hätte sie auch keinen Grund gehabt, mich nach der Schule allein zu Hause festzuhalten. Ich bekam es dafür zu spüren, wenn ich nach Hause kam, denn sie sprach nach den Stunden bei Etienne kein Wort mit mir.

Ich ging bei Etienne ein und aus, wir machten die Hausaufgaben zusammen, spielten oder gingen zum Wasserfall, für den wir seit dem Schulbeginn nun frühmorgens keine Zeit mehr hatten. Das Dreizimmerhaus war ordentlich eingerichtet. Ein Salon, das Schlafzimmer der Mutter und das Zimmer Etiennes. In der an den Salon angebauten Küche hing eine stattliche Anzahl Pfannen, Schalen und allerlei Kessel und Körbe. Die Sessel im Salon waren gepolstert und nicht einfach leere Holzgeripppe, wie man sie meistens antraf. Der Tisch war stets mit einem gestickten, frischen Tuch bedeckt. Auf einer Kommode standen zwei mächtige Kerzenständer, die so taten als wären sie aus Silber. Sie bewachten ein von versilberten Schnörkeln eingerahmtes Foto, auf dem ein Weißer in Uniform zu sehen war. Der Mann war mir zwar fremd und trotzdem erinnerte er mich irgendwie an Etienne; wie ich bald danach erfuhr, sollte mich mein Gefühl nicht getäuscht haben. Im Haus gab es keine Reichtümer oder besondere Dinge, wie sie etwa bei uns anzutreffen waren. Papa hatte bei uns zuhause zum Beispiel einen Apparat, auf dem er scheinbar ziemlich zerbrechliche Platten auflegte, jedenfalls entnahm er die runden, schwarzen Scheiben immer vorsichtig mit den Fingerspitzen haltend, einer papierenen Hülle und legte sie auf einen Teller, den er irgendwie drehen ließ, um dann eine haarfeine Nadel auf die drehende Scheibe aufzusetzen. Dabei ging er mit dem Gesicht ganz nahe an die Drehscheibe heran, um genau sehen zu können, wo er die Nadel aufsetzte. Dann, nach einem anfänglichen Rauschen, begann der Apparat zu spielen. Er nannte den Apparat mein Schneider und wenn das Schneider lief und Musik machte, mussten alle im Haus still sein. Dann setzte sich Papa in den Sessel neben dem Musikapparat, schloss die Augen und summte der Melodie entlang, manchmal sang er sogar mit den Leuten, die aus dem Apparat sangen. Das gab es bei Etienne nicht; genau so wenig ein Radio, aus dem sich bei uns zuhause Papa Nachrichten berichten ließ.

Dafür gab es für Etienne Liebe, die in unserem Haus fehlte. Für ihn, das Ein und Alles seiner Maman, die mit ihm allein im Haus lebte, denn niemals war sein Vater im Dorf gesehen worden. Ich hatte zwar meinen Papa, der mich über alles liebte, aber was nützte das schon. Papas Liebe stand gegen Mamans Hass. Wenn sie wenigstens tot gewesen wäre oder mindestens nicht da, wie Etiennes Vater, dann ja, dann hätte ich Papa für mich alleine gehabt, so wie Etienne seine Maman. Aber so? Für ein Kind wiegt das Nichtgeliebtsein schwerer, als gehasst zu werden. Während Hass viele, meist flüchtige Formen kennt, hinterlässt die Abwesenheit von Liebe eine lebenslange Leere. So begann ich nach und nach Etiennes Maman als meine Mutter zu adoptieren. Sie war nun Tantine, und ich nannte sie auch in aller Öffentlichkeit meine Tante, so wie viele Kinder enge Nachbarn Onkel oder Tante nannten. Es war völlig normal, dass ein etwa zur Waise gewordenes Kind fortan im Haus von Verwandten als Geschwister der eigenen Kinder sein Leben fortsetzte. Es kam sogar vor, dass Eltern fortzogen, weil sie durch Erbteilung keine Existenzgrundlage mehr hatten, und dann die Kinder in der Obhut von Verwandten zurück ließen. Meist sah man sich nie mehr im Leben. Auch gab es immer wieder Fälle, in denen ein Elternteil aus irgendwelchen Gründen verschwand; wohin mit den Kindern, wenn nicht in die Obhut von Schwestern oder Brüdern oder gar Großeltern. So gesehen, war es nichts Besonderes, wenn ich die Mutter meines Schulfreundes als meine Blutsverwandte betrachtete. Aber niemand wusste um meinen eigenen tieferen Sinn, wenn ich Etiennes Maman, - Tantine Brigitte! - rief. Mit der Zeit wurde meine Maman nur noch zur Mutter.

*

Die erste Klasse beendeten Etienne und ich auf den beiden ersten Plätzen. Unsere Zeugnisse waren voll der lobenden Bemerkungen und weniger als 15/20 hatte keines von uns in keinem der Fächer. Papa, der vom weißen Inspektor auf den Beginn des neuen Schuljahres zum Direktor der Schule ernannt worden war, unterrichtete nun die Abschlussklasse, in welcher die Kinder für den Übertritt in die Sekundarschule vorbereitet werden. Zuhause hatte er seine Beförderung einmal mit den Worten kommentiert: - ich bin jetzt wieder dort, wo ich schon einmal gewesen bin. - Und während Mutter den Sinn seiner Worte sehr wohl zu deuten wusste, nahm ich an, dass er damit seine eigene Schulzeit in der Abschlussklasse gemeint hatte. Ich konnte es damals nicht besser wissen.

Tantine Brigitte freute sich über Papas Beförderung ebenso wie über unsere Versetzung in die dritte Klasse. Sie war sehr stolz über die Leistungen ihres Sohnes und bestand darauf, das Ereignis gemeinsam mit ihr zu feiern. Es sollte aber auch ein Dank an Papa sein, für unseren Lernvorsprung nämlich, an den er mit unserem Privatunterricht am meisten beigetragen hatte, wie Tantine betonte. Es war ein Freitag, der letzte Tag der großen Ferien. Papa sah kein Problem, am späten Nachmittag mit mir zu Etienne und dessen Maman zu gehen, um bei ihr ein Festessen zu genießen. Die Mutter zuhause wollte davon sowieso nichts wissen. Sie war mit ihrem dritten Kind hoch schwanger – es sollte in ein paar Tagen zur Welt kommen -, unpässlich und darob halb froh, um nicht nach weiteren Erklärungen suchen zu müssen, nicht zu dieser Frau gehen zu wollen.

Papa trug seinen besten, den einzigen, Anzug und ich durfte im Sonntagskleid mit ihm durchs Dorf stolzieren. Wie es der Brauch war, kamen wir nicht mit leeren Händen zum Haus von Tante Brigitte und Etienne. Papa hatte sich am Markt eine fette Ente besorgt, die er an den zusammen gebundenen Füssen hielt und die nun kopfüber, jammervoll eher quietschend als quakend an seinem Bein entlang baumelte. Als wir bei unseren Gastgebern eintrafen, erwarteten sie uns bereits im Festtagsstaat. Etienne in frisch gebügeltem Hemd und Hose, Tantine trug ein farbenfroh blumengemustertes Kleid, das ich noch nie an ihr gesehen hatte. Ihre Lippen schienen röter als sonst und ihr Strahlen war heller und wärmer denn je. Auf der kleinen Veranda stand frischer Fruchtsaft bereit, aus der Küche wehte der verführerische Duft einer durchgekochten Truthenne durchs Haus und auf dem Tisch im Salon lagen vier Gedecke. Geschirr und Besteck, das ich zum ersten Mal in diesem Haus sah. Wenn auch weder Weihnachten noch Ostern unmittelbar bevorstanden, so lag doch ein Hauch Festtag über allem.

Tante Brigitte reichte uns den Saft und wir stiessen auf das schöne Doppelereignis, Papas Beförderung und unsere schulischen Erfolge, an. Die Dämmerung hatte eingesetzt, Kerzen wurden angezündet, denn ihr Haus war noch nicht an ein Stromnetz angeschlossen – im Gegensatz zu unserem Haus, wo es abends ab sechs Uhr für vier Stunden elektrisches Licht aus einer ausserhalb des Dorfes gelegenen Stromzentrale gab. Das tat der Stimmung keinen Abbruch. Die grossen Kerzenständer kamen zum Einsatz und der kleine Salon tauchte in gelblich flackerndes Licht. Das Essen wurde aufgetragen. Den Küchenduft hatte ich richtig erkannt. Eine Truthenne in Sauce, dazu Reis, Bohnen, Karotten. Grün, weiss, rot. Es war eine geheime Botschaft zwischen Papa und Tantine, die wir Kinder natürlich nicht verstanden, denn erst Jahre später sollten wir die Nationalfarben der Grossen Insel, die man bis dann vor den Colons verstecken musste, kennen lernen.

Während des Essens wurde nicht viel geredet. Genüsslich nagten wir die saftigen Trutenstücke bis auf die nackten Knochen ab. Und natürlich durften wir Kinder die beiden Schenkel des grossen Vogels haben. Man trank den üblichen Ranovola, der Sud aus angebranntem Reis.

Als die Früchte gereicht wurden, begann Papa von der Vergangenheit zu erzählen. Er überraschte Etienne und mich als er davon berichtete, dass nun schon zwei seiner Schülergenerationen am Tisch sässen. Wir betrachteten uns fragend, weil wir meinten, er meinte uns beide und wussten nicht, was das heissen solle. Aber Papa, der gerade ein Banane schälte, zeigte mit der gelben Frucht zuerst auf uns beide, die wir ihm gegenüber sassen und dann auf Tantine Brigitte, die gerade mit dem Teekrug hereinkam.

Für uns war das kaum zu fassen. Wie war es möglich, dass eine alte Frau zum selben Lehrer in die Schule gegangen war, wie wir es taten. Natürlich war Brigitte keine alte Frau, aber aus der Sicht von Achtjährigen sind schon Zwölfjährige "Grosse", die einem um Jahrzehnte voraus zu sein scheinen.

Aber es kam noch besser. Nun, als Tantine wieder mit uns am Tisch sass, begann Papa eine Geschichte zu erzählen, die sich in unseren Augen vor undenkbar langer Zeit abgespielt haben musste, denn ich und Etienne, seien noch nicht auf der Welt gewesen. Dafür seien Brigitte und zwei ihrer

Freundinnen, Lanto und Hanitra, seine besten Schülerinnen gewesen. Damals, als er zum letzten Mal die Abschlussklasse unterrichtet habe. - Zwar - und dabei sandte er einen zarten Blick zu Tantine während er ihr leicht auf den Handrücken tätschelte, – ziemlich vorwitzig und manchmal sogar ein bisschen frech, so wie ihr beiden, aber immer bei der Sache. Eine wahre Freude für einen Lehrer. -

Er erzählte einige Anekdoten aus der Zeit als er noch ein junger Lehrer und das Leben voller Abenteuer gewesen sei. Tante Brigitte war etwas verlegen und wir begriffen nicht so recht, ob es aus Stolz oder Wehmut auf die vergangene Zeit war, die doch eigentlich, auch wenn wir noch nicht geboren waren, nicht so lange zurück liegen konnte. Es musste noch anderes mitschwingen. Brigitte nickte, aber das Lächeln, ihr sonst so bezauberndes Lachen, wollte ihr nicht so recht gelingen.

Papa wurde plötzlich sehr gefühlvoll in seiner Erzählung, - nur schade, dass die drei besten Schülerinnen, die ich je vor mir hatte, nicht studieren konnten, es kamen die Ereignisse, les Evènements, dazwischen, ja, und dann kamt ihr beide, Du, Etienne, und Du, Eleonore, ihr kamt ja fast auf die Stunde gleichzeitig zur Welt, wisst ihr und wir mussten das Leben ganz neu organisieren, denn es kam eine schwierige Zeit mit den Colons. -

Als er diese Kaskade von Ereignissen fast atemlos und ohne Unterbruch vorgetragen hatte, stand Tantine auf und verschwand eiligst in ihrem Zimmer, um nach einem Moment wieder zurück zu sein. Ein Taschentuch zerknüllend, an der Kommode stehen bleibend, nahm sie das Foto herunter und stellte es mit einem verweinten Lächeln vor uns auf den Tisch.

- Das ist Etienne's Papa, - sagte sie unvermittelt. - Damit Du das weisst, - sagte sie zu mir. - Etienne hat einen weissen Papa, der aber noch vor Etienne's Geburt wegging. - Sie strich ihrem Sohn zärtlich übers Haar. Papa schwieg. Alle schwiegen.

Wenig später, nachdem Papa noch die eine oder andere Anekdote aus Tantines Schulzeit zum besten gegeben und sich die während ein paar Momenten wie ein ungebetener Gast eingedrungene Melancholie wieder in die draussen herrschende dunkle Nacht davon geschlichen hatte, brachen wir auf.

1947/II

In ihren Höhlen und im Schutz der unter dem Dschungeldach verborgenen Unterstände hatten sie die Flugzeuge zwar nicht sehen können, aber gehört. Die Schreie hörten sie nicht. Sie wussten auch so, was geschehen war. Und was noch geschehen würde, wenn sie in ihren Verstecken blieben. Dafür brauchten sie kein abgeworfenes Flugblatt zu lesen.

Gegen Mittag versammelten sich zwei Dutzend Männer aus dem Dorf am Bahnhof in einer Höhle, deren hinterer Teil - abgetrennt durch eine natürliche Verengung und nur kriechend zu erreichen, wo die von den Schamanen nach Todesfällen hinter sich hergezogenen, in Säcke gewickelten Toten und deren Überreste lagerten - seit Generationen den Ahnen gehört. Man sprach leise, den Frieden der Ahnen zu bewahren versuchend, auch wenn es den Männern schwer fiel, Erregung, Wut und Angst im Zaum zu halten. Der Älteste ergriff das Wort, indem er zunächst bei den Ahnen um Vergebung bat. Die Not und die Gefahr hervorhebend, die die Versammelten zum Bruch des Tabus gezwungen und in den geheiligten Ort habe eindringen lassen.

Dann flehte der alte Mann - dem kaum einer zugetraut hätte, nach Steilhängen, nach tropfnassen und rutschgefährlichen ins Unterholz geschlagenen Pfaden jemals die entlegenen Höhlen erreichen zu können – bei den Vorfahren um Beistand für eine weise Entscheidung. Im Namen der bedrohten Frauen, Kinder und Alten. Für das Überleben des Dorfes.

*

Im Grauen des neuen regnerischen Morgens stehen wie aus dem Nichts ein Dutzend Männer auf dem Dorfplatz und versetzen die verdutzten, Wache schiebenden Senegalais in Panik. Keiner hatte die abgemagerten Waffenlosen weder hören noch sehen kommen. Sie sind einfach da und fragen nach dem Colonel. Die Antwort sind ein halbes Dutzend auf sie gerichtete Gewehre mit aufgesetzten Bajonetten.

Man bringt sie zur Mairie, unweit des Bahnhofs, wo der Colonel sein Büro hat. Inzwischen gefesselt, werden die Gefangenen unter den gedeckten Vorplatz des Gebäudes geführt. Lautlos drängen sich die Bewohner des Dorfes – Ehefrauen, Söhne, Töchter, Väter und Mütter der Gefangenen – vor dem Regen Schutz suchend unter die schmalen Vordächer der rund um die Mairie liegenden Häuser. Ist es die Kälte, der Regen oder die Angst, die aus den Menschen zitternde Wesen macht, die aus weit aufgerissenen Augen ihre Söhne, Ehemänner und Väter anstarren? Man weiß, was kommen wird. Noch sind die vom Himmel Gefallenen nicht begraben. Man wird noch mehr Gräber ausheben müssen. Als vorläufige Ruhestätte. Bevor sie dereinst, nach dem Albtraum und vor den Blicken der Schlächter verborgen, in den Höhlen, im Kreis der Ahnen zur endgültigen Ruhe kommen würden.

Regen und Wellblech sorgen für den monotonen Rhythmus, der das triste Graugrün in Töne fasst. Man wartet auf den Colonel. Er ist noch beim Frühstück in seiner Villa, die in einem von Zwangsrekrutierten geschaffenen Park unweit der Mairie steht.

Die vom Colonel besetzte Villa war ursprünglich ein Haus, das als Residenz des Bürgermeisters gebaut worden war. Das war noch in Friedenszeiten gewesen, als die Kolonisierten noch keine Terroristen und die Kolonialisten noch keine Schlächter waren. Aber jetzt befand man sich im Krieg; es gab weder Bürger noch Bürgermeister, nur noch Feinde. Die ehemaligen dekorierten Helden der Mère Patrie waren zu Aufständischen, das frühere Mutterland zur Besatzungsmacht geworden.

Als der Colonel endlich eintrifft, lässt er die Gefangenen in den früheren Versammlungssaal führen. Es wird Gericht gehalten. Kriegsgericht. Standrecht. Eine Verhandlung findet nicht statt. Namen werden notiert, vorgelesen. Es nicken Köpfe. Zwölf. Das Urteil. Man kennt es schon. Tod durch Erschießen. Wegen Terrorismus. Noch letzte Worte?

Einer spricht.

*

Er hatte an der Ecole Normale gerade sein Diplom als Lehrer erhalten. Eine Beamtenkarriere bei den Colons war ihm so gut wie sicher gewesen. Der richtige Zeitpunkt, die von den Clans eingefädelte Ehe mit einer Tochter aus passendem Haus zu schließen und zu vollziehen. Man schrieb das dritte Jahr nach dem sein Bruder nicht aus dem Großen Krieg in Europa zurückgekommen war. Das war bei der Bewerbung um den Lehrerposten im Dorf beim Bahnhof in die Waagschale geworfen worden. Als Wiedergutmachung. Als Entschädigung.

Seit einem Jahr war er hier Lehrer, hatte die Kinder in der Sprache des Mutterlandes unterrichtet, ihnen die Geschichte der Gallier nahe gebracht und die Weltwunder der Hauptstadt, jener des Mutterlandes, in den schillernden Farben geschildert. Er war ein guter Lehrer, man liebte ihn. Aber er wollte mehr. Er wollte Unabhängigkeit, Befreiung von den kolonialen Fesseln. Er schloss sich dem Widerstand an. Nicht dass er die Waffe getragen hätte. Seine Waffe war die Sprache. Und so hatte er den Widerstand mit Nachrichten vom Feind beliefert.

Und nun das Ende vor dem Erschiessungspeloton?

Er spricht zum Colonel in dessen Sprache. Redet von seinem Volk, das nur in Würde leben wolle. In Partnerschaft mit dem Mutterland. Demokratie. Seine Herren selber wählen. Die Produkte aus dem Wald vermarkten zu gerechten Preisen oder wenigstens dafür anständige Löhne zu bekommen.

Der Colonel heißt ihn schweigen. Verbietet sich Propaganda und befiehlt den Sprecher zu sich.

Elf von zwölf Aufständischen werden erschossen. Hinter der Mairie, vor einer eigens dafür errichteten Bretterwand, an Pfählen gefesselt. Und ihre Mütter, Väter, Schwestern, Frauen, Töchter und Söhne warten betend, weinend, schreiend während sich ihre Tränen im schweren Regen auflösen, bewacht von den Senegalesen.

***

Der Colonel hatte zum Diner geladen. Ein Adjutant, ein Holzexporteur und drei junge Frauen seine Gäste. Letztere drei Eingeborene, die mit gesenktem Blick am Tisch sitzen und vor dem Moment zittern, mit Gabel und Messer essen zu müssen, denn ihr Volk kennt als einziges Besteck nur den Löffel. Ihre Angst ist unbegründet, denn die drei Frauen, Mädchen noch, waren nicht wegen ihrer Tischmanieren in die Villa des Colonel befohlen worden. Sie sollten für die Herren das Dessert sein.

Mit Champagner wird angestoßen. Auf den Erfolg der letzten Tage: die Niederschlagung und Vernichtung der Terroristen. Und auf das Privileg, nicht in Paris sein zu müssen, wo der Schwarzmarkt die Brotpreise in die Höhe treibt, der Kommunismus droht und keine Regierung Ordnung schaffen kann. Wo man um Lebensmittelmarken anzustehen hat, das Fleisch rar geworden ist und sich der kollektive Sieg im Krieg in die individuelle Niederlage im Frieden zu verwandeln beginnt.

Henri, der neue Koch, trägt auf; in jeder Hand und auf dem rechten Unterarm einen Teller. Er lässt sich nichts anmerken, als er der drei Mädchen gewahr wird. Sie waren noch vor Wochen seine Schülerinnen gewesen, hätten in diesem Jahr den Schulabschluss zu machen, waren keine fünfzehn Jahre alt. Und ebenso bleiben die Mädchen stumm, tauschen unbemerkt zuerst unter sich und dann mit ihrem Lehrer Blicke.

Als Entree gibt es Krebse aus den nahen Flüssen des Regenwaldes, serviert auf Kresse. Dazu einen charakterstarken Chablis. Die Mädchen sind froh um die heimische Vorspeise, denn sie lässt sich, auch für die Herren, am besten mit den Fingern essen.

Die Stimmung hebt sich. Es folgt der Hauptgang. Coq'au vin mit Süßkartoffeln und als Begleitung ein gehaltvoller Bordeaux aus besten Lagen. Des Colonels Heimat. Zum Nachtisch werden Früchte gereicht.

Die weißen Gäste sind entzückt ob der reichen Tafel, beglückwünschen den Colonel zu dessen neuem Koch und sind erstaunt, dass dieser perfekt ihre Sprache spricht. Man erhebt sich von der Tafel und geht hinüber zum offenen Kamin.

In gepolsterten, aus dem lokalen Tropenholz gefertigten Sesseln machen es sich die Herren bequem und lassen sich Kaffee und Cognac und Zigarren servieren. In der Tat, chers amis, Henri sei eine echte Trouvaille, die er persönlich vor der Erschießung gerettet habe. Und der Colonel erzählt, was sich vorgestern ereignet hatte und dass er sofort die Talente des gescheiten Kerls für sich nutzen wollte.

- Und damit nicht genug, - ergänzt er stolz. - Der Koch hat eine junge Frau und die ist nun die neue Hausangestellte. Spricht allerdings kein Wort französisch. Macht nichts. Dafür habe ich ja jetzt Henri. Eigentlich, - resümiert der Colonel, habe ihm seine freche Schnauze das Leben gerettet. Wenn er sich gut halte, könne er bleiben, sonst ... der Colonel hebt die rechte Hand, formt Zeige- und Mittelfinger zum Lauf und zieht am eingebildeten Colt mit seinem Daumen den Abzug. - Paff! -

Die Herrenrunde lacht kehlig, glucksend, dreckig und die bernsteinfarbene Flüssigkeit in der kristallenen Karaffe wird weniger. Henri legt im offenen Kamin ein paar Scheite nach, denn es ist kühl geworden.

Zwei Mädchenfrauen sollten in den Gästezimmern im Erdgeschoss und die dritte im Obergeschoss im Schlafzimmer des Colonels warten. Henri führte sie durchs Haus, das sie am heutigen Tag zum ersten Mal von innen zu sehen bekamen. Henris Frau, kaum älter als die Mädchen, hatte sich bis jetzt in der Küche aufgehalten, um ihrem Mann zur Hand zu gehen. Nun hilft sie den Mädchen, sich in den Zimmern einzurichten, zeigt die Waschbecken, die Bidets, die Betten. Die Mädchen fürchten sich, wollen abhauen, aber das Haus ist umstellt von den Senegalais.

3

Als Papa und ich vom Diner bei Tantine Brigitte nach Hause kamen, schlief Mutter schon. Man hörte sie schnarchen, der dicke Bauch machte ihr zu schaffen. Eine Woche später gebar sie ihren zweiten Sohn. Er war ein hellhäutiges Kind wie sie. - Mein erstes richtiges Kind, - sagte sie, als sie das Neugeborene in den Armen wiegte.

Bis zum Ende meiner Primarschulzeit, als ich knapp zwölf war, sollte ich acht Geschwister haben. Mein kleiner Bruder, eine noch später geborene Schwester und ich waren - die drei Schwarzen, - wie sich Mutter ausdrückte. Wir waren die Ungeliebten, während die Kinder hellerer Hautfarbe, die fast ins Olive spielte, allesamt ihre Lieblinge wurden. Dabei waren wir Kinder derselben Eltern und konnten nichts dafür, dass die Farbpigmente nun einmal unterschiedlich verteilt waren. Davon hatten wir drei „Schwarzen" zwar keine Ahnung, aber wir spürten die Verachtung, mit der uns die Mutter strafte. Unsere Haut verursachte uns Schmerzen, gegen die es kein Mittel gab. Wir lernten die Hautfarbe als eine Gefängnisstrafe zu erdulden; ausgesprochen von der leiblichen Mutter, ohne Aussicht auf vorzeitige Entlassung wegen guter Führung oder gar auf Begnadigung. Sie hatte uns zwar geboren, aber als sie uns zum ersten Mal sah, waren wir in ihren Augen bereits tot. Kein Tag, an dem uns nicht unser Anderssein bewusst gemacht wurde. Mutter hatte dafür ein raffiniertes Gespür entwickelt, das man einer Analphabetin kaum zutrauen würde. Aber für Hass und Erniedrigung braucht man nicht zur Schule zu gehen, das steckt in einem drin. Wie bei anderen Liebe und Zuneigung schon da sind, bevor sie überhaupt wissen, wie man die Worte schreibt. Tantine Brigitte war eine solche Frau, zu der ich und meine beiden Geschwister wenn immer möglich flohen. Wir suchten bei ihr weder Essen noch Trinken und auch keine Kleider, das hatten wir alles im Überfluss zuhause. Was wir bei Tantine fanden, war ein Mensch, den man Maman nennen durfte.

Papa war Mutters Regime hilflos ausgeliefert. Seine Macht war an der Haustür zu Ende. Nur, wenn wir mit ihm unterwegs waren, an Sonntagen etwa, wenn es zu Großmutter ging, dann wer er voll und ganz für uns drei da, denn die Hellen, und Mutter schon gar nicht, kamen nie mit zur

Großmutter, die auch eine Schwarzhäutige war und deren Hautfarbe wir drei geerbt hatten. Dafür begleitete uns Etienne, das Einzelkind. Ein Außenseiter auch er. Doch weder mein Schulfreund noch wir drei Lehrerkinder kannten die Bezeichnung Außenseiter. Wir waren es einfach geworden und begannen damit zu leben.

Dass Etienne ein Mischlingskind war, wurde erst im Laufe der Schulzeit zu einem Problem. Kinder beginnen erst nach und nach die Vorurteile der Erwachsenen in ihr eigenes System zu übertragen. Während der ersten vier Schuljahre waren Etienne und ich unangefochten die Klassenbesten. Man schaute auf uns, wollte nicht zu weit hinter unseren Noten zurück fallen, gab sich Mühe. Erfolglos. Papas Privatunterricht für mich und Etienne sicherte uns stets einen großen Vorsprung. Keine Schulschlussfeier, an der wir beide nicht mindestens je einen Preis überreicht bekamen. Dabei empfanden wir uns nie als Streber. Und wir wurden von den Klassenkameraden auch nicht so behandelt. Im Gegenteil, bis zur vierten Klasse hatten wir viele Spiel- und Abenteuerkameraden aus unseren Klassen, zahllos waren die Ausflüge in den Wald, die gemeinsamen „Raubzüge" auf reife Mangos und Litchis, von den Bananen ganz zu schweigen. Unvergessen die Jagd nach Flusskrebsen, die dem halben Dorf ein Festmahl bescherte.

Es kam schleichend zu Veränderungen. Etienne hatte zuerst darunter zu leiden. Man begann ihn zu meiden, es gab Bemerkungen. Über einen Salaud – einen Schweinhund - als Vater, der zudem noch feige abgehauen sei. Alles natürlich unter vorgehaltener Hand, denn offen durfte niemand das Ansehen der Colons beschädigen. Was die Schulkinder an Gerüchten und übler Nachrede herum boten, stammte natürlich nicht aus Kindermund. Da mussten Erwachsene dahinter stecken, die mehr wussten, als wir ahnen konnten. Oder die zumindest glaubten, mehr zu wissen. Ich stellte mich auf Etiennes Seite, er war mir in diesen frühen Jahren zu mehr als nur einem Kameraden geworden; ein Bruder, dessen Mutter meine Tante geworden war.
Ich dagegen hatte in der Schule nichts zu befürchten, denn es gab keinen, der sich getraut hätte, offen die Tochter des Schuldirektors zu verunglimpfen. Zu den üblen Gerüchten um Etiennes verschwundenen Vater kamen zunehmend auch Bemerkungen über seine Hautfarbe, seine Haare, überhaupt sein ganzes Mischlingswesen. Und bald, es war im letz-

ten Primar-Schuljahr, war er nur noch der Batard. Er war zu weiß und ich war – zumindest für meine Mutter – zu schwarz. Wir hatten beide denselben Makel, wir steckten in der falschen Haut.

An einem Sonntag nahmen wir zu sechst den Weg durch den Wald, über Bäche, entlang des Flusses, über Reisfelder. Papa führte die Gruppe mit mir, meinen beiden Geschwistern, Etienne und – am Schluss – Tantine Brigitte an. Dieses Mal stand keine Sonntagsschule auf dem Programm. Wir marschierten zielstrebig dem Dorf der Großmutter entgegen, besuchten den Gottesdienst und luden Frère Jacques zum Mittagessen bei Großmutter ein. Papa musste es schon vorige Woche organisiert haben, denn weder Frère Jacques noch Großmutter waren im Geringsten überrascht von der ungewohnten Tafelrunde. Ganz im Gegenteil. Großmutter strahlte noch glücklicher als sonst; sie hieß darüber hinaus Tantine so herzlich willkommen, als sei diese schon immer ein Teil ihrer Familie, ja, als sei sie gerade ihre Tochter geworden. Auch Etiennes Mutter schien nicht irritiert zu sein. Die Überraschten waren Etienne und ich, denn unsere Zukunft sollte sich an diesem Sonntag in Großmutters Haus entscheiden.

Frère Jacques hatte in den letzten paar Jahren nicht nur die Kirche ausgebaut und die Wellblech-Hütte, wie er sie nannte, durch ein Steinhaus ersetzt. Mit Unterstützung der Kolonialverwaltung, aber auch dank Spenden aus seiner Heimat war ein Schulzentrum entstanden, eine katholische Sekundarschule für die Region rund um das Dorf der Großmutter. Nonnen bildeten den Lehrkörper, Frère Jacques war das geistige Oberhaupt und gleichzeitig der Direktor des Zentrums. Papas Plan war einfach. Ich und Etienne sollten die Sekundarschule bei den Nonnen besuchen und weil wir bei Großmutter wohnen würden, müssten wir nicht als Interne in der Schule schlafen. Meine beiden Geschwister sollten später, wenn sie die Primar-Schule im Dorf am Bahnhof hinter sich hätten, ebenfalls zu Großmutter ziehen. Papas Plan, von dem Etienne und ich an diesem Sonntag zum ersten Mal etwas erfuhren, war genial, denn er bot für alle Beteiligten die beste Lösung. Großmutter war glücklich, wieder ein volles Haus zu haben, das sie gemeinsam mit ihrer Schwägerin in Schuss halten konnte. Papa war erleichtert, weil er ein unlösbares Problem mit seiner Frau aus dem Haus geschafft hatte. Aber auch Etiennes Mutter war zufrieden, weil sie sich den Hänseleien, denen ihr Sohn zunehmend ausgesetzt war und die nur noch schlimmer werden würden, wenn er weiter die öffentliche Schule besuchte, nicht mehr hilflos ausgeliefert sah. Der Umzug vom Dorf am Bahnhof in das Dorf der Großmutter, das noch fast vollständig von Wald umgeben war, würde unser Leben verändern. Wir ließen Hass und Missgunst hinter uns, gewiss. Aber es war auch ein Abschied von einer schattenreichen Kindheit und der Eintritt in eine noch vage Jugendzeit, die schemenhaft am Horizont aufzog.

1955/60

In den Kellern rund um die Rue de la Huchette herrschte das übliche Gedränge. Wie immer im Mai, wenn der oft düstere und nass-kalte Winter der Hauptstadt die Flucht ergreift und der Frühling mit seinen zarten Blättern die bis dahin schwarzästigen Bäume rund um die nahe Kathedrale Notre Dame begrünt und mit den neusten Deux-Pièces und den koketten, engen Blousen zu den rauschenden, plissierten Jupes in den Bistros an der Place St. Michel Einzug hält. Die Natur sorgte für sich selbst in der Mode stand Christian Dior für das neue Paris. Edith Piaf war ein Star und Jacques Tati hatte gerade die Ferien des Monsieur Hulot heraus gebracht. Paris schickte sich an, den Platz der Welthauptstadt der Liebe und der Illusionen zurück zu erobern. Vorbei die Zeit der Lebensmittelmarken. Dank den Dollars aus dem Marshall-Plan hatte die nach dem Krieg ausgeblutete Grande Nation den Turn-over geschafft. Es ging aufwärts. Nur Spielverderber mochten Fragen stellen. Zum Gewissen etwa. Zur Verantwortung des Einzelnen in einer Gesellschaft, die zu dem fähig war, was ein paar Jahre zuvor zu in Schutt und Asche gebombt werden musste.

„Nie wieder Krieg!". Noch wenige Jahre zuvor aus Millionen Kehlen skandiert und gesungen, in schreienden Lettern auf allen Blättern gedruckt, wurde die Parole immer leiser ausgesprochen und verschwand schließlich ganz. Neue Kriege waren zu führen. Diesmal die gerechten. Hieß es.

Der schlaksige Mann, den einige bereits als Saxophonisten und Prosadichter kennen, tritt auf die minusküle Bühne des Jazz-Kellers in der Huchette. Die Cord-Anzüge im stickigen Raum verstummen. Klavierbegleitung, eine schallgedämpfte Trompete. Er beginnt zu singen.

Verehrter Präsident
Ich sende Euch ein Schreiben
Lest oder lasst es bleiben
Wenn Euch die Zeit sehr brennt.

Man schickt mir da, gebt Acht
Die Militärpapiere
Dass ich in den Krieg marschiere
Und das vor Mittwochnacht.

Verehrter Präsident
Das werde ich nicht machen
Das wäre ja zum Lachen
Ich hab kein Kriegstalent.

Sei´s Euch auch zum Verdruss
Ihr könnt mir´s nicht befehlen
Ich will´s Euch nicht verhehlen
Dass ich desertieren muss.

Seit ich auf Erden bin
Sah ich den Vater sterben
Sah meine Brüder sterben
Und weinen nur mein Kind.

Sah Mutters große Not
Nun liegt sie schon im Grabe
Verlacht den Bombenhagel
Und treibt mit Würmern Spott.

Als ich Gefangner war
Ging meine Frau verdienen
Ich sah nur noch Ruinen
Nichts blieb, was mir mal war.

Früh wenn die Hähne krähen
Dann schließ ich meine Türen
Und will die Toten spüren
Und auf die Straße gehen.

Ich nehm den Bettelstab
Auf meiner Tour de France

Durch Bretagne und Provence
Und sag den Menschen dies:

Verweigert Krieg, Gewehr
Verweigert Waffentragen
Ihr müsst schon etwas wagen
Verweigert's Militär.

Ihr predigt, Kompliment
Doch wollt Ihr Blut vergießen
Dann lasst das Eure fließen
Verehrter Präsident.

Sagt Eurer Polizei
Sie würde mich schon schaffen
Denn ich bin ohne Waffen
Zu schießen steht ihr frei.

(Französischer Originaltext im Anhang)

Der Applaus kommt zögernd, man ist irritiert; ein einzelnes Klatschen, dann ein paar zustimmende „Bravo Boris!", „Allez Vian!". Und dann der Sturm. So etwas hat man noch nicht gehört. Eine Provokation. Eine Anklage. Ein Aufruf zur Desertion. Nach Algerien in den Krieg? Wozu? Hat man nicht gerade in Vietnam einen schmutzigen Krieg verloren? Und was hatte man zuvor denn schon auf der Grossen Insel im Indischen Ozean gewonnen?

Am einen Ende der Theke steht ein Mann, der nicht in das Dekor zu passen scheint. Zwar trägt er die Uniform der Nonkonformisten und der braungoldene Cord-Anzug steht ihm perfekt; das schon. Er raucht amerikanische Zigaretten, trinkt Whiskey und ginge problemlos als einer von den vielen Intellektuellen-Darstellern durch. Er hat nicht geklatscht und auch nicht protestiert. Er ist kein Deserteur. Er ist Charles, ein Colonel, zurück von der Grossen Insel, die man vor dem Chaos geschützt hatte, vor deren Unabhängigkeit, die sonst zu einem Dominostein für die übrigen Kolonien geworden wäre. Das hatte der General nicht dulden können. Und überhaupt, an seinen Händen klebt nicht das Blut der neunzigtausend Toten. Dafür waren die kolonialen Knechte vom Kontinent zuständig gewesen. Er musste nur eingreifen, wenn es um Exempel gegangen war. Gelegentlich ein Standgericht; das schon. Aber das war im Rahmen der Gesetze, man hatte schließlich die Interessen der ganzen Nation zu verteidigen. Ein schlechtes Gewissen? Im Gegenteil, er hatte Gutes getan, hatte eine Fünfzehnjährige zur Mutter gemacht und einen Mischling als sein Kind anerkannt, hatte aus einem Kolonisierten einen Franzosen – Etienne - gemacht, sendet sogar freiwillig Geld. Kein Grund, also, sich Vorwürfe zu machen. Dagegen waren andere einfach abgehauen, hatten unbekannte Mischlinge zurück gelassen. Charles steht hier, in einem rauchgeschwängerten Keller der Rue de la Huchette, im Wartestand für eine neue Mission. Algerien, wo sich sein Schicksal in einem Hinterhalt besiegeln wird. Aber das ist eine andere Geschichte.

*

Im Dorf am Bahnhof steht Henri vor seiner Klasse. Nach dem nie erklärten Krieg der Schutzmacht gegen ihre Schutzbefohlenen und nach dem Abgang des Colonel hatte die zivile Verwaltung die Macht übernommen und so wurde er seiner Ausbildung gemäß als Lehrer eingesetzt. Die Gallier, die Könige, der Ruhm der Grande Nation, die Helden, die Kriege und niemals ein Wort über die neunzigtausend seiner Brüder, Schwestern, Onkel, Tanten, Väter und Mütter. Niemals waren diese Opfer der Folter und des Terrors ein Thema, niemals wurde über Flugzeuge geredet, aus denen Frauen und Kinder über Dörfern abgeworfen wurden. Niemals ein schlechtes Wort über die Mère Patrie. Kein Prozess gegen die Schlächter und ihre Kommandanten. Man hatte sie dekoriert und längst zu neuen Kriegen abgezogen.

Die Menschen im Dorf am Bahnhof kümmerten die Kriege ihrer Schutzmacht wenig. Was zählte, war, dass Ruhe herrschte, auch wenn man es kaum Friede nennen konnte. Die Militärs wurden ausgewechselt und die Befehle kamen jetzt von anderen Herren in den Uniformen - in jenen der Zivilverwalter. Der Apparat der Gewehre trat die Macht dem

Apparat der Schreibmaschinen, der Reglements, der bürokratischen Hierarchie ab. Gehorchen musste man so oder so. Auflehnung? Widerstand? Man wusste, wohin das führte. Und selbst wenn. Henri hat anderes zu tun. Er muss sich um seine junge Familie kümmern. Ein Mädchen war geboren worden, noch als der Colonel der Herr über ihn und seine Frau gewesen war, der Herr über ihr Leben und ihren Tod. Das Mädchen hieß Eleonore.

Henri, ist im Dorf hoch angesehen. Nicht nur als Lehrer, der seine Sache gut macht und den Kindern Lesen und Schreiben und darüber hinaus die Liebe zur fremden Sprache beizubringen weiß. Die Liebe zur Sprache der Mörder. Seine Verdienste als Spion sind der einheimischen Bevölkerung bekannt, man rechnet ihm hoch an, dass er seine Rettung als Koch durch Informationen an die Aufständischen abgegolten hatte. Trotzdem besteht er nun darauf, dass die Sprache der Colons der Schlüssel für die Jungen sein würde. Er weiß: Im Land unter der Knute der Mère Patrie hat nur eine Chance, wer sich anpassen und ausdrücken kann. So, wie er dank der Sprache der Unterdrücker sein Leben und jenes seiner Frau rettete.

4

Im Haus der Großmutter hatten wir unsere eigenen Zimmer. Dank der neuen Sekundarschule und der Kirche gab es auch Elektrizität im Dorf. Großmutter, die sich sonst sehr an die Traditionen hielt und Neuem gegenüber stets zurückhaltend blieb, ließ noch vor unserem Umzug das Haus an Frère Jacques' Generator anschließen. Sie war die erste Hausbesitzerin mit elektrischem Stromanschluss im Dorf; aber das war nicht, was für sie von Bedeutung war. Sie wollte einfach die besten Voraussetzungen für ihre Lieblingsenkelin schaffen. Sie und ihre Schwägerin, die kinderlose, verwitwete Beatrice, würden unsere Eltern auf Zeit sein. Nachdem ich Etiennes Mutter als meine geheime Maman adoptiert hatte, wurde ich nun plötzlich sozusagen offiziell die Tochter von zwei Frauen, deren Ruf als legendäre Persönlichkeiten in der ganzen Region bekannt war. Etienne war jetzt zu meinem Bruder geworden.

Großmutter und Mamabé Beatrice begleiteten uns am ersten Schultag als Sekundarschüler, als Collégiens. Die beiden würdevollen Frauen waren mindestens so stolz wie die beiden Schüler in ihren neuen Schuluniformen. Die Nonnen empfingen Schüler und Eltern im von einer hohen Mauer umgebenen Areal. Während die Rückwand des Schulgebäudes mit seinen vier Klassenzimmern zum Sonnenaufgang stand, bildete das Kirchenportal in der strahlenden Morgensonne das imposante Gegenüber zu Fassade und schmaler Veranda der Schule. In den Seitenflügeln der Anlage waren die Verwaltung auf der einen und Küche, Speisesaal und Schlafsaal für die Internen Schüler auf der anderen Seite untergebracht. Insgesamt ein durch die Vorderseiten der vier Gebäude gebildetes, großes Rechteck, dessen freie Fläche als Spiel- und Fußballplatz diente – und als Exerzierplatz, wie wir bald erfahren mussten.

Während die Schulkinder in ihren blau-weißen Uniformen von den schwarz gekleideten Nonnen, deren Gesichter unter den riesigen Fledermausflügeln ihrer Hauben kaum zu erkennen waren, in die Klassen aufgeteilt und in Achterkolonnen kommandiert wurden, suchten die Erwachsenen im Schatten des Schulgebäudes Schutz vor der bereits über den Schultrakt gestiegenen Sonne. Die Marseillaise. Frère Jacques begrüßte mit einem in die Luft gezeichneten Kreuz die Menge und schritt wortlos voraus in die Kirche, Kinder und Erwachsene scheinbar magnetisch hinter sich herziehend. Die Schüler hatten in vier Klassenverbänden zu folgen und wurden von den Nonnen in die zugedachten Bankreihen verwiesen, die Mädchen auf die eine, die Jungen auf die andere Seite. Die begleitenden Eltern verteilten sich auf die hinteren Bänke. Ich versuchte unter dem Vorwand, irgendetwas an den Schuhen zu nesteln nach rechts, zu den Jungs, hinüber zu schauen, um Etienne irgendwo zu erspähen. Er saß eine Reihe vor mir, blickte beinahe verkrampft nach vorn, so dass ich sofort wusste, dass er mich bereits entdeckt hatte. Das beruhigte mich. Wie wenn ich auf einen Schlag gewusst hätte, dass wir beide an diesem Ort, wo Gottes Wort laut und drohend verkündet wurde, auf unseren gegenseitigen Beistand angewiesen sein würden.

Die Kirche war das größte Gebäude, das wir bis zu diesem Zeitpunkt je zu Gesicht bekommen hatten. Es war in den letzten Jahren Stein für Stein hochgezogen worden, was wir während unseren sonntäglichen Besuchen bei Großmutter aus der Ferne beobachtet hatten. Denn die ganze Anlage war auf einer Anhöhe gegenüber Großmutters Anwesen errichtet worden, eine Besichtigung aus der Nähe stand aber nie zur Debatte, weil Großmutter kein einziges Mal darüber ein Wort verloren hatte. Das in zwei Reihen zu je etwa zwanzig Bänken eingeteilte Kirchenschiff mochte gut und gerne ein halbes Hundert Menschen fassen. Das Sonnenlicht fiel - einem göttlichen Schleier feinster Kristalle gleich - durch eine ornamentale Rosette über dem stirnwändigen, mächtigen Eingangsportal längs durch das Kirchenschiff, auf einen etwas erhöhten Altar, der das Zentrum des sakralen Baus bildete. Exakt in der Mitte hinter dem Altar, den Kirchenraum überragend, hing an einem Kreuz aus schwarzem Holz ein weißer Christus, dessen vergoldete Dornenkrone in der Morgensonne unseres ersten Schultages genau in dem Moment, als sich alle in der Kirche befanden, hell erstrahlte. Und die aufgemalten, von der Stirn über das Gesicht auf die Brust und die aus einer seitlichen Wunde am Körper über die wachsweiße Haut herunter fließenden, strömenden Blutstropfen leuchteten so rot, wie die Federn der Webervögel des Waldes. An den Seitenwänden ließen hohe, auf die Spitze zulaufende, scheibenlose Fenster viel Licht in den Kirchenraum, der von einer gewaltigen Holzkonstruktion getragenen, gewölbten Decke überragt wurde. Schräg hinter dem Altar befand sich auf der einen Seite eine Türe, die in einen uns verborgenen Nebenraum führen musste. Auf der anderen Seite stand ein steinernes Taufbecken.

Frère Jacques baute sich vor dem Altar auf und begrüßte die Menge mit einem - Gegrüsstseijesuschristus,- worauf die Anwesenden mit - Inewigkeitamen - antworteten. Während der von Bibelzitaten gespickten Begrüßungsansprache waren die Nonnen, je zu dritt links und rechts von ihm stehend, die Hände über der Brust gefaltet, den Kopf gesenkt, unter den vornüber gefallenen Kapuzen nicht zu erkennen.

Die Ansprache handelte von Arbeit, Disziplin und Gehorsam und war Predigt und Schulprogramm in einem. Und dieses Programm ließ keinen Zweifel über die zu erwartenden Verhältnisse zu. - Unser Leben währet siebzig Jahre, und wenn's hoch kommt, so sind's achtzig Jahre, und wenn's köstlich gewesen ist, so ist es Mühe und Arbeit gewesen; denn es fährt schnell dahin, als flögen wir davon. - Zitierte Frère Jacques aus dem Alten Testament, um unvermittelt, - meinen persönlichen Wahlspruch - aus derselben Quelle, gleichsam als Ausrufezeichen hintan zu setzen. - Die mit Tränen säen, werden mit Freuden ernten. - Ich fing Etiennes verstohlen über die linke Schulter zu mir geworfenen Blick auf, er schien mir eine Nachricht senden zu wollen.

Während der Pater die sechs Nonnen segnend als Lehrkörper und als Verwalterinnen, vorstellte, gab er ihnen Trost und Aufmunterung zugleich mit auf den bevorstehenden steinigen Weg mit. - Denn wo viel Weisheit ist, da ist viel Grämens; und wer viel lernt, der muss viel leiden. - Die Gesichter um mich herum erstarrten zu steinernen Masken.

Dann wandte sich der Missionar direkt an uns Schüler und ermahnte uns zu einem sorgsamen Umgang mit dem Erlernten, forderte Bescheidenheit gegenüber weniger Begabten ein, denn so habe Christus gesagt. - Also werden die Ersten die Letzten und die Letzten die Ersten sein. Denn viele sind berufen, aber wenige sind auserwählt. - Was im einem oder anderen Gesicht ein Lächeln entlockte, denn viele dachten bei diesen Worten an eine sportliche Disziplin; doch das Lächeln verschwand schnell. Denn Frère Jacques stellte zum Schluss sich selbst und die Nonnen als unsere neuen Eltern mit den Worten vor. - Mein Kind, gehorche der Zucht deines Vaters, und verlass nicht das Gebot deiner Mutter. -

Nach der Begrüssungszeremonie in der Kirche wurden wir von einer Hilfskraft in die Schulräume geführt, während man die Eltern nachhause entliess. Unsere Klasse, die jüngsten des Collèges, bezog das erste der vier Klassenzimmer, auf der linken Seite des Schulgebäudes. Die letzte, die Terminale, bildete den rechten Flügel. Wir setzten uns zu zweit in die Doppelbänke, wie schon in der Primarschule, die Mädchen in der einen, die Jungen in der anderen Raumhälfte. Das Schulzimmer war etwa doppelt so lang und breit, wie unser bisheriges am Bahnhof und dank der hohen Fensteröffnungen sehr hell. Ein kindgrosses Kruzifix hing in der Wandmitte über der an der Stirnseite angebrachten, schwarzen Tafel. Das Lehrerpult stand erhöht am Fenster, der Zimmertür gegenüber. Der Geruch frischer Wandfarbe und Holzlackierungen stieg uns in die Nasen.

Nach einer Weile kam Frère Jacques in Begleitung einer der Nonnen, Soeur Geneviève, wie er sie uns vorstellte, ins Schulzimmer. Sie würde unsere Klassenlehrerin sein, die von Soeur Madeleine im Sportunterricht unterstützt werden würde, erklärte der Pater. Trotz der weit geöffneten Läden vor glaslosen Fenstern und dem Farbgeruch waberte ein neuer Geruch - jener von Kampfer - durch den Raum.

Frère Jacques wiederholte die wichtigsten Punkte aus seiner Ansprache, ohne Bibelzitate. Er unterstrich, dass er und die lieben Schwestern vor allem anderen eines nicht dulden würden: Ungehorsam. Bei Ungehorsam sei mit Strafen zu rechnen und bei wiederholtem Ungehorsam mit dem Verweis von der Schule. Er übergab das Wort an die Klassenlehrerin.

Soeur Geneviève legte ihre sperrige Haube auf ihr Pult und stellte sich, nun mit einem einfachen Schleier den Kopf bedeckend, vor uns auf das Podest, auf dem ihr Pult stand. Sie blickte unbestimmt über die Klasse, mit niemandem wurden direkte Blicke ausgetauscht. Sie sprach mit einem anderen Akzent französisch als Frère Jacques, der, wie wir später herausfanden, aus dem Süden der Mère Patrie stammte. Nach sechs Jahren Primarschule und regelmässigem, Französischunterricht – oft als Privatunterricht mit Papa - war es für mich und Etienne kein Problem, Soeur Geneviève und Frère Jacques zu verstehen. Andere Schüler bekundeten damit aber Mühe.

Nachdem sich die Kinder vorgestellt hatten - dabei musste jedes aufstehen und seinen Namen, Vornamen und Herkunft nennen - wurde am Ende ersten Morgens in der Sekundarschule der Klassenplan erstellt. Die Soeur trug alles in ein riesiges Buch ein, in dem auf einer Doppelseite die Schulbänke vor ihr abgebildet waren. Und während sie Namen und Daten einschrieb, beobachteten wir sie. Sahen ihr wächsernes Gesicht, das an den Christus in der Kirche erinnerte, die schmalen Lippen, ein Querstrich eher und ohne jede Kurve, eine scharf geschnittene Nase, einem Messerrücken gleich, grün-blaue, fast durchsichtige Augen, deren Blick uns schon am ersten Tag das Fürchten lehrte, wir sahen ihre schmalen Hände und langen Finger, eine Haarsträhne, die unter dem weissen Schleier hervorlugte. Und stets hing der Kampfergeruch in der Luft.

Zwei Dutzend Kinder waren endlich im Klassenplan eingetragen. Die Soeur befahl der Klasse, sich in Zweierkolonne aufzustellen. Zwei Banknachbarn reihten sich jeweils hinter den beiden vorderen ein. Gemeinsam, die Soeur voraus, marschierten wir zur Schulkantine, wo vier separate Bereiche auf die vier Jahrgänge hinwiesen. Alle Kinder mussten sich hinter die Sitzbänke stellen und auf die Kommandos einer der Nonnen warten. Auf Befehl hatten wir uns in Richtung der Kirchenfrauen zu drehen, die auf einem Podest vor ihren eigenen Tischen standen. Die Soeur, die so etwas wie eine Oberschwester war, befahl, gerade zu stehen. Man gehorchte und wartete. Nach einem Moment trat Frère Jacques in die Schulkantine und die sechs Schwestern, die allesamt wieder in ihren gigantischen Hauben dort standen, begrüssten ihn mit hellen Stimmen. - Bonjour Frère Jacques. - Dieser stellte sich an den Kopf des Schwesterntisches und breitete die Arme aus, rief - Jesuschristusunserenherrn, - begann mit einem Gebet, in das die Schwestern mit gefalteten Händen einstimmten, dankte - Unseremherrnfürspeisundtrank, Amen. - Er setzte sich, die Schwestern taten es ihm gleich und eine Hilfskraft gab uns das Zeichen, ebenfalls Platz zu nehmen und gebot uns mit vor dem Mund aufragendem Zeigefinger, während des Essens zu schweigen. Einheimisches, schwarzes Hilfspersonal teilte das Essen aus. Klimpern und Scheppern von Löffeln und Tellern erfüllte den Raum, kein Wort fiel. Etienne und ich hatten es irgendwie geschafft, dass wir einander gegenüber zu sitzen kamen. Sprechen durften wir nicht, aber wir sagten uns mit Blicken, dass wir diese Plätze auch morgen haben wollten, und übermorgen. Bis am Ende dieser ungewissen Schulzeit. Der Rest des ersten Tages am Collège brachte Bücher und Hefte zu den neuen Schulfächern, für Diktate und Aufsätze. Wir besichtigten die ganze Schule mit all ihren Gebäuden; Personal wurde vorgestellt und eine Unmenge von Verhaltensregeln, Verboten, Geboten und Pflichten.

Am späten Nachmittag kehrten wir zu Grossmutter Haus zurück, ein paar andere Schüler verteilten sich auf einzelne Häuser im Dorf, während viele Kinder im Collége blieben. Unsere Klassenkameraden erzählten uns am andern Tag, dass sie zunächst ein bisschen Freizeit auf dem Schulhof verbrachten, spielten, lasen oder einfach herumsassen, um dann die Abendandacht in der Kirche zu verbringen, bevor man sie zum Nachtessen einbestellte und nachher zur Nachtruhe beorderte.

Bei Grossmutter und Mamabé Beatrice ging es etwas lockerer zu. Von Gebeten und - diesem kirchlichen Getue - wollte Grossmutter nichts wissen. - Wir haben unsere Ahnen, - sagte sie trotzig während des gemeinsamen Nachtessens, - und was ich darüber hinaus wissen muss, erfahre ich auch so, Du wirst schon sehen, mein Kind. Aber, - sagte sie uns verschwörerisch, - lasst euch davon nichts anmerken, versteht ihr? Ihr macht alles mit, was die Nonnen und der Frère von euch an Gebeten und so weiter verlangen. Wichtig ist nur, dass ihr möglichst viel von der Schule mitbekommt. Nur das zählt. Versteht ihr? Ihr verhaltet euch wie ein Chamäleon. - Wir verstanden zwar nicht so recht, was sie meinte, aber wir nickten mit vollem Mund.

*

Am nächsten Morgen machten wir uns zeitig auf den Weg. Pünktlichkeit hatte uns Frère Jacques als eine der wichtigsten Disziplinen eingetrichtert.

Das Hilfspersonal – die Plantons, wie sie von den Geistlichen, die ihrerseits von den Plantons les religieuses genannt und die deshalb auch von uns Schülern so bezeichnet wurden – hatte die vier Klassen vor den

Schulzimmern in Carrés aufgestellt. Frère Jacques und die Schwestern standen unter dem Vordach des Schulgebäudes im Schatten der in ihrem Rücken aufsteigenden Sonne. Zwischen ihnen und uns die Trikolore, die nun hätte aufgezogen werden sollen. Der Planton am Fahnenmast wartete auf Frère Jacques' Zeichen. Nichts passierte.

Endlich vernahmen wir ein scharrendes Geräusch, das sich von den Schlafräumen quer über den Schulhof auf die versammelte Schulgemeinde zu bewegte. Wir konnten das Kind nicht sehen, hörten aber sein Schniefen. Der Pater zeigte mit dem Finger auf das Kind und befahl diesem, noch bevor es sich in unser Carré einreihen konnte, durch einen Fingerzeig, vor ihm Aufstellung zu nehmen.

- Du hast wohl meine gestrigen Worte zu wörtlich genommen, - donnerte der Pater und zitierte sich selbst. - Also werden die Ersten die Letzten und die Letzten die Ersten sein? -

- Nein, mon Père, - schluchzte der kleine Boto, dessen Heimatdorf, wie wir am ersten Tag erfuhren, weit draußen im Wald lag und der deshalb ohne einen Freund, sich ganz alleine im für ihn neuen Internat zurecht finden musste. Er habe verschlafen, weil er viel geträumt habe, war seine Entschuldigung. - Nein, er hat ins Bett gemacht, widersprach ein für die Schlafräume zuständiger Planton, - und musste sein Bett in Ordnung bringen und sein Nachthemd waschen. - Der ganze Schulhof erbebte vor Lachen, während der kleine Boto am liebsten in den Boden versunken wäre.

Frère Jacques befahl den Fehlbaren zu sich. - Das ist noch nicht das Ende der Welt, mein Sohn, - sagte er in beruhigendem Ton und mit Bass-Stimme. - Aber Du hast gefehlt. Und damit Du dich deiner Fehler eingedenken kannst, werde ich dich in die Obhut von Soeur Geneviève geben, sie wird dir eine geeignete Aufgabe übertragen. - Boto reihte sich in unser Carré. Die Marseillaise. Die Schüler traten in ihre Klassenzimmer, stellten sich hinter ihre Bänke und warteten, bis ihre Klassenlehrerinnen eintraten. Dann hieß es auch in unserer Klasse im Chor - Bonjour ma Soeur! -

Soeur Geneviève stellte sich vor ihr Pult und las uns ein Gebet zum Tagesbeginn vor, das sie wohl am Vorabend oder frühmorgens an die

Tafel geschrieben hatte und das wir nachsprechen mussten. - Ihr werdet dieses Gebet bis morgen auswendig können, - gab die Religieuse bekannt.

- Boto, Du kommst nach vorn. Du stellst dich dort in die Ecke und denkst über dein Fehlverhalten nach. Wenn ich es dir erlaube, wirst du wieder an deinen Platz zurückkehren. Die andern: Setzen! - Der Unterricht begann und Boto stand mit dem Rücken zur Klasse in der Ecke neben der Wandtafel. Es war nichts von ihm zu hören. Seine Schultern weinten.

*

Vor der Mittagspause, wurde Boto unter dem Gelächter der Klasse an seinen Platz zurück geschickt. Der Junge zitterte am ganzen Körper. Vor Scham oder vor Erschöpfung, wer weiß; wahrscheinlich beidem. Die Religieuse ließ uns vor dem Klassenzimmer in Zweierkolonne antreten, vor den anderen Schulräumen geschah dasselbe. Man marschierte Richtung Kantine, wo wir die Plätze von gestern einnahmen. Etienne und ich schafften es wieder, sich von Angesicht zu Angesicht wie am Vortag hinter dieselbe Sitzbank zu stellen. Das Gebet. Das Essen. Das Schweigen.

Zu essen gab es reichlich. Viele Sekundarschüler hätten zuhause kaum jemals so üppige Portionen bekommen. Jedes Essen begann mit einer Suppe, einmal gab es pürierte Gemüsesuppe, dann Kartoffelsuppe, Kohlsuppe, Mehlsuppe, Suppe mit Ei und am Freitag eine kräftige Linsensuppe, denn am Freitag war der Hauptgang immer fleischlos, während an den übrigen Tagen stets Fleisch – der traditionelle Rindfleischtopf oder Huhn oder Fisch - zum täglichen Reis aufgetragen wurde. Zum Nachtisch wurden die Früchte der Jahrszeiten in großen Schalen auf die Tische gestellt. Die Schule versorgte sich praktisch selber mit Nahrungsmitteln und besaß deshalb Reisfelder, einen Gemüsegarten und eine große Geflügelzucht. Wenn wir morgens zur Schule kamen, standen zudem Metzger oder Flussfischer vor der Küche und boten ihre Ware dem Koch feil.

Am Nachmittag stand „Turnen und Sport" auf dem Programm. Alle erhielten ein Turntenue der Schule, das aus einem ärmellosen Hemdchen und einer Turnhose bestand. Wir blieben barfuss. Für die Mädchen wurden Staffetten und Läufe durchgeführt, es kam zu Wettkämpfen, die aber nicht benotet wurden. Wir übten auch Turnen in Gruppen und machten Armschwingen und Rumpfbeugen auf Soeur Madeleine's Kommando, der Sportlehrerin. Die Knaben durften sich an Reck und Barren üben und am Schluss wurde Fußball gespielt. Frère Jacques war der Schiedsrichter und blies unentwegt durch eine Trillerpfeife. Der Boden des Schulhofes, wo geturnt, gelaufen und gespielt wurde, war gestampfte rote Erde. Am Ende der Sportlektionen waren wir verstaubt und verschwitzt, alle hatten eine zweite rote Haut übergestreift.

Soeur Madeleine führte zuerst die Mädchen hinter eine neben den Schlafräumen errichtete Holzwand, hinter der ein Zementboden mit einem Abfluss in der Mitte gegossen war. Am oberen Rand der Bretterwand streckte sich ein Dutzend Duschebrausen über den Zementboden, auf dem sich auch noch mehrere Kessel mit Wasser befanden. Die Duschen wurden über eine dünne Leitung aus einem eisernen Kessel gespiesen, der auf das Dach des Schlafsaals montiert war und zu dem eine Wasserleitung führte, die wiederum von einem nahe der Küche gebohrten Brunnen kam und wo zwei Plantons eine Handpumpe betätigten, um Wasser für die Dusche hochzupumpen. Wie ich von meinen Kameradinnen erfuhr, wurden sie schon am ersten Abend, vor dem Nachtessen, unter die Dusche geschickt. Man hatte ihnen Hygieneregeln beigebracht. Soeur Madeleine befahl uns, die Turntenues abzustreifen und uns zu waschen. An der Wand waren einige Seifenkörbe angebracht, die über einem eisernen, längs der Holzwand führenden Trog hingen und in den die Wasserhahnen hineinragten, die ihrerseits von der Wasserleitung abzweigten. Während wir uns wuschen und dabei Späße trieben, wie es zwölf- bis fünfzehnjährige Mädchen eben tun, stand die Religieuse an der Seite des Freiluftbades. Unvermittelt trat Frère Jacques zu Soeur Madeleine, um mit ihr irgendetwas zu besprechen, das wir vor lauter eigenem Lärm nicht mitbekamen und wohl auch nicht für uns bestimmt war.

Es konnte sich aber kaum um sehr wichtige Dinge handeln, denn die beiden Geistlichen lachten, was sie sonst vor den Schülern nie taten, und Frère Jacques beobachtete unser Duschen, ohne Soeur Madeleine anzuschauen. Es war, wie wenn zwei Leute aneinander vorbei redeten, aber so taten, als sprächen sie miteinander. Noch erhitzt von den Sportstunden, machte uns das kalte Wasser nichts aus und die Nachtmittagssonne wärmte und trocknete unsere nass glänzenden Körper in Minutenschnelle. Wir kleideten uns wieder in unsere Schuluniformen und überließen die Dusche den Knaben, während wir Mädchen in unseren Klassenzimmern warteten.

Als die Klassen wieder komplett waren, senkte sich die Sonne bereits hinter die dem Schulgebäude gegenüber liegende Kirche. Die Religieuses beendeten den Unterricht in den vier Schulzimmern mit einem Gebet und schickten die Kinder in den Feierabend.

*

Die Geistlichen wohnten unter einem Dach in einem Gebäude außerhalb des Schulsektors, jenseits der hohen Mauer. Man hätte es eine Villa nennen können, denn das blendend weiße Holzhaus wies zahlreiche Fenster und Türen auf, die alle auf eine breite, angenehm beschattete Veranda hinausgingen. An der Dachtraufe entlang verlief eine fein geschnitzte Zierleiste, die dem Haus einen ganz noblen Anstrich verlieh und vor den verglasten Türen und Fenstern waren engmaschige Mückengitter angebracht, wie man sie in dieser Gegend noch nie gesehen hatte.

Es war selbstverständlich, dass die Schüler zu diesem privaten Haus der Geistlichen keinen Zutritt hatten. Es sei denn, man wurde von einer der Religieuses geschickt, um irgendetwas Vergessenes zu holen oder etwas Nichtmehrbenötigtes beim Hauspersonal abzuliefern. Und natürlich weckte das für die meisten von uns verbotene Gelände unsere Neugier, weshalb ein jeder sich bemühte, zu den Auserwählten zu gehören, die hin und wieder mit einer Sonderaufgabe bedacht wurden. In seltenen Fällen wurde jemand zu Frère Jacques beordert, der in der Villa sein Direktionsbüro eingerichtet hatte und nur in Ausnahmefällen in der Schule erschien. Er war in erster Linie Priester und nicht Lehrer. Er vertrat das Wort Gottes, aber wir waren uns bald sicher, dass er vor allem den Zorn Gottes verkörperte.

Der Unterricht war für die meisten von uns hart. Nicht nur, weil der Stoff völlig neu war, sondern das ganze Drumunddran mit den Gebeten und der vorgeschriebenen französischen Konversation. Es war uns ja verboten, innerhalb des Schulsektors in unserer Muttersprache zu sprechen. Wurde jemand dabei ertappt, gab es Strafen, die man anfänglich noch stehend hinnehmen konnte – man musste zum Beispiel eine ganze Unterrichtsstunde in der Schulbank stehen – doch waren die Schläge nach wiederholten Sprachvergehen kaum ohne Schmerzen zu überstehen. Kaum ein Kind, das im Laufe eines Monats nicht mindestens einmal geweint hätte.

Aber es gab auch für andere als Sprachvergehen empfindliche Strafen. In diesen besonders seltenen Fällen mussten die Fehlbaren bei Frère Jacques persönlich vortraben. Dafür ging man gesenkten Hauptes in die Villa. Als ich mich mit einem älteren und zudem viel größeren Schüler zum wiederholten Mal geprügelt und sich der Idiot mit blutiger Lippe und blauem Auge bei seiner Soeur über mich beschwert hatte, war die Reihe an mir.

Frère Jacques, dem bereits ein schriftlicher Bericht der Klassenlehrerin des Schülers vorlag, ließ mich vor seinem riesigen, schwarzhölzernen Arbeitstisch stehen und betrachtete mich schweigend. Dann fragte er mich, wie es möglich sei, - dass eine Zwölfjährige, zudem eine so zierliche Person -, einen Vierzehnjährigen verprügle. Ich konnte und wollte ihm nicht meine Zeit als Mutters Arbeitskind erzählen und die sich daraus ableitende Muskelkraft erklären, das war mir peinlich. Ich beließ es bei der Begründung, dass ich schon immer kräftig und schnell gewesen sei.

Frère Jacques nahm es zur Kenntnis, aber es interessierte ihn nicht wirklich. Er hielt mir eine Standpauke über Pflichten einer Schülerin, über Anstandsregeln und über den Verzicht auf Gewalt. Ob ich mir denn meines Vergehens, das schwer wiege, weil das Opfer schließlich geblutet habe, überhaupt gewahr sei, fragte er? Ich nickte.

- Dann weißt Du auch, dass Du der gerechten Strafe für das Vergehen gegen die Gebote des Herrn nicht entgehen kannst. Denn, - hob er zur Bibeldeklamation an, - der Prophet Jeremia sagte: Züchtige mich, Herr, doch mit Maßen und nicht in deinem Grimm, auf dass du mich nicht aufreibst. So soll es geschehen, - bestätigte der Pater den Propheten.

Ich überlasse dir die Wahl, Eleonore. Er blickte mich aus tiefliegenden dunklen und von buschigen Augenbrauen beschatteten Augen an. Sein Gesicht war ernst, streng. Der zürnende Gott in Person und seine weiße Sutane verstärkte noch diesen Eindruck. - Willst Du die Züchtigung mit dem Stock, oder ziehst Du meine Hand vor? - Ohne einen Moment nachzudenken, wählte ich die Hand, denn ich konnte mir nicht vorstellen, dass ein Stock weniger schmerzen würde.

Frère Jacques kam um den Arbeitstisch herum und schob mich vor sich her zu einem in einer Ecke stehenden Sessel, der keine Armlehnen hatte, aber bequem aussah. Der Pater setzte sich in den Sessel und streckte die Beine aus. Er zog mich zu sich und befahl mir, die Unterhose auszuziehen und den Rock zu heben. Er zog mich am Kleid zerrend zu sich hin und legte mich bäuchlings über seine Knie. Mein nacktes Hinterteil lag nun vor ihm und ich erwartete zitternd seine Schläge mit der flachen Hand. Aber es tat gar nicht weh. Denn er schlug nicht richtig zu, es waren eher Klapse. Und der Pater betete laut und im Rhythmus seiner Klapse.

Als er mich endlich aus seinem Büro entließ, war seine weiße Kutte in Hüfthöhe befleckt. Aber es konnten nicht meine Tränen gewesen sein, die ihn eingenässt hatten, denn ich hatte gar nicht geweint. Und erst recht hatte ich ihn nicht genässt, denn soviel Angst hatte er mir trotz allem nicht einjagen können.

*

Großmutter und Mamabé Beatrice waren außer sich, als ich ihnen am Abend von meinen Abenteuern mit dem älteren Schüler und – vor allem - mit dem Missionar erzählte. Einerseits freuten sie sich diebisch an meiner Schlagfertigkeit, die ich im Kampf gegen den Lümmel aus der Abschlussklasse bewiesen habe. Aber die Empörung ob des Übergriffs des Geistlichen überwog. Großmutter meinte, dass der Pater zu weit gegangen sei. - Da werde ich mir etwas einfallen lassen, - sagte sie an und ließ mich im Ungewissen, denn sie wechselte unvermittelt zu Haushaltsfragen und begann, mit Tantine Brigitte über die bevorstehende Schlachtung eines Schweines zu reden.

Etienne und ich zogen uns in mein Zimmer zurück, wo wir den Fall bis zum Nachtessen ausgiebig miteinander besprechen wollten. Aber es fiel uns nicht sehr viel Neues ein. Ich fühlte mich nicht besonders beschädigt von dem Vorfall und war eher erstaunt und froh, dass ich keine Schmerzen erlitten hatte. Das war alles. Und nach dem Nachtessen mit den beiden alten Frauen und Etienne war die Sache vergessen. Bis ich im Bett lag. Ich konnte nicht einschlafen. Die Ereignisse des Tages kamen zurück. Und als ich schließlich doch eingeschlafen war, kamen die Träume. Sie waren schwer, dunkel, unheilig, Frère Jacques erschien, die Nonnen, ich hörte Trommeln im Rhythmus der Schläge und der Gebete des Paters, sah meine Unterhose am Boden liegen, und Etienne, der weinte und Großmutter, die mich rettete, aus einer Fesselung befreite oder vielmehr von einem unsichtbaren Magnet erlöste, der mich mit unbändiger Kraft zurückhielt.

- Eleonore, Eleonore! Wach auf! Du träumst, wach auf, mein Kind. - Als ich endlich die Augen öffnete, - es schien, als könnte ich gar nicht aufwachen, als hielte mich jemand zurück, verhindere, dass ich den Fluchtweg beschreite - beugte sich Großmutter über mich, küsste mich, streichelte mich, beruhigte ihr im Traum delirierendes Enkelkind mit einem Lächeln, das zarter und weicher war als eine Wolke aus Daunen. Ich hatte geträumt. - Dein erster Traum, - wie Großmutter feststellte und in ihrem so sanften, ebenmäßigen, faltenlosen Gesicht, das mir in dieser Dämmerung des Halbschlafs ganz nah war, las ich, dass Großmutters Lächeln auch noch etwas anders bedeuten sollte. Mamabé Beatrice kam ins Zimmer und reichte mir einen honiggesüßten Tee, der mich endlich in einen tiefen, traumlosen Schlaf entschwinden ließ.

Am nächsten Tag erwachte ich, als ob nichts geschehen wäre. Auch die andern saßen froh gelaunt am Frühstückstisch. Ich langte unbeschwert zu und während ich mit Etienne die üblichen, morgendlichen Neckereien betrieb, übersah ich Großmutter, die mich zufriedenen Blickes beobachtete. Hätte Etienne, der in seinem Zimmer noch lange wach gelegen war und deshalb die Gespräche aus dem Salon bis zum Einschlafen hörte, aber nicht wirklich verstehen konnte, hätte er nicht Andeutungen gemacht, ich hätte nicht ahnen können, dass Großmutter bis tief in die Nacht mit Beatrice über viele Dinge geredet hatte, auch über mich.

*

In der Schule verlief zunächst alles so, wie die Tage zuvor. Die Marseillaise, die Gebete, das Pauken, wieder Gebete, Essen. Aber in der zweiten Pause, am Nachmittag, machten Gerüchte die Runde.

Es hieß, dass eine Schülerin der dritten Klasse im Laufe des Vormittags für die Religieuse ein Buch in der Villa hätte abholen sollen. Als das Mädchen zur Villa gekommen sei und schon den Fuß auf die Veranda setzen wollte, seien gellende Schreie zu hören gewesen und die Fliegentüre am Haupteingang sei aufgeflogen und eine schwarze Haushalthilfe sei in zerrissenem Kleid, mit entblößten Brüsten und völlig zerzaust aus dem Haus gestürmt, hinter ihr Frère Jacques, der, nur in Unterhosen bekleidet, der Frau üble Schimpfworte nachgerufen habe. Worauf das Mädchen in Panik geraten und umgekehrt sei, um der Religieuse den Vorfall zu berichten und gleichzeitig um Entschuldigung zu bitten, weil sie ja doch den Auftrag nicht erfüllt habe. Darauf habe ihr Soeur Gabrielle zuerst wortlos eine Ohrfeige verabreicht und sei dann ziemlich aufgeschreckt, aber doch noch die Klasse die Bibeln zur Hand zu nehmen und in der Genesis zu lesen befehligend, davongerannt. Im Zimmer der dritten Klasse sei sodann von Kniffen und Puffen begleiteter, wort-, eigentlich lautloser Tumult ausgebrochen, denn es galt das Gebot des Gehorsams und der Stille.

Dass Frère Jacques halbnackt bis auf die Veranda hinaus einer Bediensteten nachstellte, empfanden wir Schüler schon als starkes Stück, das unsere bislang vom Pauken, der Angst vor Schlägen der Religieuses, der Disziplin und von den Wettbewerben um gute Noten geprägten Phantasien in unbekannte Richtungen trieb. Aber auf das Verhalten der Soeur Gabrielle konnte sich niemand einen Reim machen, auch wenn alle irgendeinen Zusammenhang mit dem ersten Ereignis in Erwägung zogen.

Wir konnten das Ende des Unterrichts kaum abwarten und als Soeur Geneviève die Klasse in die freie Zeit entlassen hatte, rannten wir los. Wir wollten Großmutter und Beatrice möglichst brühwarm über die neuerlichen Vorfälle berichten. Sie hörten uns mit größter Aufmerksamkeit zu und unterstrichen ihr Interesse zuweilen mit hochgezogenen Augenbrauen und herabhängenden Mundwinkeln während sie sich verständliche

Blicke zuwarfen. - Was hab' ich dir gestern Nacht gesagt, Beatrice? - fragte Großmutter ihre Schwägerin, ohne auf eine Antwort zu warten. - Ich hab' dir gesagt: da kommt noch einiges auf uns zu. - Worauf das Thema für uns erledigt schien, denn Mamabé Beatrice kümmerte sich um das Nachtessen während Etienne in sein Zimmer verschwand. Großmutter legte ihren Arm um meine Schultern und zog mich sanft auf die Veranda, um mit mir den Sonnenuntergang zu betrachten, wie sie sagte. Aber ich spürte, dass sie mir Wichtiges mitteilen wollte.

Die Sonne stand tief und würde in wenigen Minuten die gegenüberliegenden, bewaldeten Hügel berühren. Es war ein Tag im November und die Luft war schwer, erfüllt von einem lauten Gezirpe, Gezwitscher und Gekreische in den Mangobäumen und in den zahlreichen in nur wenigen Wochen hochgeschossenen Büschen, die noch zu Beginn des Schuljahres dürre Gerippe gewesen waren. Im weitläufigen Hof schnatterten Enten, und der Ganterich gab dominant kreischend den Ton an. Es herrschte Aufregung in und unter den Bäumen, denn die Tiere wussten, dass es bald reichlich Futter gab. Denn jeden Abend, noch bevor die Hühner ihre Schlafbäume in ihrem von Netzen geschützten Geviert bezogen, stellte sich Großmutter ganz vorne auf die Veranda und warf ein paar Handvoll geschälten Reises in die gemischte, wild keifende Geflügelschar. Und wenn das Hausgeflügel beschäftigt genug war, sich alle gegenseitig die Rangordnung auf den Kopf hackten oder in die Federn pickten, dann warf sie in die entgegen gesetzte Richtung einige Handvoll, um so auch die Vögel der Bäume und des Waldes zu ihrem Recht kommen zu lassen. Für ein paar Sekunden - solange bis die Hühner und Enten und Gänse und Truten den Trick durchschaut hatten und sich gierig auf die zusätzliche Nahrung der armen Verwandten aus der freien Natur stürzten – für diese paar Sekunden schwebten die zitronengelben, den Nestbau unterbrechenden Webervogelmännchen und ihre grau-grauen Weibchen herab und pickten so viele Körner, wie sie nur kriegen konnten. Und als die wild schnatternde und gackernde Bande der bereits satten und fetten Vettern und Basen heranstürmte flogen sie auf und zogen sich zwitschernd auf die mit ihren kunstvoll gewobenen Gehäusen behängten Äste zurück, von wo sie das eifersüchtige Streiten um die letzten Körner beobachteten.

- Vermutlich, bemerkte Großmutter plötzlich, - die mich beobachtete, wie ich gebannt das Schauspiel verfolgte, - werden sich die Webervögel über die großen Dicken da unten köstlich amüsieren. Sie werden sich sagen, fresst uns ruhig die Körner weg, aber wir werden noch hier oben sein, wenn ihr schon in der Pfanne schmort. -

Zu dieser Jahreszeit zogen gelegentlich Lemuren-Gruppen über die Bäume des Gehöftes, bedienten sich an frischen Blättern und frühen Früchten, tobten hoch oben durch das Geäst und lehrten ihren soeben neu geborenen und sich an die Brust ihrer Mütter klammernden Nachwuchs, wo es sichere, nicht durch Jagd und Fallen vergiftete Nahrung gab.

Der Himmel über dem Haus war noch blau, kippte bereits ins Königsblau und etwas weiter, über die Mango-Bäume hinweg, Richtung Sonnenuntergang ging alles in gelb und orange über und im Moment, als die Sonne sich hinter die Hügel senkte und für Sekunden nur noch einen kleinen Rest ihres in dunstigem Licht zu erkennenden Rundes erblicken ließ, da überzog eine malvenfarbene Decke das unendliche Firmament, an dem sich nun die glitzernden Wegweiser des Universums ausbreiteten und die blauschwarze Nacht fiel auf Großmutters Reich herab. Vom gegenüber liegenden Hügel, vom Quartier der Kirche und ihrer Schule, trug eine ganz leichte Brise ein paar auf der Kabosy, der aus einer Kalebasse gebauten Gitarre des Waldes und der Savanne, sanft gezupfte Töne herüber.

- Siehst Du, Eleonore, - sagte Großmutter, - das ist meine Kirche. Sie gehört mir allein und ist doch für alle da. Für die Vögel, die Tiere, die Pflanzen und für uns. -Sie legte wieder den Arm über meine Schulter und wir setzten uns auf die Bank, die nun im Dunkeln an der Wand vor dem großen Salon stand. Das Konzert der Vögel war verstummt, Zikaden ließen ihren eindringlichen Singsang ertönen, weit unten gurgelte der Bauch und als Großmutter eine Kerze entzündete, denn sie mochte das elektrische Licht nicht, da dauerte es nur Sekunden bis uns die Feldermäuse um die Ohren sausten, um die in die Falle des Kerzenlichtes geratenen Insekten zu jagen.

*

Großmutter begann unvermittelt aus ihrer Kindheit zu erzählen. Wie sie als Kind im tiefsten Wald gelebt hatte, zusammen mit vielen Geschwistern und wie man dem Rat der Alten folgend den Wald durchwanderte, immer auf der Sache nach Nahrung, nach ebenen Waldgebieten, die sich als Anbaufläche eignen würden. Man rodete, man pflanzte, man wartete auf den Regen, auf den richtigen Regen, betonte sie; - denn, weißt Du, hier in unserer Gegend, da regnet es fast immer, aber nur der richtige Regen lässt Nahrung entstehen. Aber Regen macht alleine noch keinen Reis. Wir mussten vieles beachten. Den Mond, den Geruch der Erde, die Farbe des Himmels und vor allem mussten wir auf die Ahnen hören. Wir mussten Sie zu Rate ziehen, ihnen unser Vorhaben darlegen und auf ihre Zeichen warten. Was schaust Du mich so verwundert an, Liebes? Ja, doch. Die Ahnen reden mit uns. Meine Großmutter spricht auch jetzt immer noch mit mir. Sie ist schon lange tot, aber so lange ich lebe, wird sie in mir weiter leben, wie ich in dir weiterleben werde, solange Du lebst und solange Du mir zuhörst. -

Im flackernden Licht der Veranda standen vermutlich leuchtende Fragezeichen in meinen Augen. - Du willst wissen, welche Zeichen man von seinen Ahnen bekommt? Das will ich dir gerne sagen, mein Liebes. Aber jetzt gehen wir erst einmal essen.-

5

Freitagabend, der Abend, an dem uns Großmutter bis spät in die Nacht Geschichten erzählte, weil der Samstag schulfrei war. Da spielte es keine Rolle, wenn wir erst aus unseren Betten krochen, wenn die Sonne schon hoch am Himmel stand. Aber an diesem Freitagabend war alles ein wenig anders, denn Großmutter wollte sich nur mit mir unterhalten und fädelte es so geschickt ein, dass sich Etienne beim Abwasch an der Seite von Mamabé Beatrice nützlich machen wollte. So konnte ich mich nach dem Essen neben Großmutter bei Kerzenlicht auf die Veranda setzen und ihr zuhören während es im hell erleuchteten Innern schepperte, klapperte und das ungleiche Paar fröhlich plapperte.

Großmutter, die wie gestern schon meine Hand hielt, hatte sich, aus demselben Tuch in kräftigen Farben, aus dem sie einen Wickelrock trug, einen Schal um Kopf und Hals geschlungen. Sie schaute mir in die Augen und ihr schönes, vom gelb-rot-blauen Stoff eingerahmtes Gesicht erhielt im Kerzenlicht eine goldene Patina, die ihre hohen Wangen, die vollen Lippen und ihre glänzenden, stets fröhlichen Augen einer Statue gleich hervorhoben. So saßen wir einen Moment wortlos da, meine Hand in der ihren und ich spürte, dass sie diesen Abend, genau diesen Zeitpunkt schon seit Tagen oder Wochen, vielleicht schon viel länger, bestimmt hatte, um mir Wichtiges zu sagen.

- Du musst wissen, Eleonore, - begann sie leise; so, wie man nur unter eng Vertrauten spricht. Es ist kein Flüstern, keine Geheimnistuerei. Es ist einfach der Moment, in dem alles zusammen kommt, an dem gesagt sein muss, was es zu sagen gibt. - Du musst wissen, Liebes, dass Du bald eine Frau sein wirst. Und deshalb ist es an der Zeit, dass ich dir von unseren Vorfahren berichte und dir erzähle, wie man mit ihnen spricht, wie man sie um Rat bittet und wie man diesen empfängt und richtig deutet. Du kommst jetzt in ein Alter, in dem Du deine Gaben erkennen und lernen sollst, sie richtig einzusetzen. Zu deinem Guten und zu deinem Schutz, wenn es sein muss. - Nach einer Pause fuhr sie fort.

- Achte auf deine Träume, Liebes. Das ist deine wichtigste Quelle. Du wirst Bilder sehen, die dir den Weg weisen werden. Natürlich hast Du deinen schlimmen Traum von gestern Nacht bereits vergessen. Und das ist auch gut so. Ich aber war an deinem Bett, als ich dich jammern hörte und hab dir zugeschaut und zugehört als Du gesprochen hast. Und dann hab' ich dich geweckt, denn ich wollte dich nicht leiden sehen. Aber, was Du gesehen hast, war, was heute geschehen ist. Du hast den Pater und die Schwester in einem Raum gesehen. Sie waren böse. Und diese Bosheit hat sich gegen sie selbst gewandt. Davor brauchst Du keine Angst zu haben. Träume werden deine Wegweiser sein und solange Du selbst niemandem Schaden zufügst, werden dich die Träume beschützen. Das ist das Wichtigste, - fuhr die Großmutter fort. - Versuche in Frieden zu leben, mit dir selbst und mit den anderen. Aber lasse dich auch nicht unterdrücken. Wehre dich, wenn es notwendig ist, aber greife nicht von dir aus andere an. - Was folgte, war eine Art Bedienungsanleitung für den Umgang mit Verstorbenen. Ich hörte, aber verstehen konnte ich nur wenig.

- Unsere Ahnen geben uns Rückhalt. Man muss ihnen nur gut zuhören. Ich hab' dir vorhin versprochen, dir zu erklären, wie wir ihre Zeichen lesen. Es ist ganz einfach. Du musst in dich hinein hören. Wenn Du ein Problem hast, setz' dich zum Beispiel an den Bach da unten. Betrachte das Wasser, höre das Rauschen. Dann wird dir eine Stimme sagen, was Du zu tun hast. Du musst dich einfach nur auf das Wasser konzentrieren, auf sonst gar nichts. Und wenn Du müde wirst, steh auf und geh nach Hause. Dann wirst Du die Lösung für das Problem gefunden haben. Aber Du musst auch wissen, dass nicht jeder mit dieser Gabe beschenkt wird. In unserer Familie sind es nur wir beide. Und bevor Du geboren warst, war ich alleine, denn meine Großmutter ist schon lange tot und hat ihre Gabe an mich vererbt. So wie ich es jetzt mit dir tue, Liebes.

Bald wirst Du nicht mehr ein Mädchen sein. Du wirst eine Frau werden. Erschrick nicht. Ich weiß, wovon ich rede. Und was passieren wird, ist vor uns schon einer endlosen Zahl von Frauen passiert. Wenn es soweit ist, wirst Du es wissen. Aber auch andere werden es wissen, denn man wird es dir ansehen. Sei vorsichtig mit den Burschen, Liebes. Hüte dich vor Männern. Das alles hat noch Zeit, denn Du wirst eine wunderschöne Frau werden; ich weiß es, auch wenn dir deine Mutter seit deiner

Geburt das Gegenteil eingetrichtert hat. Die Männer werden dir nachlaufen, aber nimm dir die Zeit, um den richtigen auszuwählen. -

Großmutter erteilte mir viele Ratschläge an diesem Abend. Vieles - vor allem die Sache mit den Männern - war sehr weit weg von Etiennes und meinem Leben bei Großmutter, weit weg von der Schule. Und trotzdem hatte sich etwas verändert. Ich wusste nicht was, aber ich spürte es.

*

Am Samstagmorgen erwachte ich mit Schmerzen im Bauch. Lag es am Nachtessen? Als ich die Decke zurück schlug und mich vom Bett erheben wollte, entdeckte ich zuerst ein paar rote Flecken auf dem Nachthemd, das ich mit einem Ruck hoch zog und da sah ich die Bescherung.

- Großmutter, Großmutter, bitte, komm schnell. - Einen Augenblick später standen Großmutter und Mamabé Beatrice in meinem Zimmer, aufgeschreckt von meinem Geschrei, die weit aufgerissenen Augen fragend auf mich gerichtet.

- Großmutter, ich habe Blut in der Unterhose. - Während Beatrice lächelnd an der Tür stehen blieb, kam Großmutter Freude strahlend auf mich zu, nahm mich in die Arme und streichelte ihr weinendes Enkelkind. - Jetzt bist du eine Frau, Eleonore. -

Ich wusste nicht, wie mir geschah, aber ich hatte plötzlich vieles von dem begriffen, was sie mir am Abend erzählt hatte. Das Frausein zum Beispiel. Viel Neues für eine bald Dreizehnjährige. Die beiden erfahrenen Frauen nahmen mich in ihre Obhut, wuschen mich, zeigten mir, wie mit dem Blut umzugehen war, schnitten aus weißer Unterwäsche provisorische Binden zurecht. Sowohl Großmutter als auch Mamabé Beatrice waren bester Laune, lächelten mir in einem fort zu, streichelten mich im Vorbeigehen. Mir tat der Bauch weh. Und Etienne, der längst schon am Frühstückstisch saß und die fast feierliche Prozession der drei würdig herein schreitenden Frauen verwundert beobachtete, verstand von all dem Theater nicht das Geringste. Man bereitete mir warme Milch und Honig zu. Eine Bouillon mit frischen Eiern, Reissuppe. Und Großmutter verkündete, dass es zur Feier des Tages Truthahn gäbe.

Gleich nach dem turbulenten Frühstück wurden die Vorbereitungen für das Festmahl in Angriff genommen. Großmutter schickte Etienne nach Papa, nach meinem kleinen Bruder und meiner Schwester. Und er sollte gleich auch seine Mutter mitbringen, wurde ihm aufgetragen. Das Haus der Großmutter wurde zur Herberge für eine Nacht hergerichtet, denn die Gäste aus dem Dorf am Bahnhof sollten nicht noch gleichentags zurück marschieren müssen. Abgesehen war am anderen Tag Sonntag, an dem Papa und Etiennes Mutter sowieso zu Besuch gekommen wären. Großmutter und Beatrice hatten zusammen mit den beiden Zugehfrauen, die seit unserem Einzug tagsüber im Haushalt mithalfen, alle Hände voll zu tun. Feststimmung kam auf.

*

Im Laufe des Nachmittags traf Papa mit den Kindern und mit Tantine Brigitte ein. Nach über einer Woche der Trennung war es immer etwas Besonderes, ihn und die Geschwister wieder zu sehen, aber jetzt war es irgendwie noch schöner. Großmutter nahm ihren Sohn und auch Tantine Brigitte zur Seite und berichtete ihnen vom Ereignis. Sie wollte das nicht an die große Glocke hängen und öffentlich darüber reden. Es genügte, wenn es die - nebst ihr - für mich wichtigsten Menschen wussten. Papa kam zu mir, umarmte mich und küsste mich innig auf die Stirn. Tantine Brigitte tat es ihm gleich. Der offizielle Teil des von Großmutter spontan erfundenen – war es so oder war sie nicht längst schon darauf vorbereitet? - Menstruationsfestes war damit erledigt.

Die Festgesellschaft nahm ihre Plätze an einem langen Tisch auf der breiten Veranda ein. Papa saß am einen Ende, Großmutter am anderen und ich neben ihr. Mein kleiner Bruder saß neben Mamabé Beatrice, die die nachgeborene kleine Schwester in ihren Armen hielt, als wäre es ihr eigenes Kind, Etienne und seine Mutter ihr gegenüber. Es war heiß, schwül fast; der Regen konnte nicht mehr sehr fern sein. Wenn Großmutter zur Tafel lud, war sie stets reich gedeckt.

- Es soll mir niemals jemand hungrig vom Tisch. - Das war ihr Wahlspruch, was ihre Gastfreundschaft betraf und ich mag mich nicht erinnern, dass sie dieses Versprechen jemals gebrochen hätte. Während des Essens wurde nicht geredet. Zum einen, weil man den Mund ganz einfach zu voll hatte, zum andern weil schon Papa immer sagte, das Essen sei mit Andacht zu genießen. Entweder schwatzen oder schmatzen. Ich bin mir bis heute nicht sicher, ob er der Urheber des Spruches ist. Erst bei den Früchten begannen die Gespräche und so tauschten die Erwachsenen die Neuigkeiten der vergangenen Woche aus, wobei die Geschichten um den Pater und die Schwestern natürlich viel zu spekulieren und zu schmunzeln gaben. Papa machte sich Sorgen über die schulischen Fortschritte, wenn doch offensichtlich ganz andere Probleme den Lehrkörper beschäftigten. Er wollte sich am Sonntagmorgen, noch vor dem Kirchgang, unsere Hefte anschauen und einen Blick in die Bücher werfen.

*

Die Kirche war brechend voll. Seit wir die Schule besuchten, war es das erste Mal, dass man sogar die Türen offen lassen musste, um Gläubige, die keinen Platz mehr gefunden hatten, wenigstens auf dem Vorplatz am Gottesdienst teilhaben zu lassen. Aber es war nicht die feierliche, gottesfürchtige Stimmung, die normalerweise in einem Gotteshaus herrscht und besonders, wenn Pater Jacques das sonntägliche Hochamt hielt. Es war wie ein Knistern, das durch die Bankreihen ging und manch einer blickte etwas allzu verstohlen zu seinem Banknachbarn, man beobachtete gar, wie man sich ellbogig schubste. Verkniffenes Kichern. Auf der Frauenseite hingegen herrschte eine übertrieben ernste Stimmung, man hätte es eine kollektive Gerichtsmiene nennen können. Die Frauen warteten auf den Angeklagten. Wenn auch nicht zu leugnen war, dass hinter vielen schmetterlingshaft bewegten Fächern ein gemeines Grinsen versteckt wurde. Alle wussten Bescheid über das Vorgefallene, auch wenn vermutlich in vielen Familien die Geschichte eines in Unterhosen einer Hausangestellten nachrennenden Priesters reichlich ausgeschmückt worden war. Und erst recht die Spekulationen über die Reaktion der Schwester Gabrielle. Was musste da wohl passiert sein? Und weil niemand Genaues wusste, meinten alle, die Wahrheit zu kennen. Ihre eigene Wahrheit.

Von hinten schritten aus der vom Kirchenschiff aus nicht einsehbaren Sakristei fünf Nonnen in ihrem weißen, von turmhohen, fledermausigen Hauben gekrönten Feiertagshabit, das gesenkte Haupt den Gläubigen zugewandt, die Hände über dem Bauch gefaltet und stiegen auf den Altarpodest. Sie reihten sich auf und beteten in Erwartung des Priesters. Da erschien Er. Würdevoll strebte Frère Jacques dem Altar zu, das Gesicht – was nie zuvor beobachtet worden war - unter der Kapuze seines Habits beschattend, die Arme weit zum christlichen Gruß geöffnet, den Altar küssend, mit einem Luftkreuz die Gemeinde segnend. - ImNamendesVatersunddesSohnesunddesHeiligenGeistes ... Amen ... DerHerrseimitEuch ... undmitdeinemGeiste ... Amen. -

Der Pater, der, von der tief im Gebet verbeugten Gemeinde unbemerkt, die Kapuze zurück gestreift hatte, wies mit ausgebreiteten Armen zum Himmel. Die Gemeinde richtete sich auf, um Armen des Priesters zu folgen. Und es war, als ob für einen kurzen Moment weder Atmen, noch Töne, noch irgendwelche menschlichen Aktionen sich im großen Kirchenschiff abspielen würden. Kein Räuspern. Nichts. Totenstille. Von weit her war das Krähen eines Hahnes zu vernehmen.

Der Kopf des Mannes war fast vollständig einbandagiert. Einem Turban gleich versteckte ein enormer Verband wie man ihn im Dorf der Großmutter noch nie gesehen hatte und der selbst Papa sprachlos machte, die Stirn, die Haare, die Ohren. Eine Binde war unter dem Kinn durchgezogen worden, um dem Ganzen vermutlich mehr Stabilität zu geben. Als trüge er die Tiara des Papstes, aber mit Sicherheitsband. Man bekreuzigte sich.

Er hob an, um aus der Bibel zu zitieren, indem er sich auf Hiob berief, der da gesagt haben soll: - Ich wartete des Guten, und es kommt das Böse; ich hoffte aufs Licht, und es kommt Finsternis. Das, liebe Gemeinde, ist mein Schicksal am heutigen Tage, - deklamierte Frère Jacques sodann. Und alle Gemeindemitglieder fragten sich, worauf er hinauswolle. Er hielt sich nicht lange zurück. Denn er erklärte kurz und bündig, dass Soeur Gabrielle - unter meinem persönlichen großen Schmerz - die Gemeinschaft habe verlassen müssen, denn der Herr habe sie zu einer neuen Aufgabe berufen. Ihre Aufgabe als Klassenlehrerin übernehme vorläufig

Soeur Madeleine, die bei der Nennung ihres Namens einen Schritt vortrat und sich würdig verbeugte. Der Sonntagsgottesdienst wickelte sich anschließend im gewohnten Rahmen ab, wenn auch kaum einer sich zum Altar bemühte, um am Höhepunkt der Messe den Leibchristi in Empfang zu nehmen. Aber es war für niemanden ein göttlicher Moment, denn im Raum stand die Frage, was war geschehen, wie und warum? Die Frage war irdischer Natur und blieb vorerst unbeantwortet. Endlich hieß es - Gehethininfrieden. - und man antwortete - Amen. -

Die Menge strömte zum Kirchenportal hinaus. Man ließ den Pater am Eingang stehen, ohne sich mit dem üblichen Handschlag von ihm zu verabschieden. Das kam Papa entgegen, denn er hielt uns im Kirchenschiff zurück, bis fast alle schon aus der Kirche verschwunden waren. Als Letzte der Kirchgänger traten Papa, Etienne und ich an Frère Jacques heran. Papa stellte sich als mein Vater und Etiennes Onkel, aber auch als Direktor der Schule im Dorf am Bahnhof vor und hieß uns, schon mal vorauszugehen, er hätte noch ein paar Dinge mit dem Pater zu besprechen. Der Pater, der sich zuerst freute, dass er wenigstens drei seiner Schäfchen per Handschlag verabschieden durfte und so einen Anschein von Normalität erwecken konnte, überzog die lächelnde Miene mit Finsternis als er vernahm, dass Papa auch Lehrer und Schuldirektor sei. Auch wenn wir an der Unterhaltung nicht teilnahmen, war aus dem Gesicht des Paters zu lesen: Auch das noch!

Das Gespräch unter Lehrerkollegen hatte nicht lange gedauert, denn Papa traf nur wenige Minuten nach uns bei Großmutter ein. Aber er war bester Laune und beim Mittagessen – sozusagen die Verlängerung des gestrigen Festmahls – gratulierte er Etienne und mir vor der versammelten Gesellschaft. Wir zählten nach Auskunft des Paters zu den besten Schülern des Collèges, berichtete er stolz. Allerdings, fügte er hinzu, sei die Disziplin noch etwas zu verbessern. Dabei blickte er mir nur eine Sekunde zu lang in die Augen und ich wusste, ich sei damit gemeint. Über die Ereignisse rund um Soeur Gabrielle, die ja irgendwie mit dem Auftritt in Unterhosen zu tun haben mussten, verlor Papa kein Wort. Dafür gab es nur eine Erklärung, man hatte gar nicht darüber gesprochen. So blieb alles vorerst im Dunkeln. Im Laufe des Nachmittags kehrten Papa, Tantine Brigitte und meine beiden Geschwister ins Dorf am Bahnhof zurück. Ihr

Leben und das unsere im Exil sollten wieder den gewohnten Lauf nehmen.

6

Der nächste Schultag begann mit einer Ansprache des Paters vor versammelter Schule. Immer noch mit verbundenem Kopf gab er die am Vortag in der Kirche bereits angekündigten Änderungen im Lehrkörper bekannt. Soeur Gabrielle werde vorläufig durch Soeur Madeleine ersetzt, für die vierte Klasse sei unverändert Soeur Marie, wie für die erste Soeur Geneviève weiterhin verantwortlich sei. Soeur Hélène bleibe für die Verwaltung zuständig, übernehme aber zusätzliche Aufgaben in der Direktion, denn er, Frère Jacques, werde vorübergehend den Turn- und Sportunterricht selber übernehmen. Ein unterdrücktes Raunen ging durch die Reihen der vier Schülercarrés. Unerwähnt blieb Soeur Benedicte, die etwas schwergewichtige, aber umso gutmütigere Vorsteherin von Kantine, Schlafsälen, und allen Wirtschaftsgebäuden, zu denen auch die Gärtnerei und die Geflügelzucht gehörten. Sie behielt ihren Posten. Man begab sich in die Schulzimmer.

*

Die Stimmung im Collège war nicht mehr dieselbe wie noch vor Monaten, auch wenn wir sie schon damals nicht besonders mochten. Das Schülerleben war geprägt von Angst vor Schlägen oder anderen Formen von Strafen, wie etwa die Stockschläge bei Frère Jacques oder die Sonderbehandlungen in seinem Direktionsbüro. Nun wurde alles richtig schlimm. Der Vorfall mit der Hausangestellten und das rätselhafte Verhalten und anschließende Verschwinden Soeur Gabrielles hatten einen Zusammenhang, dessen war man sich bei Schülern und Eltern sicher; auf alle Fälle stellten diese Ereignisse einen Wendepunkt in unserem Sekundarschülerleben dar.

Die schmallippige, wachsbleiche Geneviève entpuppte sich als Teufel im Nonnenhabit. Kein Tag verging, ohne dass nicht mindestens ein Kind in die Ecke gestellt wurde. Für nichts und wieder nichts. Einmal waren es unsaubere Fingernägel, ein andermal ein im Spind vergessenes Buch. Und immer wieder kam Boto, der Bettnässer, dran. Seine Angst vor dem Internat war jener vor der Nacht gewichen, der sich der Albtraum des Morgens anschloss. Er schaffte es noch immer nicht, die Nächte einer ganzen Woche trocken zu bleiben. Vermutlich machte er vor Angst ins Bett – und wurde regelmäßig das Opfer Genevièves, die sich wie die meisten der Klassenkameraden, die ihn unerbittlich foppten und tyrannisierten, um die Gründe seines häufigen Malheurs foutierten. Seine Leistungen wurden als Folge des Martyriums schlechter, alles wurde immer schlimmer. Dagegen war es fasst eine Bagatelle, dass wir die Gebete oft drei- oder viermal wiederholen mussten, weil immer wieder ein Kind aus dem Takt gefallen war. Das Pauken von Zahlenreihen erfolgte im Takt des Schlagstocks; lesen war gleichbedeutend mit Kopfnüssen, die allerdings nicht mit Fingerknöcheln sondern mit der Klassenbibel auf den Kopf des stotternden oder unsauber lesenden Schülers verabreicht wurden. Man fragte sich, ob dadurch das Heil im Himmel oder jenes auf Erden verbessert würde.

Etienne machte eines Tages den Fehler, mir einen Spickzettel über die Bankgasse zuzustecken und sich dabei erwischen zu lassen. Ein schweres Vergehen gegen das Vertrauen des Herrn Jesus, also gegen den Drachen Geneviève. Das wurde nach oben gemeldet und Etienne musste im Büro des Direktors antraben. Er erzählte mir nachher weinend, dass es ihm gleich ergangen sei, wie mir. Fast. Er hatte sich gegen meinen Rat für die Hand entschieden, aber Frère Jacques ließ es nicht bei Klapsen auf den nackten Hintern. Er ergriff Etiennes Geschlecht und begann damit zu spielen, zu zerren und was weiß ich nicht alles. Etienne konnte es vor Scham und Wut und tränenerstickter Stimme nicht in allen Details erzählen; und das war wohl auch gut so.

Das Collège war zu einer kolossalen Gerüchteküche geworden. In den Pausen wurde getuschelt. Die Externen besprachen sich auf dem Nachhauseweg. Und mit der Zeit ergab sich ein düsteres Bild vom Regime im Collège. Als ob mit dem Verschwinden Soeur Gabrielles alle Dämme gegen das Böse gebrochen wären. Als hätte sie den Pater irgendwie unter Kontrolle halten können, während alle anderen ihm nun entweder ausgeliefert waren, oder sich einfach gehen ließen, um ihren eigenen Gefühlen nachzugeben.

Außer Etienne und mir wusste niemand, dass die vor den Nachstellungen des Geistlichen geflohene Haushalthilfe bei meiner Großmutter Zuflucht gefunden hatte. Selbst Etienne und ich hatten das Mädchen erst nach Tagen im Haus entdeckt; wir hatten keine Ahnung, wie es Großmutter geschafft hatte, die neue Bewohnerin vor allen Leuten zu verstecken und sie dann plötzlich vor aller Augen als neue Hausangestellte zu präsentieren. Es hieß, ein als Waise vor Jahren seinem Schicksal überlassenes Kind, das fern seines Geburtsortes tief im Regenwald niemanden hatte, sei in der damals noch ganz einfachen Missionsstation des Paters Jacques gelandet und sei auf seiner Flucht vor dessen Angriffen zufällig in die Arme meiner Großmutter gelaufen, als diese gerade am unteren Ende des Gutes, dort wo beide Abhänge - jener, auf dem die Schulanlage gebaut war und jener mit dem Dorf und Großmutters Gehöft - in einer zum Bach hin flach auslaufenden Senke aufeinander stießen, zufällig einen Blick auf die Umzäunungen geworfen habe. Sie habe das verstörte Geschöpf in seinen zerrissenen Kleidern auf sie zukommen sehen, haben es aufgefordert, den untiefen Bach zu durchwaten und dann das zitternde Bündel, das keinen Ton von sich gab in ihre Arme und in ihre Obhut genommen. Erst zwei oder drei Abende später wurde uns das nun in ausgetragenen Kleidern der Großmutter und in den üblichen Wickelrock gekleidete stumme Mädchen als neue Haushalthilfe vorgestellt. Ich und Etienne hatten sie aus der Schule nicht als Haushalthilfe des Paters in Erinnerung, denn bei meiner Vorladung in das Direktionsbüro war ich ihr nicht begegnet und Etienne hatte bis zu diesem Zeitpunkt noch nicht Bekanntschaft mit den Erziehungsmethoden des Paters machen müssen. Bernadette. So hatte sie seinerzeit der Pater getauft und als stummes Waisenkind aufgenommen; wofür der Geistliche im Dorf große Anerkennung erhalten hatte. Er wollte dies freilich als reinen Akt in der Liebe Gottes bezeichnet wissen.

Bernadette war stumm, jedenfalls sprach sie damals kein Wort und alle, auch der Pater, hatten sie als Stumme behandelt. Aber sie und Großmutter hatten in einer nur ihnen zugänglichen Art zu sprechen begonnen. Wir wussten nicht wie, aber am Ende stand fest, dass Großmutter über alles Bescheid wusste, was im Haus des Paters vor sich gegangen war.

*

Zeit verging. Ich und Etienne waren bereits in der dritten Klasse, ein Jahr vor allen anderen bereit für den Übertritt ins Lycée. Da Papa aus Distanz und mindestens an jedem Wochenende ein wachsames Auge auf unsere Leistungen warf, konnte der Wechsel ins Gymnasium nur eine Formsache sein. Wir waren beide gut bis sehr gut, was sicher auch mit der guten Betreuung bei Großmutter zu tun hatte, denn es fehlte uns an nichts. Ich selbst hatte mich in den zwei Jahren seit der ersten Monatsblutung stark verändert. Ich war nicht mehr das kleine dunkelhäutige Mädchen mit den wachen Augen. Wie Großmutter angekündigt hatte, entwickelte ich mich zur Frau. Ich bekam Brüste; von anfänglichen Bienenstichen bald schon zu halben Orangen und nach zwei Jahren zu stattlichen Pampelmusen. Schamhaare krausten zu einem dichten Flies heran. Und jeden Monat einmal Bauchschmerzen. Mamabé Beatrice und Großmutter wurden von elterlichen Erwachsenen zu Begleiterinnen meiner Häutungen, die mir halfen, die zu eng gewordene Mädchenhaut etwas leichter abzustreifen, um in neuer Pracht als junge Frau in die Natur eines mir gelegentlich wunderlich erscheinenden Alltags hinauszugleiten. Die beiden erfahrenen Frauen machten mir den Wandel leicht und förderten meine Wahrnehmung für die Welt der Erwachsenen, insbesondere die Welt der Männer, der sie zwar nicht in Feindschaft aber mit viel Skepsis und Zurückhaltung begegneten. Und Etienne? Er setzte um das Kinn herum einen feinen Flaum an, den man auf seiner hellen Haut viel besser wahrnahm als bei den dunklerhäutigen Burschen der Schule. Gemeinsam war ihnen, dass sie sich gegenseitig in einem jämmerlichen Krächzen zu übertrumpfen suchten. Und ich spürte, dass immer wieder mal einer aus einer Gruppe auffällig zufällig meinen Weg kreuzte oder immer gerade schon da war, wo ich ankam und sich stets auf komische Art bemerkbar machte, so dass es die anderen nicht, ich aber sehr wohl, bemerken sollte. Ich blieb davon unbeeindruckt. Diese Jungs waren ja noch Kinder!

*

Als wir eines Morgens zur Schule kamen, war im katholischen Collège der Teufel los. Die Internen saßen weinend vor den Schulzimmern, die Religieuses flatterten nervös über den Schulhof und taten das Gegenteil von dem, was sie den Kindern befahlen. - Beruhigt euch, beruhigt euch! - Aus der Richtung der Schlafsäle hörte man die Bassstimme des Paters, der sich über etwas aufzuregen schien. Der kleine Boto hatte sich im Schlafsaal an einem Querbalken der Dachkonstruktion erhängt. Es war klar, dass er es nicht mehr ausgehalten und seinem Martyrium ein Ende gesetzt hatte. Der Fall war peinlich für das Collège. Ein Kind, das sich offensichtlich selbst tötete, war für eine katholische Schule ganz unmöglich. Das verstieß gegen die Bibel und erst recht gegen die Hausordnung. So, in etwa, ließ sich Frère Jacques vernehmen, dem der Tod des Jungen nur insofern nahe ging, als er den Ruf der Schule beschädigen konnte.

Natürlich wurden umgehend die Eltern benachrichtigt, um den Leichnam abzuholen. Sie trafen anderntags auf einem Ochsenkarren ein, Eltern, Geschwister, alte Leute, vermutlich die Grosseltern. Sie verlangten keine Erklärungen, nichts. Arme Menschen lernen früh, mit Worten sparsam umzugehen. Schweigend wickelten sie den Leichnam in Tücher und legten ihn in eine einfache, vierbrettrige Holzkiste. Unter dem Ächzen der Karrenräder, wortlos wie sie am frühen Morgen gekommen waren, überquerten sie den Schulhof, wo alle Klassen zum Morgenappell angetreten waren, der unvermittelt zur letzten Ehre für den Bettnässer Boto wurde. Die Familie verschwand wortlos, ohne einen Händedruck oder salbende Worte des Paters aus dem Schulareal. Auf dem Ochsenkarren zwängten sich die Mutter, Botos Geschwister und die Grosseltern um den Sarg herum, ihn berührend, als gälte es, dem kleinen Boto Trost zu spenden. Ihn spüren zu lassen, dass er nun heimkehre, für immer. Zum Frieden. Die versammelte Schule blickte dem mit Trauer und Tod beladenen Gefährt nach, man sah, wie der Karren zum Tor hinaus fuhr und wie an dessen Seite Botos Vater einher lief, um den Ochsen zu führen. Des Vaters Schultern weinten.

*

Wenige Tage später, am Vorabend der Weihnachtsferien, mitten in der Sommerhitze, war die Reihe wieder einmal an mir. Ich hatte gegen das siebte Gebot des Herrn verstoßen. Ich hatte gestohlen. Einer der fingerkuppengroßen Kreidestummel lag unweit der Wandtafel am Boden. Ich konnte nicht widerstehen und wollte das unbrauchbare Zeichengerät in die Tasche stecken. Vielleicht würde es irgendwann, irgendwo beim Spiel oder auch sonst noch nützliche Dienste leisten. Im Grunde hatte ich ein

Stück Abfall aufgesammelt, denn Soeur Geneviève würde dafür sicher keine Verwendung mehr haben. Aber die Religieuse, die gerade im dümmsten Augenblick den Kopf von ihrem Piedestal rückwärts drehte und mich ertappte, sah darin ein Vergehen gegen das siebte Gebot und damit gegen die Grundregel der Schule.

Normalerweise wäre die Sache mit zwei Stunden Stehen abgetan gewesen. Aber ich wurde auch später nie den Eindruck los, als hätte ich mit dem Frevel lediglich einen Vorwand geliefert, auf den jemand schon lange gewartet hatte. Man befahl mich ins Büro des Direktors.

Er erwartete mich in seinem Büro, tief in seinen Sessel hinter dem fast schwarzen, ebenhölzernen Schreibtisch versunken. Er befahl mir, mich mit dem Rücken zu ihm in die Ecke zwischen ein Büchergestell und einer Art Hausaltar, vor dem eine Betbank stand, hinzustellen. Das Gesicht zur Wand. Ich wählte den Stock, denn ich wollte vermeiden, dass er mich noch einmal mit seinen Händen berührte, auch wen ich mir damit mehr Schmerzen einhandeln würde.

- Gelobtseijesuschristus, - tönte es in meinem Rücken. Ich erwiderte wie ein gut eingeübter Papagei, - Inewigkeitamen -.

Ein stoffiges Rascheln war zu vernehmen. Er schritt zur Tür, was ich an seinem nahe an mir vorbeihauchenden Atem spürte und aus einem Augenwinkel heraus bestätigt sah. Er schloss die Tür, zog den Schlüssel ab, kehrte vermutlich in seinen Sessel zurück. Wieder stoffiges Rascheln.

- Du willst also den Stock? - Fragte er, ohne auf eine Antwort zu warten. Und fügte hinzu. - Dann will ich dir den Stock geben. Dreh dich um. -

Ich drehte mich zu ihm um. Mein Gesicht musste wohl Bände gesprochen haben. Es musste das nackte Entsetzen ausgedrückt haben. Denn er saß, vielmehr er lag nackt, mit gespreizten Beinen im Sessel, den er weit vom Tisch weg gestoßen hatte und auf dem er, gleichsam als Liegefläche eine Kutte ausgebreitet hatte. In der Körpermitte ragte ein widerliches, rotglänzendes Etwas empor, das er unablässig rieb. Er sah mein Entsetzen und lächelte sanftmütig.

- Zieh dich aus, damit Du deine Strafe empfangen kannst. - Sagte er nun im Ton des den Gottesdienst zelebrierenden Priesters.

Da ging ein Ruck durch mich hindurch. Ich sah mich plötzlich in der Ecke stehen, sah auch Frère Jacques in seinem Sessel grinsend und reibend, sah mein entsetztes Gesicht und hörte mich in einer schneidenden Frauenstimme, die nicht die meine sein konnte, dem Geistlichen zu widersprechen.

- Nein. Ich werde überhaupt nichts tun, du elendes Schwein. - Ich sah mich, hinter mich auf den Altar greifen, das eiserne Kruzifix in die Hand nehmen. Ich beobachtete, wie ich den schweren Gegenstand dem Pater entgegen warf. Und sah sein widerliches Etwas zu einem Nichts verschwinden, sah sein Entsetzen, das dem meinen, auch wenn ich sprach, um nichts nachstand. Ich sah, wie er die Hände in die Körpermitte legte, Wertvolles zu verstecken suchend. Und dann traf ihn das Kruzifix. Ein Balken des Kreuzes drang in seine Brust ein, dort ungefähr, wo normalerweise sein Holzkreuz hing, wenn er in der Kutte des Mönchs einher schritt. Er blutete, aber er war nicht schwer verletzt. Ein Kratzer, mehr nicht.

- Und jetzt wirst du mich auf der Stelle aus diesem Raum frei lassen, - hörte ich mich befehlen und sah wie ich auf ihn zuschritt. Ich hörte mich Namen aufzählen und jeder Klang wie ein Peitschenhieb. - Bernadette. Boto. Hanitra. Leon. Lydia. Marie - ... Mit jedem Namen schritt ich unmerklich näher zu dem auf dem Sessel jetzt mehr liegenden als sitzenden Priester. Blutend stand er auf, raffte seine Kutte zusammen und wollte irgendwohin flüchten. Aber meine Falle war jetzt die seine geworden. Ich sprach weiter in der Stimme, die ich jetzt erkannte. Großmutter! Mein Gesichtsausdruck hatte sich verändert. Er war zur Maske des Hasses geronnen. Mein Blick war der Blick des Bösen, meine Augen zu Dolchen geworden. Und der Pater hatte verstanden. Ich beobachte, wie er vor mir rückwärts durch das Zimmer, hinter Möbeln Deckung suchend, zurück wich. Stolpernd, hastig und hechelnd streifte er sich die Kutte über, auf der rasch ein roter Brustfleck erschien. Ich sah mich hinter dem riesigen Tisch des Direktors stehen, wie ich nach dem Schlüssel suchte, ihn aber nicht fand.

- Wo ist der Schlüssel, Schwein, - hörte ich mich bellen und sah mich einen auf dem Tisch stehenden Briefbeschwerer in die Hand nehmen und erblickte den nunmehr zitternden Gottesdiener in jener Ecke stehen, in die er mich zuvor befohlen hatte. Ich warf nach ihm, verfehlte aber das Ziel, weil er sich blitzschnell bückte, dabei aber mit dem Kopf auf die Betbank aufschlug und lautlos zusammen sank.

Ich beobachtete mich, wie ich das Pult zu durchwühlen begann, entsann mich des Schlüsselbundes, den Frère Jacques stets am Gürtel trug und der ihn klimpernd begleitete, wenn er durch die Schulräume ging, um die Klassen zu inspizieren oder den Wirtschaftsbetrieb zu kontrollieren. Der Gürtel lag nicht neben dem Stuhl, wie ich erwartet hatte. Demnach musste er die Schlüssel auf sich tragen. Ich musste zu dem zwischen Betbank und Altar Liegenden gehen, ihn durchsuchen, ihm irgendwie den Schlüsselbund entreißen.

Ich sah, wie ich über dem zusammen gekrümmten Frère Jacques stand und wusste, dass sich die junge Frau beeilen musste, denn der Ohnmächtige hätte zu irgendeinem Moment wieder erwachen können. Und dann hätte eine ungünstige Position für sie gefährlich werden können. Den Gürtel trug er nicht um den Bauch. Sein Körper musste ihn verdecken. Der Mann war schwer. Für eine junge Frau, noch keine fünfzehn und kaum mehr als vierzig Kilo schwer, war dieser Körper nicht zu bewegen. Aber die junge Frau schien über fremde Kräfte zu verfügen. Sie hob die Beine des Verletzten und fand endlich den gesuchten Gürtel.

In meinem Kopf begann es zu pochen. Ein rhythmisches Dröhnen. Dann hörte ich eine fremde Stimme, die nach dem Pater rief.

- Frère, was ist? - Lärm an der Tür. Dann sah ich den Pater am Boden liegen, spürte, wie ich zitterte, fragte mich, wie der Schlüsselbund in meine Hände kam und erkannte nun die Stimme Soeur Hélènes, die an die Türe schlug und um Einlass flehte. Nach mehreren Versuchen, während denen ich immer wieder einen hastigen Blick auf den Ohnmächtigen warf, fand ich den richtigen Schlüssel. Ich öffnete. Soeur Hélène, die Direktionsschwester, stürmte in das Zimmer, sah die Unordnung, das Kruzifix hinter dem zerwühlten Pult des Direktors. Und in einem Aufschrei erblickte sie den nur unzureichend bekleideten Pater am Boden liegend, schwer atmend, einen Blutfleck auf der Brust.

- Mein Gott, was ist hier passiert, mein Kind? - Ich weiß es nicht, ma Soeur. - Und in gewissem Sinne war es nicht gelogen, denn hätte ich erzählt, was ich gesehen hatte; man hätte mich als Lügnerin bezeichnet. Das achte Gebot. In einer bizarren Stimmung, als sei ich gar nicht ich selbst, verließ ich das Haus der Geistlichen.

*

Ich kehrte in meine Klasse zurück, wo mich die Mitschüler neugierig betrachteten und nach Zeichen der Bestrafung suchten, die mir hätte zuteil werden müssen. Sie fanden nichts. Es gab ja auch nichts zu finden. Etienne wollte es auf dem Nachhauseweg genauer wissen und befragte mich nach den Ereignissen im Direktionszimmer, das er ja auch einmal von innen hatte besichtigen müssen. Aber ich musste ihn enttäuschen, mir fehlte die Erinnerung. Er ließ das Thema fallen, denn es standen die Weihnachtsferien und die Feiertage bevor, die wir zusammen mit Papa, Tantine Brigitte, meinen beiden Geschwistern bei Großmutter und Mamabé Beatrice verbringen würden. Und wir hatten genug Grund, uns darauf zu freuen. Allein schon die zu erwartenden Festessen ließen uns das Wasser im Mund zusammen laufen.

Zuhause machten wir unübliche Entdeckungen. Alle Zimmer waren mit Kerzen ausgestattet. Überall waren Kerzenständer aufgestellt, es lagen Zündhölzer bereit und Bernadette war vollauf damit beschäftigt, die Vorratskammer mit Reis, Mehl, Zucker, Kaffee, allem Möglichen aufzufüllen und ein vom Markt heraufgezogenes, schwer beladenes Pousse-Pousse zu leeren, derweil der Schlepper des Handkarrens sich an einem Glas Wasser erfreute, das ihm Mamabé Beatrice gereicht hatte. Großmutter schwebte gut gelaunt durchs Haus, richtete die Zimmer her, half überall mit, um alles für die Ankunft der Gäste aus dem Dorf am Bahnhof herzurichten.

Auf der Veranda wurden glitzernde Girlanden befestigt, in Gängen und Zimmern gab es bislang unbekannten Schmuck, Silberfäden gleich. Nur Kreuze gab es keine und auch keine Krippe, wie sie von den Missionaren in den letzten Jahren auch im Dorf am Bahnhof eingeführt worden waren und nun in irgendwelcher Form schon fast im jedem Haushalt anzutreffen waren. Für Großmutter zählte nur das Fest mit ihren Liebsten. Als Großmutter uns mit unseren voll gestopften Schultornistern erblickte, begrüßte sie uns überschwänglich, küsste Etienne und mich und hieß uns, sich an frisch gepflückten Mangos und Litchis zu erfrischen. Sie schickte uns auf die Veranda, wo wir, wie sie meinte, bei den Vorbereitungen nicht im Wege stehen würden.

Gewiss, der Regen hatte sich schon seit Tagen mit großer Hitze und Schwüle angekündigt. Nicht nur war es unerträglich heiß und feucht geworden; man stand am Morgen schon in Schweiß gebadet auf und jede Bewegung führte zu Rinnsalen, die den Rücken hinunterliefen. Es schien, dass auch die Tiere, sich auf die von uns die „schöne Zeit" genannte Saison vorbereiten würden. Die Vögel reparierten wie wild ihre Nester, pickten Nahrung ohne Unterlass. Die Lemuren waren hektisch, nervös. Ameisen zügelten ihre Nester in höhere Regionen. Es stand etwas bevor. Etwas, das nicht nur mit dem Regen zu tun haben konnte, denn auch Großmutter wies Bernadette und Beatrice immer wieder darauf hin, dass dies und das bei diesem Fest ganz besonders wichtig sei.

Heiligabend. Papa, Tantine Brigitte und die Geschwister trafen ein. Ein fröhliches Wiedersehen nach einer Woche der Trennung und in unbeschwerter Vorfreude auf ein paar gemeinsame Tage, die uns ins Neue Jahr und in ein neues Jahrzehnt führen sollten.

Großmutter führte wie immer liebevoll und umsichtig Regie. Es entging ihr nichts, was nur entfernt hätte vermuten lassen, es fehle einem ihrer Gäste an irgendetwas. Immer wieder, wenn sie auf einem ihrer umsorgenden Gänge um den Tisch an mir vorbeikam, strich sie mir beiläufig übers Haar, drückte mir sanft auf die Schulter oder streichelte mir die Wange, um dort etwas zu reichen oder da meiner kleinen Schwester zu helfen. Ihre Liebenswürdigkeit wurde nur für einen kurzen Moment überschattet, als Papa sich nach der Weihnachtsmesse am kommenden Morgen erkundigte und vorschlagen wollte, dass die ganze Familie hingehen solle.

- Henri! - Es gab nicht den geringsten Zweifel, dass jetzt Wichtiges folgen würde, denn ich konnte mich nicht erinnern, dass Großmutter jemals den Vornamen meines Vaters ausgesprochen hatte, und schon gar nicht in diesem drohenden Ton, der gleichsam einem Donner über die Veranda nachhallte. Die Gesellschaft verstummte und blickte gespannt zur alten Frau.

- Niemand, hörst Du, Henri, - die Worte schnellten Blitzen gleich durch den Raum, - niemand an diesem Tisch wird morgen in die Kirche gehen. Und auch übermorgen nicht. Niemals mehr. - Und als flatterte plötzlich ein Schmetterling nach einem Gewitterregen über ein Feld Mimosen, als hätte es nie den Hauch einer Trübung gegeben, schob sie im sanftesten Ton, ihrer ganzen Liebe für die Ihren die Frage nach: - Wer möchte die besten Mangos haben, oder will jemand lieber Litchis zum Nachtisch? - und schon reichte sie zwei wundervoll arrangierte Früchteschalen, die sie scheinbar aus dem Nichts hervorgezaubert hatte, über den Tisch. Bernadette folgte mit in kleinen mundgerechten Stücken arrangierten Ananasschnitzen, Bananen, Guayaven, deren betörender Duft die Veranda erfüllte, Papayas in Schnitzen und aufgeschnittene Limonen, deren Saft die einzigartigen Aromen der baumfrischen Früchte verstärken würden.

Papa getraute sich nicht, nach dem Warum zu fragen. Aus einer Erfahrung, die dreimal länger war als mein eigenes Leben, wusste er, dass seine Mutter weder Widerspruch noch Zweifel duldete. Nicht, wenn sie sich in dieser Art zu Wort meldete. Er verkündete deshalb Neuigkeiten aus dem Dorf am Bahnhof, wo der Präfekt erschienen sei und große Änderungen in den Beziehungen zwischen den Völkern der Mère Patrie und der Grossen Insel angekündigt habe. - Im nächsten Jahr kommt der General persönlich, um die Unabhängigkeit der Grossen Insel zu besiegeln, - erzählte Papa. - Endlich, - fügte er an. - Wir haben genug unter den Colons gelitten, nicht wahr Beatrice? - Aber Mamabé Beatrice mochte nicht in Freude ausbrechen und die mitgereiste Tantine Brigitte zeigte sich von der Neuigkeit nicht überrascht. Großmutter ließ sich nichts anmerken und

Papa das Thema wieder fallen. Die Nacht brach herein an diesem Heilig-abend.

Der Weihnachtstag begann mit einem Paukenschlag, der uns alle aus dem Schlaf riss. Ein gewaltiger Donner ließ Wände erzittern und selbst mein Bett schien in Schwingung geraten zu sein. Nach und nach versammelte sich die Familie am Frühstückstisch auf der Veranda. Blitze zischten, schepperten in nahe Wälder, Donnergrollen echote im weitläufigen, das Dorf einbettende Hügelland. Von der erhöhten Lage ihres Hauses hatte man einen weiten Blick, wenn auch teilweise verstellt durch hohe Mangobäume, auf die bewaldeten Hügel und auf die gegenüber liegende Anhöhe, wo sich Schule und Kirche befanden, hinter denen Bergreis- und Maniokfelder den Hang hinaufzogen. Wind war aufgekommen und die übliche tropische Morgenwärme, noch weit entfernt von der nachmittäglichen Hitze, wich einer spürbaren Frische. Tantine und Mamabé wickelten sich Schals um ihre Schultern. Das Gewitter nahm an Stärke zu, noch immer fehlte der Regen. Großmutter strahlte eine große Ruhe aus, während sich in den Gesichtern von Kindern und Erwachsenen im Licht der Blitze ängstliche Blicke kreuzten. Man stand aufgereiht auf der Veranda, den noch ungedeckten Frühstückstisch im Rücken, vor sich die brüllende, krachende, kreischende, blitzende Natur. Die ersten Tropfen fielen. Als fielen Litchis aufs blecherne Dach des großen Hauses, begann der Trommelwirbel, der schon bald in ein gleichmäßiges Rauschen überging. Die Landschaft vor uns verschwand für Momente hinter einem dichten Perlenvorhang. Vom schweren Regen getroffen, fielen Mangos von den Bäumen, plumpsten in den bereits aufgeweichten Boden. Litchis regneten hernieder, kontrastierten fröhlich in ihrem Rot zum verschmutzten Gelb der edlen Verwandten. Blitze und Donner ließen allmählich nach. Nun prasselte der Regen auf Blätter und Dächer und übernahm vollends das Regime über Töne und Farben. Die Rinne überquoll, denn die Abflussrohre konnten die Wassermassen nicht mehr schlucken. Das ganze Haus war eingefasst in einen rundum verlaufenden, dünnen Wasserfall, hinter dem wir uns nun doch zum Frühstück wandten. Von Ferne hörten wir das Glöcklein der Kirche bimmeln, aber es fiel schwer zu glauben, dass es viele Leute zum Gotteshaus bewegen würde; nicht nur wegen des Dauerregens, sondern aufgrund der Vorfälle der letzten Wochen und Monate, in denen die Menschen des Dorfes begonnen hatten, sich von der Kirche abzuwenden. Regen an Weihnachten war an sich nichts besonderes, aber jetzt ein wunderbarer Vorwand, der Kirche und ihrem Vorsteher fernzubleiben, ohne sich offen gegen ihn zu wenden. Denn mit den Colons, selbst wenn sie die Missionarskutte trugen, war Vorsicht geboten, auch wenn angeblich nun die Unabhängigkeit kommen sollte. Nach ein paar Stunden, spätestens am Mittag dürfte der erste schwere Regen dieses Jahres eine Pause machen. Dachten wir.

Gegen Mittag stellte auf einmal das Rauschen ab. Die Sonne brach durch und es war ein tausendfaches Glitzern rund ums Haus. Das Geflügel traute sich aus den Unterständen, begann sich zu putzen, stocherte nach Insekten und Würmern. Enten und Gänse tobten sich in einem Tümpel aus. Tauchten, schnatterten, keiften und der Ganterich hatte Schnabel und Federn voll zu tun, um Herr der Lage zu bleiben. Die Webervögel schwirrten zwischen Bäumen und Büschen umher, schleppten Zweige, um undichte Nester zu flicken. In den Baumwipfeln erschienen die Lemuren und holten sich die Früchte, derer sie am kalten, nassen Morgen nicht habhaft werden konnten, denn die Wärme und der Schutz für den Nachwuchs war wichtiger gewesen. Es war ein wunderbares Durcheinander und man spürte, dass die Wesen der Natur die Pause nutzten. Und wir nutzten die wärmende Sonne, um uns auf der Veranda für das Festmahl einzurichten.

Es war in der Mitte des Weihnachtsnachmittages als ein greller Blitz und ein unmittelbar folgender, fürchterlicher Donner die Ruhe erneut zerriss. Wir schreckten auf. Da zeigte die stumme Bernadette auf den gegenüberliegenden Hügel, sie schrie plötzlich, hatte die Stimme wieder gefunden. Ein Wunder? Seht! Seht! Und wir sahen, was ihr Gesicht in Freude erstrahlen ließ. Ein Blitz war in eines der Häuser auf dem Schulhügel gedrungen, Rauch stieg auf. Die Villa war getroffen worden. Kaum hatten wir uns an den Anblick des rauchenden Hauses gewohnt – niemand war zu sehen, der sich um den Brand gekümmert hätte – brach von neuem der Regen los. Der Himmel wird die Flammen löschen, sagte Großmutter. Und so war es, denn Stunden später sahen wir nur noch flüchtigen Rauch aus den Ruinen zum Himmel steigen. Es regnete bis zum Morgen und auch noch während des ganzen folgenden Tages. Einmal stärker, einmal schwächer. Es regnete ohne Unterlass. Die Tage blieben ohne Sonnenlicht, die Nächte ohne Mond und Sterne. Der Bach an der unteren Begrenzung von Großmutters Gut war angeschwollen, ein reißender Fluss. Kein Zweifel, vom Dorf kam niemand mehr zur Schule und auch nicht umgekehrt, denn die seichte Furt musste inzwischen unter gefährlichen Wassermassen verschwunden sein, an eine Brücke hatte niemals jemand gedacht.

Nach einer Woche ließ der Regen nach, aber er hörte nicht auf. Vom undurchsichtigen Vorhang wurde er zum dünnen Schleier und ließ den Blick von neuem über die Landschaft schweifen. Am steil hinter der Schule aufragenden Hang waren Risse in den abschüssigen Reis- und Maniokpflanzungen zu erblicken. Erde schien sich bewegt zu haben. Und am ebenfalls steilen Abhang vor der Schule, die sich auf einer in den Berg geschlagenen Terrasse befand, dasselbe Bild. Bis dahin hatten wir uns die Zeit mit Erzählungen vertrieben, lasen in den Schulbüchern, hatten Papa zugehört, der sich voller Zuversicht über die neue Zukunft nach der nun endgültigen Befreiung ausließ. Wir hatten uns längst schon auf der Veranda eingerichtet. Die Kinder und Jugendlichen in einer Ecke, die Erwachsenen am langen Tisch. Was zählte, war das Beisammen sein. Und alle freuten sich über Bernadettes wieder gefundene Sprache. Ein Wunder, darüber war man sich einig. Großmutter hatte dazu keinen Kommentar. Und dann, am letzten Tag des Jahres, war es wiederum Bernadette, die unsere Blicke zur Schule lenkte. Im Dauerregen trauten wir zunächst den Augen nicht, denn es schien, als ob die ganze Schulanlage plötzlich schwimmen würde. Aber da stürzten die Erdmassen der Reis- und Maniokfelder schon in die Tiefe. Die aufragende Kirche knickte ein, dann die hohen Mauern, die Schulgebäude kamen in Bewegung, die Küche, dahinter die Villa mit angesengtem Dach. Da erblickte man eine kleine Gestalt in weißem Habit, eine zweite, eine dritte. Es waren ihrer sechs. Die Geistlichen waren dort und reckten die Arme in die Höhe, sie schienen zu beten, sie schienen zu schreien, sie schienen zum Himmel zu flehen. Doch der schickte nur noch Regen. Es sah nach Verzweiflung aus. Aus der Entfernung stumm. Und auf einmal brach der ganze Hügel ein, Tauben flohen aus den Taubenschlägen und verschwanden als winzige Punkte im grauen Himmel dem Wald zu und wirkten wie ein letzter Gruß, dann sank die Anlage in die Tiefe, dem reißenden Fluss zu und man sah ein paar weiße Flecken, wie sie der Schlamm verschluckte. Wir waren sprachlos, mit Ausnahme von Großmutter. Sie sagte nur - Ça y est! -

Es war der einzige französische Satz, den ich jemals aus ihrem Munde hörte. Wie ihr ganzes Wesen, war auch diese Bemerkung in verschiedener Weise zu verstehen, aber wie immer überließ sie es den Zuhörern, die Schlüsse zu ziehen. War nun eine Sache, die ihr schon lange Sorgen bereitet hatte, endlich erledigt? Hatte Sie sogar etwas mit dem Untergang der Schule zu tun? Oder hatte sie alles nur einfach sehen kommen, wie so vieles in ihrem langen Leben? Ça y est! Das wär's! Es ist soweit! Das wäre geschafft! Das Rätsel blieb.

1958/60

Die Vierte Republik der Mère Patrie war mit dem Blut der Grossen Insel, jenem der Gemetzel in Indochina und in den Dschungeln Afrikas gedüngt worden, und der Krieg in Algerien schrieb den Untergang der Grande Nation an den Horizont. Die Kriege gegen die eigenen „Brüder und Schwestern in Übersee" war zu teuer geworden, beschmutzten das Image. Der heraufziehende Kalte Krieg zwischen Kapitalismus und Sozialismus trieb die von den Kolonialmächten Geschundenen in die falschen Arme. Der General in Paris sah sich zur Gegenoffensive gezwungen, wollte er nicht selber untergehen: ein Ausweg war die Fünfte Republik. Das Problem der aufständischen Kolonien musste gelöst werden – ohne freilich die Rohstoffe, die Arbeitskräfte für die aufstrebende Industrienation und die Privilegien der ansässigen Colons zu schmälern. Unabhängigkeit – à la Française – verzauberte die öffentliche Meinung zuhause und die zukünftigen Machthaber in der Ferne, die ehedem nichts anderes waren als nützliche Lakaien.

1958 führte man in den Kolonien ein Referendum durch, das die zustimmenden Länder in der Communauté Française – eine Kopie des britischen Commonwealth – zusammenfassen sollte. Auf einen Schlag sicherte sich la Mère Patrie in dreizehn Ländern Afrikas die Macht über deren Außen-, Verteidigungs- und Währungspolitik. Die Sklaven wurden zu Untergebenen geadelt.

So fanden 1960 in ganz Afrika dreizehn pompöse Unabhängigkeitsfeiern statt. Überall war der General aus Paris der große Star und die lokalen Führer übten schon fleißig ihr neues Lakaientum, das man fortan Partnerschaft nannte. Ihre ersten Republiken verschwanden im Bauch der fünften ihrer Herren, die jetzt Partner, nicht mehr Colons waren, aber immer noch das Sagen behielten. Die Kolonien wurden als Vorposten gegen den Kommunismus aufgerüstet, die servilen lokalen Führer mit

Francs und anderen Geschenken, darunter tausende von schwarzen Limousinen mit und ohne Sterne, bei Laune gehalten. Das mit der vorgespielten Unabhängigkeit verbundene politische, wirtschaftliche und militärische Klumpenrisiko blieb an den Kolonien hängen. Franceafrique war das Wort, la France a fric der Sinn.

Bald sollten die so großzügig gelieferten Waffen, die Geschenke für die an der Brust der Mère Patrie gesäugten Brut in die falschen Hände kommen.

7

Nachdem das Collège für immer in einer Flut aus Schlamm und Geröll verschwunden war, gab es in Großmutters Dorf keine Schule mehr, und auch keinen Strom, denn der Generator war ebenso unerreichbar begraben worden, wie Frère Jacques und die fünf Nonnen.

Für Etienne und mich hieß das: zurück ins Dorf am Bahnhof, wo wir in der öffentlichen Sekundarschule unser Schuljahr und überhaupt die Collège-Zeit abschließen mussten. Das war dank Papa als Direktor kein Problem, wir konnten sogar zusammen die ehemalige Primarschulklasse, die zur Sekundarstufe aufgestiegen war, besuchen. Die Probleme waren ganz anderer Art.

Wir kamen als Neulinge in die Klasse obwohl alle wussten, dass wir ja Kinder aus dem Dorf waren. Aber weil wir vom Privat-Collège zum Collège-Public wechselten, wurde dies wie ein Abstieg wahrgenommen, auch wenn die Gründe für den Wechsel natürlich allen bekannt waren. Man empfing uns mit einem Gefühl der bitterbösen Genugtuung. Die beiden Streber sollten sich bloss nichts einbilden, war die unausgesprochene, dafür umso spürbarere Devise unserer Klassenkameraden. Die Lehrer empfingen uns mit gegenteiligen Gefühlen. Sie hofften darauf, dass die alten und neuen Klassenbesten, die anderen zu guten Noten antreiben und zu besseren Schülern machen würden. Das Gegenteil traf ein: sie wurden erst recht neidisch und wütend.

Unser Schulalltag im Dorf am Bahnhof war geprägt von Feindseligkeiten. Das Verschwinden von Büchern oder Heften war noch das Harmloseste. Man mied uns, wo man konnte, ließ Gerüchte zirkulieren, wir hätten irgendetwas miteinander. Dann, nach einer seltenen abendlichen Choralveranstaltung in der Kirche, wurde uns abgepasst, man warf Dreck nach uns, Hundedreck.

In mir wuchs das Gefühl, eine Aussätzige zu sein und zwar nicht erst seit der Rückkehr in die alte Schule, sondern schon immer. Etienne, dem Bastard, ging es ohnehin so. Papa schien machtlos zu sein. Er hörte sich unsere Klagen an. Er war entsetzt, außer sich. Und er kannte kein Gegenmittel, dem Übel Herr werden. War Papa deshalb ein Versager? Ein Gedanke, den ich damals noch nicht einmal zu erahnen wagte, der sich aber wie ein Parasit einnistete und der sich schneller als ich denken konnte, zu voller Größe entwickeln sollte. Nichtsdestotrotz, wir hielten dem Druck stand. Mehr sogar. Denn, je mehr sich die Klassenkameraden gegen uns verschworen und laufend irgendwelche Intrigen ausheckten, hielten wir den Kurs und machten einfach unsere Arbeit. Mit dem Ergebnis, dass wir am Ende des Schuljahres, die einzigen waren, die ohne Prüfung ins Gymnasium wechseln durften. Damals wusste ich es noch nicht, aber dieses letzte Schuljahr vor dem Gymnasium war eine Lehre fürs ganze Leben. Trotz unseres guten Abschneidens mussten wir lernen, dass man nicht geliebt und geschätzt wird, wenn man gut ist. Sicher nicht von den eigenen Kameraden mit schlechteren Leistungen und oft nicht einmal von den eigenen Lehrern. Es waren die Colons, die Inspektoren, die uns auf den Piedestal hievten, weil wir die besten waren und deshalb ihre Trophäen entgegen nehmen durften. Für jene, die nicht lernen wollten oder konnten und die auch gar nicht wussten, wozu, für diese Nieten, galten wir als Verräter. Wer sich Probleme ersparen will, so lehrte uns das Leben in der Schule, darf sich nie nach oben, nach den Besten ausrichten, das Maß des Richtigen wird unten festgelegt, bei den Nieten. Ich musste eine alte Frau werden, bis ich begriff, dass die Orientierung nach dem nächst schlechteren Beispiel nicht eine Sache für Kinder, Ungebildete oder Arme war, sondern ein tief in der Mentalität der Insulaner verwurzelter Reflex, der sie zu willfährigen Subjekten für jede Art von Autorität machte. Waren es zuerst die eigenen Könige, die die verschiedenen Völker des Landes zu unterwerfen trachteten, hatten später die Colons ein leichtes Spiel mit den zu blindem Gehorsam Verbogenen, wovon entgegen der schrillen nationalistischen Propaganda nach sechzig Jahren Kolonialzeit die einheimischen, selbst ernannten Befreier profitierten, und die gebückte Haltung und das Treten nach unten zur Staatsräson erklärten.

*

Zum ersten Mal gab es einen echten Nationalfeiertag. Einen für uns Insulaner. Der Tag der Unabhängigkeit. Er fiel damals noch mit den ersten Wochen des neuen Schuljahres, mit dem Frühling zusammen. Überall hingen rot-weiß-grüne Fähnchen. Die Trikolore vor der Schule und vor der Mairie wurde durch eine neue Flagge abgelöst. Und eine eigene Nationalhymne gab es auch. Diese mussten wir schon Wochen vor dem großen Ereignis beinahe Tag und Nacht üben. Das Dorf am Bahnhof war an diesem ersten Vierzehnten Oktober erfüllt vom Lärm einer Blaskapelle, vorgeblich die Hymne intonierend. Es war Lärm und dabei blieb es. Papa war aus dem Häuschen. Immer wieder sagte er endlich, endlich. - Endlich werden wir unabhängig, endlich sind wir frei. -

Für die erste Unabhängigkeitsfeier wurde der Platz vor dem Bahnhof hergerichtet. Es war dasselbe Schauspiel wie ein Jahr zuvor am gewohnten Quatorze Juillet, sogar die Akteure waren dieselben. Nur die dominierenden Farben hatten gewechselt. Der schwarze Maire redete, dann der weiße Bezirkschef, die Schüler sangen, die Blaskapelle spielte zur Hymne, die außer den Schülern die meisten noch gar nicht kannten. Und bevor die Flagge gehisst wurde, ertönte über Lautsprecher die im Radio übertragene Rede des ersten Präsidenten der Grossen Insel und dann – der wichtigste Redner am Schluss - jene des Generals aus Frankreich. Die Rangfolge würde sich noch lange Zeit nicht ändern. Viel war von Partnerschaft die Rede, von Freunden in der Gemeinschaft der französischsprachigen Länder und natürlich von den gemeinsamen Interessen.

- Eine Entschuldigung oder das Wort Entschädigung für die begangenen Verbrechen, - hielt Papa beim Nachtessen fest, - ist nicht zu hören gewesen. -

*

Mit der Rückkehr ins Dorf am Bahnhof wurde das Verhältnis zwischen mir und Mutter nicht besser. Einerseits ließ sie mich meinen Verrat, wie sie es nannte, täglich spüren. Bei jeder Gelegenheit hieß es, - geh' doch zur Großmutter zurück, wenn es dir bei mir nicht passt. - Andererseits wusste sie, dass es im Grunde nur ihr Verhalten war, das mich zur

Großmutter hatte ziehen lassen, auch wenn es von Papa vorbereitet worden war.

Dabei achtete ich vom ersten Tag meiner Rückkehr darauf, dass ich ihr nicht zur Last fiel, obwohl sie mit inzwischen zwei Haushalthilfen, die sich um die drei Kleinen kümmerten, ganz gut zu Recht kam. Ich sorgte, wie früher schon, für meine eigene Wäsche, hielt mein Zimmer sauber und befreite Mutter wenn immer es ging vom Anblick meiner dunkelhäutigen beiden Geschwister, indem ich mit ihnen in meinem Zimmer spielte oder noch lieber draußen im Wald, damit sich Mutter ganz ihrem eigentlich ersten, hellhäutigen Kind widmen konnte. Doch das war ihr nicht genug. Sie wollte mich weg haben, für immer. Und sie hatte einen Plan.

*

Nach der Rückkehr von Großmutters Gut waren die schulfreien Stunden und Tage stets die schlimmsten Momente. Es hagelte Vorwürfe aus dem Nichts heraus wie ein Gewitter mitten in der Trockenzeit. Die Schuhe seien nicht sauber, von den Kleidern und der Schuluniform ganz zu schweigen, das Bett zerwühlt, die Haare unordentlich, die Kleinen seien allein gelassen, und wann ich mich endlich in der Küche nützlich machen wolle. Nur was die Schule betraf, hatte sie nichts zu sagen. Das war Papas Gebiet, in das er sich von niemandem reinreden ließ; schon gar nicht von seiner Frau, die weder lesen noch schreiben und erst recht gar kein Wort Französisch konnte. Die Sprache, die im Gymnasium zur Hauptsache gesprochen werden sollte. Doch das war nur noch mehr Zunder, um ihren Hass zu befeuern, denn zur Abscheu über das missratene Kind gesellte sich der Neid auf die schulischen Kenntnisse einer Tochter, die das alles aus ihrer Sicht gar nie gebraucht hätte. - Wozu denn eine Göre in die Schule schicken, wenn sie ja doch nur für den Haushalt gebraucht wird und fürs Zeugen muss man nicht lesen können, warf sie einmal in ohnmächtiger Wut Papa an den Kopf, Er sagte nichts. Wie immer.

Zum Glück gab es Tantine Brigitte, die ihren Sohn umso glücklicher wieder in Empfang genommen hatte. Er war ihr Einundalles. Wenn immer es ging, verbrachte ich die Zeit bei Etienne und seiner Mutter. Ihre

Zuwendung konnte zwar Großmutter nicht ersetzen, aber wenigstens die schlimmsten Beschimpfungen meiner Mutter lindern.

Eines Tages während der Ferien - die Sekundarschule lag hinter uns und das Gymnasium in der Provinzhauptstadt war für uns noch soweit entfernt wie der Mond - machten wir uns auf, um die Tage der Kindheit zu erneuern. Wir brachen zum Wasserfall, zum kleinen See, zu unserem Paradies auf. Es mochte vier Jahr her sein, seit wir das letzte Mal den Pfad zum Wald hinauf nahmen. Etienne trug jetzt die Machete des Erwachsenen und benutzte diese, um in die wuchernden Winden, Dornen und Lianen eine Gasse zu schlagen, durch die ich ihm, ohne Kratzer abzubekommen, folgen konnte. Der Weg bis in den Wald schien länger geworden zu sein; das lag an den zwar neu gerodeten, aber noch nicht bepflanzten Anbauflächen, die kurz vor der Regenzeit von einer grünen Decke überzogen und eine schier undurchdringliche Wand bildeten. Der Aufstieg war mühsamer und länger geworden, als noch auf Kindsbeinen.

Endlich erreichten wir das schützende Dach des Waldes, wo nur noch wenig Licht bis auf den Boden fiel und deshalb kaum noch buschiges und strauchiges Unterholz Etiennes Machete im Weg stand. Wir kamen nun gut voran und die Luft war warm und erfüllt vom Moderduft des geschlossenen Regenwaldes.

Gesprochen wurde nicht viel, nichts eigentlich, denn wir verstanden uns auch so. Das stille Einvernehmen war das Ergebnis einer seit Kindestagen gelebten Seelenverwandtschaft. Worte wären als Störenfriede eingedrungen. Umso lauter war die Stille unter den Urwaldriesen. Ein Huschen hier, ein Schnalzen da, ein Gurren dort, kaum Vogelstimmen, denn es war nicht mehr die frühe Morgenstunde. Ein Kreischen schreckte, dann der Schrei des Bussards, und hin und wieder war seltsames Rascheln von hoch oben in den Kronen zu vernehmen. Lemuren, die uns neugierig durch die Wipfel springend bis hinauf zum Wasserfall begleiteten.

*

Unsere kleine Insel inmitten des Waldes war unberührt geblieben. Noch immer perlten Rinnsale über moosbedeckte Felsen und glitzerten in den durch die Kathedralenfenster im Urwalddach herabgesandten Strahlen, die sich in Myriaden feinster Wasserstäubchen bündelten. Noch immer war der kleine See umsäumt von Ufergewächs, lud unwiderstehlich zum Bade. Der Eisvogel vollführte immer noch - oder war es schon sein Enkel? - die Sturzflüge ins smaragdgrüne Wasser, holte einen Angriff um dem anderen die silbrig glänzende und noch immer zappelnde Beute aus seinem Jagdgebiet und trug sie, nachdem sie auf einem überhängenden Ast tot geklopft war, auf unruhigem Flug zu einem versteckten Nest. Und die Garnelen waren wieder die geliebten Jagdtrophäen aus Kindertagen. Und wieder wurde die sakrale Symphonie des Waldes durch fremde Laute gestört, weil unvermittelt zwei junge Menschen im einsamen Waldsee badeten. Die Kleider hingen über Sträuchern im Trockenen, wie es immer war. Aber etwas war nicht mehr so, wie es gewesen war.

Der kleine hellhäutige Junge war zum jungen Mann geworden, seine Stimme japste nicht mehr, sie bekam einen dunklen Klang. Er war gut gebaut Mann, und dass er ein Mann war, ließ sich unschwer in der Mitte seines Körpers, umflort von einer krausen Matte, nicht nur erahnen; einem Klöppel gleich baumelte sein Geschlecht zwischen muskulösen Schenkeln. Man sah es, wenn er durch seichte Stellen watete oder beim Schwimmen sich auf den Rücken legte. Ein junger Mann beim Baden - zusammen mit einer jungen Frau.

Denn sie, die Dunkelhäutige, war zu einer wohlgeformten Schönheit geworden. Mit orangengroßen, runden Brüsten, die, fest am Körper, jede Bewegung fröhlich wippend mitmachten. Ein flacher Bauch, der in ein schwarzdunkles, einen sanften Hügel bedeckendes Vlies überging. Ihre hohen Backenknochen, die schwarzen Augen und eine ungewöhnlich gerade, fast dünne Nase, die auf einen harmonisch geschwungenen Mund zeigte, prägten das Gesicht der jungen, ernsten Frau, die sich mit jedem Lächeln, und davon gab es viel an diesem späten Vormittag am Waldsee, den noch unfernen Zauber des Kindseins zurück holte.

Sie spielten die Spiele ihrer Kindheit, aber die Berührungen, die unvermeidlichen, waren nicht mehr kindlich. Ausgelassenes Spritzen, Necken und Spotten wurde zu einem um Sekunden zu langes Auflegen von Fingern, der ganzen Hand, der Hände. Ein Streicheln. Der Blick. Die

Nähe, die zum Drängen, zum Hinsinken, zum Hinfliessen wurde. Das sich Umarmen, das Berühren von Brüsten, Schenkeln und Gesäßen, des Gliedes, das Spielen und Durchfingern des Vlieses wurde zum ungestümen Ringen, zum atemlosen Küssen, das plötzlich da war, ohne es je nur in Erwägung gezogen oder gar geübt zu haben.

Ich sah mich, wie ich mit Etienne im seichten Waldsee lag, er über mir, ich willig, fordernd, gierig unter ihm, ihn gleichsam mit meinen Krallen an mich fesselnd. Und auf einmal hörte ich ihre Stimme, die mir sagte. Sei vorsichtig Liebes, gib nicht jedem Drängen nach, weder dem deinen noch dem seinen. Noch nicht Liebes. Noch nicht. Alles hat seine Zeit.

Ich drehte Etienne, dessen harter Speer an meinem Körper hoch aufragte und der triebhaft den seiner Bestimmung gemäßen Zugang in meinem Körper suchte, auf den Rücken. Lag nun auf ihm. Er war überrascht. Ich lächelte und legte ihm den Finger auf den Mund. Noch nicht Lieber. Lass uns zurückgehen. Die Zeit wird kommen.

*

Wir hatten es nicht eilig, ins Dorf zurück zu kehren. Niemand wartete auf uns, so streiften wir noch eine ganze Weile durch den Wald und beobachteten die Natur in ihren wunderlichen Formen und Verhaltensweisen. Wir sanken so von unserem Höhenflug der Gefühle auf den Boden des Alltags zurück, reichten uns die Hand und trafen uns erneut im wortlosen Einvernehmen. Wir wussten, dass von nun an unsere Beziehung nie mehr sein würde, wie noch eine Stunde zuvor. Aber es war ein gutes Gefühl, das in uns zu keimen begann.

Wir kamen erst am Nachmittag zurück ins Dorf. Ich verabschiedete mich von Etienne vor Tantine Brigittes Haus, um bis zum letzten Moment die Rückkehr in das kalte Heim meiner Eltern hinauszuzögern. Wir sprachen noch über dieses und jenes, unwichtiges Zeug, immer wieder von einer kurzen, für Außenstehende kaum auszumachenden Berührung begleitet. So, als gälte es, feine Fäden der Beziehung von einem Körper auf den anderen zu ziehen. Ein Gewebe aus Gefühlen, unsichtbar, aber stärker als jedes Spinnennetz und noch ohne jeden Namen. Doch es war nicht zu verhindern. Irgendwann musste ich gehen und den Freund in seiner Traurigkeit stehen lassen, während ich die meine mit mir trug, als trüge ich die Last der ganzen Welt. Nie wiegt die Liebe schwerer als mit fünfzehn.

Zuhause erwartete mich Ungewöhnliches. Im Salon war festlich gedeckt für sechs Personen, die Haushalthilfen schwirrten wie die Bienen durch das Haus. Auf der nicht sehr breiten Veranda standen Papa und Mutter, die mit für mich völlig unbekannten Leuten sprachen. Meine Geschwister waren weder zu sehen noch zu hören. Es kam selten vor, dass wir Besuch hatten; Mutter wollte das nicht, es genügte ihr, wenn sie durchs Dorf und über den Markt stolzierte, die Leute wissen zu lassen, wer sie sei. Und dass sie es nicht nötig habe, Leuten den Hof zu machen. Ihre ganze Art war eine einzige Abweisung. Wer wollte da schon zu Besuch kommen. Und Papa? Er hatte sich in langen Ehejahren gefügt.

Die Besucher waren zwei Männer, von denen einer der deutlich jüngere war, während der andere älter als Papa zu sein schien. Eine ältere Frau machte das Trio komplett. Man begrüßte mich auffällig freundlich, besonders Mutter tat sich als liebevolle, ja geradezu warmherzige Person hervor. Keine Tirade über mein Ausbleiben bis zum Diner, nicht Schimpf und Schande über das nutzlose Herumstreichen im Wald, wie sie meine Ausflüge mit Etienne bezeichnete. Sie stellte mir die beiden Alten als Cousin und Cousine vor, die uns in Begleitung ihres Sohnes einen Besuch abstatteten. Den jüngeren Mann schätzte ich etwa doppelt so alt ein wie ich selber war. Er kam strahlend auf mich zu, wollte mich auf die Wangen küssen, als wäre ich ein kleines Mädchen, aber seine Augen sagten etwas anderes. Als hätte man einzig auf mein Kommen gewartet, befahl Mutter zu Tisch.

Meine Eltern saßen auf der einen Seite, die beiden Cousins ihnen gegenüber. Der jüngere Mann hatte seinen Platz am Ende des Tisches, zum Ausgang auf die Veranda hin, von wo sich schon die Nacht ins Haus schlich. Ich war am Kopf des Tisches, von wo es zu den anderen Räumen und zur Küche am nächsten war. Die Haushalthilfen hatten Mutters bestes, das in fein bemalten Blumenmustern dekorierte Geschirr aufgetragen, zudem das kaum je zu Gesicht bekommene silbrig glänzende Besteck und funkelnde Gläser. Und zu meiner größten Überraschung stand eine Flasche Wein vor Papa, die er nun entkorkte, und aus der er reihum einschenkte. Er kehrte an seinen Platz zurück, blieb jedoch stehen und hob zu einer Rede an.

*

Ich weiß nicht, wie der Abend im Hause meiner Eltern ausgegangen war. Denn als Papa am Ende des ersten Satz seiner Rede erklärte, dass er und Mutter glücklich seien, endlich die Familie meines Bräutigams am Tisch zu haben und alle in freudiger Erwartung die Blicke auf mich wandten, sprang ich auf und rannte aus dem Haus, ohne darauf zu achten, dass Gläser umfielen und zerbrachen, das Geschirr in Unordnung kam und da und dort Gabel und Messer zu Boden fielen. Ich sah nicht die entsetzten Gesichter, die erwartungsvollen Fratzen der Tischgesellschaft, im Schleier meiner tränenüberfluteten Augen übersah ich die Geschwister, die gerade, von einem Kindermädchen begleitet, zur Tür herein kamen, und die mit großen, fragenden Augen Zeugen wurden, wie ihre Schwester für immer das Haus ihrer Eltern verließ.

8

In der Schwärze der mondlosen Nacht floh ich aus dem Elternhaus, nicht einmal Sterne sandten ein schwaches Licht, Wolken verhüllten den Himmel über dem Dorf. Aber ich hätte den Weg auch mit verbundenen Augen gefunden, denn das Haus meiner Großmutter zog mich an, als sei es ein unwiderstehlicher Magnet, stärker als die Ängste vor dem dunklen Wald, vor seinen Geistern und vor unbekannten Gefahren, denen sich eine unbegleitete junge Frau nächtens aussetzt. War es nicht allein das Haus der Grossmutter, das mich anzog, dann ebenso die Wut und die Verletztheit, die mich forttrieben. Später schien mir, als sei ich die ganze Strecke geflogen, ich erinnerte mich an kein einziges Stolpern, an kein Zögern, kein Anhalten, ich musste wie in Trance zum Dorf der Grossmutter geeilt sein, denn schon nach kurzer Zeit klopfte ich an ihre Tür. Es war Mamabé Béatrice, die mir öffnete und das verweinte und zerzauste Kind in ihre Arme schloss. Auch sie war tränenüberströmt, was ich aber nicht zu deuten wusste, denn ich glaubte, sie weine wegen mir; aber das war ja gar nicht möglich, denn wie hätte sie wissen können, was mir widerfahren war?

Sie führte mich weder in den Salon noch auf die Veranda, sondern in Großmutters Schlafzimmer, wo die alte Frau auf ihrem Bett lag. Großmutter sah mich eintreten und hob mühevoll den Kopf. Sie winkte mich zu sich. Mamabé Beatrice weinte und ich wusste nicht, was hier geschah. Ich küsste die Liegende und spürte ihren heißen Körper, sie musste Fieber haben. Sie sprach leise, flüsterte beinah und bat mich, neben ihr aufs Bett zu sitzen. Und die ganze Zeit umklammerte sie meine Hand. Mamabé Beatrice setzte sich auf einen Stuhl gegenüber und überwachte ihre schwache Schwägerin und Freundin.

Ich erfuhr, noch bevor ich ein einziges Wort zu meinem überraschenden Besuch hätte hervorbringen können, dass Großmutter vor gut einer Stunde einen Schwächeanfall erlitten hatte. Sie sei beim Nachtessen wie vom Schlag getroffen zusammen gesunken, habe kaum noch atmen können und hätte es mit Mühe und Not gerade noch bis zum Bett geschafft, erzählte Beatrice. Doch Großmutter habe darauf bestanden, weder den Heiler und schon gar nicht nach den Arzt im Dorf am Bahnhof zu rufen. Sie wollte unter allen Umständen meine Ankunft abwarten, obwohl sie, Beatrice, keine Ahnung davon gehabt habe, dass ich kommen würde.

Die Schwache lächelte, als sich Beatrice über die Sturheit ihrer Schwägerin entrüstete, streichelte mir dabei sanft die Hände und blickte mich nun wieder mit strahlenden Augen an. Es ging ihr spürbar besser, seit ich neben ihr saß. Sie war es, die sich nun nach mir erkundigte. - Geht es dir besser, Liebes, - fragte sie mit festerer Stimme. Sie fragte es so, als sei ich nie wirklich weg gewesen, als hätte ich mich gerade beim Gemüserüsten in den Finger geschnitten. Es war, als ob es die natürlichste Sache sei, ihr Enkelkind ganz plötzlich, mitten in der Nacht auf ihrem Bett sitzend, dessen Hände haltend bei sich zu haben. - Was ist passiert, Großmutter, - fragte ich sie. Ich war inzwischen ganz ruhig geworden, die Tränen waren getrocknet und ich konnte mit fester Stimme reden.

Sie setzte sich im Bett auf und ließ sich von Beatrice ein paar Kissen hinter den Rücken stopfen. Entspannt und schon fast wie zu den Zeiten, als Etienne und ich noch bei ihr gewohnt hatten, begann sie zu erzählen. Und sie erzählte ... was mir geschehen war! Wie mich meine Eltern heute an einen andern Klan verschachern wollten, wie ich in unglaubliche Wut geraten sei ... und wie sie genau in diesem Moment den Schwächeanfall gehabt habe. - Ja, Liebes, ich habe alles mit dir erlebt. Nicht erst heute, schon immer, weißt Du. Aber Du bist jung und ich bin alt und nicht mehr stark genug, um solche Kämpfe durchzustehen. Aber jetzt musst Du erst einmal etwas essen, denn Du hast den ganzen Tag noch nichts Warmes in den Bauch gekriegt. Beatrice, Liebe, wärm' unserer Kleinen etwas auf. Gib ihr zu trinken und dann schick sie zurück zu mir. Ich will, dass Du die Nacht in meinem Bett verbringst, Liebes, denn die Zeit drängt. -

*

Es wurde eine lange Nacht. Als Großmutter mich auf die Stirn küsste und das nächtliche Gespräch beendete, krähten die Hähne im Dorf und zwischen den Ritzen der Fensterläden drückte das Grau eines regnerischen Morgens durch. Es musste gegen vier Uhr früh gehen. Das regelmäßige, eintönige Prasseln der Regentropfen ließ uns rasch einschlafen.

Doch der Schlaf war nur von kurzer Dauer. Schon nach wenigen Stunden trommelte es an der Tür und Mamabé Beatrice, die längst schon auf den Beinen war, denn sie hatte tief und fest nebenan geschlafen, während Großmutter und ich redeten, erschrak ob dem hereinstürmenden Etienne.

- Ist sie hier? hörte ich ihn, nun ebenfalls wach geworden, ohne Begrüßung fragen. Aber er wusste längst schon, dass ich bei Großmutter war, wo hätte ich auch sonst sein sollen. Beatrice hieß ihn, im Salon zu warten und bereitete ihm ohne Eile ein Frühstück zu, denn er musste mit leerem Magen von zuhause losgerannt sein. Da er nicht weiter fragte, nahm ich an, dass ihn Beatrice mit Gesten und Zeichen über mein hier Sein aufgeklärt und wohl auch gebeten hatte, still zu sein, weil Großmutter und ich noch schliefen. Ich hörte, wie er gierig schmatzte und schlürfte.

Ich glitt zwischen den Laken aus unserem Bett, Großmutter schlief allem Anschein nach tief und friedlich weiter. Nachdem ich mich mit den zusammengerafften Kleidern in den Waschraum geschlichen und mir den Schlaf aus dem Gesicht gespritzt hatte, ging ich zu Etienne in den Salon. Er stand auf und küsste mich vor der nicht im Geringsten irritierten Beatrice innig auf den Mund und schloss mich fest in die Arme. Erst jetzt begann er zu erzählen. Er berichtete davon, dass gestern Abend plötzlich meine Eltern bei ihm und seiner Mutter aufgetaucht seien, ziemlich aufgeregt und wohl auch wütend. Sie suchten mich und wollten sogar das Haus durchsuchen, was seine Mutter aber unterband. Sie verabschiedeten sich formlos von Etienne und dessen Mutter, und er hörte Papa beim Weggehen sagen, - dann muss sie bei meiner Mutter sein. Morgen gehen wir hin. -

- Sie werden sicher hierher kommen und dich holen. Was ist los, Eleonore? Was hast Du getan? -

100

- Sie hat getan, was sie tun musste. - Sagte die lautlos hereingekommene Großmutter, die in ihrem über der Brust geknoteten Wickeltuch und den offenen, wilden Haaren wie ein Geist aussah und sowohl Etienne und mich als auch Beatrice mit ihrem Auftritt verwirrte. - Und das wird sie auch immer tun, - fügte sie hinzu, um gleich darauf anzuordnen, dass man das Haus auf ungebetenen Besuch vorbereiten solle, während sie sich für den Tag herrichten wolle. Sie verschwand und man hörte sie im Waschraum. Beatrice schloss alle Fensterläden, legte Balken in die dafür vorgesehenen Halterungen und ließ nur gerade die Tür zur Veranda unverriegelt. So wie man böse Gedanken aussperrt, sollte der erwartete Besuch nicht ins Haus eindringen können.

Als Großmutter kurze Zeit später wieder zu uns stieß, war sie wieder zur unbezwingbaren Frau geworden, die sie es immer war. Man sah ihr an, dass sie für einen Kampf gerüstet war. Ihr schönes, ebenmäßiges Gesicht hatte einen selten strengen Zug angenommen, der durch die satt am Kopf nach hinten gebundenen und in einem Dutt verknoteten Haare noch verstärkt wurde. Von ihrer gestrigen Schwäche war nichts mehr zu spüren. Sie zog mich zu sich, umarmte mich, küsste mich und strich mir übers Haar, das so wie das Ihre war. Schwarz, nur leicht gekraust, gestreckt fast, aber eben nur fast. - Hab keine Angst, Liebes, flüsterte sie mir ins Ohr, sollen sie doch kommen. Und dann werden sie wieder gehen. Wir beide gehören jetzt zusammen. Das verspreche ich dir. -

Es dauerte nicht lange, bis man erneut an die Tür hämmerte und Papas Stimme zu hören war. Großmutter setzte sich in den Salon, während ich und Etienne in ihrem Zimmer zu warten hatten. Mamabé Beatrice ging zur Tür, öffnete einen Spalt und bat Papa, der allein gekommen war, ums Haus herum zu gehen und auf der Veranda zu warten. Er musste ziemlich erstaunt gewirkt haben, ungläubig wohl. Denn Beatrice schickte ihn mit Nachdruck, wie einen ungebetenen Gast, den man nur an der Hintertür empfangen wollte, um das Haus herum.

Wir hörten wie jemand dem Haus entlang eher schlich denn marschierte und wie Großmutter die Tür zur Veranda aufstieß, um dort ihren Sohn zu empfangen. In Großmutters Zimmer konnten wir jedes Wort mithören, das auf der Veranda gesprochen würde. Ein Holzhaus birgt vor seinen Bewohnern keine Geheimnisse. Aus dem zu erwartenden Gespräch wurde ein kurzer Monolog, denn Großmutter machte kurzen Prozess mit ihrem Sohn.

- Erklär' mir nichts, Henri. Ich weiß alles und Du solltest eigentlich wissen, dass man vor mir nichts verbergen kann. Ganz besonders nichts, was mit Eleonore zu tun hat. Was hast Du dir bloß dabei gedacht, als Du dich von deiner Frau in diese Geschichte reinziehen ließest. War das schon lange so geplant? Und mir, deiner Mutter, will man es verschweigen? So etwas? Du wolltest meine Enkeltochter, diese Enkeltochter, wolltest Du an eine daher gelaufene Bande von Nichtsnutzen verschachern? Nur weil deine Frau, diese dumme Kuh, sie loshaben wollte? Soll denn dieser Schwachsinn der arrangierten Ehen für immer so weiter gehen, diese furchtbare Versklavung der eigenen Kinder? Dafür haben sich tausende von uns geopfert? Dass sie die Sklaverei der einen gegen die Leibeigenschaft der anderen eintauschen? Was habt ihr aus der Freiheit gemacht, die ihr erkämpft habt mit dem Blut meiner Brüder, meines Mannes, deiner Freunde? - Papa wollte vermutlich etwas erwidern, denn es entstand eine kurze Paus, aber Großmutter holte wohl nur Luft, denn sie fuhr fort. - Schweig! Ihr habt nichts gelernt. Nichts. Die Colons haben unsere Kinder gestohlen und ermordet, ihr verkauft die euren. Wo ist der Unterschied? Wie viele Silberlinge haben sie euch in die Hand gedrückt, diese feinen Verwandten? ... Schweig! Und falls Du fragen wolltest, ob deine Tochter hier sei, dann ist die Antwort nein. Denn diese junge Frau ist nicht mehr deine Tochter. Geh jetzt. Und komm wieder, wenn ich tot bin. Nicht vorher. Ich will dich in dieser Welt nicht mehr sehen, niemanden von euch. Geh! -

Wir konnten Papas Gesicht nicht sehen, aber wir ahnten, dass er mit dieser Schelte nur schwer zu Recht käme. Wir hörten ihn ums Haus herum zurück zum Eingang gehen, seine Schritte waren schwer, schleppend. Wir warteten im Salon, der auf die Veranda führte, auf Großmutter. Erschöpft trat nun wieder die schwache Frau von gestern Abend ins Zimmer. Der Bruch mit Papa hatte ihre ganze Kraft gekostet.

*

Der Tag blieb düster, ein Regentag, an dem die ganze Welt in einen grauen Schleier aus Regentropfen und Nebelschwaden gehüllt war. Es regnete nicht besonders stark, aber es war das einzige Geräusch, das von Blättern und Dächern zu uns drang, gelegentlich krähte ein Hahn und vertonte durch seinen verlorenen Schrei die Traurigkeit des Tages. Selbst nachdem Bernadette und Mamabé Beatrice Fenster und Türen wieder aufgesperrt hatten, um das Haus wieder zu öffnen, blieb es im Inneren dunkel und kalt. Großmutter bat mich zu sich in ihr Zimmer, während sich Etienne und Bernadette in Haus und Hof nützlich machen sollten. Sie wollte weder Ohren noch Augen um uns herum wissen. Außer Beatrice, die sich im Salon einer Stickerei widmete und auf ihre Art mitteilte, dass sie eigentlich nicht da sei.

Wir setzten uns aufs Bett, hüllten uns in Decken ein. Auf einer Kommode brannten Kerzen. Großmutter fuhr fort, wo sie in den frühen Morgenstunden aufgehört hatte. Sie berichtete von meinen und ihren Vorfahren, wies mich auf die guten Stimmen hin und auf die bösen. Als absolvierte ich eine Prüfung, fragte sie mich ab. Sie wollte sicher gehen, dass ich keinen vergaß und niemanden verwechselte, der wichtig gewesen war oder es noch sein würde. Ich erfuhr von ihrem weit verzweigten Netz auf der Grossen Insel, wo ferne Brüder und Schwestern lebten, Cousins und Cousinen, wo gute Menschen Sicherheit bedeuteten und wo schlechte zu meiden seien. Sie sprach von verräterischen Klans, die bis ins siebte Glied die Fäulnis in sich trügen. Und sie lehrte mich, wie edle Menschen zu erkennen seien, ob nun Mitglieder des Klans oder auch nicht. Sie übergab mir so den Kompass für ihr Universum, das weder Anfang noch Ende zu haben schien, durch das aber mein eigener Weg durchs Leben führen würde.

Sie erklärte mir wichtige Erscheinungen in der Natur, von bestimmten Pflanzen war die Rede, von den Schamanen, von denen ich mich fern zu halten hätte, - von denen ganz besonders. Meide jede Art von heiligen Stätten, ob diese nun in Form von Höhlen in Erscheinung treten oder in der Form einer Kathedrale. Darin findest Du stets nur Heuchelei und Lüge. Die Wahrheit findest Du immer nur in dir selber. - Sie verbat mir jeden Kontakt mit Zauberern oder Sehern, erklärte jede Form von Fetisch als Tabu. Ihre Stimme wurde immer leiser, sie flüsterte nur noch, aber ich hatte mich an die schwächer werdende Stimme gewöhnt und nahm jedes Wort instinktiv so auf, als überreiche sie mir Edelsteine. - Du musst wissen, Liebes: man lernt ein Leben lang das Leben. Auch wenn ich dir vieles auf den Weg mitgebe, so wirst Du trotzdem deinen eigenen Weg suchen müssen. Aber Du wirst ihn finden. Ich mache mir keine Sorgen. Versuche einfach, niemandem zu schaden, der dir keinen Schaden zugefügt hat; versuche jenen zu helfen, denen es schlechter geht; strebe nicht nach Besitz, der nicht von selber zu dir kommt, denn dieses gierige in Besitz nehmen macht niemanden glücklich. Und - vor allen anderen Dingen, Liebes - sei geduldig, nimm dir Zeit, Dinge geschehen zu lassen, statt ihnen nachzurennen. Beim Rennen verliert man die Zeit. -

Die Kerzen flackerten, wurden kürzer und ich spürte, dass Großmutter immer leiser sprach und als ich einmal aus ihrem Schoss, wohin ich mich die ganze Zeit gekuschelt hatte, zu ihr aufschaute, sah ich, dass die Schwäche des vorigen Tages nun unwiderruflich in ihr Gesicht zurückgekehrt war, ahnend, was bald geschehen würde. Sie sah meinen angstvollen Blick. - Hab' keine Angst, Liebes. Es ist noch nicht die Zeit, ein bisschen bleibt uns noch. -

Abend. Die Nacht hatte sich herangeschlichen und legte ihr schwarzes Tuch über Großmutters Haus. Bernadette und Mamabé Beatrice hatten überall Kerzen aufgestellt und in Großmutters Zimmer erhellte ein mehrarmiger Leuchter den Raum. Ich war die ganze Zeit bei ihr und sie bat mich nun, Beatrice und Bernadette, Etienne zu rufen.

Mamabé Beatrice und Bernadette setzten sich auf die eine Seite des Bettes, während ich gegenüber auf der Bettkante saß und Großmutters Hand hielt, Etienne hatte sich daneben auf einen Stuhl gesetzt. Trauer hing im Zimmer. Sie hatte es unausgesprochen angekündigt, seit gestern waren alle ihre Handlungen auf diesen Moment ausgerichtet, sie hatte uns darauf vorbereitet. Wir wussten es und sie wusste, dass wir es wussten. Sie war die einzige, die nicht traurig war, ein großer Friede lag über ihrem Gesicht, die Züge waren weich geworden, ein aus ihrem tieferen Inneren kommendes Strahlen verklärte ihre Schönheit. Sie atmete ruhig, schien keine Mühe mehr zu haben, die Anstrengungen der vergangenen Stunden; die mit einer unüberwindbaren Enttäuschung und dem Bruch mit ihrem

Sohn einhergegangen waren, schienen verschwunden zu sein. Sie hatte sich für mich geopfert, aber ich konnte es in diesem Moment noch nicht erfassen.

Sie zog mich ganz sanft zu sich, so dass ich mein Ohr nahe an ihren Mund halten musste. - Sei nicht traurig, Liebes, sagte sie mit einer Stimme, die von weit her zu kommen schien. - Auch wenn ich jetzt von euch gehe, werde ich durch dich immer weiter leben. Ich habe dir gestern und heute alles vermacht, was ich denke, fühle, sehe und was Du zum Leben brauchst. Nutze das Leben einer alten Frau, um dein Leben zu bestreiten. Du wirst Gefahren ausgesetzt sein, man wird dich verfolgen, dir Schmerzen zufügen. Davor kann ich dich nicht bewahren und das tut mir leid. Dein Weg wird lang und beschwerlich sein, hüte dich vor der Familie, geh weg, noch bevor sie an meinem Totenbett erscheinen. Versprich es mir, Liebes. - Ich versprach es ihr, konnte aber meine Tränen nicht zurück halten. Ich wusste, dass mit Großmutter mein einziger Schutz verschwinden würde und ahnte erst undeutlich, was ihre Worte bedeuteten.

Sie bat Etienne zu sich, dann Bernadette, die Stumme, mit der sie redete, als hätte das Waisenkind nie auch nur einen Moment die Stimme verloren. Und am Schluss sprach sie mit Beatrice, ihrer Vertrauten, der Frau ihres verstorbenen Bruders, ihrer Freundin. Mit allen sprach sie so, dass das Gesprochene von niemand anderem gehört wurde. Es schien, als würde sie jedem seinen Teil an ihrem Vermächtnis anvertrauen. Während Mamabé Beatrice Großmutters rechte Hand ergriff, nahm ich deren Linke, ich reichte meine linke Hand Etienne, der übers Bett hinweg seine noch freie Hand Bernadette entgegen streckte, die ihrerseits den Kreis mit Beatrice schloss. So blieben wir miteinander verbunden, weinten leise, jeder für sich, denn Großmutter hatte verboten zu beten, so, wie es auch kein Kreuz im Zimmer gab. Wir sahen die nun Schweigende, wie sie im Schlaf ruhig atmete, auf einmal ging ein warmer, ja fast ein glühender Strom durch unsere Körper hindurch - Großmutter war tot.

Sie war gegen neunzig Jahre alt geworden, genau wusste es niemand, auch sie hatte es nie gewusst. Als sie geboren worden war, hatte es noch keine Geburtsregister gegeben. Man wurde geboren, man lebte, man starb damals noch ohne Papiere.

*

Es war tiefe Nacht geworden. Wir hielten am Bett der Toten Wache. Hinter dem hauchdünnen Moskitonetz schien sie einfach friedlich zu schlafen. Als draußen das Grauen des Morgens unter dem Krähen der Hähne heraufzog, übernahm Beatrice das Kommando. Sie schickte Bernadette mit einem Zettel nach dem Dorfchef, ließ Etienne Wasser aufsetzen und bat mich, mit ihr zusammen die Verstorbene zu waschen und in Tücher einzuwickeln. Die Tote sollte später festlich gekleidet im Salon unter einem Moskitonetz aufgebahrt und mit Formol behandelt vor allzu schneller Verwesung geschützt werden. Denn Großmutter war eine bedeutende Frau gewesen, auch wenn sie sich nie in den Vordergrund gedrängt hätte. Doch ihre Größe ragte weit über die gewöhnlich Sterblichen hinaus, denn ihre Fähigkeit zu sehen, zu heilen und zu strafen, war von allen Leuten weit herum gleichermaßen geachtet und gefürchtet. Solche Menschen werden nicht einfach in den Tod entlassen. Solchen Menschen wird ein feierlicher Abschied zuteil.

Die von Beatrice organisierte Totenwache dauerte mehrere Tage, wie ich später erfuhr, denn ich musste den Ort schon am nächsten Tag verlassen. In der Zeit, bis Großmutters Leichnam in die geheimen Totenhöhlen ihres Volks getragen wurde, strömten Hunderte von Besuchern vorbei, was bedeutete, dass sie einige Stunden vor Ort verweilten, und dabei gruppenweise der Toten ihre Reverenz erwiesen. Der erste Tag war für die "engere Familie" mit ihren gut hundert Köpfen reserviert, die restlichen Tage war der Weg frei für Nachbarn, Freunde, Bekannte und Offizielle - Hunderte, rund um die Uhr. Alle mussten der Tradition gemäß versorgt werden, brachten aber auch etwas Geld mit oder Reis. Beatrice und Bernadette und ein paar Leute aus der Trauerfamilie bereiteten den Gästen zweimal zweihundertfünfzig Mahlzeiten pro Tag (Reis, Rindfleisch, Bohnen - im Schnitt ein Zeburind und gut drei Zentner Reis pro Tag). Man reichte Getränke: stark gezuckerter Kaffee rund um die Uhr, sowie Rum in großen Mengen, vor allem abends und die Nacht hindurch. Kinder spielten und lachten, die Erwachsenen plauderten oder diskutierten oder spielten Karten, und einige Gruppen sangen nichts ahnend gegen den Willen der Verstorbenen Kirchenlieder. Alle lagerten im Hof ums Haus herum oder dann in einer der Räumlichkeiten. Und während den

Männern die Aufgabe zukam, den Sarg zu zimmern, kochten die Frauen die Großmahlzeiten in fünfzehn riesigen Kesseln. Die eigentliche Bestattung fand an geheimem Ort, in unzugänglichen Höhlen statt, wo nur der Schamane und ein paar Älteste Zugang hatten und denen ein paar starke junge Männer den Leichnam bis zu einem bestimmten Punkt tragen helfen durften.

Als Großmutter ihre letzte Reise antrat, war ich bereits auf der Flucht, die auch Befreiung war. Und mein Fluchthelfer war Etienne.

9

Großmutter hatte - wohl mit Unterstützung ihrer Schwägerin - an alles gedacht - sie musste ihren Tod schon seit langem vorausgesehen, ihr Sterben geplant haben. Wie sie gelebt hatte, so regelt sie ihren Nachlass, den die Schwägerin verwaltete. Mitten in den Vorbereitungen für die Totenwache übergab mir Mamabé Beatrice einen aus Palmenfasern geflochtenen Umschlag mit Geld und einen anderen mit Briefen an Verwandte oder Bekannte, die ich auf der Reise besuchen sollte. Etienne wollte mich um keinen Preis alleine ziehen lassen. Trotzdem fiel es ihm schwer, mich zu begleiten, denn wie er mir verriet, hatte ihm Großmutter eindringlich aufgetragen, zu seiner Mutter zurück zu kehren, ihr beizustehen, das Gymnasium zu machen und, wenn immer möglich, zu studieren. Der Gedanke, seine Mutter im Stich zu lassen, bereitete ihm große Sorgen. Er litten und rang mit sich; schließlich fand er doch noch eine halbwegs überzeugende Lösung, um sein Gewissen mit dem ausdrücklichen Wunsch der Großmutter, seiner Sorge um die Mutter und unserer Liebe in Einklang zu bringen. Er schrieb einen Brief, den er Mamabé anvertraute und die das Papier seiner Mutter zustecken sollte, wenn diese zur Totenwache erscheinen würde. Denn daran gab es nicht den geringsten Zweifel, dass Tantine Brigitte Großmutter die letzte Ehre erweisen würde. Er erklärte er darin, dass er bis zum Ende der Ferien mit mir unterwegs sei und bis zum Eintritt ins Gymnasium bei Verwandten in der Provinzhauptstadt auf sie warten werde. Wir konnten zwar nicht wissen, ob und wann wir in der Provinzhauptstadt ankommen würden, aber Etiennes Gewissen war beruhigt. Und ich war glücklich, den Freund an meiner Seite zu wissen. Mit leichtem Gepäck zogen wir los und wandten uns den bewaldeten Hügeln zu, die sich hinter der verschwundenen Kirche in ständigem Aufundab, einem zerknitterten Tischtuch gleich, in die Unendlichkeit des Landes erstreckten.

Anfangs trugen wir schwer an der Trauer um Großmutters Tod; vielleicht auch deshalb, weil wir so unvermittelt in die Welt geworfen wurden, bar jeden Schutzes: Mit der Zeit ging es aber immer besser und leichter voran. Wir halfen uns durch unwegsames Gelände; während Etienne die gelegentlich zugewachsenen Pfade mit der Machete öffnete, trug ich das Gepäck auf dem Kopf und am Rücken, dann teilten wir die Last, zogen uns an den Händen weiter und, wo es breit genug wurde, hielten wir uns die Hände. Stets trug Etienne das umgehängte Bambusrohr auf dem Rücken, das er bei jeder Gelegenheit mit Wasser füllte, weil man im Regenwald abseits von Bächen und Flüssen eigentümlicherweise verdursten kann, falls man die Orientierung verlöre. Gelegentlich mussten wir uns gegenseitig die Blutegel aus der Haut quetschen. Wir genossen noch ein paar weitere Tage, auf Pfaden und Wegen den dichten Wald durchquerend. Dabei kamen wir uns wieder näher, berührten uns zufällig, bald mit Absicht und tauschten in unseren Blicken die einzige wichtige Botschaft zwischen zwei jungen Menschen, die die Liebe zueinander entdecken. Wir beobachteten die Natur, rasteten in unverhofften Lichtungen oder an klaren Wasserläufen. Wir wussten, dass wir bald auf das spärlicher bewaldete Hochland kommen mussten, in die Nähe von kleinen Städten bis wir schließlich die Provinzhauptstadt erreichen sollten. Die Schritte wurden langsamer, die Pausen länger. An einem der letzten Tage unter.der geschlossenen Walddecke rasteten wir an einem kleinen Wasserfall, der sich in einen runden, kleinen See ergoss, von dem das Wasser in einem Bächlein abfloss, das sich später mit vielen anderen zum Bach und zum Fluss vereinte, dessen fernes Rauschen und Tosen sogar den Wasserfall übertönte. Unter einem Felsvorsprung richteten wir ein Lager für die Nacht. Etienne suchte totes Holz, um später auf dem mitgeschleppten Kocher, der mit der fast gewichtslosen, palmfasergeflochtenen, flachen Antova - man wirft damit die Reiskörner mit gekonntem Schwung in die Luft, während der Wind Spreu und Unreinheiten wegträgt - und der gusseisernen Pfanne eine ganze Haushaltausrüstung bildete, Reis und getrocknetes Fleisch aufzusetzen. Es war nicht sehr spät am Nachmittag, die Sonne stand noch sichtbar über dem Wald, sandte ihre Strahlenbündel durch die Lücken im Blätterdach und würde in ein, zwei Stunden untergehen. Wir waren verschwitzt und das Wasser war frisch, nicht kalt, aber kristallklar.

Wir standen dicht beisammen, am Rande des Sees, vor unserem späteren Nachtlager unter dem Felsvorsprung. Etienne zog mich zu sich hin, wir küssten uns, die feuchtheißen Körper rieben sich, eine Hand strich über den Rücken des anderen, eine andere berührte sanft die Brüste der jungen Frau, deren eine Hand in die Tiefe des jungen Mannes sank, sanft drückte, rieb. Kleider fielen von den Körpern ab, sie stießen einander in das kühle Wasser des kleinen Sees und sie waren für einen kurzen Moment die Kinder aus dem Wald über dem Dorf am Bahnhof. Sie wuschen sich, schrubbten sich gegenseitig, um sich bald leidenschaftlich von neuem zu streicheln, sich mit Küssen die Körper zu bedecken. Sie lagen im seichten Wasser, packten sich gegenseitig und pressten Schöße, Bäuche, Brüste und Lippen aufeinander, wanden sich im Wasser, drehten sich klammernd, abwechselnd oben- oder untenliegend, ein Stöhnen, das auch ein Lachen hätte sein können, durchbrach das ferne Rauschen und Tosen des Flusses während die junge Frau den Kampf der Körper gewann und nun auf dem Schoss des Mannes saß, sich leicht anhob - als wäre es das Natürlichste der Welt - und den harten Stab unter einem unterdrückten Schrei in ihren Körper aufnahm, sich nunmehr auf den Schoss sinken, und langsam, rhythmisch heben und wieder sinken ließ, als ritte dieses Geschöpf des Waldes auf einem Pferd. Und dieses Pferd begann nun seinerseits den Rhythmus mitzugehen, sich aufzubäumen, bis schließlich beide bis zur Ekstase gemeinsam durch das seichte Wasser ritten.

Die Stimme der Großmutter hatte mich nicht zurückgehalten.

Während der ersten Tage folgten wir den gewundenen Pfaden Richtung Sonnenuntergang durch den Wald, erfrischten uns an Bächen und Wasserfällen, bereiteten unser Essen an offenen Feuern zu. Wir befanden uns noch in der Trockenzeit, in der kurzen Zeitspanne, wenn es auch im Regenwald zu einzelnen regenlosen Tagen und Nächten kommen kann. Wir hatten Glück und kamen ohne Dauerregen auf eine dem Hochland vorgelagerte, aber noch immer dicht bewaldete Hügelkette, wo wir auf kleine, versprengte Siedlungen trafen und auf Menschen, die man nach Namen in den Briefen fragen konnte.

Im ersten Dorf kamen wir bei einen entfernten Verwandten von Großmutter, dem Sohn eines Cousins aus ihrer weitläufigen Familie mütterlicherseits, unter. Er las den Namen der Großmutter und wir waren als Familienmitglieder, ja als Bruder und Schwester seiner eigenen Kinder aufgenommen. Großmutters Einfluss und Strahlkraft reichte weit ins Land hinaus, überwanden Hügel und Wälder und trafen die Herzen derer, die sich ihrer erinnerten oder von ihrem Ruf gehört hatten. Natürlich mussten wir bei jedem Etappenort von ihrem Sterben erzählen, aber das Seltsame war, dass bei den Angesprochenen nie die Trauer überwog, sondern der Stolz, mit dieser ungewöhnlichen Frau verwandt oder bekannt gewesen zu sein. Und man ließ mich, ihre Enkelin, stets nur ungern weiter ziehen.

*

Die Waldgebiete wichen allmählich einer Graslandschaft, durchsetzt mit den von den Colons gepflanzten Fichtenwäldern, es kamen Gegenden, die von Terrassenkulturen geprägt waren. Reis, Gemüse, Obst und Früchte aller Art wurden auf kunstvoll bewässerten Landschaftstreppen angebaut. Die Dörfer wurden größer, Häuser waren jetzt aus Erdziegeln, Stroh und Lehm gebaut, zweistöckig in der Regel - unten die Tiere, oben die Menschen. Und es war kalt auf dem Hochland. Es war furchtbar kalt! Denn die Trockenzeit war auch der Winter auf dem Hochland. Eine Kälte, die wir in den tiefer gelegenen Wäldern nie zu spüren bekommen hatten. Die Menschen waren eingehüllt in Decken, warmen Kleidern, trugen Filzhüte und Wollkappen. Sie sahen anders aus, als mein Volk aus den Wäldern. Ihre Haut war heller, ihre Augen schmaler, die Gesichter finster und kam man in ihre Nähe, schauten alle zur Seite, als schämten sie sich vor dem Fremden.

Wir näherten uns der Provinzhauptstadt; die Stimmung entsprach mehr und mehr dem Klima des Hochlandes: kalt, abweisend, nieselnd. Wärme und Geborgenheit verschafften wir uns durch unsere Liebe, die wir uns nun endlich und endgültig eingestanden. Wo immer es ging, versuchten wir es so einzurichten, dass wir im selben Zimmer übernachten konnten. Was keinerlei Probleme der sittlichen Art verursachte, galten wir doch als Bruder und Schwester, die gemeinsam unterwegs waren; so, wie es in Großmutters Briefen stand, obwohl sie Etienne eindringlich dazu aufgefordert hatte, zu seiner Mutter zurück zu kehren. Die alte Weise musste geahnt haben, dass er diesen Wunsch nicht erfüllen würde, es gar nicht konnte. Als hätte sie unsere Liebe vorausgesehen und uns den Weg dazu ebnen wollen.

Auf einer weiten, von einem breiten Fluss und einem Mosaik aus Reisfeldern gezeichneten Ebene stießen wir auf die Bahnlinie, die unser Dorf mit der Provinzhauptstadt verband. Wir zögerten, obwohl uns nach zehn Tagen Marsch nichts lieber gewesen wäre, als in einen Zug zu sitzen und den letzten Teil der Reise wenigstens fahrend hinter uns zu bringen. Wir zögerten, weil es nicht auszuschließen war, dass im Zug Leute aus unserem Volk säßen, die, aus irgendwelchen Gründen auf dem Weg in die Provinzhauptstadt, uns entdecken würden. Wir gingen zu Fuß, auch wenn wir so noch eine Nacht länger unterwegs sein mussten. Von der Bahnlinie, diese von den Colons für den Transport von Kaffee, Holz, Bananen und anderen Gütern für ihre eigene Hauptstadt bestimmten und von Zwangsarbeitern gebauten Nabelschnur zwischen der Provinzhauptstadt und dem Ozean, hielten wir uns fern. Unser Weg führte uns am Rand der großen Ebene Richtung Stadt. Auf den Feldern war viel Betrieb. Hunderte standen gebückt in den abgetrockneten Reisfeldern und sichelten büschelweise den Reis. Kinder trugen die Büschel zu einem gestampften Platz, wo die Frauen die Halme über einen Holzrost dreschten. Eile war geboten, denn am Ende der Trockenzeit konnte man nie wissen, ob ein plötzlicher Regen die Ernte nässt und man sie dann mühsam nochmals zum Trocknen auslegen müsste.

Hektisches Treiben herrschte in den Dörfern. Nicht nur Reis wurde von den Feldern, in Säcken abgefüllt, in die Speicher gekarrt, auch Mais wurde geerntet und die noch bleichgelben Kolben hingen paarweise über Balken und Seilen im oberen Stockwerk oder lagen auf den Dächern ausgebreitet, um zu trocknen. An wichtigeren Orten, standen Reisschälereien lärmend in Betrieb und die Reisbauern warteten in langen Reihen, bis sie an der Reihe waren, den Paddy in die Schälmaschine zu kippen. Man sah auch schon gut gelaunte Männer, die ihren Reis bereits verkauft hatten und nun eine weithin riechbare Schnapsfahne vor sich hertrugen.

Kurz vor der Provinzhauptstadt erblickten wir einen sonderbaren Zug einer singenden, teils grölenden, von einer scheppernden Musik begleiteten Menge, die in Tüchern eingewickelte Gegenstände tanzend aus dem Dorf in die nahen Familiengrüfte trugen. Aus Papas Erzählungen wussten wir, dass es sich um die Totenumbettung handelte. Es war die Famadihana, jener seltsame Brauch der Hochlandleute, die in von Schamanen und den finanziellen Mitteln bestimmten Abständen alle paar Jahre ihre Vorfahren aus den Gräbern holten, sie fröhlich durch das Dorf trugen, um ihnen die inzwischen neu Geborenen und den dank ihrer Fürsprache beim Schöpfergott erreichten Wohlstand und auch sonst allerlei Neuigkeiten zu präsentieren. Danach wickelte man die toten Ahnen, vielmehr was von ihnen noch übrig war, in neue Tücher. Der ganze Anlass wurde reichlich mit Schnaps begossen und diente nicht nur den Toten, sondern erst recht auch den Lebenden, die wie seinerzeit an der Beerdigung des nunmehr Umgebetteten zahlreich dazu eingeladen und verköstigt werden mussten. Wir befanden uns in einer fremden Welt, in der nicht nur die Natur nicht mehr dieselbe war, sondern, wie uns schien, auch die Menschen eigentümliche Sitten und Gebräuche pflegten.

Endlich trafen wir in der Provinzhauptstadt ein. Zufrieden, nicht mehr marschieren zu müssen, aber trotzdem traurig, dass die Reise zu Ende war. Noch viel mehr bedrückte uns die Gewissheit, dass wir bald getrennt sein würden.

Die Provinzhauptstadt war weitläufig und auf mehreren Hügeln gebaut. Man sah weder einen Anfang noch ein Ende. Wir suchten zunächst Etiennes Verwandte auf, wo er auf seine Mutter warten wollte. Dort ließen wir sein leichtes Gepäck, um anschließend zu der von Großmutter empfohlenen Adresse zu gehen. Nach ein paar ungenauen Ortsangaben der auf der Straße befragten Leuten fanden wir endlich das Haus auf einem Hügel der Stadt, nahe einer der zahlreichen Kirchen, die uns schon von weitem aufgefallen waren. Es war ein stattliches Haus, eine Villa eher, zwar in der üblichen zweigeschossigen Hochlandarchitektur erbaut, nur einfach viel größer, mit gepflegtem Garten, eingefasst durch eine hohe Mauer, ein zweiflügeliges Gartentor, durch welches eine gepflästerte Zufahrt auf einen Vorplatz führte. Darauf ein imposantes Auto, in runden Formen, von denen wir auf unserem Weg durch die Stadt nur wenige gesehen hatten und die von Uniformierten gefahren wurden, im Fond meist ein Weißer, gelegentlich ein heller Schwarzer.

Die schwere Tür wurde geöffnet und es erschien eine hellhäutige Hausangestellte in schwarzem Kleid, über dem sie eine weiße Schürze trug, auf dem Kopf ein weißes Häubchen. Ich stellte mich vor und erkundigte mich nach der Frau, deren Namen auf Großmutters Brief stand. Die Hausangestellte behandelte mich von oben herab und wies uns, statt einer Antwort, mit einer Handbewegung in die Halle einzutreten und zu warten. Wir waren überwältig von so vielen geschnitzten Türen, Wänden, Treppen und Kästen. Es dauerte nicht lange bis ein sehr hellhäutiger Mann, ohne Zweifel vom Hochland stammend, die breite Treppe herunter schritt. Sein Gesicht war versteinert, der schwarze Anzug machte aus dem stattlichen Mann eine beeindruckende Erscheinung. In der Hand hielt er Großmutters Brief, den ihm die Hausangestellte in einen Raum im oberen Stockwerk überreicht haben musste. Er kam direkt auf mich zu, küsste mich auf die Wangen, Etienne würdigte er kaum. Er stellte sich als Onkel Patrice vor, der Mann von Tante Claire, die ich anzutreffen hoffte. Onkel Patrice führte uns in den Salon, wo er auf die Ledersessel vor dem offenen Kamin wies. Wir setzten uns. Mit ernster Stimme eröffnete er uns, dass Tante Claire vor kurzem verstorben sei. Die Cousine meiner Großmutter sei einer kurzen, schweren Krankheit erlegen und vor zwei Tagen beerdigt worden, deshalb sei er tagsüber hier, bis er die Trauer ein wenig überwunden habe. Das ändere jedoch nichts daran, dass ich in seinem Haus willkommen sei. Platz hätte er genug und das geräumige Gästezimmer stehe mir zur Verfügung. Ich dankte ihm für die Gastfreundschaft und sprach ihm mein Bedauern über den Tod seiner Frau, meiner Tante aus, die ich freilich noch nie gesehen hatte. Ich stellte ihm auch Etienne als meinen Cousin vor, der in der Stadt bald ins Gymnasium gehen werde. Noch immer hatte er mit Etienne kein Wort gewechselt. Nun aber wies er darauf hin, dass er seinem Fahrer Order erteile, meinen Cousin nach Hause zu fahren, denn dessen Verwandtschaft sei bestimmt gespannt, Neues von seiner Mutter zu erfahren. Er erhob sich und führte uns zurück in die Halle, wo ich mich von Etienne verabschieden musste. Ich konnte nicht ahnen, dass es für eine sehr, sehr lange Zeit sein würde. Dafür spürte ich, dass dieses Haus kein gutes war.

Nachdem Etienne gegangen war, führte der Onkel mich ums Haus herum. Dem Personal stand im Hof ein eigenes Haus zur Verfügung, eigentlich waren es aneinander gereihte Zimmer, die in ihrer Art an das Schulgebäude meiner Primarschulzeit erinnerte. Vor den Fenstern und Türen der Hauptfassade verlief ein gedeckter Vorbau, nach hinten hinaus lagen die Kochstellen, vor jedem Zimmer eine. In einem zweitürigen schmalen Gebäude, das eher aussah wie ein mannshoher Kleiderschrank auf einem Steinsockel, verrichtete das Personal die Notdurft. Die Nacht, so fiel es mir plötzlich unangenehm ein, würde ich mit Onkel Patrice allein im Haus verbringen.

10

Onkel Patrice zeigte mir persönlich die privaten Zimmer im Oberge-schoss. Drei Gästezimmer, jedes mit eigenem Bad, sein eigenes Schlafzimmer, jenes der verstorbenen Claire, zu dem eine Art Schmink-und Ankleidezimmer gehörte, das wiederum mit einem Badezimmer verbunden war, ein Büro. Rund um das Obergeschoss verlief eine Veran-da, die jener im Erdgeschoss entsprach. Ich getraute kaum das Wort an Onkel Patrice zu richten, seine finstere Miene wirkte abweisend, seine tiefe Trauer schien echt zu sein. Zudem gehörte es sich nicht für einen jungen Menschen, ungefragt das Wort an Große und an Autoritäten zu richten, bevor man selber gefragt wurde. Ich erfuhr dass er erst seit ein paar Monaten in diesem Haus wohnte, seit er von den Colons zum Prä-fekten ernannt worden war, weil ja die Große Insel unabhängig geworden war.

Onkel Patrice musste etwa in Papas Alter sein. Die Ehe mit Tante Claire war kinderlos geblieben, wie er mir während des Rundganges er-klärt hatte. Er empfand es als das Unglück seines Lebens, wie er sagte.

- Immerhin bleibt mir Louis Philippe, mein Sohn aus erster Ehe, be-merkte er nebenbei, - der aber in Paris studiert und den ich kaum je zu Gesicht bekomme. Leider ist auch seine Mutter, meine erste Frau, gestor-ben. -

Ich bekam nur den Onkel und die Hausangestellten - nebst jener, die uns ins Haus eingelassen hatte, gab es noch Personal in der Küche und für die Zimmer - zu sehen, die allesamt in Uniformen ihren Dienst taten und die dem neuen Präfekten zusammen mit Haus und allem von den Colons überlassen worden waren; dazu gehörte auch ein Chauffeur, der sich um die schwarze, französische Limousine zu kümmern hatte.

Ich wusste damals noch nichts über den Wechsel von den Colons zu den eigenen Leuten, der von Papa als die endgültige Befreiung gefeiert worden war. Wir hatten eine neue Nationalhymne gelernt, so viel war klar. Und im Dorf am Bahnhof hatten Leute meines Volkes wichtige Posten übernommen. Der Maire, der Bahnhofsvorstand, der Polizist; Papa wurde Schuldirektor. Auch wenn regelmäßig der Bezirkschef, ein Weißer, den Maire zurecht wies, manchmal vor versammelter Bevölkerung. Und der Polizist unterstand den weißen Gendarmen aus dem Bezirkshauptort, Papa hatte seinen Inspektor als Vorgesetzten. Nur der Bahnhofsvorstand konnte walten wie er wollte, dafür hatte er einen Fahrplan einzuhalten. Onkel Patrice schien dagegen viel mehr Glück gehabt zu haben. Man hatte ihm einen halben Palast mit Personal und sogar eine Limousine gegeben. Onkel Patrice musste ein wichtiger Mann geworden sein. Es war ratsam, sich gut aufzuführen, bis man etwas mehr wusste, die Spielregeln kannte. Denn ohne die Regeln zu kennen, konnte man sie nicht umgehen. Ich dachte an Etienne.

*

Das Nachtessen wurde im erdgeschossigen Speisezimmer aufgetragen. Im offenen Kamin brannte ein Feuer, das im hohen Raum eine kaum spürbare Wärme erzeugte. Die Kälte des Tages verlängerte sich in die Nacht. Es war bitter kalt. Eine junge Frau, kaum älter als ich, servierte. Ich war mit Onkel Patrice alleine am Tisch, die Trauerzeit ließ keine Gäste zu. Unser Gespräch, wenn man es denn so nennen wollte, war einseitig. Der Onkel stellte Fragen über Großmutter, wie es ihr ergangen sei und wie sie gestorben sei. Aber es schien, als ob er fragte, ohne an den Antworten interessiert zu sein, einfach nur, um etwas zu sagen; die Stille im Haus zu vertreiben. Der Nachtisch kam und kurz darauf bat ich, mich zurückziehen zu dürfen. Der Onkel ließ mich gewähren und ich stieg ins Obergeschoss, um mich dem Luxus eines Badezimmers hingeben zu können. Es gab sogar heißes Wasser, das vom Personal in speziellen Gefäßen bereitgestellt worden war. Ich nahm zum ersten Mal ein heißes Bad in einer Badewanne. Und es war wunderbar!

Ich trocknete mich mit den bereit gelegten Tüchern und ging in einem flauschigen Mantel, der im Badezimmer gehangen hatte, ins Schlafzimmer, um mich, vor der Kälte der Nacht flüchtend, rasch unter den dicken Decken zum Schlafen zu legen. Ich löschte das elektrische Licht und schlief fast im selben Moment ein. Die vom langen Marsch angesammelte Müdigkeit, das Wechselbad der Gefühle seit der Flucht aus dem

Elternhaus, das Sterben der Großmutter und die Liebe zu Etienne verschmolzen mit dem Alleinsein zu einem plötzlichen Tiefschlaf, fast schon zur Bewusstlosigkeit.

Ich erwachte nach einer traumlosen Nacht durch fremde Geräusche, die mir mehr als andere deutlich machten, nicht mehr im Schutz des Waldes zu sein. Autohupen ertönten, Kirchenglocken und allerlei Geschrei von Glasern, Holzkohle-, Früchte- und Geflügelhändlern, die ihre Dienste und Waren, die noblen Häuser abschreitend lauthals feilboten. Ich setzte mich im Bett auf und stellte fest, dass ich noch im Morgenmantel aus dem Badezimmer eingeschlafen sein musste und war froh darüber, denn es war zum Zähneklappern. Das Haus schien nur über die offenen Kamine im Erdgeschoss beheizbar zu sein, aber die Kaminfeuer waren längst erloschen.

Onkel Patrice saß am gedeckten Frühstückstisch, als ich nach der Morgentoilette nach unten kam. Er musterte mich mit einem Blick, der sowohl Verwunderung als auch Abscheu hätte bedeuten können. Eigentlich blickte er seit unserer ersten Begegnung nie anders, nicht ein einziges Mal hatte ich ihn lächeln gesehen. Als ich mich gesetzt hatte, sagte er unvermittelt. - Du könntest neue Kleider gebrauchen. Und Schuhe. Und überhaupt solltest Du etwas gepflegter daher kommen. Du wohnst schließlich beim Präfekten. - Ja, Onkel, - antwortete ich gehorsam. Eigentlich war mir der Gedanke an neue Kleider gar nicht unangenehm, denn außer dem, was ich gestern getragen hatte und noch an mehr oder weniger sauberen Kleider übrig war, trug ich jetzt den Rest auf dem Leib; es waren die Kleider und Wäsche, die ich auch unterwegs zum Wechseln benutzt hatte. Schuhe hatte ich bis jetzt nicht wirklich gebraucht, die Ledersandalen aus meinem Dorf dienten stets allen Zwecken und sonst ging man barfuß.

Schon als ich bei ihm wie eine Erscheinung aufgetaucht war, schien Onkel Patrice sogleich einen Plan gehabt zu haben und ordnete meine Umgestaltung an. Er schritt nun unverzüglich zur Tat, indem er mich nach dem Frühstück in die Limousine packte und den Fahrer in die Unterstadt dirigierte, wo wir die Schneiderwerkstätten und Schuhmachereien und Lingerien besuchten, die bis vor kurzem nur von den Colons betreten werden konnten, weil den Einheimischen sowohl die Kultur als auch das nötige Geld gefehlt hatten. - Aber seit wir unabhängig sind, können wir uns Einkäufe leisten, wovon wir vorher nur träumen konnten, - sagte der Onkel voller stolz. Ich hatte keine Ahnung, wovon er sprach, denn ich wusste weder, was "vorher" gewesen war, noch sagten mir Schneideratéliers oder gar Boutique de mode de Paris etwas. Weder das eine noch das andere hatte bei uns im Dorf am Bahnhof eine Rolle gespielt. Bei uns trugen damals in den Dörfern noch viele Leute, die aus Raphiapalmenfasern geflochtenen Kleider, man wickelte sich in die Lambda oder kaufte, wenn es hoch kam, bei einem der fliegenden Händler, die wöchentlich von der Provinzhauptstadt mit dem Zug oder gelegentlich auf Lastwagen oder in Bussen herunterkamen, ein paar Meter Stoff oder eine Unterhose. Wer nur das einfache Leben auf dem Land kennt, vermisst die teure Stadt nicht.

Man eilte auf die Straße hinaus, als die schwarze Limousine vorfuhr. Es wimmelte von Personal, das aus den Läden quoll, oft auch weißes. Bonjour Monsieur le Préfet, Bonjour Mademoiselle in einem fort. Onkel Patrice, daran gab es keinen Zweifel, war ein wichtiger Mann. Und er unterstrich seine Bedeutung durch ein besonders herrisches Auftreten, würdigte, nachdem ihm der Chauffeur verbeugend den Schlag geöffnet hatte, die Ladenbesitzer und Verkäufer keines Blickes, gab nur Befehle und immer wieder: vite, vite. Ich durfte auswählen, was ich wollte. Da und dort empfahl der Onkel das eine oder andere Modell, meist war es, ob Kleider oder Schuhe, das teurere. Bei der Unterwäsche zeigte er besonderes Interesse, wenngleich er so tat, als sei es ihm peinlich und sich scheinbar schamhaft abwandte, wenn die Verkäuferinnen mit spitzenbesetzten Dessous ankamen. Der Preis schien keine Rolle zu spielen, ich sah nicht ein einziges Mal, dass Onkel Patrice einen Geldschein in die Hand genommen hätte, um zu bezahlen, was ich ausgewählt und einpacken ließ.

Noch vor dem Mittag war die Limousine voll gestopft mit Schachteln und wir fuhren, nachdem ich die letzte Auswahl an Kleid und Schuhen gleich anbehalten sollte, in einen Salon de thé nahe des Bahnhofes, wo die Züge zu meinem Dorf abgingen oder ankamen. Mir war nicht recht wohl dabei, auf der offenen Terrasse des Salon de Thé zu sitzen, weil es ja immerhin möglich sein konnte, dass mich jemand erkannte. Für einen Moment glaubte ich sogar, Etienne vorbei eilen zu sehen, aber ich war mir nicht sicher und ließ mir nichts anmerken. Ich konnte ja noch nicht wissen, dass der Onkel so etwas wie die Allmacht in Person war. Er war meine Schutzmacht, was ich freilich nicht wusste, denn ich empfand ihn eher als Bedrohung. Seine Allmacht war eine geliehene. Er war der Statthalter der Colons, die ihn mit dem Posten des Präfekten für sein Wohlverhalten und die nützlichen Dienste für das Referendum über die Unabhängigkeit belohnt hatten. Noch unter der offiziellen Kolonie war er ein Insel-Abgeordneter in der Pariser Assemblée Nationale gewesen, als Vertreter der der Übersee-Territorien, die sich die Colons als humanistische Feigenblätter angeklebt hatten. Er war einer derjenigen, die seine Landsleute, in seinem Fall vor allem jene aus seiner Herkunftsregion rund um die Provinzhauptstadt, davon überzeugte, dass man die Sklaverei mit der Knechtschaft tauschen solle. Das würde Freiheit, Fortschritt und Vermögen bringen - vor allem natürlich für ihn selbst. Die Bedrohung war zwar nur eine gefühlte, nichtsdestotrotz eine wirkliche. Aber das konnte ich damals noch nicht wissen, nur ahnen. Wie ich so vieles erst spät und einiges zu spät erfuhr, aber dank dem Vermächtnis meiner Großmutter zu fühlen begann. Und ich fühlte, dass dieser Mann mindestens ebenso gefährlich wie mächtig war, besonders, wenn man sich ihm in den Weg stellte. Am sichersten schien es zu sein, jene Rolle zu spielen, die mir Papa immer wieder als seine persönliche Überlebensmaxime eingetrichtert hatte: das Chamäleon.

Schon am ersten Samstag nach meiner Ankunft in der Residenz des Präfekten, war die Stimmung nicht mehr zu erkennen. In den frühen Morgenstunden begann ein Wimmeln, Wischen, Schrubben und Wichsen, dass ich aus dem Staunen nicht mehr herauskam. Eine Réception war angekündigt. Die Trauer um die Verstorbene, so viel stand fest, sollte vorbei sein. Tante Claire war kaum eine Woche unter dem Boden.

*

Der Aufmarsch der Gäste begann vor Sonnenuntergang. Sie kamen in Taxis oder eigenen Fahrzeugen, die so neu waren, dass man den Geruch des frisch verarbeiteten Sitzleders schon aus Distanz roch. Und wer als geladener Gast im Fahrzeug kam, ließ sich auch fahren. Einen Fahrer zu haben, schien Teil der eigenen Bewusstheit zu sein. Mit einer Ausnahme waren alle Gäste Insulaner. Sie waren teuer gekleidet und trotzdem waren beim einen Herrn die Ärmel des Smokings etwas zu lang, beim anderen die Hosen zu kurz und fast alle stolperten in ihren glänzenden Lackschuhen über die eigenen Füße; ganz besonders die Damen, die in großer Abendgarderobe ihre Brüste hochschoben und diese gleichzeitig mit goldglänzendem Plunder schreiend schamhaft zu kaschieren suchten und die auf zu hohen Absätze wie Ziegen herumstolzierten und dabei ihre Hintern in die Höhe reckten. Besonders eigentümlich erschienen mir die Handschuhe. Obwohl wir zwar auf dem Hochland waren, wo es am Ende des Winters zum Abend hin immer noch ziemlich kühl, in gewissen Nächten sogar sehr kalt werden konnte, hielt ich es für übertrieben, dass sowohl Frauen als Männer Handschuhe übergestreift hatten, die sie auch beim Handschlag nicht auszogen. Der Vorplatz der Residenz war in eine Wolke süßlicher Parfümdüfte gehüllt, dagegen hatten die Abgase der vor- und wieder wegfahrenden Fahrzeuge einen schweren Stand.

Ich betrachtete den Aufmarsch und die vorbeiziehenden Fahrzeuge auf der Terrasse vor der Eingangstüre stehend, wo ich zusammen mit dem Onkel die Gäste zu begrüßen hatte. Er hatte mich am Nachmittag auf meine Aufgabe vorbereitet und mir erklärt, wie ich die Leute willkommen heißen müsse. Er selber stellte mich als seine zu Besuch weilende Nichte seiner verstorbenen Frau vor. In der Halle der Residenz war ein Buffet aufgebaut worden, das aber von keinem Gast berührt werden durfte, bevor nicht ein offensichtlich einstudiertes, jedem Gast bekanntes Ritual abgelaufen war.

Denn die Réception war eine offiziöse Veranstaltung. Man war beim Präfekten eingeladen, und das war schon an und für sich ein Anlass von Bedeutung, auch wenn es dafür keinen bestimmten, offiziellen Vorwand gab. Der Nationalfeiertag lag in jenen Jahren und zu dieser Jahreszeit noch weit vor uns, die Schulen würden erst in ein paar Wochen wieder öffnen, die Universität war ebenfalls noch geschlossen und der Zugbetrieb zwischen dem Hochland und dem Indischen Ozean verlief normal, so dass nicht einmal ein pünktlich eingetroffener Zug den Vorwand für eine Feier abgab. Es gab nicht den geringsten Grund für eine offizielle Réception. Es sei denn, dass man die neue Autorität, die Unabhängigkeit, die Befreiung, ein wiederholtes Mal gebührend feiern musste und dabei gleichzeitig den eigenen Posten und die eigenen Interessen im neuen Machtgefüge festigte. Und - für alle Fälle sozusagen - stand immer noch, ganz in Weiss, der abkommandierte Délégué des Partnerlandes, das noch nicht lange vorher der blutrünstige Kolonialherr gewesen war, diskret in einer Ecke und hielt sich an einem kelchförmigen Glas fest. Das einzig Interessante war die Gästeliste. Wer da und, vor allem, wer nicht da war. Erst viel später wurde mir klar, dass sich diese, meine Landsleute wie Frösche in einem Teich benahmen, sich aufplusterten, sich Kämpfe um die Braut lieferten, schönes Gequake von sich gaben - und nicht sahen, dass über ihnen auf hohen Beine der weisse Reiher stand und nach Belieben den einen oder den andern aus dem Teich, aus seinem Teich, picken und verschlingen würde. Und sie, die Frösche, würden noch auf dem Weg in den Schlund laut quakend verkünden, sie hätten die Kontrolle über den Reiher und bestimmten ganz unabhängig, wohin die Reise ginge.

Das Buffet wartete, aber vor dem Essen musste das Ritual aus kolonialen Tagen bewältigt werden. Man war in der großen Halle versammelt, den Wänden entlang standen die reich gedeckten Tische und dahinter das livrierte Personal, das, wie auch Essen und Getränke, Onkel Patrice vom besten Hotel der Stadt für diesen Zweck hatte kommen lassen. Davor die festlich gekleidete Gesellschaft in den zu langen Sakkos, den zu kurzen Hosen, den viel zu engen Lackschuhen, den grün-weiß-rot kombinierten Roben, Handschuhen und Stolen auf hohen Absätzen. Ein kleines Orchester im Hintergrund intonierte die Nationalhymne, worauf die Halle von Dissonanzen erbebte. Die Marseillaise wäre geläufiger gewesen. Ein Mann mit einer den Oberkörper von der linken Schulter bis zur rechten Hüfte querenden rot-weiss-grünen Bürgermeister-Schärpe trat etwas vor und hielt eine Rede zu ehren des Präfekten. Niemand hörte zu, aber alle erweckten den Eindruck, sehr aufmerksam zu sein. Das Buffet erzeugte zentrifugale Kräfte. Dann sprach der Onkel, der sich für das zahlreiche Erscheinen bedankte und für die vielen Kondolenzbesuche, die ihm in den Tagen des schweren Schicksalsschlages soviel Kraft gegeben hätten. Bevor er einen Toast auf die verstorbene Tante Claire aussprach, kündigte er die nächste Réception an, die er zu ehren seines aus der Hauptstadt - er meinte Paris - zurück kehrenden Sohnes Louis Philippe geben werde, - denn ich habe mich entschlossen, den seiner Mutter Beraubten in das meiner Ehefrau beraubte Heim zurück zu führen. - Man klatschte verhalten und gab Rührung vor, die Handschuhe dämpften. Das Buffet war frei gegeben.

Die gerade eben noch wohl gesitteten Mitglieder der besseren Gesellschaft aus der Provinzhauptstadt drehten sich wie auf Kommando in die entgegen gesetzte Richtung, dem Buffet zu. Man ließ den letzten Rest an Zurückhaltung fallen. Es begann der Kampf um die besten Stücke und die teuersten Delikatessen. Man drängte sich bei den Vorspeisen, man quetschte sich in die Menge, die schon bei den Fleischstücken anstand, es herrschte Gedränge beim Champagner, denn den Chateau Lafitte zum Filet Wellington oder der Sauternes zu den Langusten und das ordinäre Wasser, erst recht die frisch gepressten Fruchtsäfte aus einheimischen Früchten interessierten niemanden.

Die Teller reich beladen mit allem möglichem, die weißen Handschuhe bereits in Sauce getunkt und in den Kampf mit Handtaschen verwickelt suchte man seinen Platz im Saal nebenan, wo die gedeckten Tische standen. Die Herren hatten es einfacher, weil sie keine Handtaschen tragen mussten, aber die meisten hatten sich unklugerweise Zigarren angezündet, die eigentlich für den Nachtisch bereit gestanden waren, und wussten jetzt nicht, wohin damit. Bedienstete mussten mit Kübeln die Runde machen. An den Tischen gab es Notstände, weil viele von der feinen Gesellschaft noch nicht recht mit Messer und Gabel umzugehen wussten und mit dem einzigen Besteck der Insulaner, dem Löffel, behänder zu Werke gewesen waren, es aber nicht durften, weil man ja jetzt in der Zivilisation angekommen war. Die Handschuhe trugen ein Übriges zur Erschwerung der Lage bei. Reihum fielen Messer zu Boden oder Gabeln, es waren auch klirrende Gläser zu hören. Der Stimmung tat es keinen Abbruch. Man unterhielt sich quer über den Tisch, rief sich auch mal von einem Tisch zum andern zu, erzählte lauthals Witze. Jeder kannte jeden. Da fiel es auch nicht auf, wenn man mit vollem Mund etwas zu erklären suchte und dabei dem Nachbarn einen Teil des Gekauten auf dem Sakko deponierte. Schon kehrten einige zum Buffet zurück. Nachschub. Als der Champagner geleert war, begnügte man sich endlich mit den Weinen aus Bordeaux. Es kam der Cognac und am Schluss wurden die Zigarren gereicht.

Der Onkel und ich saßen an einem Tisch mit dem Délégué und seiner Frau. Man unterhielt sich über Belangloses, für Wichtiges war weder Zeit noch Ort, wichtiger war vielmehr, die ständig vorbeiziehenden und beflissen nickenden, gelegentlich knicksenden Gäste mit einem gnädigen Nicken zu ehren, selbst, wenn einzelne von ihnen nicht mehr imstande waren, ohne die Unterstützung von Ehefrauen oder Personal aufrecht am

Tisch vorbei zu gehen. Noblesse oblige, hatte mir Papa einmal im Französischunterricht erklärt.

Die letzten Gäste verließen die Residenz um Mitternacht und fanden
den Fond ihrer Fahrzeuge dank der reibungslosen Zusammenarbeit von
Fahrern, Haus- und Servierpersonal, die die meist völlig Betrunkenen
zuerst identifizieren und dann ins richtige Auto verfrachten mussten.

11

Nach der Réception kehrte ein für mich unbekannter Alltag ein. Onkel Patrice verließ nach dem gemeinsamen Frühstück mit mir die Residenz und fuhr zu seinen Amtsgeschäften in die Präfektur. Manchmal war er ganze Tage in der Provinz unterwegs, um Bezirkschefs zu treffen oder irgendwelche Einweihungen von Werken, welche Colons errichtet und bezahlt hatten, aber die man der Unabhängigkeit zuschreiben wollte, vorzunehmen. So gingen zwei Wochen der langen Weile ins Land. Ich war allein mit dem Personal, ein paar Büchern und der Aussicht, demnächst vom Onkel in das Lycée Saintes Marie et Joseph, das beste private Gymnasium, wie er stolz verkündete, - mit deinen bisherigen schulischen Leistungen kannst Du gar nicht in ein öffentliches, denn dort können sie dir nichts mehr beibringen, erklärte Onkel Patrice die Wahl - verfrachtet zu werden. Das bedeutete, dass ich Etienne wohl kaum so schnell wieder sehen würde. Es waren für mich keine guten Tage. Allein schon die Vorstellung, nochmals bei Geistlichen in die Schule gehen zu müssen, war unerträglich. Ängste stiegen auf, ich träumte Eigenartiges, das nichts Gutes verhiess, das ich aber noch nicht deuten konnte, aber die Ursache für die gelegentliche Übelkeit sein musste.

Während des stets gemeinsamen Frühstücks eröffnete mir eines Tages der Onkel, es waren kaum drei Wochen nach meiner Ankunft vergangen, dass am kommenden Freitag ein grosser Tag sei. - Mein Sohn Louis-Philippe kommt aus Frankreich zurück! Endlich, - rief er aus. Er entwarf sogleich das Programm für den privaten Empfang seines einzigen Sohnes, den er Jahre nicht mehr gesehen hatte und der nun nach erfolgreichem Studium in Science pol. nach Hause, zu seinem leiblichen Vater, zurückkehren würde. - Und zwei Wochen später, - sagte er, - werden wir für ihn die nächste Réception geben. -

*

War schon für die Réception alles in der Residenz des Präfekten auf Hochglanz getrimmt worden, so packten die zahlreichen Hände noch einmal tüchtig zu. Nicht nur im Inneren sollte nach dem Willen des

Hausherrn alles in bester Ordnung sein. Auch der Garten musste gepflegter als sonst aussehen. Es wurden Flaggen aufgehängt und selbst Girlanden entlang der Verandabrüstungen fehlten nicht. Louis-Philippe sollte
wie ein Staatsgast empfangen werden, weshalb ich mein Zimmer, das
grösste der Gästezimmer, räumen und in ein kleineres umziehen musste.
Ich nahm es hin, denn es bedeutete mir nichts, in dem grossen Haus zu
wohnen. Es war mir nicht nur als Gebäude fremd; ich lehnte das darin
herrschende Wesen ab. Oder war es das Haus, das mich abwies?

Onkel Patrice hatte eine schwarze Limousine der Präfektur in die
Hauptstadt entsandt. Louis-Philippe wurde im Hotel, wo er die Nacht
nach seinem Flug aus Paris via Athen, Kairo und Nairobi kommend verbringen würde, abgeholt, um dann auf einer Tagesreise in die Provinzhauptstadt gefahren zu werden. Sein Empfang in der Residenz sollte tri-
umphal sein. Der heimgekehrte Sohn! Und so geschah es. Als kurz vor
Sonnenuntergang die Limousine hupend vor dem Eingangstor stand,
wurde das gesamte Personal auf die Veranda beordert. Alle in Uniform,
Onkel Patrice in seinem festlichsten Anzug, ich hatte des hübscheste
Kleid mit einem einigermaßen tiefen Ausschnitt zu tragen und sollte mich
schminken, wie ich es in den letzten zwei Wochen von einer Privatlehre-
rein in Kosmetik, die der Onkel an unbekanntem Ort aufgeboten hatte
und die alle zwei Tage mit einer vorauseilenden Parfumwolke und etwas
zu eleganten, etwas zu ausgeschnitten Roben in der Residenz auftauchte,
gelernt hatte. War ich das Geschenk an den Helden? Sein Lorbeerkranz?

Louis-Philippe war ein ansehnlicher, ja, eigentlich ein ganz gut aussehender Mann. Gewiss ein paar Jahr älter als ich, aber nicht alt. Gross gewachsen, untypisch für Hochlandleute, auch seine Haut war nicht das
bronze-graue Gemisch der Provinzhauptstadt. Ich fragte mich, wie wohl
seine Mutter ausgesehen habe, woher sie gekommen sein mochte. Die
Züge waren die seines Vaters, kein Zweifel. Nicht grob, nicht fein, eine
gerade Nase, volle Lippen. Das Schönste an ihm war zweifellos sein Lächeln, das er uns entgegen warf, als er sich aus dem Fond des Wagens
schälte. Da waren dunkle und gleichzeitig strahlende Augen, die mit zwei
makellosen Reihen weißen Zähne harmonierten. Er ließ sich von seinem
Vater mit großer Geste umarmen. Tränen rannen beiden über das Gesicht. Worte waren keine zu hören und auch keine nötig. Trotz der Inszenierung des großen Empfangs schien Onkel Patrice echt und tief gerührt

zu sein. Und so schien es auch seinem wieder gefundenen Sohn zu erge-
hen. Ich stand etwas überflüssig daneben, bis mich Onkel Patrice seinem
Sohn Louis-Philippe vorstellte. Er küsste mich auf die Wangen, und es
schien mir, dass seine Augen einen kurzen Moment zu lange in meinen
Ausschnitt versunken blieben. Mit einem strahlenden Lächeln tauchte er
wieder auf und legte den Arm um meine Schulter und den andern um
seines Vaters Taille, schob uns beide in die Halle und in den Salon, wo wir
in der Nähe des Feuers in die Sessel sanken.

Die beiden Männer hatten sich natürlich vieles zu erzählen. Und ich
spürte, dass ich nicht in ihre Geschichte gehörte. Nicht, dass sie mich
ausgeschlossen hätten, im Gegenteil, Onkel Patrice wünschte, dass ich an
seiner Seite bliebe. Doch später, nach dem Kamingespräch, und noch viel
später, nach dem Nachtisch, bat ich um die Erlaubnis, mich zurückziehen
zu dürfen. Und beide erhoben sich wohl erzogen, als ich mich entfernte.
Als ich die Treppe hoch stieg, hörte ich sie bereits wieder im vertrauten
Gespräch über verstorbene Frauen und zukünftige Aufgaben.

*

Zum Frühstück erschien Onkel Patrice nicht, dafür war Louis-
Philippe bereits am Tisch als ich herunter kam. Er begrüsste mich mit
einem Kuss auf die Wangen und erfreute mich trotz einer kurzen Nacht,
wie ich vermutete, mit einem bezaubernden Lächeln, das ich erwiderte.
Zwischen Kaffee, Croissants und Früchten wollte er alles von mir wissen.
Er hörte mir interessiert zu, als ich von meinem Leben im Dorf am
Bahnhof erzählte, von meinem Aufenthalt bei Grossmutter und dem
Untergang der Schule. Allerdings verzichtete ich auf viele Details, die ich
als zu persönlich oder sonst wie ungünstig einstufte. Ich wollte ihm das
Bild der gut erzogenen, lernbegierigen Tochter eines Schuldirektors abge-
ben. Er schien es in der richtigen Weise zu verstehen.

Vorsichtig, dem Gebot der Zurückhaltung vor Älteren gehorchend,
erkundigte ich mich nach seinem Leben in Paris, nach seinen Studien,
nach allem, was er ausserhalb der Grossen Insel gesehen hatte. Und er
erzählte mir von seinen drei Jahren, die er in der Hauptstadt gelebt hatte.
Erzählen? Nein, er entführte mich geradewegs in diese Stadt, die er ganz
offenkundig liebte. Da war jemand, der wirklich dort gewesen war und in

Wirklichkeit gesehen hat, was wir von Schulbüchern kannten, der aber noch viel mehr als nur Bilder von Monumenten angeschaut hatte. Er hatte dort gelebt! War über die Boulevards geschlendert, hatte sich in die Cafés gesetzt, den Eiffelturm bestiegen, er war auf den Champs Elysées gewesen und vom Arc de Triomphe bis hinunter zur Concorde marschiert, hatte beim Rennen in Vincennes gewettet und die Kathedrale von Notre Dame besucht. Er war im Louvre und in den Gärten der Tuillerien gewesen. Hatte sie im Winter nackt, im Frühling blühend, im Sommer voller fröhlicher Menschen und gesehen das vielfarbige Laub des Herbstes unter seinen Füssen rascheln gehört. Louis-Philippe nahm mich mit auf nächtliche Runden, in die Bistros auf der Rive Gauche, wo viel geraucht und noch viel mehr geredet werde, er beschrieb mir die Lichter der Stadt und den Zauber der modernen Welt. Da wollte, da musste ich hin! Er musste meine Faszination in meinen Augen gelesen haben, denn er fuhr strahlend und mit der Sicherheit des gewieften Erzählers fort. Er berichtete mir von seinen Reisen durch Frankreich, das er in den Semesterferien von Norden nach Süden und von Ost nach West bereist hatte. Er liess mich im Mittelmeer baden, in St. Tropez einen Apéritif trinken und die fürchterliche Kälte der Savoyer Alpen durch ein Käse-Fondue mildern. Die Austern der Bretagne faszinierten wie die erloschenen Vulkane der Auvergne oder die wilde Natur der Pyrenäen. Er hatte mich in den Bann gezogen. Nicht, wie er meinte, in den seinen, aber in jenen der Welt in Andafy, das Unbekannte ausserhalb der Grossen Insel.

Ich hätte ihm noch stundenlang zuhören und mich in fremde Welten entführen lassen mögen. Aber nach einer Weile trat Onkel Patrice an den Frühstückstisch und meine Reise fand ein Ende. Er lächelte, als er uns beide so vertieft in Louis-Philippes Erzählungen versunken sah. Ein Lächeln, das ich bei ihm bis jetzt noch nie gesehen hatte. Der Onkel übernahm das Kommando und eröffnete uns den Tagesplan für diesen Samstag, dem Tag nach der Rückkehr Louis-Philippes. Er wollte uns die Präfektur zeigen, den Ort, - wo Du einmal regieren wirst, - sagte er und wies, einen Croissant in der Hand, auf seinen Sohn. Weder Vater noch Sohn liessen einen Zweifel an der Ernsthaftigkeit der Vorhersage aufkommen. - Und dann wollen wir uns ein bisschen die Stadt und ihre Umgebung ansehen. Einverstanden? - Er erwartete keine Antwort.

Onkel Patrice und Louis-Philippe setzten sich in den Fond der Präfektenlimousine während ich vorne neben dem Chauffeur Platz nahm. Die Fahrt zur Präfektur dauerte nicht lange und der Weg von der Residenz zum Amtssitz wäre eigentlich zu Fuss ein Katzensprung gewesen. Doch schien es, als ob das Protokoll und die Bedeutung des Amtes ein derart simples Handeln verbiete. Im Gegensatz zu privaten Unternehmen blieben samstags Amtsstellen geschlossen. Trotzdem war viel Betrieb in der Präfektur. Im grossen Verwaltungsgebäude waren Brigaden von Reinigungspersonal unterwegs, Wachen standen vor den schmiedeeisernen Toren und salutierten als unser Wagen auf den Eingang zu fuhr. Auf der Freitreppe, die zum Hauptportal führte, stand man stramm als Onkel Patrice aus dem Wagen stieg. Die Männer und Frauen in ihren Arbeitskitteln schienen den Atem anzuhalten. In der grossen Empfangshalle salutierten weitere bewaffnete Uniformierte und aus dem Hintergrund der Pförtnerloge wieselte uns dienstbeflissen ein Mann in der zivilen Uniform des höheren Verwaltungsbeamten entgegen.

Wir schritten die mächtige hölzerne Treppe zum Obergeschoss hinauf. Das Büro des Präfekten befand sich über der Empfangshalle und war das Zentrum des Gebäudes. Es war reich mit Holz ausgekleidet, die Decke zeigte eingelegte Muster, die an die Holzschnitzereien der Waldvölker in der Umgebung erinnerten. Nebst einem ausladenden schwarzen Schreibtisch, hinter dem nicht ein Sessel, sondern eher ein Thron stand, wies das saalähnliche Büro einen Besprechungstisch mit acht Stühlen, ein halbes Dutzend breite Sessel vor dem mannshohen offenen Kamin und eine reich bestückte Bar auf. In Regalen standen Bücher, ein grosses Bild zeigte den rundlichen Staatspräsidenten in Präsidentenschärpe und irgendwelche dicken Orden an der Brust. Er blickte ernst, so, wie üblicherweise Onkel Patrice. Wir setzten uns vor den Kamin und Onkel Patrice servierte seinem Sohn einen Cognac. - Ich werde dich Schritt für Schritt auf das Amt vorbereiten, - erklärte er seinem Sohn. - Und dazu gehört ein guter Cognac, den uns die Franzosen mit all dem Rest liefern. - Er lachte ein gemeines Lachen. - Dein Studium in Science pol. wird dir dabei gute Dienste leisten. -

Sie diskutierten noch das eine und andere, von dem ich nicht viel begriff. Es war eine für mich fremde Sprache, bei der es oft um Einfluss, Macht und Vorteile ging, und um Ländereien. - Die gehen wir uns jetzt anschauen, - rief Onkel Patrice in die Hände klatschend und hiess uns gleichzeitig aufbrechen.

Onkel Patrice wies den Fahrer an, die Stadt zu verlassen, um auf der Hauptstrasse Richtung Norden zu fahren, bis die rechts der Strasse verlaufende Bahnlinie nach Osten, in die Waldgebiete abbog und sich vor uns die weite, wie ein Flickenteppich zusammengenähte Reiseebene ausbreitete, an deren Rändern die bewässerten Terrassen die Hänge hoch krochen, wo nebst Reis auch jede Art Gemüse angepflanzt wurde. Eine unscheinbare Piste bog nach links ab, zu einem auf einem Hügel gelegenen Dorf. Wir hielten an und Onkel Patrice hiess uns aussteigen. Mit der Geste eines Feldherrn zeigte er über die Ebene, an deren östlichem Rand bereits die Wälder zu erkennen waren. - Siehst du, Louis-Philippe, von hier, wo wir stehen, bis zu den Wäldern dort drüben und Richtung Norden bis zu den fernen Hügeln, gehört alles mir. Hab ich mir vor kurzem überschreiben lassen, verstehst du. Einmal wird es dir gehören. Alle Bauern hier sind Pächter, sie liefern dir den Reis und das Gemüse, das du in die Hauptstadt verkaufst. Kein schlechtes Geschäft und darüber hinaus fallen jedes Jahr noch Zinsen an. Vorher gehörte das den Colons, jetzt ist es unser Land. - Er meinte seines. Auf der Rückfahrt zeigte uns Onkel Patrice ein paar Häuser in der Stadt, die nun ebenfalls ihm gehörten und lud uns in den Salon de Thé zum Apéritif ein, wo er, noch bevor wir uns an den eiligst vom Personal von anderen Gästen befreiten Tisch setzten, bemerkte, dass er an Hotel und Salon de Thé beteiligt sei. Als stiller Teilhaber, sozusagen. Nach Champagner - und Tee für mich - ging es zurück zum Hügel mit der Residenz des Präfekten. Ein üppiges Mahl erwartete uns. Daran konnte ich jedoch nicht teilhaben, denn mir war speiübel. War es die Autofahrt, war es der Tee?

*

Nach einer kalten Dusche setzte ich mich zu Onkel Patrice und Louis-Philippe zu Tisch. Ich kam gerade richtig zum Dessert, zur reichhaltigen Früchteschale, an der sich jeder nach Belieben bediente. Die beiden, nach wie vor in ihr Gespräch über die Zukunft des Landes, der Provinz, vor allem aber ihre eigene vertieft, hatten meiner Abwesenheit kaum Beachtung geschenkt. Onkel Patrice fragte nach meiner Rückkehr pflichterfüllt, - geht es besser? - Ich nickte und damit war das Thema erledigt.

Doch Louis-Philippe blickte besorgt, und fragte, - wirklich alles in Ordnung?-

- Ja, ja, keine Sorge. Ich bin Autofahren einfach nicht gewöhnt. Es geht mir wieder gut. -

- Dann bin ich beruhigt, sagte Louis-Philipe ehrlich erleichtert. Während ich Banane, Ananas- und Papaya-Viertel auf den Teller lud, wurden die Gespräche wieder aufgenommen. Die Früchte beruhigten meinen Magen, ich hörte aufmerksam zu.

Onkel Patrice hatte einen bis ins letzte Detail ausgeklügelten Plan. Er selbst würde als Präfekt noch einige Jahre die Stellung halten, wie er sich ausdrückte. Louis-Philippe sollte sich um die Ländereien, die Häuser und sonstigen Einnahmequellen kümmern und das Vermögen der Familie wachsen lassen. Langsam würde Louis-Philippe zuerst als Berater und dann als Stellvertreter in die Amtsgeschäfte des Präfekten eingeführt. Die Ernennung zum Präfekten sei dann nur noch eine Formsache. Dazu gehört auch, dass du ein Familienleben aufbaust, verstehst du? Onkel Patrice blickte zu seinem Sohn und schaute dann zu mir und wieder zurück zu Louis-Philippe. Kein weiteres Wort.

*

Die Limousine des Präfekten fuhr vor das breite Portal der Kathedrale, wo der weisse Kardinal persönlich den hohen Gast zum Gottesdienst erwartete. Die Begrüssung war herzlich, man schien sich zu kennen. Louis-Philippe und ich trotteten dem Präfekten und dem Kardinal hinter her, mitten durch das, gemessen an der einzigen steinernen Kirche, die ich bisher betreten hatte - jene im Dorf der Grossmutter - unvorstellbar hohe und breite Kirchenschiff. Man wies uns die Plätze in der ersten Reihe zu. Der Kardinal und seine Messdiener stiegen auf die vom Altar beherrschte, um zwei Stufen erhöhte Plattform. Ich spürte, dass es sich bei unserem Auftreten um einen eigentlichen Aufzug handelte. Der Präfekt liess sich bestaunen sein blendend aussehender Sohn an seiner Linken, wie die wohlgeformte, blutjunge Küstenfrau auf der Rechten, fanden das Wohlgefallen der Gemeinde. Es fehlte nicht viel und irdischer Applaus hätte das Gotteshaus erschallen lassen. Es kam nicht soweit. Die Liturgie nahm ihren Lauf. Am Ende, als das gut gekleidete Volk sich vom Kardinal verabschiedet hatte und er nur noch auf die letzten Gläubigen wartete, wurde alles zu einer Liturgie der Macht meines Onkels Patrice. Zwar küsste er im Schein der sonntäglichen Sonne den Ring des Kirchenfürsten, doch dieser, der veränderten Verhältnisse auf der Grossen Insel irgendwie bewusst, bezeugte seinerseits den nötigen Respekt vor der neuen weltlichen Macht. Er segnete meinen Onkel noch auf den Stufen der Kathedrale, tat dasselbe mit dessen Sohn und legte mir väterlich die Hand auf die Schulter. Das umstehende Volk hielt sich nicht mehr zurück. Man applaudierte, man sah Menschen vor lauter Rührung weinen. Der Präfekt, ihr Präfekt, unser Präfekt. war nicht nur ein mächtiger Mann, er war auch ein Gesegneter. Man versuchte, ihm die Hand zu drücken, ihn zu berühren, nah zu sein.

*

Bis zum Freitag der übernächsten Woche war die Zeit mit Vorbereitungen für die Réception ausgefüllt. Wieder wurde die Residenz geputzt, gewienert, Möbel wurden verschoben, zum Bankett gerüstet. Das Sekretariat in der Präfektur widmete sich den protokollarischen Dingen, wie es der Onkel eines Abends während des Diners zufrieden feststellte. Obwohl es sich auch diesmal nicht um eine offizielle Angelegenheit handeln würde. Aber irgendwie hatte ich das Gefühl, dass es nicht dasselbe sein würde, wie die erste Réception, die ich in der Residenz miterlebt hatte. Es mochte an den umfangreichen, üppigen Dekorationen liegen, denn überall hingen Girlanden und rot-weiss-grüne Bänder wanden sich über Geländer, waren an Decken geheftet, durch Türen und Fenster geführt worden und ergossen sich schliesslich wie ein Wasserfall von der oberen Veranda über das Eingangsportal und die ganze Breite der Hauptfassade Aber auch beim Personal schien etwas im Gang zu sein, es herrschte eine eigentümlich unterdrückt fröhliche Stimmung, aber keiner sagte mir etwas. Je näher der Tag des Empfangs rückte, umso mehr hatte ich den Eindruck, man verschweige mir absichtlich etwas.

Während der Vorbereitungszeit war Louis-Philippe sehr besorgt um mich. Seit ich mich unpässlich gezeigt hatte, erkundigte er sich täglich nach meinem Befinden. Er schlug mir Ausflüge an einen nahe See vor, um an der frischen Luft zu sein, lud mich in Teesalons und Restaurants ein, machte mir kleine Geschenke. Er warb um mich.

Es begann schon beim Frühstück und nach dem Diner bat er mich - nur für ein Stündchen, liebe Eleonore - vor den Kamin, um mich in der Wärme des Feuers und in der Hitze des Cognacs aus Onkel Patrice's Bar in die Fremde, ihn auf seinen Reiseerzählungen, im Grund auf seinen Reisen, zu begleiten, denn er erzählt nun so, als ob wir beide gemeinsam die Städte, Landschaften und Sehenswürdigkeiten, die er vor mir ausbreitete, besucht hätten. Er hatte meinen schwachen Punkt getroffen und wusste, dass ich ihm überall hin folgen würde, solange er mich in die Ferne entführte, wo Paris und der Zauber der Grossstadt auf mich warteten.

Die Abende bis zur Réception wurden immer länger, Etienne und unsere Liebe entschwanden wie die Funken des Feuers durch den Kamin. Ich konnte nichts dagegen tun, es war diese Mischung aus dem Traum vom Leben im Ausland und dessen Verknüpfung mit der Person Louis-Philippes, die mich wehrlos machte. Ein paar Nächte vor dem Empfang hatte mich Louis-Philippe, wo er wollte. Ich gab mich ihm hin. Aber es war nicht wie mit Etienne, der nun plötzlich neben uns lag und bestürzt beobachtete, was mit seiner ersten grossen Liebe geschah. Natürlich konnte es nicht dasselbe sein. Wie hätte sich Etienne auch in Siegerpose neben das Bett stellen und danach erkundigen können, wie es gewesen sei. Das konnte von diesen beiden nur Louis-Philippe und dies mit der Überheblichkeit eines erfahrenen Mannes. Ich hauchte - wunderbar, einmalig - und wusste nicht warum ich es tat. Vielleicht, weil ich befürchtete, mein Ticket ins Ausland entschwände, auch wenn von einer wirklichen Reise in die andere Welt gar nie die Rede gewesen war. Er küsste mich auf die Stirn, stand auf, ging unter die Dusche und verschwand aus meinem Zimmer. Er hatte seine Trophäe. Und ich? Ich lag neben Etienne. Er, der jetzt neben mir lag, hatte mir die Liebe gegeben. Der, der gegangen war, hatte mir meine Ehre genommen. Passiert war mit beiden dasselbe.

*

Der Tag des Empfangs kam. Es war dasselbe Ritual wie beim ersten Mal. Die Gäste schienen allerdings zahlreicher zu sein und waren farblich etwas fröhlicher gewandet. Auch Onkel Patrice trug nicht mehr den schwarzen Smoking, sondern einen weissen Anzug mit fünf goldenen Streifen auf den Ärmeln des Sakkos und Quasten auf den Schultern. Sein Sohn war nicht weniger elegant gekleidet und kam in einer königsblauen

Uniform daher. Ich hatte wie schon beim ersten Empfang einfach schön zu sein und zu lächeln. Nach der Hymne und dem Vorgeplänkel irgendwelcher Wichtigtuer aus Stadt und Provinz sprach der Präfekt zu seinen Gästen. Die Ansprache diente nur dazu, seinen Sohn offiziell in der Gesellschaft einzuführen und anzudeuten, dass er bereits an seine Nachfolge denke. Aber er denke dabei nicht nur an den künftigen Präfekten, der sich zunächst einmal im Geschäftsleben bewähren würde, sondern auch an seine Rolle als Grossvater, die er dank seines Sohnes doch bald antreten wolle. Dabei wies er in einer ausladenden Armbewegung auf Louis-Philippe und mich und nahm uns symbolisch an seine Brust. - Ich glaube, dass ich euch bei nächster Gelegenheit eine frohe Botschaft verkünden werde, - ergänzte er. Man verstand die Anspielung und klatschte entzückt. Wohl auch, weil man sich nun der Plünderung des Buffets widmen durfte. Davon bekam ich nur noch den Anfang mit. Mein Magen schien sich gerade umdrehen zu wollen.

Ich eilte so diskret wie möglich die Treppe hinauf und erreichte gerade noch rechtzeitig die Toilette in meinem Zimmer. Ich würgte mir mehr als nur die noch verbliebene Nahrung aus dem Magen, ich würgte mir die Seele aus dem Leib. Ich machte mich etwas frisch, spülte den Mund und legte mich dann auf das Bett, um mich auszuruhen. Das Gekotze hatte mich erschöpft und ich suchte nach den Ursachen der seit einigen Tagen zunehmenden Übelkeit. Das ungewohnte üppige Essen? Gewiss. Die Autofahrten? Eine Möglichkeit. Als ich zu rechnen begann, meldete sich ein Verdacht an. Wie lange war es her? Es passte. Aber es passte nicht ins Haus des Präfekten.

Kraftlos saß ich auf dem Bett, Tränen durchfurchten mein Gesicht. Es war ein leises Weinen, ein Zittern. Aber ein Schrei nach innen. Matt fiel ich auf die Kissen, brachte mit Mühe meine Beine aufs Bett, fühlte meinen Bauch. Spürte ich das Kind in meinem Leib? Ich glaubte, in den Schlaf zu entschwinden, lag zwischen Traum und Wachsein. Und da stand sie! Mitten im Zimmer, statuengleich, den gelb-blau-schwarzen Wickelrock um ihren Körper geschlungen, eine gleichfarbene Lambda madonnenhaft das kunstvoll geflochtene Haar bedeckend. Sie kam mit ihrem einzigartigen Lächeln im ebenmäßigen Gesicht auf mich zu, streckte mir die Hand entgegen, die ich ergriff und mit der ich diese wunderbare Frau zu mir auf das Bett zog, ihre Hand an meine Wange legend. Ich weinte, nun aber befreit, glücklich. Sie war gekommen. Großmutter war da. Es gab Hoffnung und Möglichkeiten.

*

Ich zweifelte an mir und fühlte mich schuldig, wegen des Kindes, wegen der Liebe mit Etienne, überhaupt wegen all der Dinge, die seit dieser furchtbaren Geschichte mit der arrangierten Hochzeit geschehen waren. Großmutter verscheuchte die Zweifel mit einer Handbewegung, als gälte es, Fliegen von einer Fruchtschale zu vertreiben. - Du hast getan, wozu dich deine innere Stimme geführt hat, du bist ohne Lüge und List deinem Herzen gefolgt und hast weder eigenen Vorteil noch den Nachteil eines anderen angestrebt. Das ist niemals falsch, auch wenn es manchmal Schmerzen bereitet. Bleib auf diesem Weg, Liebes, denn es ist dein Weg. -

Mit jedem Wort aus Großmutters Mund wurde ich ruhiger, die Tränen versiegten. Aber ich fragte mich, wie es weiter gehen soll. - Du kannst es jetzt noch nicht glauben, doch die Zeit, wenn Du wissen wirst, ob Du die richtigen Entscheide triffst und den guten Menschen vertraust, wird kommen, aber Du wirst dieses Wissen mit Irrtümern erkaufen müssen, Liebes. - Aber das Kind in meinem Leib. Was wird aus ihm werden? Was wird aus uns werden? Aus mir, ich bin doch selbst fast noch ein Kind?

- In diesem Haus kannst Du nicht bleiben, weil sie für dich bereits einen Plan haben und weil Claire nicht mehr am Leben ist, um dich zu beschützen. Euer Kind hat in ihrem Plan keinen Platz, denn es ist nicht das Kind dieses Hauses. Denn wenn sie ihre Pläne durchführten, wäre es eine Schande für sie. Und Du wärst die Ursache für diese Schande. Für sie ist dieses Kind eine Gefahr, käme es nach der Hochzeit mit Louis-Philippe zur Welt, würden alle sehen, dass das Kind ein Bastard ist. Und Du die Mutter eines Bastards, die ihren Sohn und Nachfolger, den künftigen Präfekten enterbt. Sie würden dich ausstoßen, dich vernichten. Du musst hier weg. -

Großmutter wies mir den Weg und sagte mir Namen und Orte, denen ich folgen sollte. - Aber sie werden mich suchen, wenn ich einfach gehe. - Sei unbesorgt, Liebes, niemand wird dich vermissen. Sie werden sich nicht einmal daran erinnern, dass Du einmal hier gewesen bist. Vertrau mir. Geh einfach. Folge deinem Weg. Er wird lang sein. - Und Etienne? - Er muss seinen eigenen Weg gehen, sei unbesorgt, denn eines Tages werdet ihr euch wieder sehen. - Sie küsste mich, strich mir übers Haar, sie deckte mich zu. Und dann musste ich eingeschlafen sein. Denn ich erwachte am nächsten Morgen noch in den Kleidern, die ich am Abend getragen hatte. Ich erinnerte mich an nichts, außer, dass ich mich übergeben hatte und erschöpft aufs Bett gesunken war. Auf dem Bett lag eine gelb-blau-schwarze Lambda.

Nach dem Frühstück packte ich ein paar Kleider in eine Tasche, nahm das restliche Geld, das mir von Mamabe Beatrice noch geblieben war, und ging. Es hielt mich niemand auf. Es fragte niemand. Und die mich erblickten, sahen mich nicht. Als sei ich unsichtbar, nie hier gewesen, ein Phantom.

Zweites Buch

1968/71

In den Kellern der Rue de la Huchette herrscht nicht das übliche Gedränge. Auch wenn der Frühling die Blätter an den Bäumen rund um die nahe Notre Dame sprießen lässt. Aber die Bouqinistes am Quai de la Tournelle und am Montebello Quai weigern sich, ihre Tresore voller „Originale" zu öffnen während sich gegenüber George Whitman in der Wohnung über seiner legendären Shakespeare and Company verschanzt und liest, was er immer lies: Dostojewskijs Idiot, um sich zum xten Mal in die Tragödin Nastassja Filipowna zu verlieben. Es promenieren keine mondänen Damen in ihren Deux Pièces noch schweben Kellner in ihren bodenlangen, weißen Schürzen über die Terrassen der Cafés an der Place St. Michel, um blindlings aus ihren Gilet-Taschen in übertriebener Nonchalance Rückgeld auf die Tische staunender Touristen zu zaubern.

Studenten halten die Universitäten besetzt, Schulen sind geschlossen, zehn Millionen Arbeiter streiken. Der Staat des Generals ist herausgefordert – und schlägt zurück. Junge Menschen flüchten vor der maskierten CRS, der gefürchteten Compagnie Republicaine de Sécurité, und deren Knüppeln. Die jungen Leute suchen Schutz in den Geschäften, werden von ihren Häschern verfolgt, das Prügeln geht weiter. In Untergeschossen, Hauseingängen, Kinos. Der Duft von Chanel 5 weicht dem beißenden Gestank der Tränengas-Granaten.

Am unteren Ende des Boulevard St. Michel errichten Studenten und Arbeiter Barrikaden aus Pflastersteinen. „Sous les pavés la plage!" An vorderster Front ein Mischling, erst vor kurzen dank eines Stipendiums für die Kinder der ehemaligen Kolonien an die gerade einen Steinwurf entfernte Sorbonne gekommen. Weil ihn die Mutter, dank ein paar Jahren finanzieller Unterstützung durch seinen abgehauenen und schließlich verschollenen Erzeuger zur Schule schicken konnte, hatte er das Abitur geschafft, „le Bac". Neunzehn von zwanzig – „dix-neuf sur vingt". Fast ein Genie. Im Dorf am Bahnhof im Regenwald war er die Sensation gewesen – und durfte weg. Nach Paris. Studieren. In der Hauptstadt. Am Ziel der Träume, wo er nun im Albtraum des Aufruhrs erwacht und mitgerissen wird. Der junge „Café-au-lait" schließt sich seinen Kommilitonen an. Potestiert mit ihnen gegen die erstarrte Gesellschaft, für mehr Gerechtigkeit, für ein sozialeres System – gegen die Ausbeutung, für das Ende des Kolonialismus, der sich gerade zum Neokolonialismus zu häuten beginnt. Und vor allem gegen den Krieg in Vietnam. Für die Befreiung der Unterdrückten, heißt es. Aber kommt er denn nicht selbst aus einem Land, das kaum als befreit zu bezeichnen ist? Das gerade die Fesseln des Kolonialsystems mit den Handschellen des neuen, subtileren Neo-Kolonialismus tauschte - wo sich die alten Colons nun ganz modern Partner nennen? In deren Hauptstadt er sich gerade befindet und wo er sich am Ende seiner Träume glaubte. Er demonstriert gleichwohl mit, denn in diesen Zeiten gibt es kaum Besseres zu tun.

Aber schon nach ein paar Wochen werden die Tankstellen wieder bedient, denn die Bourgeois müssen in den Süden in die Ferien fahren.

Ev'rywhere I hear the sound of marching, charging feet, boy
'Cause summer's here and the time is right for fighting
in the street boy
But what can a poor boy do except to sing for a
Rock'N'Roll Band 'cause in sleepy London Town
There's just no place for Street Fighting Man! No!

...

Hey! Said my name is called Disturbance
I'll shout and scream, I'll kill the King I'll rail at all his servants
Well then what can a poor boy do except to sing for a
Rock'N'Roll Band 'cause in sleepy London Town
There's just no place for Street Fighting Man! No!

(Mick Jagger, Keith Richard, 1968, Street fighting Man, Textausschnitt)

Ein Jahr später tritt der General endlich zurück. Die Revolution, die keine war, habe zwar irgendwie gesiegt, meinen viele, aber es wird sich bald als eine Niederlage auf Raten erweisen.

Die Studenten setzen ihre Studien fort, die Arbeiter montieren die R4 für die Studenten, die Dianes für die Professoren und DS für die Bosse - und die Bistros füllen sich wieder mit Touristen, den Deux-Pièces und der Duft von Chanel 5 schwängert wie eh die Luft. Die Blätter an den Bäumen des Montebello Quais treiben mit jenen aus dem Park hinter der Notre Dame um die Wette. In den Kellern der Huchette ziehen andere Musiker ein und singen neue Lieder während der Rauch zwar noch immer stickig, jetzt aber mit einem süßlich bitteren Beigeschmack versetzt ist.

Etienne wollte Ethnologe werden. Wollte forschen, woher Menschen kamen und wohin sie gingen. Er hatte seinen Traum wie andere den ihren hatten. Denn die Welt, so schien es, war eine andere geworden.

Stell dir vor es gibt kein Himmelreich,
es ist leicht es zu versuchen,
keine Hölle unter uns,
über uns nur Himmel.
Stell dir vor alle Menschen,
leben für das "heute".

Stell dir vor es gibt keine Länder,
es ist nicht schwer es zu tun,
nichts wofür man morden oder sterben müßte,
und auch keine Religion.

Stell dir vor alle Menschen,
leben in Frieden.
Du wirst vielleicht sagen ich bin ein Träumer
aber ich bin nicht der Einzige.

Ich hoffe du wirst dich eines Tages uns anschließen,
und die Welt wird eins sein.
Stell dir vor es gibt keinen Besitz,
ich frag mich ob du das kannst,

kein Grund für Gier oder Hunger,
alle Menschen wären Brüder.

Stell dir vor alle Menschen,
teilen sich die Welt.
Du wirst vielleicht sagen ich bin ein Träumer
aber ich bin nicht der Einzige.
Ich hoffe du wirst dich eines Tages uns anschließen,
Und die Welt wird eins sein.

John Lennon, Imagine 1971, (freie Übersetzung)

12

Ich war gerade elf geworden, als kurz nach meinem Vater auch die betagte Mutter starb. Sie waren beide gegen achtzig. Eigentlich hätte ich jetzt ein Waisenkind sein müssen, aber die Sache war komplizierter. Denn Mutter und Vater waren nicht meine Eltern, auch wenn ich sie Maman und Papa und sie mich Tochter nannten. Sie stammten aus dem Südwesten, aus einem Ort, an dem eine Bahnlinie vorbeizog. Und sie waren zu meinen Eltern geworden, weil sie meine leibliche Mutter dazu gemacht hatte, und diese war nicht tot, nur fort. Für immer. Wie so viele Kinder auf der Großen Insel wurde auch ich bei Verwandten zurück gelassen; wenn die Reise der Mutter mit einem Säugling zu beschwerlich oder zu gefährlich geworden wäre, eine neue Zukunft mit einem neuen Mann wartete oder wenn ganz einfach die Mittel fehlten. Oft endete ein solches Kinderleben schon bald in der Sklaverei, als Familiensklave sozusagen. Ich hatte Glück. Vater war ein angesehener Arzt, ein Frauenarzt, der in Frankreich seine Studien absolviert hatte, in Montpellier, wie er mir einmal erzählte. Und Mutter war eine ausgebildete Krankenschwester. Sie mussten sich in jungen Jahren in einem Spital der Hauptstadt kennen gelernt haben. Später haben sie eine private Praxis eröffnet und lebten nicht schlecht von den Französinnen, die mit ihren Beamtengatten in der Hauptstadt lebten und es gelegentlich mit Unterleibsgeschichten zu tun hatten. Ich war das Nesthäkchen, denn ihre beiden erwachsenen Kinder waren längst schon in Frankreich, wo sie, beschützt von französischen Pässen, Studien und Karriere machten. Ich habe sie nie kennen gelernt. So wenig wie meine leibliche Mutter, die mich zwar im Cabinet gynécologique des Docteur Charles zur Welt gebracht hatte, aber danach verschwand, noch bevor ich mich an sie hätte erinnern können.

Der Tod meiner betagten Eltern war ein heikler Moment für mich. Weit und breit gab es keine Verwandten, die mich hätten aufnehmen können. So kam ich in das Haus einer ehemaligen Patientin meines Vaters, die verwitwete Madame Justine, die, mit Ausnahme des eigenen Hauspersonals, allein ein großes Haus mit weitläufigem Garten bewohnte. Fast eine Villa mit oder vielmehr im Park. Justine war wenig jünger als meine betagten Eltern, verbrachte ihren Lebensabend auf der Großen Insel, nachdem ihr Gatte, ein ehemaliger Richter der Kolonialmacht, verstorben war, und sie mit dessen Pension hier sehr gut zu recht kam. Ausserdem wollte sie nicht in das scheinbar im Aufruhr sich auflösende Vaterland zurück, - stell dir vor, Kleines, die lehnen sich sogar gegen unseren General auf! -

Sie hatte mich bei sich aufgenommen und bezeichnete mich vom ersten Tag an als ihre Enkelin. Das fiel ihr nicht schwer, denn ich sah nicht so aus wie ein typisches dunkelfarbiges Mädchen, hatte eine vergleichsweise helle, milchkaffefarbene Haut, grüne Augen und meine Haare waren nicht gekraust, sondern höchstens gewellt. Ich war Fabienne.

*

Madame Justine schickte mich weiterhin in die private Schule, die ich bis zum Collège beendet hatte, dann sollte ich das Lycée Français besuchen, um nach dem „Bac" zu studieren, - vielleicht sogar in Frankreich, wenn Du gute Leistungen zeigst. - Das war ein Ansporn und ich gab mir Mühe. Aber die Konkurrenz unter den Schülern in den privaten Schulen, wo es von Kindern der Colons nur so wimmelte, war enorm. Sie alle wollten mit guten Abitur-Noten auf direktem Weg in die Heimat. Denn die Große Insel war nicht mehr Teil von Frankreich, sondern seit zehn Jahren unabhängig. Ihre Väter behielten zwar alle noch ihre Posten in der Verwaltung, beim Zoll, beim Militär, im Kaffeeexport, im Edelholzgeschäft, wie eh und je, und die Mütter kontrollierten die Spitäler und Schulen, und alle zusammen waren durch eine gut gepolsterte Pension für ihren Einsatz zugunsten der Mère Patrie bis ans Lebensende abgesichert. Aber für die Jungen sah die Zukunft nicht gut aus. Man musste damit rechnen, dass mehr und mehr auch Schwarze in lukrative Posten gehoben wurden, so wie es schon in Präfekturen und Unterpräfekturen der Fall gewesen war. Vor allem die Kinder jener Schwarzer, die für ihren Einsatz zugunsten der Interessen Frankreichs während der Kolonialzeit mit französischen Pässen belohnt worden waren, drängten nach. Da wollte man doch als weisse Jugend wenigstens bei den Studienplätzen an der Sorbonne, in Nanterre oder in Montpellier die Nase vorn haben. Und wer's allein mit Noten nicht schaffte? Dessen Eltern hatten sicher die nötigen Beziehungen in die Prüfungskommission, wo man die Noten vergab und deshalb - Irrtümer können nun einmal geschehen, vor allem, wenn sie mit Geld zu korrigieren sind - manchmal das admis sans mention in eine mention assez bien oder sogar très bien korrigieren musste.

Aber auch ohne diese ungünstigen Umstände war alles Büffeln sinnlos, denn als ich vom Collège ins Lycée hätte wechseln sollen, begann in der ehemaligen Kolonie, der Aufruhr. Zuerst harmlos mit ein paar unzufriedenen Bauern, dann griff der Unmut auf die Hauptstadt über, wo er von den Studenten befeuert wurde, wie in der Hauptstadt Frankreichs. Auch die Studenten in unserer Hauptstadt beschwerten sich über die Studienbedingungen. Über die ungleichen Aufnahmechancen, schlechte Professoren, alles Mögliche. Aber im Grunde ging es um etwas ganz anderes. Im Grund ging es darum, dass die seit der scheinbaren Unabhängigkeit während zehn Jahren in allen Ämtern und Schlüsselstellen von den Franzosen eingesetzten Küstenleute unter Führung unseres ersten, noch Monate zuvor mit neunundneunzigkommasieben Prozent in seinem Amt bestätigten Präsidenten, endlich den Leuten vom Hochland einen Teil der Schlüsselpositionen und der Macht abtreten sollten. Anstatt ins Gymnasium zu gehen, musste ich deshalb in Grosstante Justines Villa bleiben. Es war zu gefährlich geworden, die Stadt zu durchqueren. Ich konnte damals nicht ahnen, wie einschneidend die Veränderungen sein würden, die sich durch die Unruhen ankündigten. Grosstante Justine wurde von Tag zu Tag nervöser. Sie telefonierte die ganze Zeit mit Bekannten in der Stadt, mit der Botschaft, sandte Telegramme nach Frankreich. Ich spürte, dass sich früher oder später die Umwälzungen draussen auch auf unser Leben, auf mich persönlich auswirken würden.

*

In der Schule hatten wir von einem Tag auf den anderen keine Bücher mehr, keine französische Sprache, nichts. Einfach nichts; jedenfalls nichts, was nur im Entferntesten französisch klang oder irgendwie an Frankreich erinnerte. Es war die Zeit der Revolutionäre. Deshalb wurden wir Jugendlichen zu Pionieren und zur Avantgarde der Revolution herangezogen. Wir lernten nichts mehr, dafür waren wir jetzt Helden und die Franzosen die sales colons, die über Nacht aus dem Land gejagt wurden. Dass wir alle als Bettler enden würden, stand nicht auf den Banderolen, die wir an unzähligen Aufmärschen auf der Avenue de l'Indépendance, in den Stadien oder wo auch immer unter dem scharfen Auge des sich nunmehr Admiral nennenden Vorsitzenden des Revolutionsrates begeistert durch die Insel trugen. Auch Großtante Justine musste das Land verlassen und wie fast alle ihre Landsleute tat sie sich schwer damit. Wie die meisten, hoffte auch sie, dass das Land bald zu stabilen Verhältnissen zurück finden werde, weshalb sie die Villa nicht verkaufte, sondern - vorübergehend -, wie sie sagte, in die Verantwortung des schon zu Lebzeiten des Richters in Dienst genommenen Hausbesorger-Ehepaares, übergab. Zusammen mit dem Personal blieb ich im Haus zurück, denn die Zeit hatte nicht mehr ausgereicht, mir einen französischen Pass zu organisieren, mich zu adoptieren oder sonst wie in das inzwischen beruhigte Vaterland zu bringen.

*

Die Schulen nahmen ihren Betrieb wieder auf, wenn auch ohne jedes pädagogische Fundament. Das Leben in der Stadt versuchte, sich einen Anflug von Normalität zu geben. Alle weißen Lehrer und Schüler waren aus den Schulen verschwunden und auch sonst sah man kaum noch weisse Gesichter. Grosstante Justine hatte mich im Gymnasium Saint Joseph, einer vor der Revolution hoch angesehenen Institution, eingeschrieben. Die Schwestern und Pater - als einzige westliche Weiße noch akzeptiert - gaben einen bizarren Unterricht. Sie, die die lokale Sprache des Hochlandes zwar fliessend zu sprechen gelernt hatten, mussten nun plötzlich in dieser letztlich doch fremden Sprache unterrichten, auch wenn es dafür nicht ein einziges Schulbuch gab. So übersetzten sie die an sich verbotenen französischen Lehrbücher in die lokale Sprache, was hin und wieder zu komischen Momenten führte, weil unsere Sprache zum Beispiel gar kein Wort für Automobil kannte oder für Elektrizität, von Flugzeugen oder Maschinen jeder Art ganz zu schweigen. So wurden Wörter erfunden, die es in keiner Sprache gab, die aber so klangen, als gehörten sie zur Sprache der Insulaner. Dafür bekamen wir das Boky Mena, das Rote Büchlein, das unser Admiral, dem Beispiel des chinesischen Steuermannes und jenem seines kommunistischen Neffen in Nordkorea folgend für die Insel geschrieben hatte. Auf zweihundert Seiten im Postkartenformat, lernten wir, weshalb es nur eine sozialistische Zukunft für die Insel geben konnte, denn nur der sozialistische Weg würde uns in die wahre Unabhängigkeit führen und uns endlich die Befreiung vom Joch des Kolonialismus bringen. Unsere Lehrer waren begeistert, die Journalisten waren begeistert, die Beamten sowieso, am Radio wurden die Lehrsätze des Admirals Tag und Nacht repetiert, bis alle die neue Bibel auswendig kannten. Die neunundneunzig Prozent, die noch vor drei Jahren für den zur Machtübergabe gezwungenen Präsidenten gestimmt hatten, applaudierten nun dem Admiral. Wir Jugendlichen waren begeistert. Der Admiral war unser Star.

Überhaupt wurden wir als Jugendliche vom Regime verwöhnt. So, wie der Genosse Kim Il Sung - nebst Mao und Ho Chi Minh der dritte ewige Held - förderte unser Admiral die junge Generation. Sie sollte seine Stütze sein im Kampf gegen den Imperialismus. Die populärste Musikgruppe schrieb Lieder, die uns das kollektive Bewusstsein erweiterten, wir benötigten dafür keine Drogen, wie die dekadenten Altersgenossen im Westen, und das war Frankreich. Wir waren jetzt Teil der Weltrevolution, die von den verweichlichten Genossen des Westens verraten worden war.

*

Zu den Verführungen des Regimes gehörten Aufmärsche der jungen Aktivisten, Ausflüge, Lager, die man andernorts als Pfadfinderlager bezeichnet hätte. Es gab Konzerte für uns Junge. Und wer bei den Pionieren dabei war, durfte mit guten Chancen für das berufliche Fortkommen rechnen. Unser neuer Staat, der für alles sorgte, hatte eine Menge Posten zu vergeben. In einem dieser Sommerlager, das an einem von den Colons gebauten Stausee nahe der Hauptstadt stattfand, traf ich auf einen Pionier, einen gut aussehenden jungen Mann aus dem Regenwald. Ein Junge aus dem Südwesten, wo dessen Vater, seine Onkel und Grossväter gegen die Colons gekämpft hatten. Diese Leute aus den tief liegenden Waldgebieten, die weder der Küste noch dem Hochland zugeordnet werden, waren bei der neuen politischen Elite beliebt. Denn sie, die Märtyrer von 47/49 verkörperten so etwas wie die Klage gegen das Kolonialsystem. Wir verstanden uns auf Anhieb nicht nur sprachlich, weil ich von meinen Eltern viel vom Dialekt des Südwestens mitbekommen hatte. Dann, als wir bei der üblichen Erforschung der gegenseitigen Stammesabkunft bald einmal auf Klans aus derselben Region stiessen, war es auch um die uns von den Chefs diktierte Vorsicht im Umgang mit dem anderen Geschlecht geschehen. Wir verstanden uns so, wie das junge Menschen von fünfzehn, sechzehn Jahren zu tun pflegen. Wir verliebten uns. Bedingungslos, gaben uns den aufwallenden Gefühlen hin.

*

Die Villa Justines begann schon bald nach der Abreise ihrer Besitzerin Schaden zu nehmen. Der Garten wurde als erstes vernachlässigt. Winden und allerlei Boden bedeckende Pflanzen wucherten in der ersten Regenzeit nach des Admirals Machtübernahme über das Grundstück. Es tauchten bisher unbekannte Besucher auf, die angeblich Verwandte der Hausbesorger waren. Sie kamen zuerst für ein Festessen, das zu Ehren eines Geburtstagskindes oder an Ostern oder gegen einen Vorwand dieser Art gegeben wurde. Dazu belegten sie den weitläufigen Garten mit einem Pic-Nic, entfachten Feuer, an denen gebraten wurde und tranken mitgebrachten Schnaps in Furcht einflössenden Mengen. Dann blieben sie für ein Wochenende, besetzten dafür eines der leeren Zimmer im Obergeschoss und Wochen später blieben sie ganz einfach in der Villa, als ob es ihr Besitz wäre. Sie, das waren Leute aus der Umgebung der Hauptstadt, ein Paar mit zwei Kindern. Entfernte Neffen eines Onkels der Hausbesorgerin, die sich der familiären Invasion nicht zu erwehren wusste. Denn die Familie ist heilig auf der Insel, hiess es. So ließen sie wehrlos die Verwandten gewähren und konnten nur beobachten, wie das einst prächtige Anwesen zusehends seiner Verwahrlosung entgegentrieb. Nach dem Garten, in dem bald einmal keine Bäume mehr standen, weil sie in Brennholz verwandelt worden waren, wurde das Hausinnere Opfer von Gleichgültigkeit und Gier. Sie hatten ihr Reich schon nach kurzer Zeit auf das ganze Obergeschoss ausgedehnt und belegten alle fünf Zimmer und das Bad mit der Toilette. Gereinigt wurde nie etwas, die Toilette war bald verstopft, weil man alles Mögliche darin entsorgte. Während der heissen Regenzeit vergassen sie die Fenster zu schließen, was Überschwemmungen zur Folge hatte, während der häufigen Gewitter und Sturmböen schlugen Fenster zu, Scheiben gingen zu Bruch.

Im Erdgeschoss, wo ich neben dem Salon ein Zimmer für mich hatte, das für sie irgendwie Tabu war - warum, habe ich nie erfahren - befand sich die Küche und eine breite Veranda, auf der Großtante Justine für uns beide gelegentlich ein Sonntagsessen hatte auftragen lassen, und hin und wieder waren dort in der Regenzeit kleine Empfänge gegeben worden.

Die Küche war nach wenigen Wochen so verdreckt, dass sich die Kakerlaken zu tausenden in die dunklen Ritzen verzogen, wenn man unverhofft die Küchentür öffnete. Es schien, als bewegte sich der ganze Boden.

Die Hausbesorger verliessen schliesslich das Haus, kapitulierten vor der Familienbande. Was sie Grosstante Justine darüber berichteten, habe ich nie erfahren. Vermutlich zogen sie es vor, zu schweigen und zu hoffen, dass ihre ehemalige Herrin gar nie mehr zurückkehren und ohne Kenntnis vom Niedergang des fernen Besitzes sterben würde.

*

Als sich meine Schwangerschaft bemerkbar machte, hatten sie sich bereits fest eingenistet, als lebten sie in ihrem eigenen Haus. Ich war zu einer Fremden geworden, die man zwar gerade noch duldete, aber die sich eigentlich besser schon morgen als erst übermorgen aus dem Staub machen sollte. Aber es kam noch schlimmer. Eines Tages, ich war im dritten Monat schwanger und es war kaum mehr zu verheimlichen, baten oder besser, bestellten sie mich auf die Veranda. Ich musste mich gegenüber den beiden Erwachsenen hinsetzen. Die Frau, sagte mir kurz und bündig, dass ich am andern Tag zu verschwinden hätte, und legte ein Papier auf den Tisch, das belegte, dass das Haus ihr Eigentum geworden sei. Ein hämisches Grinsen überzog die beiden Gesichter.

Ich meldete mich bei den Chefs der Pionierorganisation. Sie seien dafür nicht zuständig, hiess es, und verwiesen mich an den Sozialdienst der Stadt, da ich noch minderjährig sei. Dass ich schwanger sei, hatte ich verschwiegen, denn es hätte auch keinen Sinn gehabt, nach dem vermutlichen Vater zu suchen, der nach dem Ausflug zum See wie vom Erdboden verschwunden schien. Obdachlos zu sein, wäre schon Problem genug, dachte ich. Vom Sozialdienst wurde ich - nur für die nächsten Tage, verstehst Du, Genossin - an das Kloster Sacre Coeur weiter gereicht. Eine von Ordensschwestern geleitete Einrichtung, auf die man in der eben erfundenen neuen Gesellschaft nicht verzichten wollte. Es hätte ja sein können, dass der Mensch trotz neuer Gesellschaft der alte bliebe und man dann auf die zwar bigotten, aber letztlich verlässlichen Kirchen zurückgreifen müsste. Ich hatte Glück und erhielt eine Einzelzelle, die früher einmal von einer Klosterfrau belegt wurde und die dem Gebet und dem

Gebot des Schweigens gedient haben musste. Ich war gerade sechzehn und ohne die geringste Ahnung, was nun geschehen sollte. Die Revolution hatte keinen Bedarf an verblühten Trophäen ihrer jungen Helden. Ohne Absicht und ohne Verdacht hatte mich der Sozialdienst an den Ort geschickt, wo ich ja auch hingehörte: In ein Asyl für schwangere Minderjährige, das auch ein Waisenhaus war.

Die Schwangerschaft war denn auch vor den Schwestern nicht mehr zu verheimlichen. Sie hatten genügend Erfahrung mit Mädchen, die eigentlich noch keine Frauen waren, aber bereits schon Mütter wurden. Und ich wusste, dass sie es wussten. Die Untersuchung durch die Schwester Gynäkologin war eine reine Formsache. - Fabienne, du bist im dritten Monat, ob ich dir dazu gratulieren soll, weiss ich nicht, aber so, wie es aussieht, ist alles in Ordnung - war der Befund der Schwester mit dem um den Hals geschlungenen Stethoskop und deren weiches Gesicht, lächelnd zwischen meinen auf einem seltsamen Gestell weit auseinander gespreizten Beinen auftauchte. Ich hatte bisher kaum etwas von der Schwangerschaft mitbekommen, ausser dass die Regel seit langem überfällig war. Aber die plötzliche Gewissheit über einen Zustand, den ich schon seit geraumer Zeit gespürt hatte, erzeugte Übelkeit. Es musste Ahnung sein oder Erfahrung, die Schwester hielt mir eine ausreichend grosse Schale hin und stellte nach meinem Gewürge das Ding in den Ausguss, als ob nichts geschehen wäre. Sie sprach beruhigend auf mich ein, denn schwerer als meine Übelkeit wog meine Angst, die sie mir aus den Augen las. Es war die Angst vor einer Zukunft als Mutter ohne Mann und Familie. Als Hinausgeworfene. Als Entehrte, die im prüden Staat der Revolutionäre keinen Platz zu haben schien. Ja, wäre ich die offiziell anerkannte Ehefrau eines Parteimitglieds gewesen oder mindestens seine, wenn auch minderjährige, so doch beglaubigte Geliebte, dann hätte ich die ungewünschte Frucht in meinem Leib abtreiben können. Legal und nicht im Dunkel einer Lehmhütte, im rauschhaften Rauch der verbrannten Kräuter und Essenzen, weder ausgeliefert an ein paar rostige, in Rum getunkte Bestecke noch an das Schicksal von ein paar hingeworfenen Knochen, Muscheln oder Samen. Aber ich wusste ja nicht einmal, dass man ein Kind abtreiben konnte. Und einmal bei den katholischen Schwestern, konnte davon sowieso keine Rede sein.

Sacre Coeur war vor der Revolution nicht nur ein Kloster, sondern auch ein Gymnasium für Töchter reicher Insulaner gewesen, die man aus Erbschaftsgründen oder wegen Ungehorsams oder nicht stammesgemässer Schwangerschaft loswerden musste, wo sie zunächst das Abitur machen konnten, um nachher in den *DienstimNamenHerzenJesu* eingeführt zu werden. Ihr Schicksal als Nonne war besiegelt, im Interesse aller Beteiligten. Es wurde auch mir, der unbotmässig Schwangeren, angetragen. Aber ich konnte mich nicht entscheiden. - Nimm dir Zeit, liebe Fabienne, - beschwichtigte mich die Oberin, - Du wirst dich dann entscheiden, wenn es der Herr für dich bestimmt. -

Ohne Druckversuche durfte ich vorläufig im Kloster bleiben und konnte sogar die - nunmehr heimliche - Klosterschule besuchen. Ich bekam gutes Essen, nahm an Gewicht und Umfang zu und sah mit den Wochen, die vergingen, mit einer gewissen Zuversicht in die nahe Zukunft einer jungen Mutter. Wie ich dereinst das Kind ernähren, wo ich mit ihm wohnen und leben sollte, kümmerte mich nicht. Das war alles viel zu weit weg und viel zu kompliziert, als dass ich mir dafür einen Plan hätte zu Recht legen können. Was im Moment zählte, war die Geburt. Danach wollte ich weiter sehen.

*

Das Kind lag derart schräg im Leib der Mutter, dass es weder von der Hebamme noch von der herbeigerufenen Frauenärztin in eine für eine normale Geburt geeignete Position gedreht werden konnte. Ein Arm des Kindes hatte die Fruchtblase durchstossen, ragte in den Geburtskanal. Die Zeit wurde knapp. Für den Transport in eine Klinik, die über einen ausgerüsteten Kreissaal verfügt hätte, war es zu spät und wer wusste, ob es dort überhaupt noch Instrumente und Personal gab: Nach all dem, was in den letzten Monaten über den Zustand der Gesundheitsversorgung durchgesickert war, hätte man von leeren, verdreckten, letztlich unbrauchbaren Operationssälen ausgehen müssen. Die Gynäkologin entschied sich für einen Kaiserschnitt. Die Geburt gelang, ein gesundes Mädchen erblickte schreiend das Licht der Welt. Der jungen Mutter schien es gut zu gehen, auch wenn sie, noch unter dem Einfluss der Narkose, nicht ansprechbar war. Der Säugling wurde von der Hebamme versorgt und in das vorgewärmte Bettchen gelegt. Das Mädchen schlief friedlich ein. Aber Fabienne, ihre Mutter, schlief für immer.

Die Nonnen nannten das Kind Jeanne - wie die Heilige von Orleans, die Mutige, die Kraftvolle. Beides würde das Kind nötig haben.

*

Ich wiegte das kleine, eben erst geborene nackte Geschöpf in meinem Arm, liess ihm von der freien Hand handwarmes Wasser auf den noch fast rosafarbenen Körper tröpfeln, betrachtete das wohlig zappelnde Mädchen, das einen Schrei der Verzückung, der sich als elfenstimmiges - Maman - anhörte, ausstiess, als ich seine Haut sanft einseifte, leicht massierte und schliesslich mit dem körperwarmen Wasser abspülte, um den Säugling endlich aus der kleinen verzinkten Wanne in ein bereitgelegtes, warmes Tuch legen zu wollen, als sich die Wanne auftat, zu einem Schlund wurde, einen alles mit sich reissenden Malstrom erzeugend, in den mir das Kind entglitt, dem ich verzweifelt nachgriff und es doch nicht mehr zu fassen bekam, obwohl es noch lange Zeit, eine Unendlichkeit, zum Greifen nah am Rand des Malstroms kreiste, schrie, um Hilfe, - Maman - schrie, seine marmornen Ärmchen mir entgegen streckte und schliesslich in einem schwarzen Loch verschwand. Das Kind war verschwunden, verloren. Tot. Ich schrie nun meinerseits, kreischte, raufte mir die Haare aus dem Kopf, konnte nicht glauben, dass ich mein eigenes Kind nicht vor dem Absturz in die Unendlichkeit des Todes bewahren konnte. - Fabienne -, schrie ich, und schrie und schrie und schrie. Da erhellte, als wäre es ein Urknall, ein greller Blitz den Raum, in dem ich tobte. Ein Mann stand neben mir, dessen Hand von meiner Wange wich. Es war mein Mann, der mich zwar aus dem Albtraum erlöste, mir aber nicht die Gewissheit nehmen konnte, dass meine in der Ferne zurück gelassene Tochter, meine erste, das Kind der Liebe, soeben gestorben war. Und seither kam dieser Albtraum über lange Zeit fast jede Nacht. Als gelte es, eine unentschuldbare Schuld zu tilgen.

1972/75

Der Sommer war vorbei, längst waren die Jacaranda-Bäume auf der Avenue de l'Indépendance verblüht, ihre malvenfarbene Pracht verzauberte noch die Erinnerung an einen kurzen Tropenfrühling im fernen November. Auf dem zentralen Hochland sind die Nächte bereits kühl, aber tagsüber heizt die Tropensonne Natur und Menschen auf. Anfang Mai, Winteranfang, und schon seit Wochen protestieren die Studenten an der Universität der Hauptstadt für bessere Studienbedingungen, aber auch für mehr Demokratie und ein Ende der neokolonialen Verhältnisse, die seit der Ausrufung der ersten eigenen Republik vor einem Dutzend Jahren das Land in eine neue Kolonie verwandelt hatten. Seit Wochen lähmen Streiks die Universität, die auch auf die Arbeiterschaft übergriffen. Bauern führen ihre eigenen Aufstände. Nichts, was nicht an ein bekanntes Szenario erinnerte. Sogar in ihren Aufständen kopiert die zur Kolonie zurückmutierte Republik ihre alte Kolonialmacht. Doch das Gerede von echter Unabhängigkeit, von Patriotismus und von nationalem Stolz ist bloßer Vorwand. Die Strippenzieher des Aufstandes wollen vor allem, dass die Macht innerhalb der Insulaner wechselt - und damit der Zugriff auf die Einnahmequellen: Die verhassten Küstenleute, die von den Kolonialherren an Schlüsselposten gesetzt und dort seit über zehn Jahren durchgefüttert wurden, um die Interessen der Kolonialmacht zu schützen, sollten endlich durch die Hochlandleute aus der Hauptstadt abgelöst werden. Die Königsdynastien der Merina sollten wieder an ihren angestammten Platz zurück kehren und die Macht über das Land ausüben, wie es schon immer gewesen war - bevor die Franzosen gekommen waren.

*

Die Lage wird für den von der Nordwestküste stammenden Präsidenten täglich ungemütlicher. Aber er ist gerade im Thermalbad zur Kur. Für den 13. Mai wird zur Großkundgebung auf dem Platz vor dem Hotel de Ville, an der Avenue de l'Indépendance aufgerufen. In der Nacht zuvor haben Einheiten der FRS, der berüchtigten Forces Républicaines de Sécurité, den Campus überfallen und vierhundert als Rädelsführer verdächtigte Studenten festgenommen. Noch in der Nacht wurden sie in Spezialflugzeugen auf die gefürchtete Gefängnisinsel Nosy Lava - die Bagnes - im Nordwesten verschleppt.

Die Großkundgebung ist trotzdem nicht zu stoppen, im Gegenteil, die Wut kocht auf. Die Entführung der Studenten wird zum Fanal für die Massen, die sich zu Hunderttausenden auf den Straßen versammeln. Sprechchöre ertönen, für die Befreiung der Studenten, gegen die Colons, für eine echte Unabhängigkeit, die Insel den Insulanern. Die FRS wird nervös. Ein umgestürzter Mannschaftswagen der Sicherheitskräfte, Tränengas, Knüppel und dann die Schüsse in die Menge. Dann Feuer im Zeitungsgebäude neben der Mairie. Die Lage gerät außer Kontrolle. Das Hotel de Ville brennt.

Der Präsident entsteigt dem Bade, kehrt in die Hauptstadt zurück, hält am Radio eine Brandrede, und schiebt die Schuld den Haschisch rauchenden Studenten zu. Allein die Droge habe die jungen Leute in die Irre geführt. Ausnahmezustand. Ausgangssperre. Die Unruhen setzen sich fort. Nach ein paar Tagen tritt der Präsident zurück und übergibt die Macht an einen General, der auf den Schultern der Menge zum Podium auf den Platz getragen wurde, der von nun an nicht mehr Rathausplatz, sondern Platz des 13. Mai heißen soll. Die bleierne Zeit beginnt mit Euphorie und der Überzeugung vieler, das Land werde nun endlich seinen eigenen Weg gehen. Welch ein Irrtum!

*

Etienne kehrt als diplomierter Ethnologe zurück. Einen Forschungsauftrag im Gepäck. Er soll für seinen Professor an der Sorbonne eine Vorstudie über die verschiedenen Ethnien auf der Großen Insel erstellen. Ein Doktorat steht in Aussicht. Und jetzt dieses Chaos! Die Pariser Geschichte scheint sich zu wiederholen. Und scheinbar immer im Mai. Und doch ist alles anders. Während sich das Mutterland des Generals entledigt hatte, fällt die Große Insel in die Hände der Generäle, die man gar auf den Schultern trägt!

Die Zeit scheint reif zu sein, sich vom Joch der Unterdrücker zu befreien. Zunächst verschwindet die blau-weiß-rote Dekoration. Jetzt, am Anfang, ist alles grün-weiß-rot und dazu ein rotes Büchlein. Später wird alles nur noch rot sein, und die Kraft des eigenen Volkes und die Demokratie der untersten Zelle und das Befolgen der Parolen und die Unabhängigkeit und die Blockfreiheit und die Geheimpolizei und das Verschwinden von Menschen und das stille Sterben ... und drei Jahre nach dem Umsturz ist der Absturz ins Elend besiegelt. Nun steht kein General mehr an der Spitze, es ist ein Fregattenkapitän, der sich bis zum endgültigen Sieg gegen seine eigenen Waffenbrüder durchgeputscht hat, und der sich gleich selbst zum Admiral befördert. Der krude, mit sozialistischer Folklore versetzte Nationalismus seiner putschenden Vorgänger soll zu einer vollkommen neuen insularen Gesellschaft veredelt werden. Das beste Symbol dafür ist die Verdammung und Verbannung alles Kolonialen und ganz besonders des Französischen. Von Stund an wird der ganzen Welt kundgetan, dass man eigenständig sei, niemanden brauche und deshalb die französische Sprache ab sofort verboten sei. Das Westliche überhaupt. Über Nacht verlassen die letzten Colons die Große Insel.

Mit ihnen reist auch Etienne zurück, denn Akademisches ist nicht gefragt und schon gar nicht Ethnologie. Auf dem Programm steht jetzt der neue Mensch, der Typus des endgültig entkolonisierten, mithin befreiten Insulaners. Dafür kommen neue Gesichter ins Land. Sozialistische Brüder und Schwestern. Sie reisen aus Moskau an, aus Pjöngjang, aus Havanna und aus Ost-Berlin. Die künftige Elite, sofern sie nicht zur Familie des Admirals gehört, die natürlich nach wie vor ihre Kinder nach Frankreich an die Universitäten schickt, lernt Russisch, manche Deutsch mit sächsischem Akzent. Die früheren Kolonien der Kapitalisten sind jetzt zu Bruderländern aufgestiegen. Und die sozialistischen Brüder geben brüderlich den Tarif durch. Für Kaffee, für Zucker, für Vanille und vor allem für Reis. Man lernt beiläufig den Mangel als eine neue Kultur zu leben. Denn für die Insulaner manifestiert sich der sozialistische Fortschritt in den täglich länger werdenden Warteschlangen. Für Seife, für Salz, für Öl, für Marken, für Zahnpasta, für alles, vor allem aber für Reis. Der Preis ist Warten. Der Fortschritt ist nicht mehr aufzuhalten, Schritt für Schritt geht es vorwärts – dem Abgrund zu.

13

Als Eleonore Fabienne in der Obhut ihres Grossonkels Charles und dessen Frau zurückliess, war sie knapp sechzehn Jahre alt. Sie war aus dem Dorf am Bahnhof vor den Verfolgungen eines wütenden Klans geflohen, dem sie versprochen war, und einer feigen Familie, die sie nicht beschützen konnte oder wollte, geflohen. War in das Netz eines allmächtigen Präfekten geraten, um erneut vor einer Versklavung, vielleicht, wer weiss, sogar in goldenen Ketten, zu flüchten. Nun war sie Mutter geworden, ohne den Vater, den allzu jungen Geliebten, an der Seite. Und es war unwahrscheinlich, dass sie Etienne jemals wieder zu Gesicht bekäme. Wer einmal die Brücken abgebrochen hat, kehrt nie wieder zurück, erst recht nicht, wenn jenseits des Flusses eine Sache der Ehre droht. Und auch Etienne hatte kein anders Ziel, als möglichst bald fort zu kommen aus einem Klanrevier, in dem er nur als Bastard galt und als Sohn - das wusste er aber nicht - eines Mörders, der nie zur Rechenschaft gezogen worden war. Sie aber war von einer Krankheit erfasst worden - sie hiess Andafy, das gelobte Land, Paris seine Hauptstadt. Dagegen war abzuwägen: eine Existenz am Rande, vielleicht sogar in Anstand geduldet von einem alten Paar, aber ohne jede Perspektive. Aber die Erzählungen Louis-Philippes, den sie - schwanger oder nicht - nie im Leben geheiratet hätte, übertrugen ihr das Virus des Fernwehs. Nebst dem Kind war in ihr der Wunsch, nein, der Drang gewachsen, weg zu gehen, weg zu müssen. So schnell wie möglich. Wenn möglich für immer.

*

Eleonore war kurz vor der erzwungenen Machtübergabe des ersten Präsidenten der ersten Republik an die Generäle in die Hauptstadt gekommen. Bei Grossonkel Charles wurde sie liebevoll aufgenommen, denn der „kleine" Bruder der verstorbenen Grossmutter wusste über Eleonores Geschichte Bescheid. Sie hatte nie herausgefunden, wie das möglich war, aber es genügte ihr, zu wissen, dass es so war.

Nach den ersten Würgemonaten verging die Schwangerschaft mit Fabienne wie im Flug. Ein paar Monate nach der Ankunft in der Hauptstadt brachte sie im Cabinet des Grossonkels das gesunde Mädchen zur Welt. Sie erholte sich sehr schnell von den Anstrengungen der Geburt, so dass sie schon bald wieder ihre gewohnt schlanke Form zurück gewann, ihr strahlendes Lachen. Ihr Körper hatte weichere, aber umso sinnlichere Formen erhalten. Sie war nicht mehr nur ein hübsches Mädchen, sondern eine bereits ungewöhnlich schöne junge Frau geworden, die Blicke der Männer auf sich ziehend, insbesondere jener, die gelegentlich ihre Frauen ins Cabinet des Docteur Charles begleiteten, wo sie der assistierenden Grosstante gelegentlich zur Hand ging

Die Wochen vergingen, überall herrschte Aufruhr, aber auch Euphorie ob der endlich erzwungenen Ablösung des korrupten Regimes, durch eine straffe militärische Führung. Es waren nationalistische Töne, die man als Patriotismus bezeichnete, die durch die Strassen, den Äther und den Blätterwald skandiert wurden. Der zweifellos populäre Nationalismus war freilich nichts anderes als ein Vorhang, hinter dem man die eigene Unfähigkeit vor der in allen Belangen überlegenen Kolonialmacht versteckte. Patriotismus hätte bedeutet, dass man aus eigener Stärke und Fähigkeit ein Gegenmodell zur Kolonialmacht entwickelt und - vor allem - in der Praxis umgesetzt hätte.

*

Es war noch nicht die Zeit der Vertreibung der Colons. Noch war die Militärjunta mit sich selbst beschäftigt. Noch war man froh, dass die Colons die Schaltstellen besetzt hielten, damit das Nötigste noch funktionierte. Noch gab es Strom in einer Hauptstadt, die kaum eine halbe Million Menschen zählte. Noch funktionierten die Spitäler und die Universitäten (wenn auch durch ständige Assemblées praktisch lahm gelegt), überall, wo Franzosen die Verantwortung trugen. Noch boten die Unverzichtbaren ihre Dienste an. Die Henri Fraise, die Descours et Cabaud, Total, die Banken, hinter denen die Mère Patrie stand und - vor allem anderen - der Franc Français und dessen Parität zwischen dem formellen Franc der Insulaner und jenem der Grande Nation. Wer Lehrer war oder Richter oder Polizist, erhielt sein Gehalt in Francs, mit denen er ohne besondere Umstände in Paris hätte einkaufen können.

Die Natur hat Tiere und Pflanzen mit einem Instinkt für Gefahren ausgerüstet. So verlegen Ameisenvölker ihre Brut in höhere Regionen oder nisten sich Ratten frühzeitig unter Hausdächern ein, Vögel werden stumm und Hunde nervös, wenn ein Sturm im Anzug ist oder gar ein Erdbeben droht. Man hätte die Zeichen erkennen können.

*

Inmitten dieser Unzeit waren der Gynäkologe und seine Frau bei einer befreundeten Familie eingeladen. Eine Réception unter Freunden. Es war selbstverständlich, dass Eleonore dazu gehörte. Mit Ausnahme des Gynäkologen-Paares und seiner Begleiterin waren alle anderen Franzosen. Conversation. Man redete viel, und sagte wenig. Was zählte, war die Tischordnung. Wer sitzt neben wem beziehungsweise weshalb nicht? So war es völlig selbstverständlich, dass Docteur Charles neben seiner Patientin, der Hausherrin, platziert wurde, während man seine Frau, die diplomierte Krankenschwester in die hinteren Ränge des Tisches verbannte. Auffällig war, dass Eleonores Platz just am Kopf des Tisches war. Nicht gerade neben dem Hausherrn, so schnell ging der Aufstieg in die bessere Gesellschaft denn doch nicht, aber neben einem gut aussehenden Dreissigjährigen, der sich ohne Begleitung und als Geschäftsmann im Import-Export präsentierte und als enger Freund der Gastgeber vorgestellt worden war. Eleonore war sofort gefangen von dem attraktiven Mann. Weniger von seinem Aussehen, an dem (braun gebrannter Teint, markantes längliches Gesicht, schwarzes Haar und gepflegter Schnauzbart) ausser der Moustache nichts zu bemängeln gewesen wäre. Auch seine Kleidung - blütenweisser Leinenanzug, ein nach hiesigen Ornamenten besticktes weisses Hemd, das er offen trug und einen sonnengebräunten, behaarten Oberkörper erkennen liess - war tadellos. Eleonores Faszination ging von seinen Worten aus, die er Haken gleich, zur jungen Frau hin auslegte und in denen sich ihre Ohren bald unlösbar verhakten. François war aber kein Fischer, er war in Düften unterwegs, genauer eigentlich für Essenzen, aus denen erst seine Auftraggeber die teuren Düfte kreieren würden. Und was er Eleonore erzählte, liess den Duft der weiten Welt erahnen. Zunächst die fernen und unbekannten Gebiete im Norden der Grossen Insel, wo François seine Einkäufe tätigte und dann - vor allem - Frankreich, ihr Traum. Grasse das Zentrum des Parfums, Paris das Zentrum der Parfümerien. Wie schon bei Louis-Philippe, dem Sohn des Präfekten, hing

Eleonore an den Lippen des Erzählers und schlürfte jedes Wort als Tropfen eines Wundertrankes auf. Ihr Traum Paris, das spürte sie, war als Wirklichkeit näher gerückt als je zuvor.

Der Abend verging wie im Flug, von den anderen Gästen und deren Konversation hatte sie nichts mitbekommen. Mit Großonkel Charles und seiner Frau kehrte sie zutiefst beglückt zurück in deren Haus.

*

Anderntags liess sie sich von François in die Taverne des Hotels Colbert, in das beste Restaurant der Hauptstadt, ausführen. Wie immer logierte er im Colbert, wenn er in der Hauptstadt zu tun hatte. Und nach einem weiteren Abend verführerischer Geschichten - er war sich deren Wirkung auf das entzückende Geschöpf, das ihm gegenüber sass, sehr bald bewusst geworden -, folgte ihm die attraktive blutjunge Frau, die sich mit einem Bein noch im Mädchensein befand, diskret und mit geübter Geste dem Nachtportier ein paar Scheine zusteckend, die dessen Augen vor den minderjährigen Begleiterinnen seiner Gäste wissend verschlossen, in sein Zimmer. Eine Suite eigentlich, deren Ausstattung und Ausmasse, die Frau aus dem Wald zum Staunen und ob so viel Luxus zu einem unterdrückten Aufschrei der Verzückung brachten.

François erwies sich nicht nur als begnadeter Erzähler. Einem guten Parfum gleich, mischte er im Liebesspiel gekonnt die verschiedenen Essenzen aus Begegnungen mit dem anderen Geschlecht, die er im Laufe seiner Sammlertätigkeit schmetterlingshaft in vielen Gegenden des Landes gemacht hatte. Aber auch Eleonore war für den weit Gereisten eine Entdeckung, eine bisher unbekannte Note, die ihn genauso fesselte wie er die junge Geliebte.

Nach ein paar Tagen, die sie mit Ausnahme eines Besuches bei Grossonkel Charles, dessen Frau und der kleinen Fabienne meist im Zimmer verbrachten, eröffnete ihr François, dass er zu einer längeren Reise in den Norden der Insel aufbrechen werde, um dort für seine Auftraggeber Rohstoffe einzukaufen. - Willst Du mitkommen? - Er wartete die Antwort gar nicht erst ab. - Wir reisen übermorgen, das reicht, um noch ein paar Sachen für dich einzukaufen. Eleonore zögerte nicht eine

Sekunde. Sie war sich ihrer Sache sicher. Jetzt oder nie! Das Kind? Fabienne war bei den Alten gut aufgehoben.

Die Reise begann mit einem Flug in den Nordosten, wo Vanille, Pfeffer und Nelken und andere Gewürze angebaut wurden. François wollte alte Geschäftspartner, chinesisch-stämmige Collecteurs und Conditioneurs, die ihre Rohstoffe bei den Bauern in den hügeligen Waldgebieten einkauften, besuchen. Schon am Flughafen wartete man auf den Geschäftspartner als handle es sich um einen Staatsgast. Die politische Instabilität in der Hauptstadt liess die Bedeutung treuer Geschäftspartner aus dem Ausland schlagartig in die Höhe schnellen. Insbesondere seit die Ölkrise auch die Grosse Insel mit massiv steigenden Treibstoffkosten traf und die Wirtschaftsprognosen für Europa äusserst düster waren. François stimmte in das Klagelied zur schlechten Konjunktur ein und holte dafür noch bessere Preise für die exklusiven Rohstoffe heraus. Trotzdem liessen sich die Chinesen nicht lumpen und beherbergten die wichtigen Gäste - Eleonore galt ohne Umstände und offiziell als die begleitende Ehefrau des Geschäftspartners, auch wenn jeder wusste, dass François jedes Mal mit einer anderen Insulanerin daher kam - in einer eigens für diesen Zweck gebauten Villa. Sie blieben eine knappe Woche, während der Eleonore nie von François' Seite wich. Sie lernte dabei ihren Liebhaber von einer neuen Seite kennen und er sie, denn die gemeinsamen Auftritte während kolossaler Festessen oder bei Besuchen von Pflanzern und Zwischenhändlern im Anbaugebiet, brachten sie näher zusammen und gaben Aufschluss über das Wesen des anderen.

Als sie sich zur Weiterreise an die Westküste aufmachten, waren sie tatsächlich schon fast ein gut eingespieltes Paar, das sich in allen Lagen und trotz des grossen Altersunterschiedes gut verstand. Die vierzehnstündige Reise führte sie vom Indischen Ozean an den Kanal von Mosambik.

Nach einer abenteuerlichen Fahrt durch eine ausgetrocknete, hügelige Landschaft, geprägt von blattlosen Wäldern - es war die Trockenzeit - erreichten sie mit dem gemieteten Landrover eine Tiefebene, die das nahe Meer erahnen ließ. Zuckerrohrfelder brannten, um das fünf Meter hohe Rohr von den dürren Blättern zu befreien und es anschließend zu schneiden. Mannshochbreitreifige Traktoren und Anhänger aus den Anfängen der Kolonisierung bewegten sich schwer beladen und schwankend mit Tonnen von zukünftigem Süßstoff und Rum auf der unebenen Strasse.

Unter riesigen Mango-Bäumen tollten Kinder herum, stießen an Stecken metallene Reifen vor sich her. Die hinter den Traktoren eingeklemmten, zum Schritt-Tempo verurteilten Reisenden empfing Kinderlachen und das unvermeidliche - Bonjour Vazaha -, guten Tag Fremder, das François galt. Weiße Querstreifen unter Nasen in dunklen Gesichtern, leuchtende Augen.

Die trockene Landschaft ging langsam in eine immergrüne, von schimmernden Wasserflächen und Flussläufen durchzogene Ebene auf Meereshöhe über. Man stellte die erstaunlichen Unterschiede in der Vegetation fest und die zunehmende Luftfeuchtigkeit. Sie schwitzten bei weit geöffneten Fahrzeugfenstern. Tausende und abertausende Fächer der Ravenala-Palmen, der so genannte Baum des Reisenden, prägten die Landschaft und erinnerten Eleonore an ihre Heimat. An der Basis des Palmfächers, wo die einzelnen Blätter emporwachsen, enthalten sie ein Wasserreservoir. In früheren Zeiten das sichere Überleben des Reisenden im Regenwald.

Auf der topfebenen, nun allmählich besser werdenden Strasse wurden Radfahrer gekreuzt. Die Steuerung im Gleichgewicht haltend, die Lenker beidseits, schwer mit glitzernden Sardinen beladen, auf jeder Seite fünf oder mehr Kilos. Sie pedalten von der nahen Küste, die man auf der ganzen Fahrt fast nie sah, obwohl der Reisende nur wenige Kilometer davon entfernt vorbeifuhr, zum Marktflecken. Vierzig Kilometer hin und vierzig Kilometer zurück, an der prallen Sonne und das jeden Tag. Und sie scherzten dabei noch, einmal auf geteerter Strasse machten sie sich die Plätze im Windschatten streitig; je näher die Stadt kam, ging es nur noch darum, der erste bei der wartenden Kundschaft, den keifenden Fischweibern auf dem Markt zu sein. Am Ende des Tages wird jeder in der Kette - vom Fischer bis zum Fischweib - ein paar Francs verdient haben.

Grün ist der Grundton, der in unzähligen Schattierungen variiert wird. Das Sambirano-Delta erzeugt ein ganzjährig feuchtheißes Klima und bringt drei Meter Regen. Wie in Eleonores heimatlichem Regenwald. Am Straßenrand ziehen die Früchte des Waldes vorbei, ein Kilometer langer

Früchtemarkt. Bananen, kurz und dick oder dünn, lang und gelb oder grün. Als Futter für den Reisenden oder als Ingredienz einer lokalen Spezialität. Die gigantische Jakobs-Frucht, deren Fruchtfleisch von den Kindern heiß geliebt wird, weil es furchtbar süß schmeckt und noch furchtbarer stinkt, wenn sie in geschlossenen Räumen aufbewahrt wird. Kokos-Nüsse im Erfrischungsangebot mit Trinkhalm und schlagfertigem Verkäufer, der die grüne, leergetrunkene Frucht durch einen gezielten Schlag der Machete entzweit und das noch schlabbrige weiße Fruchtfleisch freigibt, das mit einem von der Frucht abgeschlagenen Stück Schale, als sei es ein Löffel, ausgekratzt wird. Die Gon-Gon, die Coeur de Boeuf, die Corassol, die Ananas in verschiedensten Größen, der Pfeffer, der in Lianen in den wegsäumenden Kakao- und Kaffee-Pflanzungen an den Schatten-Bäumen emporwächst und in grüner, schwarzer oder weißer Form zusammen mit Ingwer, Zimt, Gelbwurz und Koriander und Sternanis und Tamarinden und Nelken dem Reisenden angeboten wird. Und endlich Ylang-Ylang, der Traumstoff der Parfumindustrie, auf Mannshöhe dressierten Bäumen in geordneten Reihen auf vorbeiziehenden Feldern. Die letzte Etappe auf der Geschäftsreise eines Essenzeneinkäufers, der mit seiner Geliebten unterwegs ist.

*

Sie waren an einem Samstag von einer Küste zur anderen gefahren. Der Sonntag war ein freier Tag und François schlug vor, einen Ausflug ans Meer zu machen, an einem Ort, den er zu kennen schien. Sie liessen sich vom Personal des Gästehauses auf der Ylang-Ylang-Plantage eines Lieferanten einen Pic-Nic-Korb reich bestücken und fuhren im Landrover der Destillerie los, in die Richtung, aus der sie am Vortag hergekommen waren. Nach einer halben Stunde Fahrt zweigte eine Piste nach links zum Meer ab, das man aber noch nicht sehen konnte. Es war eine Fahrt durchs Paradies, denn wie am Vortag war die Piste gesäumt von jedwelcher tropischen Frucht, von Gewürzsträuchern, nur hie und da unterbrochen von Reisfeldern, die kurz vor der Ernte standen. Vögel wurden aufgeschreckt. Die Piste wurde immer schmaler, Büsche und Sträucher standen inzwischen so eng, dass sich das Geländefahrzeug durch eine grüne Wand zwängen musste. François sah mit einem Blick zur Seite das sorgenvolle Gesicht seiner Reisebegleiterin, das zwischen der Begeisterung für die an die Kindheit erinnernde Natur und der Ungewissheit über das Ziel der Reise hin und her schwankte. - Keine Angst, Kleines, wir sind gleich da. Nur noch ein paar hundert Meter. Es wird dir gefallen. - Und in der Tat, das Gelände wurde abschüssig und man erahnte durch hohe Bäume hindurch das in der Morgensonne glitzernde Meer. Nach wenigen Minuten führte ein schmaler Pfad durch das nun flache, Baum bestandene Gelände, auf eine Bucht zu. Lemuren hechteten aufgeregt durch das Geäst. Als sie die letzten Bäume vor dem Meer passiert hatten, öffnete sich ein halbmondförmiger Strand, der auf der einen Seite von riesigen Felsbrocken und auf der anderen von einer bewaldeten Halbinsel begrenzt wurde. Die nun im Rücken der Ankömmlinge stehenden Bäume schützten die Bucht zum Land hin, während sich vor ihnen das Meer auftat, wo in der Ferne eine Inselgruppe zu erkennen war. Auf dem rund fünfzig Meter breiten Strand stand eine Hütte, eine Piroge lag davor. Und aus dem Schatten der Behausung kam nun ein junger Einheimischer auf die Fremden zu, die das Fahrzeug im Schatten des lichten Waldes stehen gelassen hatten und nun ihrerseits auf die Hütte zugingen. Der Mann und François breiteten ihre Arme aus, riefen Hallo und schüttelten sich fröhlich die Hände. - Bonjour Patron - sagte der Mann und liess einen fast zahnlosen Mund zu einer Grimasse, die wohl ein Lachen hätte sein sollen, verziehen.

Eleonore, die Jean, den Einheimischen und - wie sich später herausstellte - Bewacher der Hütte, in ihrem Dialekt begrüsste und den er unerwartet erwiderte, kam aus dem Staunen nicht mehr heraus. Erst recht als nun aus der Hütte eine junge Frau in der Tracht aus Eleonores Heimat trat und die Ankömmlinge ihrerseits willkommen hiess. - Bonjour Anna - rief ihr François entgegen, schloss sie herzlich in die Arme und stellte ihr Eleonore vor. Und beide begannen sofort sich in ihrer gemeinsamen Sprache zu unterhalten. Das einfache Haus hatte zum Meer hin eine breite, gedeckte Veranda, wo ein Tisch und ein paar selbst gezimmerte Stühle standen.

Zum Pic-Nic auf der Terrasse steuerte das junge Paar ein paar frisch gefangene Fische bei, der Rest kam aus dem Korb, den François mit sich geschleppt hatte. François erklärte Eleonore, dass er die Bucht und noch viel Land einwärts für sich gekauft habe. - Als Investitionsreserve für später, verstehst du. Irgendwann, wenn ich die Reiserei satt habe, werde ich mich hierher zurückziehen, ein Hotel eröffnen und das Leben geniessen. Jean und Anna werden das Grundstück bewachen und demnächst mit der Umzäunung beginnen. Nicht wahr, Jean? - Oui, Patron, - antworteten beide synchron.

Der Tag verging mit einer Besichtigung des scheinbar unzählige Hektar grossen Grundstücks, zu dem ursprünglicher Wald gehörte, den ein Bach durchfloss und das im Westen von der Bucht, mit einer Länge von einem halben Kilometer, die Felsenlandschaft und die bewaldete Landzunge inbegriffen, zum Meer hin abschlossen. Während sich François mit Jean über den Arbeitsplan für die kommenden Monate unterhielt, gingen die beiden jungen Frauen Hand in Hand zurück zur Bucht, wo sie sich auf der Veranda zum Gespräch niederliessen. Es gab vieles zu besprechen, zumal sie sich in der gemeinsamen Sprache der südöstlichen Regenwaldgebiete unterhalten konnten. Bald fanden sie heraus, dass ihre Vorfahren irgendwie verwandt gewesen sein mussten; Dörfer, Landschaftsmerkmale, Flüsse und Seen dienten der Orientierung. Und Anna erzählte der, wie sich herausstellte, gleichaltrigen Eleonore ihre abenteuerliche Geschichte, die Eleonore so unheimlich bekannt vorkam. Das Leben im Dorf, ein paar Jahre Schule, erste Liebe - mit Jean - die arrangierte Ehe, die Flucht. Auf der sie per Zufall auf François stiessen, als sie auf der Strasse in den Norden unterwegs waren, abgebrannt, hungrig, ihr Hab und Gut in einem Leinensack. Der Vazaha, unterwegs in einem Landrover, wie jener, der unter den Bäumen stand. Er liess seinen Fahrer halten und die beiden offensichtlich Erschöpften nach deren Ziel fragen. Sie sagten bloss - in den Norden - und stiegen ein. Er war ihr Lebensretter. Der Rest ergab sich von alleine, denn die damalige Reise des Weißen diente nebst den Geschäften, dem Kauf des Grundstücks und - wenn alles gut gehen würde - der Suche nach dem Gardien. Es klappte alles wie geschmiert - und so sind wir jetzt hier -, beendete Anna ihre Schilderungen. Eleonore war etwas zurückhaltender und beschränkte sich aufs Nötigste. Vom Kind erzählte sie nichts und auch nicht vom Präfekten. Zu unsicher waren die Zeiten, als dass man auf Anhieb alle Wahrheiten hätte auf den Tisch legen können. Fürs Erste sollte eine Liebeaufdenerstenblick-Geschichte genügen. Gäbe es ein Später, würde man weiter sehen. Anna fragte nicht nach Details. Dafür erkundigte sich Eleonore nach jeder Einzelheit der Pläne für das Grundstück.

14

Zum ersten Mal bestieg ich ein Flugzeug. Und die Reise ging gleich nach Frankreich, nach Andafy; mein Traum war Wirklichkeit geworden. François hatte Wort gehalten und mich ein paar Monate nach unserer, wie er sagte, - Hochzeitsreise auf Probe -, und nachdem ich meinen ersten Reisepass erhalten hatte, in seine Heimat mitgenommen. Wir waren verliebt. Ich in den Mann, der mich ins Ausland führte, er in das blutjunge Ding, - das mein süsses, schönes Mädchen ist - wie er sich ausdrückte. Und fortan war ich nur noch seine - jolie petite - seine hübsche, namenlose Kleine.

Sein Plan war, dass wir uns in Frankreich noch etwas besser kennen lernen sollten, um dann zu entscheiden, wie es weiter gehen würde. Eine Ehe wäre - une Option - meinte François. Ich war nervös, auch weil ich mein bisheriges Leben auf der Grossen Insel - meine teils geliebte, teils gehasste Familie, mein Kind - zurück gelassen hatte und nun ein ganz neues Leben beginnen musste. Und Etienne? Der Vater meines Kindes, aber nicht greifbar, unsichtbar. Eine Liebe am Rande der Kindheit, gewiss; ein Traum für die Ewigkeit, aber nichts für die Wirklichkeit. Es war - zugegeben - mein Wille gewesen, niemand hatte mich gezwungen, wegzugehen, nun musste ich damit irgendwie zu Rande kommen. Meine Vergangenheit drängte mich vorwärts, die Zukunft zog mich in eine andere Welt. Ich war zwischen Angst und Freude hin- und her gerissen.

Nach einem Nachtflug mit Zwischenlandung in Nairobi und nach einem Frühstück über den verschneiten Alpen erreichten wir Paris-Orly, das Ziel meiner Träume. Aber das Erwachen war heftig. Eine unbekannte Hektik am Flughafen, unfreundliche Polizisten, die meinen Pass unter die Lupe nahmen, als sei er eine Fälschung, oder war es meine dunkle Haut, die sie misstrauisch machte? Gesichter ohne Lachen, die meisten bleich. Schallende Töne, gefolgt von plärrenden Ansagen schmerzten in den Ohren. Einmal im Freien, der Schlag ins Gesicht - eisige Kälte. Es war Februar. Ich begriff, weshalb François vor dem Abflug von der Grossen Insel sich die grösste Mühe gegeben hatte, in der Hauptstadt irgendwo warme Frauenkleider zu finden. Ausser einem Regenmantel war aber nichts aufzutreiben, denn wir verließen die Insel mitten in der Regenzeit, wenn dort die Hitze auf den Straßen den Teer verflüssigt.

Im Bus fuhren wir in die Stadt, wo wir bei der Opéra in ein Taxi umstiegen, um zum Appartement zu gelangen. Es befand sich, was ich damals, noch nicht wusste, im Luxus-Viertel der Stadt, unweit der Avenue Montaigne, nahe den Champs Elysées. Für François war es die Stadt-Wohnung, die er für seine Geschäfte brauchte, weil seine Kundschaft nicht in Grasse war, wo man produzierte und wo seine Familie herkam, sondern in der Kapitale des mondänen Duftes, der grossen Marken, die für viel Geld Illusionen verkauften.

Seit wir Orly verlassen hatten, war ich in Trance. Da waren alle diese Bilder, die uns Papa in der Schule gezeigt hatte. Und alles war nun nicht mehr in einem Schulbuch, sondern Wirklichkeit. François gab dem Chauffeur Anweisungen und so fuhren wir, von Süden kommend, entlang der Seine, wo ich schon von weitem den im Norden aufragenden Hügel von Montmartre mit der Kuppel der Sacré Coeur erblickte, die bald hinter den Häusermauern am Ufer des Flusses verschwanden, wo mir die nahen Doppeltürme der Notre Dame den Atem verschlugen. Die Fahrt ging weiter auf dem linken Seine-Ufer, von wo auf der rechten Seite der Louvre ins Blickfeld kam und anschliessend der Tuilerien-Park, dessen blatt- und farblose Winterbäume ihre beschnittenen Aststümpfe wie um Hilfe rufend in den Himmel reckten und die Thuja-Skulpturen ohne Blattwerk eine triste Dekoration abgaben. Doch das triste Bild eines Februartages tat meiner Euphorie keinen Abbruch, denn jetzt ragte vor uns der Eiffelturm in den grauen Himmel von Paris. Wir überquerten den Fluss und ich wusste nicht mehr, auf was ich meine Augen richten sollte. Zurück zum Ungetüm aus Eisen oder nach vorne, wo sich vor dem Schloss Chaillot die Trocadéro-Gärten in leichtem Gefälle zur Seine hinunter ausbreiteten? François hiess den Fahrer nach der Jena-Brücke nach rechts abzudrehen. Wir fuhren auf dem rechten Ufer wieder Richtung Notre Dame, um jedoch bereits nach dem links liegenden Grand Palais über den kolossalen Concorde-Platz mit dem zentralen Obelisken zu fahren und in die Champs Elysées einzubiegen. Der Eindruck war gewaltig. Ein Strassenzug als Sinnbild der Grande Nation. Nachdem wir die Place d'Etoile umrundet hatten, erreichten wir kurz darauf François' Appartement. Es war Teil eines ehemaligen Stadtpalais, das im vorigen Jahrhundert Sitz einer noblen Familie gewesen sein musste und jetzt auf drei Etagen geräumige, mit hohen, von Stuckaturen gekrönten Räumen und viel Holz auf Böden und an Wänden ausstaffierte Appartements einer gutbetuchten Mieterschaft anbot. Die Küche war so gross wie ein ganzes Haus bei uns zuhause. Herd und Ofen standen als Insel mitten im Raum, rundum befanden sich Abstell-, Rüst- und Waschplätze oder wandhohe Schränke voller Geschirr und Kochutensilien und einer war Kühl- und Tiefkühlschrank, der einem ausgewachsenen Restaurant mit Sicherheit gut angestanden wäre. Nebst einem Salon verfügten wir über vier weitere Zimmer, im grössten stand ein fürstliches Doppelbett, während von den übrigen nur eines als Arbeitszimmer eingerichtet war, die beiden anderen waren, von ein paar Kartons und Kisten abgesehen, leer. - Für die Kinder, - stellte François ohne den leisesten Unterton sachlich fest.

*

Die ersten Wochen in Paris waren ein gelebtes Märchen. Schöner als ich es mir im Dorf am Bahnhof je hätte vorstellen können. Als im März die Bäume zu spriessen begannen, in den Parks die Primeln und Krokusse und wenig später die ersten Narzissen und Osterglocken das Osterfest ankündigten, die Bistroinhaber die Boulevards mit Tischen und Stühlen möblierten und die Touristenbusse sich durch den trotz der hohen Benzinpreise stockenden Verkehr zwängten, fühlte ich mich schon fast ein bisschen zuhause. François war sehr aufmerksam und führte mich rücksichtsvoll in das hektische Leben der Grossstadt ein. Er nahm sich viel Zeit für meine Ausbildung zur Pariserin und manchmal fragte ich mich, wie er überhaupt sein Geld verdiente, wenn er die halbe Zeit mit seiner Kleinen durch die Stadt flanierte, ihr die Angst vor der Metro nahm oder ihr beibrachte, wie man noch im letzten Moment auf die hintere Plattform der Busse sprang. Nach den Kleidereinkäufen der ersten Tage - ich hatte ja noch fast gar keine geeigneten Kleider - lernte ich die alltäglichen Einkäufe zu erledigen. Lernte den Bäcker und die Frau des Metzgers kennen, die - ah, Bonjour Madame François - schon bald begannen, mich in ihr Herz zu schliessen. Und ich tat alles, um mich an das Leben in der neuen Hauptstadt anzupassen; lernte, wie man in noblen Restaurants speiste, welche Kleider, wann zu tragen seien, wie man sich schminkte und wann die Haare hoch gesteckt, wann sie in Zöpfchen oder mit einem Dutt am besten wirkten. Ich spielte die Rolle, die ich beherrschte, jene des Chamäleons.

Einmal zeigte mir François das Quartier Latin, auf dem linken Seine-Ufer. Boulevard Saint Germain, das Flore, les Deux Magots, die schicken Modeboutiquen an der Rue de Rennes. Flanieren durch das Galerien-Viertel rund um die Rue de Seine, hinüber zum Boulevard Saint Michel, zu den Tunesiern, Marokkanern, zu den Chinesen, die in St. André des Arts die Welt zu einer Küche machten. Dann ging's hinauf zum Hügel der Sainte Geneviève mit dem Panthéon und dahinter in die Rue Mouffetard, an deren Anfang die verträumte Place de la Contrescarpe das Vieux Paris aufleben liess und an deren unterem Ende ein Markt die Augen und den Gaumen in Verzückung brachte. Früchte von der Grossen Insel und von allen anderen ehemaligen Kolonien als wäre die Grande Nation niemals geschrumpft; es lagen Enten aus, Perlhühner und Wachteln und die fetten Hühner aus Bresse, gelegentlich ein Kapaun - Ostern stand ja vor der Tür - das Imperium der feinen Käse empfing den Besucher mit sinnlichen Gerüchen - für jeden Kenner Düfte -, ganz zu schweigen von den auf die Trottoirs hinaus gebauten Auslagen der Metzger und Bäcker, die mit dem farbenfrohen Gemüsemarkt und den Fischhändlern um die Aufmerksamkeit der Kunden buhlten. Und natürlich gab es die Weinhändler, deren edle Tropfen hier so ganz einfach, unprätentiös Vin de Table aus Burgund, Bordeaux oder aus der Provence hiessen. Es war für mich wie eine Heimkehr, denn die lobpreisenden Rufe der Händler, das Gemecker der stets unzufriedenen Hausfrauen - beaucoup trop cher, mon vieux - das alles kam mir irgendwie bekannt vor. Ich konnte mich nicht satt hören und sehen, der Ort hatte eine Magie, die mich unwiderstehlich anzog.

*

Nach ein paar Monaten fand es François an der Zeit, dass er mich seinen Eltern vorstellen sollte. Es war Sommer geworden, wenn die Pariser ihre Stadt kampflos den Touristen überlassen. So reisten wir nach Grasse, wo seine Eltern lebten und wo er seine Kindheit bis zum Gymnasium verbracht hatte. Ihr Haus befand sich ausserhalb der Stadt in den sanften Ausläufern der Seealpen, über die sich schier endlose Lavendelfelder entfalteten und dem Reisenden eine unvergessliche farbliche Note in die Erinnerung malten. Das nahe Mittelmeer war zu erahnen, aber nie zu sehen.

François' Eltern waren ein sympathisches altes Ehepaar. Und sie empfingen mich warm und freundlich. Ihr Sohn hatte ihnen noch während seines Aufenthaltes auf der Grossen Insel geschrieben, dass er mit einem besonderen Geschenk nach Hause kommen werde, wie mir Madame während eines vertraulichen Gesprächs zwischen Frauen gestand. François war ihr einziger Sohn und sollte dereinst nicht nur das Haus, sondern auch den ziemlich weitläufigen Umschwung erben. Dazu gehörten auch Dutzende Hektaren Lavendel, die man an Bauern der Umgebung verpachtet hatte, weil die beiden Alten diese Arbeit längst nicht mehr verrichten konnten, und die dank den Erträgen zusätzliche Einkünfte für einen, wie es den Anschein machte, ohnehin schon ziemlich gut gesicherten Lebensabend lieferten. Ob Monsieur und Madame allerdings je einmal selber Hand an die Lavendelkulturen gelegt hatten, bezweifelte ich, aber die Geschichte war gut erzählt worden und sollte wohl davon ablenken, dass die beiden Alten ziemlich vermögend waren. Monsieur war in der Parfumindustrie gross geworden. Er war eine der Nasen in einer renommierten Fabrikation. Das heisst, er war für die perfekte Mischung der verschiedenen Essenzen verantwortlich, die ein Parfum erst zu einem solchen machen. François hatte den Geruchssinn nicht von seinem Vater geerbt, durchlief aber in der Firma seines Vaters alle Schritte der Parfumfabrikation, bis er sich schliesslich auf Ausbildungsreisen in das Metier des Einkäufers von Rohstoffen verliebte. Fremde Länder, Reisen, neue Menschen, Frauen, das Leben in erstklassigen Hotels. Sein Geschick hatte ihn an die Spitze eines führenden Unternehmens aus der Branche und ihm einen Lebensstil bescherte, von dem viele nur träumen konnten. Kein Zweifel: Ich, die hübsche Schwarze, hatte das grosse Los gezogen.

Die Ferien im Haus der Eltern endeten mit der formellen Verlobung, denn François machte mir im Laufe eines Nachtessens und im Beisein seiner Eltern einen Heiratsantrag, den ich natürlich annahm. Und obwohl Madame meinte, dass es doch etwas gar schnell gegangen sei und der Altersunterschied - fünfzehn Jahre - zu bedenken sei, und man doch noch ein Probejahr, im Sinne einer Probeehe im Pariser Appartement anhängen könnte, stimmte auch sie der Verbindung ihres Sohnes mit der jungen, dunkelhäutigen Schönheit zu. Und wenigstens in diesem Punkt hatte sie recht: ich wuchs zu einer Schönheit heran, mit der sich François überall gerne zeigte!

*

Im nächsten Sommer stand die Hochzeit an. In Grasse, im Haus der Eltern, zu dem auch eine Dépendance gehörte, eine Art Gästehaus, in dem wir wie schon im Jahr zuvor einquartiert waren. Es wurde ein unvergessliches Fest mit vielen Freunden und Bekannten der Familie meines Mannes. Ich war der exotische Blickfang und wurde von allen beglückwünscht und von manchen Männeraugen buchstäblich ausgezogen und vernascht. Ich nahm es hin und tröstete mich damit, dass die Hochzeit nach meinen Traditionen und in meinem Heimatland in Aussicht stand. François hatte versprochen, im nächsten Jahr die - echte - Hochzeitsreise auf die Grosse Insel zu machen.

Aber vorerst fuhren wir zurück nach Paris und begannen ein neues Leben als Ehepaar, dem nur noch eines fehlte: Kinder, denn François wollte eine - komplette Familie -. Nachdem ich die Pille, zu der er mich noch auf der Grossen Insel überredet hatte, absetzte, dauert es nicht lange, bis ich schwanger wurde. Mein Mann und meine Schwiegereltern waren ausser sich vor Freude. Ein Stammhalter! Man freute sich zu früh. Im nächsten Jahr gebar ich eine Tochter, mein zweites Kind. Ein Mischlingskind. François war enttäuscht und seine Eltern ebenso. Nur ein Mädchen. Für mich spielte es keine Rolle, ich liebte das Kind, wie wenn es mein erstes wäre und im Grunde war es ja auch so. Was wusste ich denn von Fabienne, ausser, dass sie in guten Händen war? Ich wollte unter alle Umständen für dieses Kind eine gute Mutter sein, das wir zu ehren seiner Grossmutter in Grasse Marie-Jeanne nannten.

*

Aus meiner Heimat kamen schlechte Nachrichten. Nach drei Jahren Militärdirektorium hatte sich ein Fregattenkapitän endgültig durchgeputscht und die Macht übernommen. Die Franzosen wurden aus dem Land gejagt, man stieg aus der Francs-Zone aus, die französische Sprache wurde verboten, die noch in ausländischen Händen verbliebenen, florierenden Betriebe wurden verstaatlicht. Es gab keinen Grund, dorthin eine Hochzeitsreise zu unternehmen. Ich richtete mich auf eine lange Zeit im

Exil in Frankreich ein, wo ich durch die Heirat eine zweite Staatsbürgerschaft erhalten hatte. Für Francois bedeutete der Putsch auf der Grossen Insel, dass eine wichtige Bezugsquelle seiner Rohstoffe zumindest vorläufig versiegt war. Er reiste in andere Länder in Asien, Afrika und in Lateinamerika. Ich sah ihn oft wochenlang nicht und blieb mit der kleinen Marie-Jeanne in Paris, wo es mir zwar an nichts fehlte, aber nach und nach schlich Einsamkeit in die grosse Wohnung und begann sich in den Zimmern und in meiner Seele auszubreiten.

*

Zwei Jahre nach Marie-Jeanne kam Maurice zur Welt. Der Plan meines Mannes war aufgegangen. Er besass jetzt eine komplette Familie inklusive Stammhalter. Wie wichtig der Sohn war, wurde mir weniger durch die Reaktion meines Mannes bewusst als vielmehr durch die überschwängliche Freude bei den Schwiegereltern. Maurice wurde als eine Art Retter der Familie gefeiert, dabei war er doch nur ein Batard, ein Mischling wie Etienne. Offensichtlich stand die Frage der Nachfolge über jener der Hautfarbe. Maurice's Geburt veränderte unser Leben in Paris endgültig. Es schien, als ob ich in gewisser Weise meine Pflicht getan hätte und nun ins zweite Glied zurück treten könne. Mit allem versorgt zwar, aber kaum mehr umworben. François war immer mehr auf Reisen, kam zum Familiencheck nach Hause, küsste die Kinder und seine kleine Schwarze, brachte ihnen Geschenke und machte sich nach ein paar Tagen wieder aus dem Staub. Mein Traum vom Ausland begann sich schleichend in Langeweile aufzulösen, auch wenn es mit den zwei noch kleinen Kindern immer viel zu tun gab in der grossen Stadt und dies obwohl François eine Kinderfrau und eine Haushalthilfe angestellt hatte.

Nachdem sich mit den Kindern eine gewisse Routine eingespielt hatte und Marie-Jeanne drei Tage pro Woche in der Kindergrippe verbrachte, begann ich, mich wieder etwas mehr für meine Heimat zu interessieren. Ich schrieb Anna, um von ihr und Jean Nachrichten aus dem Alltag zu erhalten, denn in den Medien Frankreichs fand die Grosse Insel so gut wie nicht mehr statt. Aber es gab noch immer keine positiven Neuigkeiten aus der Heimat. Der Fregattenkapitän hatte sich zum Admiral befördert und als Vorsitzender des Revolutionsrates bestätigen lassen. Noch immer jubelten ihm die Massen, vor allem die Frauen, zu und niemand zweifelte daran, dass nach Ablauf einer ersten siebenjährigen Amtszeit in zwei Jahren, ein zweites, diesmal ein durch Wahlen legitimiertes Mandat folgen würde. Die nationalistische Katastrophe nahm ihren Lauf. Und während sich meine Landsleute an die Mangelpolitik, an die Gutscheine, an die Schlangen vor den Läden und an jene in den koreanischen Schnapsflaschen, an den Schwarzmarkt, an die dicken Russinnen, die über die leeren Strände walkten, an die galoppierende Verarmung und an die idiotischen Massenaufmärsche und das rote Büchlein gewöhnten, begann ich mich mit meiner leer gewordenen Ehe in Paris abzufinden. François kam und ging gemäss dem Geschäftsverlauf, hatte vermutlich seine Geliebten auf fast allen Kontinenten während zuhause die noch immer Schöne von der Großen Insel darauf wartete, gelegentlich an seiner Seite als Dekoration Dienst zu tun. Gäbe es ein Wort, um die Ehe, die ich führte, zu beschreiben, es wäre Funktionieren; doch an Trennung oder gar Scheidung war nicht zu denken. Das hätte die Familie niemals zugelassen und ausserdem: was wäre denn die Alternative gewesen? Zurück auf die Insel? Mit nichts zurück in ein Land, wo es nichts gab?

*

An einem warmen Maitag hielt ich es zuhause nicht mehr aus. Ich musste raus, die Sonne sehen, die Einsamkeit mit Alleinsein verdrängen. Die Kinder überliess ich der Kinderfrau. Es war ein Samstag und ich setzte mich ohne Plan in die Metro. Ehe ich mich versah, stand ich auf der Place St. Michel und beobachtete vor dem Brunnen, in dem der von Drachen flankierte Michael den Teufel besiegte, amüsiert das Treiben der fotografierenden Touristen und der spielenden Gaukler. Den zum Hügel Ste. Geneviève ansteigenden Boulevard St. Michel nahm ich lockeren Schrittes, es war mir inmitten der vielen Leute plötzlich sehr wohl. Anstatt in Richtung Panthéon ging ich zunächst in den Jardin du Luxembourg, um mir die flanierenden, eng umschlungenen Liebespaare, die am und im Brunnenteich spielenden Kinder und die der gusseisernen Umzäunung entlang wahnhaft Runden drehenden Jogger zu beobachten. Dann spazierte ich gemütlich zu meinem Lieblingsviertel, zur Rue Mouffetard, wo ich der Faszination des Strassenmarktes nicht widerstehen wollte.

An der Place de la Contrescarpe, zu der ich wieder hoch ging, setzte ich mich wohlig erschöpft in ein Bistro, um einen Thé zu trinken und irgend etwas Kleines zu essen. Die Sonne schien und ich genoss die ersten warmen Sonnenstrahlen des Jahres, so wie es alle um mich herum auch taten. Es war, als wenn die Pariser, Murmeltieren gleich, zum ersten Mal nach einem langen Winter vor ihrer Höhle sässen und sich den Pelz aufwärmen liessen.

Die Place de la Contrescarpe gehörte damals noch ganz den Parisern und den Studenten der nahen Sorbonne-Institute. Clochards, die man später in der Tradition der französischen Verwaltungslitanei Sans-Domicile-Fixe nennen sollte, vertrieben sich saufend, grölend und schlafend die Zeit auf dem in der Mitte des kleinen Plätzchens angelegten Rasenrund.

Ich tat, was alle Leute taten. Leute beobachten. Man kam und ging, rauchte, las Zeitung und redete, auch wenn man nichts zu sagen hatte. Da sah ich, wie auf der anderen Seite des Platzes ein etwa gleichaltriger braunhäutiger Mann vorbei ging. Er ähnelte in seiner Erscheinung den Leuten von der Grossen Insel, ja, er musste von dort stammen. Seinem Habitus nach Student und in Begleitung eines anderen Mannes, womöglich etwas älter, aber weiss. Könnte es sein, dass ... Schon waren sie um die Ecke in der Rue du Cardinal Lemoine verschwunden.

1981

Im heruntergekommenen Quartier rund um die Rue Mouffetard, unweit des Panthéons, hatte er eine Studentenbude bezogen. Sein Professor an der Sorbonne, der den jungen, blitzgescheiten Mischling von der Grossen Insel sehr mochte, verschaffte ihm einen Assistentenjob. Was konnte denn der Junge dafür, dass ihm die Militärs die Zukunft verbauten? Ein Leben in der Drehtür – aus Frankreich raus, auf die Insel, zurück nach Frankreich, auf die Insel und so weiter - das war keine Perspektive. Die Feldstudien in seinem Heimatland mussten warten. Warten, bis den Militärs der Schnauf ausginge? Es gab dafür wenig Grund zur Hoffnung. Die von den Colons geklauten Betriebe, die man als revolutionären Akt in Staatseigentum überführte und die wie zufällig den Komparsen des Operetten-Admirals in die Hände fielen, gaben noch ein paar Jahre etwas her. Bis die Substanz geplündert, kein Ersatzteil mehr zu finden und keiner mehr da war, der einen Betrieb, ein Büro, ein Gericht, eine Mairie, ein Ministerium hätte leiten können würde es noch eine Weile dauern. Hauptsache, man war antiimperialistisch oder doch zumindest blockfrei, auch wenn das eigene Volk davon weder eine Ahnung noch etwas auf dem Teller hatte.

*

Die Hitze ist unerträglich, obwohl es bereits Spätnachmittag war. Vor dem alten Schlachthaus im Villette-Quartier schwillt von Minute zu Minute eine Menschenmasse an. Joints machen die Runde und fliegende Händler bieten Trips aus zweifelhafter Herkunft und Zusammensetzung feil. Die Stimmung ist gut. Eigentlich verbissen gut. Die bunte Menge war geradezu wild entschlossen, sich gut zu unterhalten. Und schließlich: wer hat schon das Glück, ein Ticket für die Stones zu erhaschen? Guichet fermé. Pech hat, wer bei den durch die wartende Masse schwebenden Schwarzmarktgeiern einen Monatslohn für ein Ticket eintauschen muss. Aber die Geier machen gute Geschäfte. Die Stones touren mit It's Only Rock'n Roll durch die Hallen und Stadien der Welt, auch wenn die Leute eigentlich lieber die alten, harten, dreckigen Songs wie Exile on Main

Street. Happy, All Down the Line. Tumbling Dice hören möchten. Aber es werden neue Töne wurden angeschlagen. Auch von den Stones, den Meistern des Opportunismus, den Chamäleons des Rock and Roll.

*

Die Zeit des Pflasterstrandes ist endgültig zur Erinnerung geronnen. Die Straßenschlachten. Für die Dabeigewesenen ein Stück eigenen Erlebens, durch den Zusammenprall mit der Zeitgeschichte ins Heldenhafte verkärt. Der Krieg in Vietnam ist zu Ende, die jungen Amerikaner sind heimgekehrt in die Staaten, in die Gefängnisse, in die Irrenhäuser, unter Brücken und an die Nadel während auf den Schlachtfeldern noch Jahre lang die Minen Kinderbeine und Bauernfüße zerfetzen und in den Wäldern Agent Orange als Jahrhundertgift zurück bleibt, dessen Spätfolgen Krüppel zur Welt. Bomben waren Jahre zuvor auch in Berlin gezündet worden, in Karlsruhe, in Rom; Menschen wurden entführt und ermordet in München, Wien, Stockholm, Stuttgart; Flugzeuge gekapert und in Wüsten gesprengt sinnloses Töten allüberall. Es hatte Ölkrisen und Ölkriege gegeben und man hatte gelernt, auf Autobahnen auf Rollschuhen zu laufen, von wo der Weg zu Kühltürmen führte, wo man in Zelten Jacken strickte und doch nicht ankam gegen die Kälte der Zeit, die nach doppelbeschlüssigen Raketen rief, gegen die kein Gesang ankommen konnte, denn die Bewegten erstarrten schliesslich im Reagan. Die bleierne Zeit, ein jahrelanger Herbst zieht in Stuben und Schulen, in Parlamenten und Kirchen herauf.

*

Aber in Paris erhebt sich ein neuer Mai. Ein Mann schreitet dem Pantheon zu, eine Rose in der Hand. Mit der französischen Kapitale hält die Mère Patrie den Atem an, während Beethovens Ode an die Freude in die Strassen der Stadt und aus den Lautsprechern der Fernsehgeräte erschallt. Der Mann steht am Sarkophag des Jean Moulin, einst Kampfgefährte in der Resistance und, nach der Folter durch Klaus Barbie, den Schlächter von Lyon, auf dem Weg ins Konzentrationslager verstorben. Der Mann legt eine Rose nieder, geht weiter, verneigt sich vor dem Grab Jean Jaurès', ermordet auch er noch bevor das epochale Töten begann, und hält schließlich ein drittes Mal inne vor der marmornen Ruhestätte Victor Schoelchers, dem Vorkämpfer gegen die Sklaverei in den Kolonien. Der Mann verlässt das Panthéon. Die Marseillaise. Die Menge jubelt. Es ist ein neuer Mai in Frankreich. Die Blätter der Platanen am Montebello Quai wetteifern mit jenen hinter der Notre Dame um das schönste Grün. Und die Bouquinistes öffnen weit und fröhlich ihre Kisten voller Originale, während vis-à-vis die Shakespeare and Company von George Whitman zum Stöbern lädt.

*

Nur ein paar Jahre später steht derselbe Mann, den später viele die Sphinx nennen werden, wieder vor einem Denkmal. Verdun, das Gebeinhaus von Douament, wo abertausende von deutschen Soldaten, die im zweiten Grossen Morden ihr Leben ließen, begraben sind. Es ist ein Samstag und wie es sich für einen Friedhof gehört, nieselt es. Die Sphinx ist nicht allein gekommen. Neben ihm steht ein anderer Mann, den später viele die Birne nennen werden. Sie stehen beide, der Franzose und der Deutsche, an einem Ort, den es nie hätte geben dürfen. Sie reichen sich die Hand, Und für diesen einen Moment hält man in Paris und in Berlin den Atem an. Erst wenn keine Worte lärmen, kehrt Versöhnung ein.

***

Im Dorf am Bahnhof zieht derweil die bleierne Epoche herauf. Henri, der feurige Patriot, Held und leidenschaftliche Lehrer, seit kurzem gar Direktor seiner Schule, weiß weder ein noch aus. Die neuen Herren in der Hauptstadt scheinen nicht dasselbe Land zu meinen, wenn sie von Patrie sprachen. Deren Demokratie der Bajonette hat mit dem nichts zu tun, wofür seine Kameraden ihr Leben gelassen haben. Diese „wahre" Unabhängigkeit – die sie jetzt Patriotismus nennen, aber in einen Nationalismus verbiegen, der sogar die Sprache der Colons verbietet - wird die Grosse Insel in eine neue Sklaverei führen, soviel steht für Henri fest. Doch es wird nicht mehr sein Kampf sein. Nicht, weil er nun fünfunddreißig Jahre älter ist, aber kämpfen hätte einen Bruderkrieg heraufbeschworen. Und Tote hatte dieses Land genug gesehen. Also kein Kampf, sondern Leiden ertragen - einmal mehr -, solange es eben ginge, auch wenn die neuen, jetzt eigenen Herren, daraus ein Heldenepos herbeilügen wollen. Die Zeichen stehen auf Revolution, daran ist nichts zu ändern. Afrika erhebt sich, befreit sich vom Joch der Kolonialherren. Revolution heißt das Stück, das eine Tragödie ist. Und wird früher oder später auch hier ... die eigenen Kinder fressen. Henri bleibt nur noch die Erinnerung.

Wie ist das fern, das „Vie en rose", wovon er einst dank der Piaf träumte. Und wie vermisst er die „Feuilles mortes", durch die er als Seminarist zu Prévert fand und später, dank Transistorradio und Schneider-Grammophon – das einzige im Dorf - zu Yves Montand, zur Greco und – Inbegriff der westlichen Dekadenz – Petula Clark und all den andern. Und überhaupt la culture des Colons, die Kultur jener Schlächter, die er auf Leben und Tod bekämpft hatte und wovon er doch nie losgekommen ist. Und jetzt? Barbaren ziehen erneut durch sein Land und wollen sein Volk in eine Kolchose zu sperren. Aber diese Barbaren sind weder die Sénégalais noch die Colons. Es sind seine eigenen Leute.

Sie mussten noch nicht Schlange stehen, denn das Leben im Wald hatte sie gelehrt, ohne Epicerie auszukommen. Der Wald – solange er stand – lieferte ihnen alles. Von der Seife zur Zahnpasta zum Gemüse zur Frucht bis hin zum Reis und Kleider wurden aus Palmenfasern geflochten. Zebu-Rinder von den Waldweiden und Schweine aus den Koben hinter dem Dorf, halbwildes Geflügel, das in den Wäldern herumstocherte, Fische und Flusskrebse aus nahen Bächen und Flüssen. So, wie es Henri als Kind von seinen Eltern und diese von ihren Eltern gelernt hatten. Aber sollte dies das Leben bleiben? Für immer – ohne jede Entwicklung hin zu mehr Fortschritt, zu mehr Wissen? Das darf nicht wahr sein. Dafür waren weder seine Kameraden, noch deren Frauen und Kinder geopfert worden. Aber es bleibt wahr und wirklich. Für eine lange Zeit.

15

Auch im Zentrum Sacré Coeur wurden die Zeiten härter. Das Lycée war von den Revolutionären geschlossen und von den Réligieuses heimlich als französischsprachige Primarschule für die eignen Waisenkinder weiter geführt worden. Mit Spenden aus Europa hielt man sich mehr schlecht als recht über Wasser. Die Grosse Insel war, seit sie zum sozialistischen Paradies erklärt worden war, für viele Leute in europäischen Amtsstuben vom Radar gänzlich verschwunden. Im kapitalistischen Westen galt sie als Feindesland.

Jeanne würde in einem Jahr in die Primarschule eintreten können. Das Mädchen, dessen Mutter Fabienne noch während der Geburt verstorben war, hatte sich gut entwickelt und war Liebling der Schwestern geworden. Jeanne war lernbegierig, folgsam und kerngesund. In der surrealen Welt des Sozialismus wurde die real existierende Wirklichkeit für viele zu einer Überlebensfrage. Zehn Jahre nachdem das Land in die Hände der Obersten, Generäle und schliesslich in jene des Admirals gefallen war, gab es kaum mehr etwas, das wirklich funktionierte. Armut breitete sich epidemisch aus. Unter den ersten Betroffenen waren Frauen, schwangere Frauen, allein gelassen von den Erzeugern ihrer Leibesfrucht, weil diese sich in andern Regionen im Alleingang mehr Überlebenschancen ausrechneten. Die nächtens vor dem Waisenhaus abgelegten, in Lumpen eingewickelten Säuglinge wurden immer zahlreicher. Die Plätze im Haus wurden rar. Man versprach sich gewisse Erleichterungen für die Neuankömmling, wenn man sich von den Älteren trennen würde, sie in Familien zur Pflege gab, aber - man wusste es - diese Pflege war in den meisten Fällen ein Euphemismus, der Kinderarbeit, Sklavenarbeit verbarg.

*

Im Land machte sich Angst breit, die Kriminalität nahm zu, die Bauern flohen in die Städte oder hatten schon vorher aufgegeben, weil die vom Staat diktierten Preise ihre Kosten nicht mehr deckten. Dafür wurden Tausende als Beamte rekrutiert. Kein Bereich, in dem der Staat nicht das Sagen gehabt hätte und dabei in jeder Beziehung versagte.

Es gab eine neue Schicht. Die Neureichen. Allesamt Zuträger des Admirals und seiner Clique, die belohnt werden mussten für Betrügereien bei der Enteignung von Eigentum, bei der Übernahme von ausländischen Firmen oder im Importgeschäft. Kein Geschäft von einer gewissen Bedeutung, an dem der Admiral nicht seine fünfzehn Prozent kassiert hätte, ganz zu schweigen vom jeweiligen Minister, seinem Generalsekretär oder dessen Sekretärin, die als das Deuxième Büro ihre Prämie für ihre speziellen Dienste einforderte.

Alle diese Leute brauchten Hauspersonal oder sie suchten Angestellte und Arbeiter für die Ernte, für die Verwaltung, für die Bewachung ihrer gestohlenen Güter. Die Schwestern im Sacré Coeur hatten Kontakte in diese neue Gesellschaft der Schmarotzer und Banditen in der Parteiuniform. Einige von ihnen waren praktizierende Katholiken, taten zuweilen Gutes für das Waisenhaus und spendeten abgetragene Schuhe ihrer eigenen Kinder oder einen Sack Reis. Es war ein Geben und ein Nehmen. Und weil sich die Schwestern bemühten, die Kinder, von denen sie sich trennen mussten, wenigstens in ihre Heimatregionen zu vermitteln, sofern sie über die Herkunft überhaupt im Bild waren, kam es vor, dass das eine oder andere Kind auf diesem Weg zwar nicht zu seinen Eltern fand, aber doch immerhin zu einem Mitglied seiner weitläufigen Familie.

Von Jeanne wussten sie aufgrund der Dokumente über ihre in der Krankenstation verstorbene Mutter Fabienne, dass sie familiäre Wurzeln im Südosten haben musste. So kam es, dass Jeanne einer Familie anvertraut wurde, die unweit des Dorfes am Bahnhof eine vom Regime der Sozialisten einer alteingesessenen Colons-Familie abgenommene Kaffeekonzession ergattert hatte. Der neue Besitzer war dem Vernehmen nach ein Verwandter des Präfekten der Region.

Für Jeanne war die Nachricht von der bevorstehenden Abreise kein Grund zu Freude. Was sollte sie mitten im Wald, wo sie doch in der Hauptstadt aufgewachsen war? Aber Sie hatte keine Wahl. Sie war gerade sechs Jahre alt und hatte zu gehorchen und ganz abgesehen davon, hätte sie in der Hauptstadt ausser den Réligieuses auch niemand anderen gehabt. Sie folgte ihrer Madame wie eine Gefangene.

*

Das Anwesen der Rakotobes umfasste viele Hektaren hügeligen Kaffeelandes. Die Kaffeestauden standen in langen Reihen auf beiden Seiten eines Tales, das von einem Fluss in zwei Hälften getrennt war. Stehen gelassene Urwaldriesen spendeten Schatten und verwiesen auf den ursprünglichen Lebensraum, der die Region geprägt hatte. Man sah einzelne Brücken, die die Pflanzungen miteinander verbanden und am Fluss entlang zog sich ein gut ausgebauter Karrenweg. Die Villa des Konzessionärs, ein typischer kolonialer Holzbau auf zwei Etagen, deren Vorbauten mit fein gesägten Ornamenten geschmückt waren, stand am Anfang des ausgedehnten Gutes, unweit der Abzweigung zu einer Strasse, die zum Bahnhof führte. Es mussten schon ein paar Jahre ins Land gezogen sein, denn von der weissen Farbe war nicht mehr viel übrig. Neben dem Hauptgebäude gab es ein Haus fürs Personal, die Rösterei, die Schälerei und ausladende Gestelle, um den frisch geernteten Kaffee zu trocknen.

Jeanne erhielt im Haus unweit der Küche ein Zimmer zusammen mit einem um ein paar Jahre älteren Mädchen, Roseline. Sie sollte vorerst der Köchin zur Hand gehen. - Mal sehen, wie du dich anstellst, dann schauen wir weiter - bemerkte die Herrin, Madame Rakotobe. Von Monsieur Rakotobe war vorerst nichts zu sehen. Er sei in Geschäften in der Provinzhauptstadt hörte sie das Personal tratschen.

*

Konvertiten sind oft die fanatischeren Verfechter einer Lehre, als jene, die sie schon immer als Teil ihrer selbst erlebt und befolgt haben. So ungefähr war das Verhalten jener Insulaner zu beschreiben, die sich durch Gefälligkeiten, Bestechung oder ganz einfach Diebstahl Güter angeeignet hatten, die vorher von Colons bewirtschaftet wurden. Waren die Colons meist schroffe Arbeitgeber - oft mit einem Hang zu Rassismus - die zwar regelmässig, wenn auch schlecht bezahlten, doch in aller Regel von unnötigen Schikanen oder Quälereien gegenüber dem Personal absahen, so präsentierte sich das Leben unter eigenen Leuten bald als Hölle auf Erden. Nicht nur, dass es weder Lohnvereinbarungen gab noch sonst Unterstützung, etwa im Krankheitsfall, nein der Ton der neuen Herren war rassistischer als alles, was bisher bekannt war. Das Personal, das waren Tiere, die man auch so zu behandeln hatte. Schläge waren an der Tagesordnung, genau so wie schlechte Ernährung. Jugendliche und Kinder erhielten überhaupt keinen Lohn, mussten dankbar sein, dass sie am Tisch der erwachsenen Angestellten mitessen durften. Und immer gab es einen noch Geringeren, den man noch mehr peinigen konnte. Waren es nicht die Patrons selber, so schlugen die Vorarbeiter, waren diese nicht zur Stelle, besorgten zuerst die Älteren die Schikanen, dann die Stärkeren, bis nach den Kindern niemand mehr da war, den man erniedrigen konnte; es sei denn, es liefe einem gerade ein Hund über den Weg, der von einem Stein zum Jaulen gebracht werden konnte. Das Schlimmste war das Vorrecht des Königs, jenes privilège du roi, das für den Patron nichts anderes hiess, dass er der erste war, der eine neue Frau auf dem Anwesen beschlafen durfte und das man als sinnvolles, angebliches Erbe der Colons gerne weiter führte. Jeanne begriff von alldem nichts. Sie hörte nur das ständige Gebrüll des Patron-Paares, die Schreie der Geschlagenen und das Murren der Leute, die sich über die Behandlung beklagten.

Das Kaffeegeschäft lief schlecht. Zum einen hatten die Rakotobes nicht die geringste Ahnung, wie man die Pflanzen pflegen, wie man Qualität produzieren und bewahren sollte. Zum andern warf das Exportgeschäft so gut wie nichts mehr ab, weil die von den Russen bezahlten Preise nur einen Teil der Kosten deckten. Und im Westen wollte niemand mehr die Ware aus dem sozialistischen Paradies haben. Die Rechnung konnte nicht aufgehen.

Nach vier verlustreichen Jahren gaben die Patrons auf und verkauften das Anwesen an einen Cousin des Patrons, Louis-Philippe, den Sohn des Präfekten, der bald die Nachfolge seines Vaters antreten sollte und durch den Kauf der Kaffeekonzessionen, das bereits bestehende Imperium seines Vaters sinnvoll ergänzte. Ihm gehörte nun schon fast die Hälfte der Provinz. Die Kaffeekonzession wechselte die Hand, aber Kaffee wurde vorläufig nicht mehr angebaut, es war ein Spekulationsprojekt, dessen Wert die Grundstücke ausmachten. Irgendwann, so hatte ihn sein Vater gelehrt, kommt immer der Zeitpunkt, an dem sich eine gute Investition bezahlt macht. Das Personal hatte freilich wenig davon. Ausser einer Wächterfamilie, die man zum Schutz der Immobilie zurück liess, wurden alle von einem Tag auf den anderen entlassen. Wohin sollte sich die knapp zehnjährige Jeanne nun wenden? Da hatte die fünfzehnjährige Roseline, wie ihre kleine Freundin Jeanne ins Leben hinaus geworfen, eine Idee.

*

Roseline wusste um die Bedeutung des Bahnhofes, wurden doch noch zu den Zeiten der Colons hier alle Güter aus einer weiten Region verladen, sei es für den Transport aufs Hochland oder an die Küste zur Verschiffung. Und Sie hatte Gerüchte gehört, wonach das Gebiet zu einem Nationalpark für Touristen erschlossen werden solle. - Und Touristen kommen aus Andafy, aus dem Ausland, verstehst Du, Jeanne? - Jeanne verstand nichts. - Das sind Leute mit Geld, die sollen hierher kommen, um den Wald anzuschauen und dafür bezahlen sie Geld. - Das konnte sich Jeanne schon gar nicht vorstellen; dass man Geld dafür bezahlen sollte, um den Wald anzuschauen. Aber sie zog mit Roseline los, die scheinbar einen Plan hatte.

16

Nach einer Reise auf Ochsenkarren, im Taxi-Brousse und zu Fuß kamen Jeanne und Roseline endlich frühmorgens im Dorf am Bahnhof an. Sie kannten niemanden, doch die Leute sprachen immerhin ihre Sprache, sie waren bei ihrem Volk. Aber was würde ihnen das helfen? Sie wandten sich an den Maire des Dorfes, der sie an den traditionellen Dorfchef, einen Alten aus der vorkolonialen Generation, einen Chef Fokonolona, weiter verwies. Diese tief in der Geschichte der Insel verwurzelten und noch aus der Zeit der lokalen Königreiche stammenden Gemeinschaften erlebten nach der Revolution der Militärs eine Renaissance. Fokonolona war das Zauberwort im Roten Büchlein des Roten Admirals. Aber was nach altbewährter Basisdemokratie klang, war - unausgesprochen - im Grunde nichts anderes als das Abschieben der Verantwortung vom Zentralstaat auf die unterste Ebene des Staates.

Der Dorfchef war ein einfacher Reisbauer, der, von Arbeit und Alter gebeugt, in zerschlissenen Hosen, die gegerbte Haut von einem fadenscheinigen, bis zur Farblosigkeit ausgewaschenen Hemd bedeckt, vor seinem Haus auf der Veranda saß und dem Zerrinnen des Lebens zusah. Als das Mädchen und die junge Frau vor ihm standen und schüchtern einen guten Tag wünschten, sah der alte Mann, dessen Gesicht unter einem breitrandigen, ausgefransten Hut versteckt war, hoch und er empfing Jeanne und Roseline mit einem weichen Lächeln aus einem furchigen Gesicht, das wie ein abgemähtes Reisfeld mit weißen Bartstoppeln bespickt war. Seine Augen strahlten Güte aus, löschten den durch Kleidung und Haltung erzeugten Eindruck einer verhärmten Gestalt; vor ihren Augen erhob sich eine Persönlichkeit von großer Weisheit und stiller Autorität. Er war der Panjaka, der wirkliche Chef des Dorfes und nicht ein Bürgermeister, der bloß ein von der Zentralmacht eingesetzter Verwalter war. Eigentlich war sein Titel, „König", weil er nicht nur der Oberste einer Dorfgemeinschaft war, sondern eines ganzen Stammes.

Ohne den Grund des Besuches abzuwarten, bat er Jeanne und Rose-line zu sich auf die Veranda und verschwand im Inneren des Hauses, um gleich darauf mit zwei Stühlen zu erscheinen und diese den Besucherinnen anzubieten. Er fragte, ob sie durstig seien, Hunger hätten. Und als ihnen der Mut für eine Antwort fehlte, rief er mit heiserer Stimme einen Namen, der zu einer älteren Frau gehörte, die nun unter der Tür erschien. - Malala. - sagte er, die Frau Liebling nennend, - geh bitte und schau, dass diese ausgehungerten und fast verdursteten Geschöpfe etwas zu Trinken bekommen und etwas Rechtes zu essen. -

Sie verschwand im Haus und man hörte, wie Teller und Löffel auf einen Tisch gelegt und wie Wasser in Gläser gegossen wurde. - Kommt ihr beiden, esst und trinkt. Dann erzählt, worum es geht. -

Jeanne und Roseline folgten dem Dorfchef ins Haus, wo er ihnen seine Frau vorstellte, die gerade mit der dampfenden Reisschüssel aus der Küche kam. Auf dem Feuer stand, wie überall auf der Insel und fast zu jeder Tageszeit, die Kasserolle und daneben ein Topf mit Romazava, dem klassischen Fleischeintopf der hiesigen Küche. Die jungen Besucherinnen aßen mit großem Appetit, während die beiden Alten daneben saßen und sich zuzwinkerten.

Endlich konnten Jeanne und Roseline ihr Anliegen vortragen, wobei es natürlich die Ältere der beiden war, die das Wort führte, nachdem sie vom Alten dazu aufgefordert worden war. Sie erklärte die kurze gemeinsame Geschichte, die Jeanne und sie hinter sich hatten und von den bei den Rakotobes erlebten Erniedrigungen. Sie seien jetzt auf der Suche nach einer Bleibe, sagte sie, denn sie hätten niemanden, und auch keine Mittel, um irgendwie zu überleben, aber betteln wollten sie nicht, sagte sie trotzig und konnte ihre Tränen nicht mehr zurück halten. Müdigkeit, Erschöpfung und das Gefühl, endlich geborgen zu sein, erlösten sie von einem tage-, -wochen, vielleicht sogar lebenslangen Druck.

- Und dann habe ich davon gehört, dass in der Nähe des Bahnhofes ein Nationalpark entstehen soll. Und wir haben uns gedacht, dass sich dadurch Möglichkeiten ergeben könnten, um etwas Geld zu verdienen. Denn die Leute reden davon, dass dann viele Ausländer mit viel Geld kämen. -

Roseline betrachtete bei ihrer Erzählung aufmerksam das Gesicht des Panjaka, suchte in seinen Reaktionen hoffnungsvoll nach einer Bestätigung für die Gerüchte.

Der alte Chef verstand schnell und konnte die jungen, verunsicherten Gäste mit wenigen Sätzen beruhigen. In dem er sich immer wieder seiner Frau zuwandte und sie fragenden Blickes um Zustimmung bat, erklärte er den Mädchen, dass sie für die erste Zeit im Gästehaus des Fokonolona bleiben könnten. Man werde sich um sie kümmern. - Habt keine Angst. Ihr werdet schon nicht verhungern. Und für eure Sicherheit sorgen wird auch. -

Auch wenn es die Tradition des Landes verlangte, dass Fremde von einer Dorfgemeinschaft aufgenommen werden müssen, war es für das Mädchen und die junge Frau doch eine große Erleichterung. Sie waren fürs Erste gerettet.

- Und was den Nationalpark angeht, ist es bloß die halbe Wahrheit. Es stimmt, dass hier in der Gegend ein solches Schutzgebiet für Pflanzen und Tiere eingerichtet werden soll. Aber bis jetzt waren nur weiße Wissenschaftler, hier, um den Wald nach allen möglichen Tier- und Pflanzenarten zu untersuchen. Wahrscheinlich hat sich das in der Gegend herumgesprochen. Ob dann auch bezahlende Vazaha kommen werden, steht noch in den Sternen. Meinen Segen haben sie, wenn es denn unserer Bevölkerung hilft. -

Das einfache Gästehaus war ein Teil des kleinen Anwesens des Chefs. Es befand sich hinter seinem Wohnhaus, wo Jeanne und Roseline empfangen worden waren, neben dem eigentlichen Amtssitz des Chefs, des Trano Be; das Haus, das mit zwei am Dachgiebel überstehenden, sich kreuzenden Balken als das zentrale Haus des Dorfes gekennzeichnet wird und in dem der Chef den Ältestenrat versammelte oder Gericht hielt. Das Ganze war eine Anlage, die ein halbes Dutzend Gebäude umfasste, darunter zwei Gästehäuser, ein Küchenhaus, der Trano Be, das Wohnhaus und ein Vorratshaus für den Reis. Die Gäste benutzten normalerweise die gemeinsame Küche, um sich ihr Essen selber zuzubereiten, wofür sie sich an den Reisvorräten bedienen durften. Die Gäste mussten, so wollte es die Tradition, kostenlos beherbergt und verköstigt werden. Das System war die Grundlage dafür, dass die Insulaner in früheren Zeiten - ohne Bahn, ohne Automobile - überhaupt reisen konnten. Jedes Dorf war gleichsam ein sicherer Hafen, den man anlaufen konnte. Und weil das alle Völker auf der Grossen Insel so hielten, gab es einerseits einen regen Austausch zwischen den Volksstämmen, aber die Sache hielt sich auch in einem Gleichgewicht, weil jeder irgendwann mal bei einem anderen zu Gast war und umgekehrt. Niemand profitierte einseitig von der heiligen Gastfreundschaft. Es war ein Geben und Nehmen, wie es in einem armen Land nicht anders möglich ist. Bis zu jenem Zeitpunkt, als Leute kommen würden, die nur noch nähmen und nichts gäben, dafür trügen sie schwere Rucksäcke, in denen man eine Unmenge Wäsche, Fotoapparate, Bücher und Getränkebehälter herum schleppte. Diese weißen Leute würden nie jemanden empfangen, sie würden von auswärts kommen und auf die heilige Gastfreundschaft der Insulaner pochen. Das Gleichgewicht zerstören, Arme ärmer machen; dafür reich an Erlebnissen in die Sicherheit ihres Überflusses zurückkehren. Aber das würde noch eine Weile dauern.

Jeanne und Roseline bezogen das kleine Haus und richteten sich mit Unterstützung der Frau des Panjaka, deren Autorität und Sanftmut hinter jener ihres Mannes um nichts nachstanden, fürs Erste ein. Die beiden Jungen baten gleich am ersten Tag darum, sich im Haus nützlich machen zu dürfen. Sie wollten auf keinen Fall als Schmarotzer gelten, zumal ja nicht absehbar war, wie lange sie die Gastfreundschaft beanspruchen mussten.

Nach ein paar Tagen erhielten sie Besuch vom Direktor der Schule, Monsieur Henri. Der Chef hatte ihm von der Ankunft des Mädchens und der jungen Frau berichtet. Der Direktor der Schule war ein kleiner Mann, mit einem kleinen, fein gezeichneten Kopf und sein Gesicht drückte eine Traurigkeit aus, die nicht von einer schlechten Nachricht herrühren konnte, sondern aus einer ganz tief in seinem Inneren gelegenen Quelle stammen musste. Er war schon etwas älter und vermutlich nicht mehr weit von der Pensionierung entfernt. Er begrüßte Jeanne und Roseline, die ihrerseits der wichtigen Person durch einen angedeuteten Knicks ihren Respekt erwiesen. Der Chef hatte den Lehrer und - wie man ihrem herzlichen Umgang entnehmen musste - seinen alten Freund zu sich gebeten, um sich Jeanne - anzuschauen -, wie er sich ausgedrückt hatte, denn er dachte sich, dass das Mädchen doch eigentlich zur Schule gehen sollte.

Henri sprach ein paar Worte mit Jeanne in der üblichen Umgangssprache, um dann plötzlich, scheinbar ohne Absicht, ins Französische zu stolpern. Nur ein, zwei Sätze, um sich dann in der lokalen Sprache für seinen Patzer zu entschuldigen. Jeanne erkannte den Trick des alten Lehrers nicht und antwortete in gutem Französisch, wie sie es noch als kleines Mädchen bei den Schwestern gelernt hatte, während ihre lokale Sprache, noch mit jener des Hochlandes vermischt war, weil sie als Kind, nebst dem Französisch nie eine andere gesprochen und die Zeit bei den Rakotobes noch nicht gereicht hatte, den lokalen Dialekt perfekt zu lernen. Henri hatte genug herausgehört. Er besprach sich mit seinem alten Freund und dessen Frau und vereinbarte mit ihnen die Obhut des Kindes und dessen Aufnahme in die fünfte Klasse seiner Schule. Jeanne würde bis zum Schulabschluss, beim alten Paar aufgehoben sein, dann, wenn sie das vor ein paar Jahren im Dorf am Bahnhof eingerichtete Collège absolviert haben würde, wollte man weiter sehen. Jeanne konnte nicht wirklich abschätzen, was es bedeutete, als Waisenkind in diesen Zeiten, in denen sich das Land dem Abgrund zu bewegte, für die nächsten fünf Jahre in Sicherheit zu sein. Aber sie bedankte sich beim Schuldirektor und ihren neuen Eltern mit einem scheuen Lächeln.

Als sich Henri an diesem für Jeanne folgenschweren Tag von seinen alten Freunden und von Jeanne verabschieden wollte, hielt er die Hand des Kindes und sah ihm in die Augen, stutzte einen Moment und schüttelte dann fast unmerklich den Kopf, ehe er sein trauriges Gesicht abwandte und in die Richtung seines großen Hauses verschwand. Dort erwartete ihn seine missmutige Frau, kränklich, das Hauspersonal terrorisierend und stets darauf bedacht, ihren Mann spüren zu lassen, dass er doch eigentlich in jeder Hinsicht ein Versager sei. Henri war seit Jahren nur noch zuhause, um dort schlaflose Nächte zu verbringen und aus reinem Überlebenstrieb Mahlzeiten hinunterzuschlingen. Seit seine geliebte erste Tochter, die von seiner Frau gehasste Dunkelhäutige, das Haus verlassen hatte, war auch die Freude aus seinem Leben gewichen. Keine Nacht, in der er nicht über ihr Schicksal sann, nicht ein Tag, an dem er in der Erscheinung eines Mädchens nicht seine Tochter erhofft hätte, seine Eleonore. So war es auch heute wieder, als er dieses Mädchen Jeanne betrachtete. Aber er wusste, dass seine Tochter für immer fort war. Auch wenn ihn Jeannes Gesicht, sobald er es bei einem Besuch in ihrer Klasse oder auf dem Schulhof entdeckt haben würde, von nun an stets einen Moment lang irritierte.

Roseline war ein schwierigerer Fall. Für den Eintritt in die Schule war sie bereits zu alt. Selbst wenn man sie ins Collège aufgenommen hätte, wäre es weder für sie noch für die Mitschüler von Vorteil gewesen. Sie wäre mit Abstand das älteste Mädchen, eine junge Frau, gewesen. Und Henri hatte annehmen müssen, dass ihr Rückstand - auch wenn das Niveau der Schulen seit der sozialistischen Revolution ins Bodenlose gefallen war - nicht aufzuholen gewesen wäre. Auch Roseline war ja ein Waisenkind, also suchte man nach einer Beschäftigung, bei der sie ein eigenes Einkommen erwirtschaften konnte. Für den Tourismus war es noch zu früh, weil der Park noch gar nicht in Betrieb und noch vieles unklar war. Vor allem stritt man sich höheren Orts, so ging das Gerücht, wer denn, falls es jemals Touristen gäbe, die Einnahmen kassieren solle. Man verteilte das Fell des Bären noch bevor er erlegt war. Aber der alte Chef hatte eine Idee, wie Roseline zu einer Existenz kommen könnte. Das Bahnhofbuffet war seit dem Rauswurf der Vazaha geschlossen. Die letzten Besitzer, eine Familie aus dem Hochland, waren längst schon fortgezogen, und hatten das dem Dienstgebäude angehängte Buffet der Geschichte und dem Verfall übergeben. Die Scheiben waren eingeschlagen worden, was nicht niet- und nagelfest gewesen war, wurde eine Beute von Plünderern. Eigentlich bestand das Bahnhofbuffet nur noch aus einem leeren Raum und den unverrückbaren Resten einer Theke. Der Chef sagte sich, dass dereinst durstige und hungrige Menschen am Bahnhof ein- und aussteigen würden; vorausgesetzt, der Park käme auch tatsächlich zustande. Dann müsste man ein Angebot haben, das die Wartenden und Ankommenden mit Essen und Getränken versorgt. Er berief die Ältesten ein und erläuterte ihnen seinen Plan.

17

Der Panjaka hatte ein feines Gespür fürs Geschäft gehabt, auch wenn es ihm vor ein paar Jahren nur darum ging, einer halbwüchsigen Waise eine Zukunftsperspektive zu geben. Mit Unterstützung seines Freundes, des Schuldirektors Henri, schöpfte er die Möglichkeiten eines tropischen Sozialismus gnadenlos zugunsten seiner Leute aus. Im Boky Mena war das Loblied der Kooperativen gesungen worden, das wirtschaftliche und soziale Abbild der Fokononolona. Alles sollte allen gehören und alle sollten zu gleichen Teilen von den Errungenschaften profitieren. Natürlich hatte der Rote Admiral dabei vor allem an sich und seinen Klan gedacht, als er alle privaten Einrichtungen wie Banken, die Fluggesellschaft, die Stromgesellschaft, die Erdölgesellschaft verstaatlichte und in den neuen Kooperativen überall seine Familienmitglieder in die Leitungsgremien setzte. Initiativen auf dem Land liess er großzügig freien Lauf, weil davon ohnehin nie ein zählbares Resultat zu erwarten war. Das war für die heldenhaften Revolutionäre, die sich einen Platz in der Geschichte sichern wollten, wertloses Beigemüse, gut als Dekoration. Und in der Regel lagen sie mit dieser Einschätzung der Lage auch richtig, denn die Bevölkerung auf dem Land verarmte zusehends, nachdem die Reispreise vom Staat festgelegt worden waren und sich der Anbau für mehr als nur den Eigenbedarf nicht mehr lohnte. Viele zog es in die größeren Städte, die Hauptstadt wurde langsam zu einer Millionenstadt, wo die Revolutionäre ein paar Jahre später von ihrem eigenen Zynismus eingeholt werden sollten. Aber es gab Ausnahmen. Und eine dieser Ausnahmen entwickelte sich im Dorf am Bahnhof.

Unter der Führung eines Dorfkomitees entwickelte sich ein genossenschaftliches Bahnhofbuffet für künftige Besucher des Parks. Der Panjaka, vom Potenzial des Parks überzeugt, mobilisierte Freiwillige, die aus der hässlichen Gebäudehülle nach und nach eine gastfreundliche Einrichtung machten. Zu Anfang kamen nur ein paar Entwicklungshelfer ins Dorf am Bahnhof, um dort - ausgerüstet mit Zelten und dem Allernötigsten - ein Wochenende im Wald und mit der Beobachtung der Indri-Indri, den weiß-schwarz gefärbten Lemuren, deren eindringliche Schreie selbst Tote wieder beleben können, zu verbringen. Einige kamen mit dem Zug, andere mit ihren Landrovern. Da passte es perfekt, wenn Roseline anfing, im Bahnhofbuffet zuerst nur ein paar Liter Kaffee zuzubereiten, gefolgt von Reismehlpuffern und gegrillten Fleischspießen, les brochettes. Natürlich gab es Früchte aus den nahen Pflanzungen, Bananen, Ananas, je nach Jahreszeit.

Mit der Zeit entwickelte sich ein regelrechtes Geschäft im Bahnhof, das von der vom Chef präsidierten Genossenschaft mit viel Umsicht Schritt für Schritt ausgebaut wurde. Dazu trug bei, dass sich die Existenz des Parks im Milieu der wenigen zahlungskräftigen Weißen Nicht-Franzosen, die es trotz der nationalistischen Politik immer noch gab, herumzusprechen begann. Er wurde zu einem immer beliebteren Ausflugsziel, das man aus der Hauptstadt gut erreichen konnte. Der Durchbruch für das Bahnhofbuffet und damit natürlich auch für den Park kam, als das Regime Bankrott erklären und beim Internationalen Währungsfonds und bei der Weltbank um Hilfe nachsuchen musste. Da kam an Wochenenden schon mal ein halbes Dutzend Fahrzeuge mit gutgelaunten Entwicklungshelfern und Experten, die sich in dieser vermuteten Wildnis, versüßt durch die Unterstützung ihrer einheimischen, aus den Discotheken der Hauptstadt mitgeschleppten Mädchen Abwechslung vom harten Leben an den Schreibtischen und in der Einsamkeit der Erstklasshotels verschafften. Es waren zwei sich kreuzende Karawanen, sozusagen. Die einen fuhren in robusten Geländefahrzeugen vom Hochland in die tiefer- zur Küste hin liegenden Waldgebiete, um den Reichtum der Natur zu genießen, während die dort ansässige Bevölkerung sich auf Karren und Lastwagen, viele zu Fuß aufmachten, um der aus ausgelaugten Böden, unfähiger Verwaltung, korrupten Beamten, kriminellen Banden und Bevölkerungswachstum entstandenen, stetig sich verschlimmernden Armut in die Städte des Hochlandes zu fliehen. Das Dorf am Bahnhof war zur Insel geworden.

Aus dem Bahnhofbuffet wurde alsbald ein Hotel de la Gare, das im anfänglich ungenutzten Obergeschoss ein paar Gästezimmer anbot. Neben dem Bahnhof hatte jemand begonnen, ein paar Bungalows aufzustellen. Der Zug fuhr zwar immer noch, manchmal pünktlich, meistens mit

Stunden Verspätung. Der Unterhalt der Bahn verschlechterte sich aber im Gleichschritt mit dem Rest des Landes. Jeanne hatte die Schulzeit erfolgreich hinter sich gebracht und war zu Roseline in den Bahnhof gezogen. Sie wurde deren wichtigste Stütze im aufstrebenden Unternehmen. Beide bewohnten gemeinsam einen Teil des Obergeschosses, den sie nicht als Fremdenzimmer nutzten.

Die beiden jungen Frauen und Freundinnen waren nicht die einzigen, die die Früchte des Instinktes des alten Chefs zu ernten begannen. Da gab es ein halbes Dutzend junger Burschen, etwa im Alter der beiden Frauen, die den Braten mit den naturbegeisterten Wochenendurlaubern schnell gerochen hatten. Sie boten ihre Dienste als Guides, als Waldführer an. Und während der gewählte Bürgermeister die Eintrittsgelder in den Park einstrich, erhielten die Guides ihre Trinkgelder und Roseline und Jeanne hatten ein von der Genossenschaft großzügig bedachtes Einkommen. Es reichte sogar noch, je nach Bedarf Hilfskräfte zu mobilisieren, die ebenfalls von dieser Vorstufe des Tourismus profitierten. Ganz zu schweigen von den Frauen, die ihre Kunsthandwerksware auf der Veranda des Bahnhofes auslegten oder bei den Bungalows hinter dem Bahnhof. Und jeden Sonntagabend, nach der Abreise der Gäste, gab es fortan kleine Feste im Gastraum des Hotel de la Gare. Guides, die beiden Frauen und allerlei Volk, das sich mit irgendwelchen Dienstleistungen am wirtschaftlichen Aufstieg beteiligte, begoss den kleinen Sieg über die im Land sich ausbreitende Katastrophe. Man wusste ja nicht, wie lange die guten Zeiten auf der kleinen Insel inmitten der Grossen dauern würden. Man trank, man sang, man tanzte, man kam sich näher. Es gab Freundschaften und man war jung und man zog sich gegenseitig an und eines Abends war Jeanne mit einem gut gebauten Guide in ihrem Zimmer.

Das Erfolgsmodell des Hotel de la Gare und des Parks blieb den Bürokraten in der Hauptstadt nicht verborgen und selbstverständlich hatten auch die Experten des Währungsfonds und der Weltbank auf ihren Wochenendausflügen - wenn sie nicht gerade ihre Begleiterinnen untereinander tauschten - Zeit, sich Gedanken zu machen. Das Störende an der Sache war, dass hier ein paar ungebildete Leute ohne die Hilfe von Experten, die für tausend Dollar pro Tag ihre Ahnungslosigkeit in Papier verwandeln mussten, und ohne Verordnung, Dekrete und sonstigen administrativen Unsinn, einfach ein gutes Geschäft machten. Das durfte nicht sein.

Es dauerte nicht lange, bis ein Tourismuskonzept entworfen wurde, in das sich das Hotel de la Gare einzuordnen hatte. Selbstredend gab es außer diesem frühen Tourismusprojekt außerhalb der Hauptstadt nichts, wohin man sonst Gäste hätte entsenden können. Man erließ Direktiven, wie ein Hotel zu führen sei, welche Diplome die Verantwortlichen vorzuweisen hätten und wie ein Business Plan zu erstellen sei, den man von den Behörden genehmigen lassen musste. Andernfalls es keine Konzession für den Betrieb der Einrichtung gäbe. Man musste es den etwas Rückständigen irgendwie beibringen und eine Delegation zu ihnen hinunter entsenden. Das Hotel de la Gare, informelles Aushängeschild eines möglicherweise aufkommenden Tourismus, musste in berufenere Hände gelegt werden.

*

Die Genossenschafter des Hotel de la Gare waren zunächst ratlos. Aber die Menschen im Wald waren es gewohnt, mit der Natur zu leben und das hieß, das Undenkbare zu denken. Und so gab es bald einen Plan B.

Der Fokonolona im Dorf am Bahnhof war nicht gewillt, das Aufgebaute an irgendwelche Parasiten aus der Hauptstadt oder an deren Ableger, etwa in der Provinzhauptstadt, kampflos abzutreten. Da konnte man noch mit Dutzenden von Dekreten daher kommen und akademischen Unsinn behaupten. Die Genossenschaft und die beiden jungen Frauen hatten in den letzten fünf Jahren einen Geschäftszweig aus dem Boden gestampft und mit Guides und Bauern rund ums Schutzgebiet und mit ein paar ehemaligen Förstern ein perfektes Netzwerk aufgebaut, das einerseits den Besuchern Freude bereitete, die Natur vor Zerstörung schützte und den Einheimischen sichere Einkünfte bescherte. Sie konnten nicht wissen, dass Jahrzehnte später, unter ganz anderen Voraussetzungen, weltweit Politiker und ganze Armeen von gut bezahlten Umweltbeamten und Naturverwaltern während unzähligen Weltkonferenzen einem Konzept huldigten, das man als den großen Wurf für die Rettung des Planeten verkaufte: Nachhaltigkeit. Und das sich nach ein paar Jahren als Schmier-mittel für eine beschleunigte Umweltzerstörung erweisen würde, weil niemand wirklich zu jener Konsequenz bereit sein würde, mit der es eine Generation vorher halbe Analphabeten in einem Dorf an einem Bahnhof im Regenwald umgesetzt hatten. Der Panjaka rief die Ältesten zum Rat zusammen. Sie berieten einen Tag und eine Nacht, waren am anderen Morgen erschöpft, ausgelaugt, aber zu allem entschlossen. Nun wurde das Dorf - Frauen, Kinder, Männer, Alte, Junge - zur Beratung zusammen gerufen, man versammelte sich in der Schule, unter Henris Schirmherr-schaft. Sie berieten nochmals - diesmal in einem ausschweifenden Kabary, jener althergebrachten kollektiven Disputation, die solange dauert, bis Übereinstimmung herrscht und wozu es weder einer schriftlichen Trak-tandenliste noch eines abschließenden Protokolls, aber der besten Argu-mente bedarf - nochmals einen Tag und eine Nacht.

*

Tage später traf die Delegation aus der Hauptstadt als eindrücklicher, aus fabrikneuen Geländerfahrzeugen bestehender Tross ein, dessen Insas-sen schon seit Kilometern seltsame Wolken am Himmel festgestellt hatten und den modernen calèches du roy etwas irritiert entstiegen. Der Wald brannte.

Von der Bevölkerung war niemand zu sehen. Kein Mensch, mit Aus-nahme des Bürgermeisters. Dieser ließ, als die Wagenkolonne vor der Mairie hielt und ein großspuriger Vertreter des Revolutionsrates in seiner chinesisch-koreanisch inspirierten Amtstracht ausstieg, gefolgt von assor-tiert in Khaki-Leinen-Anzügen gewandeten Weißen, die ausgebreiteten Arme zum Zeichen der völligen Verzweiflung - und seiner Unschuld - sinken. Es hätte nicht viel gefehlt und er wäre vor den Hochrangigen auf die Knie gesunken.

- Wer? - fragte der Revolutionsrat.

- Alle - antwortete der Bürgermeister.

- Präziser? - hakte der Regierungsvertreter nach, dessen schneidender Ton auf seine militärische Herkunft hinwies.

- Das ganze Dorf, außer mir natürlich, ist seit Tagen im Wald ver-schwunden. Ich habe sie singen und holzen hören. Und heute vor Tages-anbruch hat es dahinten - er zeigte auf die Brandzone - lichterloh ge-brannt. -

- Und warum hast Du das nicht verhindert, hast nicht die Gendarmerie verständigt? - Der sozusagen zivil uniformierte Revolutionsrat setzte die zum Verhör gewordene Begrüßung fort, während die begleitenden Weißen nichts von dem verstanden, was geredet wurde, und nichts von dem begriffen, was sie in einer Distanz von ein paar Kilometern sahen.

Der Bürgermeister, ein Mann, der als Folge der nachrevolutionären Säuberungen von der Zentralregierung im Dorf am Bahnhof eingesetzt worden war und hier stets als ein Fremder betrachtet wurde, beließ die Delegierten aus der Hauptstadt in ihrer Ratlosigkeit. Der bedauernswerte Amtsträger war zur Versammlung der Ältesten nicht eingeladen worden, weil er ganz einfach nicht dazu gehörte, und die Verhandlungen des Fokonolona wurden in der lokalen Sprache geführt, die er als Hochländer sowieso nicht verstanden hätte.

Die Wagenkolonne trat unverrichteter Dinge die Rückfahrt an. Sie bekamen nicht einmal eines der legendären Three Horses Beers, das man hier nur unter der Abkürzung „Teehaschbee" THB kannte und das den durstigen Waldbesuchern normalerweise von Jeanne und Roseline im Bahnhofbuffet serviert worden war. Die Türen und Fenster des Hotel de la Gare waren verriegelt.

Zwar wies man den Bürgermeister an, das Dorf zu versammeln und harte Sanktionen anzukündigen, aber keiner glaubte nur im Entferntesten daran, dass daraus etwas werden würde und die vermeintliche Goldgrube elegant in die Hände eines revolutionären Würdenträgers gelegt werden könnte, und gleichzeitig den neuen Kreditgebern als Beweis für die Überlegenheit kapitalistischen Denkens dienen würde. Es brauchte eine neue Strategie.

Als man beobachtete, wie sich die Wagenkolonne in rasendem Tempo auf der vom Dorf Richtung Provinzhauptstadt ansteigenden Strasse entfernte, begannen in entgegen gesetzter Richtung, wo der Wald in Flammen aufgegangen war, die Männer mit den Löscharbeiten. Mit grünen Palm- und Bananenblättern schlugen sie auf die Flammen ein, während andere mit den kleinen Spaten, den Angady, Erde auf die Glut schaufelten. Der Schaden war weit geringer als das Aufsehen, das die Flammen erzeugt hatten. In den letzten Tagen hatte man quer zum Dorf und hinter den ersten Baumreihen eine enge Schneise geschlagen, die von außen nicht eingesehen werden konnte. Breit genug, um bei gleichzeitigem Anzünden der sich auf einer Linie befindlichen halbtrockenen Äste und der dünneren gefällten Bäume den Eindruck eines veritablen Waldbrandes zu erzeugen.

Der Abzug der ungeliebten Parteibonzen und deren Geldgeber wurde von den Leuten im Dorf - mit Ausnahme des Bürgermeisters - gebührend gefeiert. Das Buffet de la Gare wurde noch am selben Abend zum Festsaal. Musik, Tanz, THB, Gegrilltes. Der Feind war abgewehrt, man hatte eine Schlacht gewonnen, aber der Krieg hatte damit gerade erst begonnen.

18

Ich war mehr als zehn Jahre mit François verheiratet. Während dieser Zeit war er kaum fünf Jahre als Gatte und Vater anwesend. Marie-Jeanne war zwölf Jahre alt geworden, Maurice neun. Wir lebten in einem vornehmen Viertel der schönsten Stadt der Welt, ich verfügte inzwischen über ein eigenes, gut dotiertes Konto, Kreditkarten, es fehlte an nichts, aber das Herz war leer. Die Ehe funktionierte, die Liebe war aufgebraucht - wenn sie denn jemals existiert hatte. Oder dann hatten wir zwei verschiedene Lieben gelebt und keiner wusste von der anderen. Vermutlich hatte jeder im anderen einen Menschen geliebt, den er mit jemand anderem verwechselte und eines Tages wachte man neben einem fremden Menschen auf, den man die ganze Zeit für seinen Mann oder seine Frau gehalten hatte. Jedenfalls: François hatte sich verändert und ebenso war auch ich nicht mehr dieselbe, die nach der sozialistischen Revolution auf der Insel mit ihm ein gemeinsames Leben in seiner Heimat begonnen hatte. Die Veränderungen in François' Verhalten kamen schleichend und es dauerte eine gewisse Zeit, bis ich mir dessen bewusst wurde. Es hatte damit begonnen, dass seine Reisen immer länger wurden. Zuerst um ein, zwei Tage, ein Wochenende, das er - noch anhängen wollte -, wie er sich jeweils ausdrückte, um so dem Treiben mit einer Geliebten einen unverfänglichen Anstrich zu geben. Dann fiel mir auf, dass er sich geographisch immer stärker auf die asiatischen Länder konzentrierte, auf Thailand ganz besonders.

Zur selben Zeit begannen mich nachts wieder die Albträume zu plagen, die mir den Tod Fabiennes, meiner ersten Tochter, schmerzhaft in Erinnerung riefen. Und eines Nachts bekam ich den Besuch, den ich schon lange erwartet, ihn sogar erhofft hatte. Sie stand in ihrem hoch über der Brust geschlossenen gelb-blauen Wickelrock da, ihr gezöpfeltes Haar bedeckt von einer gleichfarbigen, als Cape getragenen Lamba. Wie immer strahlte ihr Lächeln Weisheit und Stärke aus; sie kam an mein Bett, setzte sich zu mir und nahm meine Hand in die ihre, wie wenn keine zehn oder

mehr Jahre vergangen wären, sondern ein knappes Dutzend Nächte. Großmutter hatte mich nicht vergessen!
- Aber nein, Liebes, wie kannst Du nur so etwas denken. Ich habe dir doch versprochen, dass ich in an deiner Seite bleiben werde. -
Ich hatte ein Gefühl, als öffneten sich Schleusen in meinem Inneren, als würde sich plötzlich eine gestaute Masse Bahn brechen, mich mitreißen und in diesem Strom inmitten von Zweifeln, Ängsten und - Verräterin! - schreiend, in den vor Schreck erstarrten Gesichtern Fabiennes und Etiennes, in Schuld und Scham versinken.

Gestreichelt zu werden und beruhigender Singsang schienen mich zu wecken und auf sicheren Boden zu hieven. Ich musste hemmungslos geweint haben, denn ich spürte, dass das Bettlaken, das Kissen und auch mein Nachthemd durchnässt waren. - Sorge dich nicht, Kleines. Ich weiß, was Du durchgemacht hast. Ich selbst habe dich dazu ermuntert, deinen Weg zu gehen. Erinnerst Du dich? Und ich habe dir auch gesagt, dass dein Weg lang und schwierig sein wird. -

Ich wollte sie fragen, wohin der Weg denn noch führen werde. Aber sie kam mir zuvor. - Bereite dich auf eine noch schwierigere Wegstrecke vor, Liebes. Du wirst dich von Liebem und Gewohntem trennen müssen und es wird dir und anderen Schmerzen bereiten, aber am nicht mehr fernen Ende des Weges werden für dich und deine Nächsten Friede und Liebe sein. -

- Und Etienne? - fragte ich und war ob meiner Frage, die ohne Überlegen rausgerutscht war, sehr erstaunt. Warum dachte ich gerade in diesem Moment an ihn, den ich mehr als fünfzehn Jahre nicht mehr gesehen hatte, nicht einmal wusste, wo er sein könnte. Und genau in diesem Moment wusste, ich ...

- Er ist in deiner Nähe, Liebes; das weiß er nicht, aber Du weißt es in deinem Herzen. - sagte Großmutter in ihrer samtenen Stimme, in der sie nur mit mir gesprochen hatte, als sie noch gelebt hatte. Gelebt hatte? Aber sie war doch gerade noch hier, in meinem Zimmer!

Ich erwachte an diesem Morgen mit seltsamen Gefühlen. Sah mich in einem zerwühlten Bett, dessen Laken und Kissen feucht waren. Und am Fußende des Bettes lag eine grün-blaue Lambda.

*

François kam wie von einer der gewohnt verlängerten Geschäftsreisen aus Bangkok zurück. Maurice brachte er wie gewöhnlich Spielzeug zurück und für Marie-Jeanne ein bezauberndes Kleidchen, das die Mädchenausgabe eines asiatischen, seitlich hoch geschlitzten Frauengewandes war und aus einem seidendurchwobenen goldgelben Tuch genäht war. Die Kinder freuten sich und ich war zufrieden, dass alles seinen gewohnten Lauf nahm. Es war wie üblich und doch war alles anders.

Er war erst am frühen Abend in unserer Pariser Wohnung angekommen, weil das Flugzeug mit Verspätung gelandet war. François war müde und legte sich nach dem Verteilen der Geschenke und nach einem leichten, gemeinsamen Nachtessen mit der Familie früh schlafen. Es hatte sich in den letzten Jahren so eingespielt, dass ich nach der Rückkehr seinen Koffer übernahm, um der Haushalthilfe für den nächsten Tag die Wäsche zu sortieren. Seine geschäftlichen Dinge trug François stets in einem kleinen Koffer mit sich als Handgepäck, so dass ich es bloß mit seiner Wäsche zu tun hatte.

In meinem Arbeitszimmer, wohin ich mich gerne zurück zog, um irgendwelche Dinge für mich alleine zu erledigen, angefangen beim Kleiderentwerfen oder - was in den letzten Jahren immer wichtiger wurde - um zu lesen, leerte ich den Koffer aus, um die Kleidungsstücke nach Textilien und Farben zu sortieren. Die Sache war schnell erledigt und ich wollte den Koffer zusammen klappen, als aus einem Seitenfach, in das man normalerweise Hygieneutensilien oder Kleinmaterial packt, das nicht im Koffer lose herumfliegen soll, ein Umschlag rutschte. Darin befanden sich Fotos. Die Fotos zeigten Kinder, Mädchen, nackte Mädchen im Alter von Marie-Jeanne, einige jünger, andere wenig älter. Die meisten dieser asiatischen Mädchen waren nackt oder trugen aufreizende Wäsche, die kein Mädchen dieses Alters freiwillig anziehen würde. Einige waren auf einem Foto völlig bekleidet, stark geschminkt, trugen bodenlange, hochgeschlitzte, seidendurchwirkte, goldgelbe Kleidchen, hoch geschlossen, als stellten sie ... als stellten sie ... Frauen dar. Auf anderen Fotos lagen dieselben Mädchen in lasziver Pose auf Betten, spreizten ihre dünnen Beinchen, taten Dinge ...

Ich bekam plötzlich Atemnot, ich begann zu hecheln und schließlich rumorte es in meinem Magen. Ich rettete mich hechtend ins Bad, wo ich mich übergab, wo ich den ganzen Abscheu aus meinem Leib und die Bilder aus meinem Kopf kotzen wollte. Dort hämmerte es, die Bilder verwandelten sich in rasender Folge in immer neue Ängste und der Herzschlagrhythmus wurde zu einem brutalen, ohrenbetäubenden Inferno als schlüge jemand mit einem Vorschlaghammer auf leeren Fässer. Ich musste mich beruhigen, musste überlegen, durfte nicht durchdrehen. Waren die Fotos wirklich, das, wonach sie aussahen?

Großmutters jüngster Besuch tauchte in meiner Erinnerung auf, ihre Ankündigungen von neuen Schmerzen, Verlusten. Begann es damit? Nachdem ich mich bei einem Tee etwas beruhigt hatte, machte ich mich bereit für die Nacht. Eine Nacht neben einem Mann, der zu einem Fremden geworden war. Der Umschlag mit den Fotos blieb im Koffer, als hätte ich nie einen Blick in den Abgrund geworfen.

Die nächste Zeit verlief in den üblichen Bahnen. Die Kinder gingen zur Schule, François hatte mit seiner Kundschaft zu tun, war gelegentlich in Grasse, wo er jeweils bei seinen Eltern wohnte. Hin und wieder - an Wochenenden - war sogar die ganze Familie in den Süden Frankreichs unterwegs, um ein paar Tage mit den Grosseltern zu verbringen. Ich fühlte, dass ich mich von der Familie weg bewegte. Was sich schon vor der zufälligen Entdeckung der Fotos angekündigt hatte, führte geradewegs zur Entfremdung. Der Verdacht, der sich mit den Fotos wie ein ungebetener Dauergast bei uns einnistete, wog schwer. Es musste etwas geschehen, um dieser bleiernen Schwere zu entfliehen, zumal es während François' Anwesenheit bei der Familie keine Anhaltspunkte für ein Fehlverhalten gab; einmal abgesehen davon, dass eines Tages, als ich den Koffer in einem Abstellraum verstauen wollte, die Fotos nicht mehr drin waren. Wann er sie herausgenommen hatte - wer kam sonst in Frage? - und zu welchem Zweck, konnte ich nicht feststellen. Und dann waren da noch die eine oder andere Begebenheit im Badezimmer, in das François unter - wie mir für den Bruchteil einer Sekunde bewusst wurde - einem etwas gekünsteltem Vorwand eintrat und dort für einen kurzen Moment zu lange verweilte, als Marie-Jeanne gerade in der Badewanne saß. Ich hatte den aus dem Hinterhalt auftauchenden Gedanken wie eine lästige Fliege verscheucht, bevor er sich als Verdacht auf meine bewusste Wahrnehmung niederlassen konnte. Ich redete mir den Verdacht klein, wollte an einen Irrtum, an Zufall, Verwechslung glauben. Aber die Zweifel blieben wie der angebrannte Reis in der Pfanne am Boden der Gedanken kleben. Es brauchte einen Befreiungsschlag.

Ich schlug François vor, während der nächsten langen Schulferien zur Grossen Insel zu fliegen, sich um das Grundstück zu kümmern und mit den Kindern Badeferien zu verbringen. Schließlich waren die sozialistischen Machthaber inzwischen mit ihrem Bankrott soweit vorangekommen, dass man es ganz gerne sah, wenn mehr und mehr zahlungskräftige Ausländer ins Land kamen, um sozusagen direkt Geld an die verarmte Bevölkerung zu verteilen, auch wenn dies noch nicht die Öffnung der Grossen Insel zur Welt hin bedeuten sollte. François war hell begeistert, denn er liebte die Insel und war seit unserer Abreise nur für Erkundungsmissionen dort gewesen, um die Situation für den Wiederaufbau von Geschäftsbeziehungen zu prüfen. Und in der Tat gab es Anzeichen für einen langsamen Wiederaufbau eines Exportgeschäftes, weil die verstaatlichten Betriebe nach zehn Jahren allesamt zu Grunde gerichtet waren und man auf das Wissen und die Netzwerke der vorherigen Besitzer und Partner bauen musste.

Bei seinem letzten Kurztrip zu den ehemaligen Ylang-Ylang-Lieferanten hatte François auch Jean und Anna auf seinem Grundstück besucht, um Anweisungen für den Bau eines Bungalows für die Familie zu geben. Er war überzeugt, dass wir eines Tages dorthin zurückkehren würden, um einen längeren Abschnitt unseres Lebens oder doch zumindest ein paar Monate im Jahr dort zu verbringen. Mein Vorschlag kam gerade zur rechten Zeit.

- Ausgezeichnet, dann können wir uns anschauen, was in den letzten zwei Jahren passiert ist und was Jean aus meinem Geld gemacht hat und ich kann zwischendurch bei der Destillerie reinschauen. - war sein Kommentar. Bald darauf begannen die Vorbereitungen für die zwei Monate dauernden Ferien, auf die sich die Kinder riesig freuten. Ob ich mich freute, wusste ich zu diesem Zeitpunkt nicht. Die Gefühle, was mein Herkunftsland betraf, waren ziemlich durcheinander geraten und in den letzten Wochen und Monaten war so vieles hinzugekommen, das mich einerseits zur Insel hinzog und gleichzeitig von Frankreich weg trieb. So, wie mein Verhältnis zu meinem Mann.

François überwies Geld an Anna und Jean und gab schriftliche Anweisungen, was bis zu unserer Ankunft zu tun sei. Dazu gehörte vor allem, dass der Bungalow bezugsbereit sein sollte. Um alles andere würde sich François nach unserer Ankunft kümmern. Es kam anders.

Nach einer strapaziösen Reise über Nairobi, einem Aufenthalt in der Hauptstadt der Grossen Insel und dem um Stunden verspäteten Weiterflug in den Norden, landeten wir endlich in der nördlichen Provinzhauptstadt. Von hier sollte es schließlich, nach einer achtstündigen Autofahrt, in das frühere Zentrum der Ylang-Ylang-Produktion gehen, um auf der Halbinsel das Ziel, den Bungalow an der Bucht zu erreichen. Aus Annas Briefen wusste ich, dass die Versorgungslage schwierig sein würde. Ich hatte deshalb schon in Paris Vorräte an Zahnpasta, Seife und dergleichen besorgt, Dinge, die es mittlerweile auf der Insel ohne Beziehungen nicht mehr gab. Wir verbrachten drei Tage in der nördlichen, von einer gigantischen, von einer bewaldeten zuckerhutförmigen Insel dominierten Bucht umgebenen Provinzhauptstadt, um uns mit Konserven, Mineralwasser und den unverzichtbaren Lebensmitteln einzudecken. François beschaffte beim Hotelbesitzer ein Geländefahrzeug, das einen einigermaßen intakten Eindruck machte, mitsamt Fahrer, denn man konnte nie wissen, was unterwegs passieren würde. Für die Kinder war es ein Abenteuer und sie machten bereitwillig mit, wenngleich sie es kaum erwarten konnten, endlich ans Meer zu kommen.

Die Fahrt zu Francois' Grundstück verlief ohne besondere Ereignisse. Das Fahrzeug hielt stand und der Fahrer schien die Strecke, eine über längere Abschnitte miserable Piste, gut zu kennen. Im Laufe des Nachmittages, knapp eine Woche nach der Abreise von Paris, trafen wir am Ziel der Reise ein, wo uns Jean und Anna stürmisch empfingen.

*

Der Bungalow stand etwas abseits von jenem des Wächterehepaares und war im Wesentlichen eine große Kopie ihres eigenen Hauses; er hatte vier Zimmer, von denen das größte auf die zum Meer hinaus angebaute, gedeckte Terrasse führte. Nahe beim Bungalow stand eine Art Badehaus, das auf der einen Seite aus einem Plumpsklo und auf der anderen Seite aus einer Dusche bestand. Jean hatte gute Arbeit geleistet.

Wir verbrachten den ersten Abend zusammen mit Jean und Anna. Die beiden hatten uns geradezu sehnsüchtig erwartet, vor allem Anna war ganz aus dem Häuschen, endlich wieder einmal mit einer Frau in ihrer eigenen Sprache reden zu können. Und ich spürte, dass mich dieses Treffen auf gemeinsamer sprachlicher Ebene ebenfalls sehr berührte.

Die Nacht in den einfachen Betten mit Schaumgummimatratzen und etwas rauer Bettwäsche - das Einzige und Beste, was Anna und Jean gefunden hatten - war ganz vom regelmäßigen Rauschen des Meeres geprägt. Ich hörte die davon fließende Flut und dann die totale Stille, die im Morgengrauen von der wieder ansteigenden, auf die Felsen platschenden, nächsten Flut abgelöst wurde. Es fehlte jedes künstliche Geräusch, weder das ständige Brummen der Grosstadt noch die morgendlichen Sirenen der Notfallfahrzeuge verhalfen mir in den gewohnten Großstadtschlaf. Kaum je hatte ich die Stille als so laut empfunden.

Anderntags waren François und Jean unterwegs auf dem weitläufigen Anwesen, um Bepflanzungsmöglichkeiten zu besprechen und nach Quellen Ausschau zu halten. Außerdem wollte sich François vergewissern, ob das Anwesen vollständig eingezäunt sei. Auch wenn sie mit dem Geländefahrzeug unterwegs waren, würde es bis zum Mittag dauern, bis sie wieder zurück sein würden. Nach dem gemeinsamen Frühstück mit den Kindern, setzte ich mich mit Anna auf die Veranda des Bungalows, der eigentlich bloß als Provisorium gedacht war, bis die Lage im Land und die Verkehrsverbindungen eine Erschließung des Anwesens und den Bau des geplanten, großen Hauses und vielleicht sogar eine touristische Bewirtschaftung zulassen würden. Wir beobachteten die Kinder, wie sie im seichten Wasser der Bucht planschten und vor Vergnügen quietschten.

- Wann ist es denn bei euch soweit mit Kindern? - fragte ich Anna, als wir beide zu den Kindern im Wasser blickten. Eine Frage, wie sie unter Frauen unseres Alters völlig normal war.

Aus dem Augenwinkel sah ich, dass Anna etwas eigenartig auf die Frage reagierte, indem sie den Blick abwandte und in die mir entgegen gesetzte Richtung zum anderen Ende der Bucht schaute.

Nach einem Moment dreht Anna ihr Gesicht wieder zu mir und ich sah, dass sie feuchte Augen hatte.

- Weißt du, Eleonore, wir können keine Kinder haben. Es geht nicht. - brachte sie etwas stockend hervor. - Aber warum denn nicht? Was ist los? - fragte ich nach.

Und dann erzählte sie, dass sich beide, seit sie als Wächterehepaar hier angefangen hätten, nichts sehnlicher gewünscht hätten, als Kinder zu haben. Aber es sei nichts zu machen. Sie hätten alles versucht, seien bei jedem Heiler gewesen, hätten sich fast jedes Mittel aufschwatzen lassen und jede Methode probiert. Schließlich seien sie eines Tages in die Klinik der Provinzhauptstadt gefahren, um sich untersuchen zu lassen. Das Resultat sei niederschmetternd gewesen, denn bei Jean stimme etwas nicht, seine Samenproduktion funktioniere nicht richtig. Er sei, sie holte tief Luft, unfruchtbar. Ich legte ihr meinen Arm um die Schulter und küsste sie auf die Stirn, streichelte ihre Wangen. Aber den Ausbruch von Trauer und Leid konnte ich so nicht verhindern.

Die spielenden Kinder lenkten von den schwermütigen Gedanken ab und schon bald mussten wir das Mittagessen vorbereiten, wofür wir die Kinder mit Holzsammeln beauftragten. Das war ein Vorwand, um sie wenigstens für einen Moment aus dem Wasser zu locken, denn Jean hatte schon einen beträchtlichen Vorrat an getrocknetem Schwemmholz angelegt und bei der Rodung der Zufahrt waren ein paar dünne Stämme angefallen, die er zu Holzkohle verarbeitet hatte. So entfachten Anna und ich die eisernen Holzkohleöfen, um auf dem einen Reis, auf dem anderen zwei der Hühner, die in der Gesellschaft von Enten, Gänsen und Truthähnen in reicher Zahl das Gut bevölkerten und Annas ganzer Stolz waren, in einen „Romazava Poulet", zu verwandeln. François und Jean kamen gegen Mittag verschwitzt von ihrer Tour zurück, ein paar Schwimmzüge verschafften ihnen Abkühlung. Gemeinsam aßen wir auf der gedeckten Terrasse und Jean und Anna wollten dabei möglichst alles wissen, was wir über Paris, Frankreich, über Andafy zu berichten hatten. Wir berichteten sowohl in französischer wie auch in meiner lokalen Sprache, wenn es um eher frauliche Dinge ging und die vor allem für Anna von Interesse waren, während dann die Männer auf Französisch zu einem anderen Thema wechselten. Jean und Anna hingen an unseren Lippen und es dauerte ein ganzes Mittagessen lang und noch bis in den Nachmittag hinein, bis wir an der Reihe waren, sich erzählen zu lassen, wie es um das Leben der gewöhnlichen Leute auf der Grossen Insel bestellt war.

Es waren keine guten Nachrichten, auch wenn wir kaum mehr überrascht werden konnten. Denn da waren François' Erkundungsmissionen, die die fortlaufende Verarmung des Landes bezeugten, unsere eigenen Beobachtungen nur schon in der Provinzhauptstadt im Norden, die leeren Gestelle in den Läden, kaum ein Auto, das unterwegs war und jene, die noch rollten, waren, von wenigen Ausnahmen abgesehen, in einem erbärmlichen Zustand.

Auch wenn wir uns abseits von allen fremden Zuhörern befanden, blieb Jean bei der Beschreibung der politischen Verhältnisse sehr verhalten. Er sagte nichts, was man nicht auch aus den wenigen Nachrichten in Europa hätte erfahren können. War es die Präsenz des Fahrers, den wir bei Jean und Anna einquartiert hatten, um so das Fahrzeug zur Verfügung zu haben? Es war etwas ganz anderes. Die sozialistischen Machthaber waren ständig auf der Hut vor einem Gegenputsch und deshalb nicht nur in militärischer Alarmbereitschaft, sondern stets auf der Suche nach Verrätern und damit beschäftigt, die eigene Bevölkerung bis in die intimsten Dinge hinein zu überwachen. Nach zehn Jahren geheimdienstlicher Umtriebe hatte die Bevölkerung gelernt, zu reden, ohne etwas zu sagen. Es hatte sich eine Kultur des beredten Schweigens über das Land gelegt. Und dieses Schweigen wog schwer, weil es nicht nur eine freie Meinung unterdrückte, sondern auch jede neue Idee, jede Initiative und jede Hoffnung. Das Schweigen war ein Tuch aus Blei. Eine beiläufige Bemerkung Jean's ließ uns deshalb erst mit Verzug aufhorchen, weil wir die Bedeutung seiner Worte nicht auf Anhieb verstanden. Er erzählte, vor ein paar Wochen, - ich hatte gerade die Seitenwände des Bungalow hochgezogen, - hätten Leute, Beamte aus der Provinzhauptstadt auf der ganzen Halbinsel die Runde gemacht, um sich nach den Landbesitzern zu erkundigen; so seien sie auch auf François' Besitztum aufgetaucht und hätten nach dem Ausmaß des Anwesens und nach dessen Besitzer gefragt. Er, Jean, habe sie herumgeführt und auf die Frage, worum es bei ihrer Visite ginge, hätten sie nur vage geantwortet, dass ein neues Dekret für Grundeigentum in ausländischem Besitz in Vorbereitung sei.

François zeigte sich irritiert und wollte mehr wissen, aber Jean wusste nicht mehr. Bei mir leuchteten plötzlich alle Warnlampen auf einmal auf. Das konnte nur eines bedeuten, soweit wusste ich die Lage einzuschätzen: Enteignung.

*

Schon am anderen Tag trafen wir wieder in der Provinzhauptstadt an der weitläufigen Bucht mit dem Zuckerhut ein. Wir bezogen im bestmöglichen Hotel, direkt über einer Thunfischfabrik, zwei miteinander verbundene Zimmer. Wir hatten Glück, im Südwinter hier zu sein, denn der Südostpassat blies stark und regelmäßig und so würde - wie uns der an einen indischen Yogi gemahnende, langbärtige, stets vornübergebeugt dahinschwebende Hotelbesitzer versicherte - der Gestank nach Nordosten fortgetragen.

Unsere Ferien nahmen eine unvorhersehbare Wendung; statt an einer traumhaften Bucht sich Gedanken über einen Lebensabend inmitten eines selbst erbauten Paradieses zu machen, saßen wir nun in einer Hafenstadt fest, um den Traum vom Paradies nicht davon schwimmen zu sehen. Wir mussten uns zuerst einmal über die in Aussicht stehenden Regelungen über Grundstücksbesitz von Ausländern, wie es hieß, erkundigen. Am Tag nach unserer Ankunft waren wir zu viert, immer noch im gemieteten Geländerfahrzeug unterwegs, und klapperten eine Amtsstelle nach der anderen ab. Nach dem Grundbuchamt, die Vermessungsbehörde, danach die Präfektur, Abteilung Investitionen, dann die Einwanderungsbehörde, die Steuerbehörde. Es war zwecklos. Dort, wo überhaupt jemand während der Arbeitszeit anzutreffen war, wusste man von nichts oder tat wenigstens so gegenüber einem Vazaha, der einem mit dessen schöner Trophäe an der Seite und den mit ihr erzeugten Bastarden einen schlaflosen Tag bescherte; in anderen Fällen wurden wir von herumschlurfenden Reinigungsleuten oder im Halbschlaf dahin dösenden Wachmännern abgefertigt. Für die Kinder, die abgesehen vom Mittagessen und der hier obligatorischen dreistündigen Siesta, immer mit uns auf Achse waren - wo hätten wir sie auch abgeben sollen? - war es eine Tortur. Und es war klar, dass wir ihnen keinen zweiten Tag in dieser Art zumuten durften. Nach dem Abendessen beratschlagten François und ich, was zu tun sei. Jedenfalls versuchten wir es. Denn es war ein lauer Abend und es war windstill. Und der Gestank von der unterhalb des Hotels, im Hafen gelegenen Konservenfabrik war unerträglich. Die Kinder konnten nicht schlafen. Außerdem war es ohnehin erst acht Uhr abends, wenngleich stockdunkle tropische Nacht.

Wir zügelten mit den Kindern in den dem Hafen abgewandten Innenhof des Hotels, wo es im Gegensatz zu den auf den Hafen hinaus gerichteten Zimmern seltsamerweise kaum noch stank. Da wir die einzigen Gäste waren, widmete sich der Yogi persönlich um uns. Er stellte sich in seiner leicht gekrümmten Haltung an den Tisch, hob die Schultern oder senkte den Kopf zwischen die Schulterblätter, was nicht eindeutig war, breitete seine Arme aus, senkte sie, die Unterarme nun waagrecht zu uns gestreckt, die Hände zum unendlichen Himmel hin offen haltend, um Segen bittend und sagte - Allah ist allmächtig, er hat den Wind abgestellt. Sie sind meine Gäste, was darf ich Ihnen anbieten, Madame, Monsieur. Vielleicht einen Whiskey, THB, für die Kinder Cola? Es geht aufs Haus. Wegen dem Wind verstehen Sie. - Und er zauberte ein gütiges Lächeln in sein vom Bart überwuchertes Gesicht, in dem sich in zwei tiefen Höhlen, zwei listige Äuglein versteckten, die den Yogi in einen geheimnisvollen Schamanen verwandelten. Die Kinder wurden mit Cola getröstet, während ihre Eltern sich dem THB zuwandten. Nachdem er die Getränke serviert hatte, bat der Yogi höflich, in seiner typischen Haltung fast etwas unterwürfig, unsere Gesellschaft zu teilen. Wir baten ihn, sich zu uns zu setzen. Und es entspann sich ein für uns äußerst ergiebiger Informationsaustausch, der uns für den Leerlauf des Tages vollauf entschädigte. Denn, als wir ihm verklausuliert und ohne Ortsangaben zu verstehen gaben, dass wir, vielmehr dass François gedächte, in agrarische Bereiche, vielleicht in touristische zu investieren - ohne dabei auf die Tatsache hinzuweisen, dass er bereits im Besitz eines gültigen Eigentumsdokumentes sei - holte Monsieur Mustapha, ein, wie er beiläufig hinwarf, vor Jahren eingewanderter Moslem von der arabischen Halbinsel, zu Erzählungen aus, die so weitläufig waren, wie jene der Sheherazade, und die kein Ende in Aussicht zu stellen schienen.

Mustapha erzählte in perfektem Französisch, wie er von seinem Vater ausgesandt worden sei, um entlang der Küsten am Horn von Afrika nach neuen Geschäftsfeldern zu suchen. Gewürze standen für seinen alten Herrn im Vordergrund, denn er war der Patriarch einer in seinem Land alteingesessenen Händlerfamilie. So kam der am französischen Gymnasium erzogene und in Paris diplomierte Wirtschaftsstudent nach ergebnislosen Reisen durch die Emirate, wo es nur Zwischenhändler gab, über Somalia, Kenia, Tansania schließlich nach Sansibar, die gemeinhin als Gewürzinsel im Ruf gestanden war, aber, wie sich zeigte, unter die Fuchtel einiger Clans von Glaubensgenossen geraten war. Er setzte zu den Komoren über, wo außer Armut nichts blühte, um letztendlich auf der Grossen Insel, eben in dieser Provinzhauptstadt und Hafenstadt zu landen. Hier war noch alles in Ordnung. Die Franzosen waren noch voll im Saft gewesen, erklärte Mustapha, und wenn man sich mit ihnen arrangierte - fünf Prozent für den Präfekten, fünf Prozent für den Zoll, verstehen Sie, - war man auf der sicheren Seite. In wenigen Jahren hatte er ein blühendes Exportgeschäft aufgebaut, das auf den Gewürzen des Nordens und auf den Früchten der Umgebung der Hafenstadt gründete, der Import von Gerätschaft, vor allem von gebrauchten Lastwagen, komplettierte die Geschäftspalette. Die Gewinne wurden in Immobilien investiert; Gebäude in der Stadt, Ländereien in der ganzen Region. Mustapha war das Gegenteil seiner eher abgerissenen, verhärmten Erscheinung. Er war ein gerissener Geschäftemacher und gläubiger Moslem, der regelmäßig zum Gebet in die Moschee seiner Glaubensgemeinschaft ging, an Freitagen die Armen - es wird immer schlimmer, wissen Sie - empfing, um ihnen Geldscheine zuzustecken und ihnen zum Ende des Ramadans ein üppiges Festgelage zu spendieren.

- Aber jetzt ist alles anders geworden. - Der noch kurz vorher prächtig fabulierende orientalische Erzähler, wechselte brüsk in einen schneidigen Ton. Und in einem wahren Stakkato rapportierte er, wie sich in den letzten fünfzehn Jahre alles zum Schlechten gewendet hatte. Der Sturz der ersten so genannt unabhängigen Regierung - eine lächerliche Marionettentruppe, sag' ich Ihnen, - die von einem Militärdirektorium abgelöst wurde, das sich während drei Jahren in Putschen, Gegenputschen und im gegenseitigen Ermorden in fast nichts auflöste, bis nur noch der rote Admiral übrig geblieben war, und mit ihm sind wir nun endgültig dort angelangt, wo es vorauszusehen war, in der Scheiße, pardon Madame; Kinder, das habt ihr nicht gehört - Mustapha war kaum zu bremsen.

Das Erstaunliche für uns war, dass er kein Blatt vor den Mund nahm. Er entblätterte schonungslos das Geflecht von Lüge, Hochstapelei und schlichter Dummheit, die dieses Land in den Abgrund geführt hatten. Und noch erstaunlicher war, warum er dennoch geblieben war. Auf unsere Frage hin lehnte er sich, die Arme ausbreitend, nun nicht mehr ehrerbietig die Handflächen demütig noch oben gerichtet, sondern in voller Überzeugung, Allah sei mit ihm, in seinem Stuhl zurück und warf uns sein gütigstes Lächeln zu.

- Ich bin hier zuhause, verstehen Sie? Und dank Allahs Hilfe bin ich immer noch da. Wo sollte ich denn sonst hin? Mein gütiger Vater, er wird sicher im Paradies von Allah mit Freude empfangen worden sein, denn er war ein gläubiger Mann, lebt nicht mehr. Meine Familie ist in alle Winde zerstreut. Ich bin hier. Und ich bleibe hier. -

Nachdem ich die Kinder zu Bett gebracht hatte - sie waren am Tisch fast eingeschlafen, eine leichte Brise versprach, die Nacht vom Gestank frei zu halten - setzte ich mich wieder an den Tisch, an dem François und Mustapha inzwischen weiter diskutiert hatten. Während Mustapha das Hotel zur Strasse hin zusperrte und die Wachmannschaft kontrollierte, einen Rundgang machte, um schließlich mit weiterer THB für uns und einer Cola für sich selber zurück zu kommen, fasste François das Gehörte für mich zusammen. Demnach seien die Militärs schon kurz nach dem ersten Umsturz auf Mustapha angewiesen gewesen. Zum einen, weil nur er in der ganzen Region über Lastwagen verfügte und über die Ersatzteile, Mechaniker und über das nötige Geld, um den Diesel zu bezahlen. Zum anderen hätte er sich die neuen Autoritäten durch großzügige Gelage und gelegentlich mit unentgeltlich für Schäferstündchen zur Verfügung gestellten Hotelzimmern gefügig gemacht. Hin und wieder hätten auch mal ein paar Geldscheine die Hand gewechselt. Im Gegenzug hätten sie ihn gewähren lassen.

Als Mustapha mit den Getränken an den Tisch zurückkam, sprach er einfach weiter, als sei er gar nicht weg gewesen.

- und das Problem heute ist, dass die Scheißkerle sich nun alles unter den Nagel reißen wollen, was nach langfristiger Sicherheit aussieht. Die wissen genau, dass sie nicht mehr lange durchhalten können. Im Moment ist es noch der Währungsfonds, der im Hintergrund die Fäden zieht. Aber das könnte sich ändern. - Mustapha blieb dabei vage. Man konnte sich aber vorstellen, was er meinte: ein neuer Putsch oder ein anderweitiges Erdbeben, das es nötig machte, sich für später die ertrogenen Pfründen zu sichern.

- deshalb, - fuhr Mustapha fort, - ziehen sie jetzt alle Grundstücke ein, die noch unter dem alten Regime an Ausländer vergeben worden sind. Sie annullieren einfach die Eigentumstitel und überführen sie per Dekret in Staatsbesitz, was soviel bedeutet, dass das Land an Generäle und andere Speichellecker des Admirals verteilt wird, die besten Stücke natürlich an seine Familienangehörigen. Das kennt man ja. -

Francois begann, sich unwohl zu fühlen. Er entschuldigte sich, um kurz im Zimmer die Toilette aufzusuchen, - und nach den Kindern zu sehen -.

Ich fragte Mustapha, was denn, - angenommen, rein theoretisch, ein Ausländer, meine ich, - tun könne, um zu verhindern, dass sein Land gestohlen würde. François kam gerade an den Tisch zurück.

- Nichts, ma chère Eléonore, gar nichts. Genau so wenig die Besitzer von gut gehenden Firmen tun konnten, als man sie verstaatlichte - um sie innert weniger Jahre zugrunde zu richten. Nichts, ma chère. Außer, - François saß kerzengerade auf seinem Stuhl und auch ich selbst war nun gespannt. - der Vazaha habe auch noch einen Pass der Großen Insel oder sei mit einer hiesigen Frau mit hiesigem Pass verheiratet. Dann kann die Immobilie auf einen lokalen, auf ihren Namen überschrieben werden. -

François schien erleichtert in sich zusammen zu sinken. Ich blieb in gespannter Haltung und fragte Mustapha. - Aber, cher ami, ist denn das alles schon über die Bühne, das Dekret und so, meine ich? -

- Noch nicht, aber es kommt. Und ich würde jedem raten, wer davon betroffen sein könnte, die Dinge sofort ins Lot zu bringen. Das wird dann ein paar Spesen verursachen, aber wenn der weiße Besitzer und damit die Geldquelle unsichtbar bleiben, dürfte es sich in Grenzen halten. Wenn aber einmal die Grundstücke auf den Staat übertragen worden sind, wird es schwierig. Nicht unmöglich, aber schwierig. - Mustapha hatte aus unseren Fragen und aus unseren Reaktionen natürlich längst gespürt, dass wir, dass François einer dieser Grundbesitzer war, dessen Güter in Gefahr sind.

- Übrigens, mes chers amis, wollen Sie nicht morgen an die Bucht rausfahren? Im Fischerdorf, ganz am Ende der Bucht, in der Nähe der Ausfahrt zum Ozean, gehört mir ein kleines Hotel. Nichts Großartiges, verstehen Sie, eher etwas für befreundete Familien aus der Stadt, die an den Wochenenden mit Kind und Kegel rausfahren. Der Strand ist fabelhaft. Die Kinder werden es lieben. - Mustapha war nicht nur ein Yogi, er war ein Erlöser.

Am nächsten Tag fuhren wir rund um die Bucht, die vom geheiligten, mit vielen Tabus belegten Zuckerhut, um den herum sich die Straße wand, eine mystische Prägung erhielt, zum Fischerdorf hinaus. Es befand sich im Grunde genommen gegenüber der Stadt, aber man musste dafür rund zwanzig schlechte Straßenkilometer auf sich nehmen. Doch Mustapha hatte nicht übertrieben. Der Ort war ideal für Strandferien und die Kinder jubelten, als sie den mehrere Kilometer langen Sandstrand erblickten. Wir quartierten ins im Dauphin Bleu ein, in Mustaphas Zweigbetrieb für Wochenendausflügler, wo wir vom Personal, das unter der Woche kaum etwas zu tun hatte, außergewöhnlich freundlich und zuvorkommend empfangen wurden. Die Kinder wurden sofort zu Ehrengästen ernannt und gleich mit frischen Früchten verwöhnt. Nach dem ersten Mittagessen im Dauphin Bleu schmiedeten François und ich den Plan, wie wir seine nur ein paar Autostunden von hier gelegene Bucht und das immense Anwesen für die Zukunft retten konnten.

*

Wir ließen die kommenden Tage, bis zum nächsten Wochenende verstreichen, um den Kindern eine unbeschwerte Zeit zu bescheren. Am Montag fuhr ich in mittlerweile „unserem" Geländefahrzeug in die Stadt. Ich hatte die Grundstückspapiere dabei, die François widerwillig aus Paris mitgeschleppt hatte, weil er das für überflüssigen Ballast hielt. - Man kann nie wissen, - hatte ich ihm gesagt, bevor er im letzten Moment grummelnd die Dokumente doch noch eingesteckt hatte. Mustapha gab mir Namen von Leuten, die für unseren Plan von Bedeutung waren. Die wichtigste Figur sei der Direktor des Grundbuchamtes, betonte er. François blieb mit den Kindern am Strand zurück; er sollte unsichtbar bleiben. Was vom Weißen zu sehen sein sollte, waren die Bündel Geldscheine in lokaler Währung und ein paar Hundert-Francs-Noten.

Die Bilder auf den Amtsstellen waren weitgehend dieselben, wie bei unserer ersten Odyssee, aber irgendetwas hatte sich schlagartig verändert. Es musste an meinem Auftreten liegen, denn plötzlich waren die anwesenden Beamten hellwach. Ich hatte mir lange überlegt, was ich anziehen sollte, und es hatte sich gelohnt. Das tief ausgeschnittene, gefährlich rotleuchtende Sommerkleid aus einer Boutique der höheren Preislage an der Rue des Rennes, das man auch im Südwinter an der Küste problemlos tragen konnte, ohne den geringsten Kälteschauer zu befürchten, tat seine Wirkung. Das heißt, eigentlich war es nicht das Kleid, sondern die nur knapp an der Vulgarität vorbei wabernden Brüste, die mein Decolletee für jeden normalen Mann zu einer hormongetriebenen Berg- und Talfahrt machen musste. Die Haare hatte ich von einer Frau, die zu diesem Zweck das Dauphin Bleu aufsuchte, um ein paar Francs in die leere Haushaltskasse zu spülen, zöpfeln lassen und schützte sie nach Art der hiesigen Frauen durch eine luftig um den Kopf drapierte gelb-rote Lambda vor dem tagsüber vom Passat aufgewirbelten Staub. Die leuchtend roten Pumps hoben meinen Hintern in die richtige Position, so dass ich, beim Eintreten, die großglasige verspiegelte Sonnenbrille von den Augen nehmend, eine Erscheinung abgab, die aus jedem miefigen, mit modernden Papieren drapierten und mit umgekippten Aktenstapeln, demolierten Schränken, polsterlosen Sesseln, dreckigen Tischen, herumliegenden Bier- und Rumflaschen, überfüllten Aschenbechern, fensterlosen Wänden und besoffenen Beamten dekorierten Büro ein Set in Hollywood machte.

- Was kann ich für sie tun, Madame- stotterte aus dem Hintergrund, in einem speckigen Anzug, der noch aus kolonialer Zeit stammen musste und in einem Hemd, dessen Fleckenlandschaft vermuten ließ, dass es einmal weiß gewesen sei und dessen Kragen sich in zwei Reihen Fransen auflöste, ein auf mich zu wabernder Dickwanst. Sein schwitzendes Gesicht war mit Bartstoppeln übersäht, die Zähne gelb, sein Atem ein Amalgam aus Bier, Tabak und unverdautem Eintopf.

- Ich hätte gern den Chef des Grundbuchamtes gesprochen, Monsieur Albert. -

- Zu Diensten, Madame, er steht vor Ihnen, worum geht es? -

- Es geht um ein Grundstück, das ich übernehmen möchte. Aber, Monsieur, haben Sie ein eigenes Büro? - Ich wies mit einer ausladenden Geste auf den Umstand, dass wir uns inmitten von anderen Beamten befanden, denen, vielleicht täuschte ich mich, der Geifer herunterließ.

- Aber gewiss doch, Madame, folgen Sie mir. -

Er wankte vor mir durch den Raum, in dem an drei oder vier Tischen Leute saßen, die sich über Pläne beugten, aber deren Kopf meinem Körper folgen musste und deren Augen, eine Frau spürt das, mich um jeden einzelnen Millimeter Stoff entblößten. Der Grundbuchdirektor führte mich am Ende des Raumes in sein Kabuff, das ein Konzentrat jener Unordnung war, die schon im Raum herrschte, den man nur mit Mühe ein

Großraumbüro- hätten nennen können. An der schräg an der Wand lehnenden Tür baumelte ein Schild auf dem „Directeur" stand. Er zwängte sich mühsam hinter sein Pult und nahm auf einem Stuhl Platz, den ich schon zu schwach einstufte, um nur einen Ordner darauf zu legen. Aber er hielt wundersam dem Gewicht des schweren Mannes stand. Nachdem er in seinem Sessel klemmte, bat er mich endlich - ganz Gentleman - Platz zu nehmen. Ich erläuterte das Anliegen, indem ich mich immer wieder - flüsternd und somit folgerichtig tief nach vorne beugte, damit er mich hören konnte, aber zur Hauptsache, um ihn Schwindel erregende Einblicke in meinen Ausschnitt zu gewähren. Das teure Parfum, dessen kaum wahrnehmbare leichte Moschusunterlage eine verführerische Note transportiert, trug zur Vereinfachung des Unternehmens bei.

Die Unterhaltung mit dem Grundbuchdirektor dauerte eine Stunde. In dieser Zeit befahl er mehrmals seine Untergebenen zu sich, um Pläne zu reichen, Protokolle zu sichten und Dokumente vorzubereiten. Er ließ mich unterschreiben, schmetterte eine Unzahl von Stempeln darauf, unterschrieb selber und überreichte mir strahlend das Dokument. Nach dieser Stunde, während der Monsieur Albert, eingeklemmt in seinem Stuhl, mit einer gewissen Wahrscheinlichkeit unter einer schmerzhaften Dauererektion gelitten haben musste und nachdem ich ihm ein Paket der teuersten ausländischen Zigaretten als Geschenk überlassen, ihm in einem zweiten Paket ein paar hundert Francs diskret über den Tisch gereicht hatte, war ich die Besitzerin des Gutes „Chez Eleonore" geworden, das ein paar Autostunden südlich der Provinzhauptstadt lag und eine Bucht, eine kleine Halbinsel und hundertfünfzig Hektaren Wald und Buschland mit Quelle und Bächen war - und Teil der Vorhersage einer alten Frau.

19

Zwei Tage später fuhren wir zurück zu meiner Bucht, auf mein Land. François war zufrieden und freute sich mit mir über den gelungenen Coup. Er sah keinen Unterschied in der Tatsache, dass sein Besitz in die Hände seiner Frau übergegangen war. - Hauptsache, - sagte er, als wir schon von der Hauptstrasse abbogen, um die holprige Piste zum Gut „Eléonore" hinter uns zu bringen, - mein Projekt wird Wirklichkeit. -

Jean und Anna empfingen uns, als ob wir nicht erst vor einer Woche angekommen wären, sondern noch gar nicht seit der letzten Abreise vor Jahren. Sie hatten unser kurzes Gastspiel einfach ausgeblendet und redeten sich ein, dass jetzt erst wirklich angekommen seien. Sie konnten ja nicht wissen, wie Recht sie hatten. Niemand konnte das zu diesem Zeitpunkt wissen.

In den folgenden Wochen sprachen mit Jean und Anna unablässig über die Gestaltung des Gutes, diskutierten Baupläne und tauschten Anbauideen aus. Dazwischen gab es immer wieder Tage, an denen außer Baden und Faulenzen nichts passierte. Die Kinder fühlten sich wie im Paradies. Ich verbrachte viel Zeit mit Anna und beriet mich mit ihr über die Anlage eines Gartens und überlegte mit ihr, wie die weite Fläche Buschland sinnvoll zu nutzen wäre. Anna schlug vor, es mit Kaffee zu versuchen, weil das Klima hier praktisch dasselbe war, wie in unserer Heimatregion, außer, dass es vielleicht an Kälte fehlte. Darüber hinaus standen noch etliche hohe Schatten spendende Bäume, andere müsste man pflanzen. Ich stimmte ihr zu, weniger aus der Erwartung heraus, viel Geld zu verdienen, aber etwas von der Stimmung aus meiner verlorenen Kindheit zurück zu holen. Nach unserer Abreise, wenn die nächste Regenzeit herannahen würde, sollte mit den ersten Stöcken gepflanzt werden. Schließlich hatten wir uns einen guten Platz für einen Gemüsegarten ausgesucht, der am Morgen von der aufgehenden Sonne beschienen wurde, um am Nachmittag in den Schutz des schattigen Waldes zu rücken. François und Jean besprachen Baufragen, man wollte einen Architekten aus der Bezirkshauptstadt beiziehen, um den Bau eines respektablen Hauses in Angriff zu nehmen.

Die ganze Zeit an der Bucht kümmerte sich François liebevoll um die Kinder. Und Jean unterstützte ihn dabei, indem er bei ruhigem Wasser mit Maurice eine kurze Fahrt in der Piroge machte, um ihm das Fischen an der Schnur beizubringen. Francois spielte derweil liebevoll mit Marie-Jeanne im Wasser und schwamm mit ihr gelegentlich zu einem Felsen unweit der Bucht, den sie als „unsere Insel" bezeichneten. Manchmal verschwanden sie auch um die kleine, rechts von den Bungalows ins Meer hinausragende Halbinsel herum, um nach ein oder zwei Stunden mit seltsam geformten Treibholzstücken, die sie später in Kunst verwandeln wollten und mit von der Sonne und der Anstrengung geröteten Gesichtern wieder aufzutauchen. Mir war es recht, mich nicht um die Kinder kümmern zu müssen. Weil ich sie ja sonst die ganze Zeit, wenn auch mit Hilfe der Bonne, betreute und weil mir als Kind des Waldes das Meer unheimlich war und ich es lieber aus sicherer Distanz und auf festem Grund und Boden als reizvolle Landschaft genoss. So fiel mir im Verhalten François und der pubertierenden Marie-Jeanne nichts Besonderes auf. Im Gegenteil, ich war glücklich für die Tochter, die ihren Vater für die Dauer der Ferien vollständig in Beschlag nehmen konnte. François war mir schon seit längerer Zeit ein Fremder geworden, dem ich mich zwar hingab, wenn er diesbezüglich ein Zeichen aussandte - was immer seltener vorkam, aber der mich im Grunde nicht mehr anzog. Der dunkle Schatten der Fotos hatte sich wie ein feiner Schleier über unsere Ehe gelegt.

*

Wir kehrten als typische Pariser Familie zurück. Die Kinder und der Ehemann braun gebrannt. Ich blieb diesbezüglich, wie ich schon vor der Reise gewesen war. Der Alltag zog wieder in das Appartement ein. Mit Anna hielt ich nun eine regelmäßige Korrespondenz aufrecht, denn ich wollte über die Fortschritte unseres Projektes auf dem Laufenden sein, außerdem brauchte sie gelegentlich Geld, um Jungpflanzen und allerlei Hilfsmittel anzuschaffen. Ich informierte François und bat ihn, wenn nötig um zusätzliche finanzielle Mittel, die er mir ohne Fragen zu stellen gewährte.

Im Laufe eines Jahres entwickelte sich Marie-Jeanne vom Kind zu einem Mädchen, das schon die junge Frau erahnen ließ. Es würde nicht mehr lange dauern, bis sie die erste Regel haben, sich in eine junge Frau verwandeln würde. Die Metamorphose, die so schmerzhaft sein konnte, die ich aber für mich persönlich in einer guten Erinnerung hatte. Großmutter fiel mir ein und deren treue Freundin Beatrice, die mich auf dem Weg zur Frau begleitet hatten.

*

Anderthalb Jahre nach unseren Ferien auf der Grossen Insel, wo alles seinen Gang nahm, obwohl die Nachrichten über die allgemeine Versorgungslage noch schlimmer wurden, wie mir Anna in den Briefen auch betätigte, war wieder einmal ein Tag, an dem ich mich von allem befreien musste. François hatte sich ein paar Tage frei genommen und wollte nach einer neuerlichen Reise nach Thailand zuhause, bei seiner Familie, ausspannen. Ich fühlte mich nicht gut, denn die Vorstellung, mit einem Mann die Nacht zu verbringen, der sich ein paar tausend Kilometer weiter mit jungen Mädchen, Kindern noch ... Ich gab entsetzliche Migräne vor und dass ich mich an der frischen Luft eines trüben Februartages - welch ein Widerspruch in einer Stadt, die im Februar von den sich unter einer Wolkendecke stauenden Abgasen dem Erstickungstod entgegen getrieben wird - bei einem Spaziergang in der Stadt erholen wollte. Ich ging, wohin ich in solchen Momenten schon seit langen Monaten immer hinging, denn je mehr ich mich von François entfernte, suchte ich die Nähe zu einer Vision, die ich vor mehr als zwei Jahren hatte und an deren Realität ich einfach glaubte. Ich bestellte tollkühn einen Pastis in meinem zum Stammplatz gewordenen, nun gegen des Winters Unbill verglasten Bistro an der Place de la Contrescarpe und beobachtete das Treiben auf dem kleinen Platz. Und hoffte.

Schon spätnachmittags dunkelte es ein, als wäre man nicht in Paris, sondern in den Tropen. Nur, dass die Kälte hier durch alle Knochen geht und dort zur gleichen Zeit die Hitze allen Schweiß durch die Poren treibt. Meine auf einem Augenblick vor zwei Jahren und den seither sich ausbreitenden Entfremdungen einer Ehe begründete Hoffnung blieb unerfüllt. Frustriert und nun mit echten Kopfschmerzen kehrte ich an diesem Sonntag nachhause zurück. Es war Essenszeit und François hatte sich die Mühe gegeben, einen Coq'au vin auf den Tisch zu zaubern. Der Geruch des Weines und der Hauch des Estragons weckten meine Lebensgeister und ließen mich die Frustration des Nachmittags vergessen.

Ich war es bereits seit einiger Zeit gewohnt, dass Marie-Jeanne das Wort nicht mehr an mich richtete. So war es auch an diesem Abend, der ein fast wortloses Dinner brachte. Aber irgendetwas war nicht wie sonst. Maurice war hingegen unverändert, er kam aus seinem Zimmer, wo er sich die Welt eines verwöhnten Großstadtkindes mit eigenem Fernseher, CDs, Games, die gerade aufgekommen waren, und mit vielem anderen eingerichtet hatte. Herzhaft langte er zu, denn es schmeckte ihm - zu Recht, denn François hatte am freien Tag der Bonne ein ausgezeichnetes Essen auf den Tisch gebracht. Was auffiel war, das sich François und Marie-Jeanne in ihren Blicken aus dem Weg gingen. Ihr Schweigen war gekünstelt, denn sonst besprach sich Marie-Jeanne vor mir ebenso gekünstelt, ja geradezu demonstrativ mit ihrem Vater.

Der Frühling kam, der Sommer, Ferien in Grasse mit Abstechern zum nahen Mittelmeer, nicht auf die Grosse Insel, denn dort war es nicht besonders zu empfehlen, mit Kindern zu reisen. Es funktionierte so gut wie nichts mehr.

Ich hatte es mir zu Gewohnheit gemacht, immer wieder einen kleinen Ausflug in das Quartier um die Rue Mouffetard zu machen. Inzwischen kannten mich die Kellner, die unverblümt der schönen, dunkelhäutigen Madame den Hof machten und fröhlich um mich herumscharwenzelten. Ich war auch bei den Metzgern, am Fuß der Rue Mouffetard bekannt und bei den Bäckern ebenso, denn ich verknüpfte die Ausflüge nun stets mit einem Einkauf besonders feiner Lebensmittel, Je nach Saison waren es mal Fasane, dann Langusten von der Grossen Insel und natürlich Käse aus den besten Gebieten Frankreichs und oft konnte ich dem Fischangebot nicht widerstehen, das mich gedanklich und geschmacklich zu meiner Bucht entführte. Es war an einem dieser farbenfrohen Frühherbsttage, als mir jemand sanft die Hand auf meine Schulter legte.

- Madame, entschuldigen Sie tausendmal meine Unverschämtheit, Sie anzusprechen, aber ich glaube ... -

- Etienne. - Mein Schrei ließ nicht nur alle Vögel bis hinauf zum Jardin du Luxembourg verstummen. Die meist ignoranten Pariser erstarrten zu Salzsäulen und blickten auf ein Paar, das sich in einem Sturm der Gefühle umarmte, als habe man sich seit weiß wie vielen Jahren nicht mehr gesehen. Es waren fünfzehn Jahre, um genau zu sein. Und als die Leute sahen, dass wir beide mit Tränen überströmten Gesichtern uns strahlend in die Augen sahen, dass der Mischling und die dunkelhäutige Schönheit dem jeweils anderen in einer unbekannten Zärtlichkeit die Wangen streichelten; da passierte etwas, das in Paris wohl nur ganz selten oder nie zu beobachten war. Die Leute klatschten Beifall, riefen Bravo, vive l'amour. Und der Weinhändler, der in seiner langen Schürze in der Tür stand und die Szene beobachtet hatte, kam heraus mit einer Flasche Champagner und zwei Gläsern. Und wir sprachen kein Wort.

*

Es war Oktober geworden. Die Kälte schlich durch die Strassen der Stadt, aber seit ein paar Tagen, war mir warm ums Herz. Ich jubelte innerlich, denn es war, als würde alles zu einem guten Ende kommen, den Etienne und ich hatten uns wieder gefunden, wir hatten die Adressen ausgetauscht und wollten vor einem nächsten Rendez-vous abwarten, wie sich die Dinge um uns entwickelten. Sie entwickelten sich nicht so, wie ich es mir gewünscht hätte.

Eines Tages, es war Anfang November, kam ich von einem Ausflug ins Mouffetard-Quartier frustriert und früh am Nachmittag zurück. Etienne, den ich doch eben erst wieder gefunden und nur ein einziges Mal getroffen hatte, hinterließ eine Nachricht für mich bei einem der Kellner, die uns beide zwar seit Jahren kannten, aber uns immer nur zu unterschiedlichen Zeiten gesehen hatten und somit keine Ahnung von unserer Beziehung haben konnten. Und auch nicht von meinen verzweifelten Nachforschungen in ihrem Bistro. Etienne war weg, in wichtigen Dingen nach Berlin gesandt. Es war ein Sonntag, wie immer hatte die Bonne ihren freien Tag. Maurice war auf Besuch bei einem Schulkameraden. Games.

Ich wollte die Türe zum Appartement aufstoßen, hielt jedoch sofort inne, als ich sie auch nur einen schmalen Spalt weit geöffnet hatte. Im Hintergrund, aus dem Zimmer Marie-Jeannes, hörte ich Stöhnen, Schreie? Jedenfalls waren es durchaus lustvolle Geräusche, nicht Angst, nicht Abwehr, es klang nach geübtem Sex. Ich wusste sofort, was ich zu erwarten hatte. Die Fotos hatten mich vorgewarnt, auch wenn ich es die ganze Zeit nicht wahrhaben wollte. Auch jetzt nicht, denn ich wollte die Türe wieder schließen, davon laufen, weg, bloß weg. Aber etwas hielt mich fest, zwang mich vorwärts zu gehen. Und jemand mit einer zwar fernen, doch nur allzu vertrauten Stimme sagte, - geh Eleonore, geh Liebes, Du musst es sehen, um es vergessen zu können. -

Ich ging auf dem dicken Flurteppich lautlos vorwärts. Ich erreichte Marie-Jeannes Zimmer, dessen Türe sogar nicht einmal verriegelt war - wie sicher mussten sie sich gefühlt haben! - und als ich die Tür aufstieß, sah ich mein Kind, wie es auf dem stöhnenden Vater ritt, ihm die Sporen gab und schrie und sich bewegte, wie es keine Hure aus der Rue St. Denis besser könnte; sah wie es seinen Arsch auf seinen Lenden kreisen ließ, bis er das leichtgewichtige Geschöpf in einem Schwung in die Höhe hielt und wie der weiße Saft aus seinem nun herausgerutschten Glied hoch spritzte.

Nach den paar Minuten, in denen ich Zeugin des Inzestes wurde, fühlte ich bereits nichts mehr, ich war schon weit weg und hatte einen Plan. Ich gab der Türe einen sanften Stoss, so dass sie nicht ins Schloss knallte, sondern nur ganz leicht, aber für die beiden hörbar zufiel. Als sie mich an der Tür stehen sahen, blickten sie in ein Augenpaar, in dem nicht eine einzige Träne glitzerte.

Ein Tag im November 1989

An einem nasskalten Novembermorgen entsteigt Etienne im Bahnhof Zoo dem Nachtzug aus Paris. Sein Ziel ist die Freie Universität Berlin, wohin er von seinem Professor an der Sorbonne entsandt worden war. Der promovierte Ethnologe soll mit deutschen Kollegen ein gemeinsames französisch-deutsches Forschungsprojekt entwickeln, das sich mit den Stammesriten einer Region Afrikas beschäftigen würde, wo sich ehemalige Kolonialstaaten eine Grenze teilten. Am Bahnsteig wartet ein bärtiger deutscher Kollege, wissenschaftlicher Assistent wie Etienne, der den kaffeebraunen Mischling schon von weitem erkennt.

Der Deutsche heißt ihn herzlich willkommen und führt ihn schnurstracks zur U-Bahn-Station, wo man zur Uni nach Dahlem weiter fährt, um beim deutschen Assistenten ein Zimmer zu beziehen und das Gepäck abzuladen. Für den Nachmittag sind die Briefings mit dem Berliner Team um Knürr, der gerade als Gast am Wissenschaftskolleg angefangen at, und Weinschenk, der an seiner Habilitation arbeitet, geplant.

Dem ersten Arbeitstreffen, an dem man sich in einem deutsch-französisch-englischen Kauderwelsch ganz gut verstanden hat, folgt ein Ausflug in die weitläufige Kneipenlandschaft der geteilten Stadt. Heinz, der deutsche Assistent, führt den Franzosen in die Luise, unweit der Uni und nah bei der Wohnung. Bier und Berliner Curry-Wurst. Die Stimmung ist aufgeheizt, nicht nur weil das Lokal gerammelt voll ist und sich jeder an einem riesigen Bierkrug festhält. Für Spannung sorgt der Osten der Stadt, wo sich seit Tagen etwas tut, wie Heinz erklärt. Die Rede sei von Demonstrationen, die Zahl der Leute an den so genannten Montagsgebeten in Ostberlin habe von Woche zu Woche zugenommen. Über die Tschechoslowakei seien bereits hunderte DDR-Bürger ausgereist, nachdem dies schon Tausende vorher über Ungarn geschafft hätten, wo der eiserne Vorhang schon im Mai abgebaut worden sei.

In einer Ecke, über der Theke ist ein Fernsehgerät montiert. Die Tagesschau des Ersten Deutschen Fernsehens. Im Nu ist es im sonst so lärmigen Lokal totenstill. Der Westdeutsche Nachrichtensprecher leitet gerade einen Beitrag des Ostfernsehens ein, das von einer Pressekonferenz des Politbüros berichtet. Günter Schabowski erläutert auf eine Journalistenfrage, das Politbüro habe beschlossen, bedingungslos Visa für Reisen in den Westen zu erteilen. DDR-Bürger könnten von nun an Reisen, wohin sie wollten. Journalistenfrage: Ab wann? Antwort Schabowski: Ab sofort.

In der Luise herrscht zunächst ungläubiges Staunen und dann gibt es kein Halten mehr. Der achtundzwanzig Jahre dauernde Irrsinn hat plötzlich ein Ende. Alle sind jetzt Berliner und als eine Stunde später die Nachricht kommt, dass sich tausende vom Osten der Stadt nach Westen auf den Weg gemacht hätten, ist die Luise plötzlich leergefegt. Es gibt für alle nur noch ein Ziel: das Brandenburger Tor.

*

Unweit des Dorfes am Bahnhof im Regenwald macht sich Pater „Père" Pedro Opeka, in Argentinien geborener Sohn slowenischer Auswanderer, gelernter Maurer und ehemaliger Profifussballer, zum Lazaristenbruder bekehrt und in Paris studierter Theologe, auf den Weg in die Hauptstadt, wo er zum Leiter des Priesterseminars ernannt worden war. Er – ein Mann wie ein Kleiderschrank, ein durchtrainiertes Muskelpaket - ist es gewohnt, in Armut zu leben, nicht nur, weil es der Kongregationsgründer, der Heilige Vinzenz von Paul, so verlangte, sondern weil es seine innere Berufung und Überzeugung ist. Deshalb erfüllt ihn eine gespannte Erwartung, angesichts der Fahrt in die Hauptstadt, in der es alles gibt, wie es hiess. Fast zwanzig Jahre hatte er auf der Grossen Insel im Busch gelebt, an der Seite der Ärmsten, ihnen beistehend, helfend, wo er die Mittel fand, tröstend, wenn es nichts anderes mehr gegen Elend, Krankheit und Tod gab.

An den Toren der Hauptstadt fährt das Taxi-Brousse – er musste in der Provinzhauptstadt das Transportmittel wechseln, weil auf der nächsten Zugstrecke schon lange keine Züge mehr verkehren - an den Müllhalden der Metropole vorbei. Er sieht die Kinder und ihre Mütter, wie sie sich - von den konkurrierenden Ratten nur durch die Körpergröße zu unterscheiden - Tunnel durch den Abfall graben, wie sie nach Essbarem wühlen, nach irgendwie Verwertbarem. Ein Lederresten da, Metallenes dort, Holz fürs Feuer, Stoffresten für Kleider, verdreckt die Fundstücke, verschmutzt die Kinder. Verfilzte Haare, Kleider in Fetzen, aus denen längst alle Farbe gewichen war. Farblose Wesen. Menschen? Menschen ja, auch sie. Und er, Pedro?

Der Antrittsbesuch am Priesterseminar wird zum Abschied. Er kann nicht in die Wohligkeit eines Seminars eintreten, während sich ein paar Kilometer weiter die Hölle über Unschuldige ausbreitet. Mit dem Segen seines Bischofs verzichtet er auf Amt und Sicherheit. Sein Chef weiß: die Kraft seines Paters ist stärker. Da ist einer, der die Bibel ernst nimmt und bereit ist, sie zu leben. Pedro kann sich dem Elend dieser Menschen nicht verschließen, zu groß ist die Not, um nichts zu tun. Er muss sich um diese Menschen kümmern, wozu wäre er denn sonst auf dieser Welt. Das war zu Beginn des Jahres, welches die Welt für immer verändern sollte.

Als andernorts die Mauer fällt und von Tausenden mit Hammer und Hämmerchen in Stücke zerlegt wird, eröffnet der Pater seinen ersten Steinbruch über den Müllhalden, am Rande der Hauptstadt. Er heißt die stärkeren der wenigen Männer, Felsbrocken aus dem nahen Basaltberg zu schlagen, verteilt Hammer und Hämmerchen an die vielen Kinder und Frauen und lässt sie Brocken zu Steinen zertrümmern und Steine zu Schotter und Schotter zu Kies. Ein Teil der steinernen Ernte bleibt als Baumaterial im Lager, der andere Teil wird Handelsware für Bauunternehmer aus der Stadt; der Erlös ist das Startkapital für Lebensmittel, Medikamente, Wellblech, Bauholz. Noch vor dem Ende dieses ersten Jahres stehen Häuser, eine Schule, eine Krankenstation. Und man sieht saubere Kinder, deren Lachen den Müll überstrahlt, wo viele immer noch nach Verwertbarem suchen, aber jetzt nicht mehr als Teil des Mülls, sondern als Herren des Mülls. Arm bleiben sie, aber Pedro hatte ihnen mehr gegeben, als man hätte kaufen können. Würde, die sie sich durch eigenes Tun zurück erobern. Es kommen mehr, es kommen jene, die in der Stadt die Abfallmulden bevölkern, es kommen die Ausgestoßenen, die im Gedärm einer lächerlichen Revolution zu Auswurf geworden waren. Bis sie ein paar Jahre später ihre eigene Stadt gründen werden.

*

Sie kommen schließlich zu Tausenden, zertrümmern Steine, produzieren Schotter und Kies, schaffen Baustoff für die neuen Villen der Bonzen des Regimes, die nicht sehen wollen, aus welchem Material die Pornographie ihres gestohlenen Reichtums, ihrer Gier, ihrer sozialistischen Bigotterie gebaut ist. Und als sie später ihre Augen hinter dunklen Brillen endlich öffnen, wird es zu spät sein. Und wer zu spät kommt, den bestraft das Leben. Ein weiser Spruch des großen Bruders – den freilich keiner seiner nahen und fernen Brüder hatte hören wollen. Die Massen erheben sich, auch auf der Grossen Insel.

*

Henri, der alte Lehrer und Direktor der Schule im Dorf am Bahnhof, dem die Militärs sein wichtigstes Werkzeug genommen hatte, die Sprache, steht vor den versammelten Schülerinnen und Schülern, vor der Lehrerschaft seines herunter gekommenen Schulhauses, in dem sich nichts mehr befindet außer schiefen, hundertmal wieder zusammen geflickten Schulbänken, in denen statt den üblichen zwei, meist vier Kinder sitzen und fünfzigköpfige Klassen bilden, die von hilflosen Lehrkräften unterrichtet werden, denn seit dem Verbot der kolonialen Sprache gibt es noch immer keine Unterrichtsmittel in der einheimischen Sprache. Man hatte zwei Schülergenerationen herangezogen und ihnen nichts beibringen können, was über das Abzählen der Finger und die aus Henris Erinnerungen übrig gebliebenen pädagogischen Fragmente hinausging. Die Insel war fünfzehn Jahr umgeben von einer unüberwindlichen Mauer, nicht aus Steinen, sondern aus Unwissenheit.

Die vielhundertköpfige Schar steht vor einer regendurchlässigen Ruine, längst schon ohne Türen und Fenster, die Stirnseiten mit beschädigten, rissigen Wandtafeln behängt, die einst schwarz gewesen sein mussten, aber nun kaum mehr einen Unterschied zwischen armseliger Kreide und gebleichter Schreibfläche zulassen.

Es ist acht Uhr morgens. Henri hat sich wie jeden Morgen in seinen besten, seinen einzigen Anzug, gesteckt, in dem der kleine Mann sich zu verlieren scheint, weil dieser Anzug, in Jahrzehnten fadenscheinig geworden, geflickt an Ellenbogen und Kragen, aber stets so sauber wie es eben nur ging - weil dieser Anzug entweder die Jahre hindurch gewachsen oder sein Träger geschrumpft ist. Direktor Henri lässt nicht erahnen, dass er etwas Wichtiges verkünden wird, was er am Abend zuvor an seinem Transistorradio vernommen hatte.

Nachdem die Kinder und Lehrkräfte die Nationalhymne gesungen haben, die grün-weiß-rote Flagge am krummen Fahnenmast gehisst und die Insassen der vier Schulzimmer in Achterkolonnen auf dem Schulhof stramm stehen, gibt der zierlich-kleine Direktor wie jeden Morgen das Zeichen, bequem zu stehen. Und dann sagt er mit bewegter Stimme, worauf er fünfzehn Jahr lang gewartet hat, sagt es in der besten und schönsten Aussprache, die ihm das über die Jahre vom Zerfall heimgesuchte Gebiss noch zulässt.

Bonjour chers collègues, bonjour les enfants. Désormais vous allez apprendre et parler le français dans cette école. Au travail!

Mit einem Lächeln dreht er sich um, schreitet auf das Kabäuschen zu, das sich schief, Schutz suchend, an die Schule zu klammern scheint und sein Büro ist. Er lässt die verdutzten Lehrkräfte und die noch ratloseren Schüler stehen, denn sie haben nicht verstanden, was er ihnen soeben mitgeteilt hat. Noch nicht. Auch hier ist soeben eine Mauer gefallen.

20

Das Verhältnis zwischen François und Marie-Jeanne hatte sich schon über Monate hingezogen. Ich hatte es irgendwie geahnt, und es trotzdem nicht wahrhaben wollen. Seltsamerweise war ich vom Bild der mit ihrem Vater kopulierenden Tochter weniger überrumpelt als vielmehr angeekelt. Die Fotos kamen mir in den Sinn und alles schien in gewisser Weise einen unabänderlichen Lauf genommen zu haben. Das Ende einer dreckigen Geschichte. Nachdem sie weder Anstalten machten, sich in irgendeiner Weise zu entschuldigen noch sich zu bedecken, sondern im Gegenteil den Eindruck erweckten, ich sei die Überzählige, blieb ich gerade noch solange im Appartement, wie das Kofferpacken dauerte. Ich bezog eine Suite in einem Hotel unweit des Jardin du Luxembourg, wo ich in Ruhe meinen Plan umsetzen wollte, der mir noch in Marie-Jeannes Zimmer wie ein Blitz durch den Kopf geschossen war. François bestellte ich für den anderen Tag ins Hotel, um die notwendigen Dinge zu regeln.

Die beiden Hotelzimmer waren für Pariser Verhältnisse sehr geräumig, hell und stylvoll eingerichtet. Sowohl das Schlafzimmer als auch der kleine Salon gingen zum Park hinüber, der an diesem düsteren Novemberabend Trauer trug; das frisch gefallene Laub ein Leichentuch, die Bäume standen nassschwarz in der Nacht, die durch die Lichter der Rue de Vaugirard und den nahen Boulevard St. Michel in nebligdunstiges Licht getaucht war. Das Eigenartigste war meine Stimmung. Ich hätte doch die entsetzte Mutter, die betrogene Ehegattin, die belogene Partnerin, hätte traurig, in Tränen aufgelöst sein müssen. Aber ich stand am Fenster und blickte auf den gegenüberliegenden Park. Meine Gedanken schweiften um das eben Erlebte und um die sonderbare Tatsache, dass ich fast unberührt das Geschehene wie ausgetragene Kleider wegzulegen begann. Ich betrachtete mich im Spiegel und stellte zu meinem Erstaunen fest, dass sich meine Hände an einer gelb-blauen Lambda, die ich wie einen Schal um den Hals gelegt hatte, festhielten. Auf dem Bett lag der geöffnete Koffer. Ich war noch nicht dazu gekommen, dessen Inhalt in den Schränken zu verstauen.

Ich war hungrig. Nein, ich hatte Lust zu essen, einfach eine unbezähmbare Lust, mir etwas Gutes zu tun. Es war noch nicht zu spät für ein Nachtessen in einem der guten Restaurants im Quartier, und die Wahl fiel nicht schwer. Nur ein paar Schritte entfernt befand sich das Polidor; ein Restaurant, das ich einmal auf einer meiner Tagesfluchten entdeckt hatte, und das einen direkt in die Mitte des neunzehnten Jahrhunderts versetzt, eine Entdeckung die nur mir gehörte, nicht meinem Mann und auch nicht seiner Familie. Nicht nur das Interieur blieb seit Generationen unverändert, auch die Küche war traditionell geblieben; Köstliches aus der Tiefe der ländlich französischen Küche, und deshalb gab es stets reichliche Portionen. Ich ließ mir eingelegte Ente auftragen, die mit Kartoffeln und Kohl serviert wurde. Ein Menu, das ich mir normalerweise zu so später Stunde nicht erlaubt hätte. Spätabends kehrte ich ins Hotel zurück, wo ich, beschwert durch zwei Gläser Bordeaux, sofort in einen tiefen und albtraumlosen Schlaf versank.

*

François erschien wie vereinbart um punkt zwei Uhr nachmittags. Ich empfing ihn in der Hotellobby, nicht in der Suite, die zu viel Nähe hätte entstehen lassen. Ich wollte ihn als Ehemann so weit wie nur möglich auf Distanz halten. Als Geldquelle und Fundament meiner Zukunft, sollte er jedoch so eng angebunden sein, wie es nur ging. Ich gab ihm keine Gelegenheit für Erklärungen; was hätte es angesichts der eindeutigen Situation noch zu erklären gegeben. Und nach einem zaghaften Versuch, mir, wie er sich ausdrückte, - ohne weitere Umstände die Scheidung anbieten - zu wollen, schnitt ich ihm das Wort ab. Er war sichtlich verblüfft, als ich nicht von Scheidung zu reden begann. Stattdessen gab ich ihm in kürzester Form den Tarif durch.

- Du wirst bis dass der Tod uns scheidet, mein Ehemann bleiben, François. Nur werden wir keine Ehe mehr führen und Du kannst tun und lassen was Du willst, in Thailand - sein Gesicht verlor Farbe - oder mit deiner Tochter, denn sie ist seit gestern nicht mehr mein Kind. Und den Jungen darfst Du auch gleich behalten. Du darfst überhaupt alles behalten, wozu Du mich gebraucht hast und das dir den Schein wahrt. Dafür machen wir beide einen Vertrag. -

226

Er wollte etwas sagen, aber er kam nicht dazu. - Hör zu. Übermorgen habe ich fünf Millionen Francs auf meinem Konto; verstehst Du, was ich sage? - Er schien nicht mehr nur farblos, er schien geradezu durchsichtig zu werden. Aber er nickte. - Und in einem Monat, in 30 Tagen, nicht einen Tag später, wirst Du zehn Millionen Francs auf mein Konto überweisen. - Er wurde kurzatmig, begann zu hecheln. Ich machte eine kurze Pause, ließ Wasser kommen, er trank gierig. Und dann fuhr ich fort. - Ab dem heutigen Tag wirst Du mir jeden Monat zwanzigtausend Francs auf ein Konto überweisen, das ich dir noch bekannt geben werde. Und zwar bis an mein Lebensende. Hast Du das alles begriffen, François? - Er nickte jetzt nur noch, weil er gar kein Wort mehr herausbrachte.

- Und bis morgen Abend achtzehn Uhr lieferst Du mir diese Abmachung, die ich dir gerade diktiert habe, schriftlich und beglaubigt von einem öffentlichen Notar. Du darfst den Satz anfügen, dass damit deine Ehefrau Eleonore auf jede Strafverfolgung gegen dich verzichtet. Sollte, und das ist der zweite Satz, den Du hinzufügen darfst: sollte eine Zahlung nicht oder verspätet erfolgen, ist die Ehefrau Eleonore von der Verpflichtung entbunden und wird Strafanzeige einreichen. In jedem Fall ist deine Ehefrau Eleonore, das ist der Schluss des Ganzen, mit der Unterzeichnung dieser Erklärung von allen wirtschaftlichen, moralischen und elterlichen Pflichten gegenüber der Familie François entbunden. - Er war wie vom Blitz getroffen, aber ich holte ihn mit einem Paukenschlag in die Wirklichkeit zurück.

- Auf einem zweiten Papier schreibst Du das Geständnis, dass Du wiederholt inzestuöse Beziehungen mit deiner Tochter gehabt hast. Du schreibst die Daten und die Orte auf, an denen es passiert ist, und übergibst mir das Papier zusammen mit dem Vertrag. -

Ich stand auf und wollte mich ruhig und entspannt von meinem Ehemann entfernen, als mir noch ein letztes Detail einfiel. - Ach ja, beinahe hätte ich es vergessen. Solange ich noch in Paris bin, laufen alle Ausgaben über die Kreditkarten. In einem Monat, wenn die zweite Zahlung eingetroffen ist, werde ich verreisen und dir die Karten zurück schicken. - Ich drehte mich um und verließ die Lobby, ohne ihn noch eines Blickes zu würdigen.

*

In der Zeit nachdem ich im Besitz des Vertrages, des Geständnisses und der ersten fünf Millionen Francs war, hatte ich alle Hände voll zu tun. Ich sicherte mir die Dienste einer internationalen Spedition, bei der ich zwei Container mietete, die nach und nach mit Baumaschinen, Baumaterial, Stromaggregaten, Möbeln, Fenstern und allem Möglichem gefüllt wurden. Dafür musste ich zunächst mit dem Architekten des auf meinem Gut geplanten Hauses telefonieren, was eine unglaublich zeitraubende Geschichte war, weil man kaum länger als ein paar Minuten eine stabile Leitung bekam. Ein schriftlicher Verkehr war so gut wie ausgeschlossen, weil - wie ich aus der Korrespondenz mit Anna wusste - ein Brief gut und gerne zwei Wochen unterwegs war, bis er - wenn überhaupt - beim Empfänger ankam. Und war der Umschlag etwas dicker als sonst üblich, weil vielleicht noch irgendwelche Aufstellungen oder gar Zeichnungen, Pläne und dergleichen verschickt werden mussten, blieb die Post beim Postboten hängen, denn es hätte ja sein können, dass jemand Geld auf die Grosse Insel geschickt haben könnte. Für eine geschäftliche Korrespondenz war die Post die schlechteste aller Lösungen. Fax gab es zwar, aber nur in die Hauptstadt. Alles, was vielen Leute das Leben erleichtern würde, gab es erst Jahre später. Nebst den Einrichtungen benötigte ich aber auch Fahrzeuge und ein Boot. Ich wollte alle Optionen offen halten, man konnte in diesem Land nie wissen, was auf einen zukam. Nach einem Monat war die Ware beisammen und fertig zur Verschiffung auf die Grosse Insel. Es konnte losgehen. Aber etwas fehlte.

Was mich beschäftigte, war das kurze Wiedersehen mit Etienne und das fast gleichzeitige Widerverlieren meines ersten und einzig wahren Geliebten. Wir hatten zwar Adressen ausgetauscht, aber zumindest meine eigene war inzwischen wertlos. Ich ging trotzdem an seine Adresse an der 74, Rue du Cardinal Lemoine, die vom Hotel aus sogar zu Fuß in wenigen Minuten zu erreichen war und die in die Place de la Contrescarpe mündete. Meine Enttäuschung war grenzenlos, denn die Concierge teilte mir mit, dass die beiden Herren, die das Studio gemietet hätten, ausgezogen seien.

- Vor ein paar Wochen, Madame. Und Monsieur Etienne ließ sich durch seinen Wohnungspartner vertreten, um alles zu regeln, weil Monsieur Etienne ja im Ausland ist, verstehen Sie? ... Nein, ich habe leider keine neue Adresse. Wissen Sie, wenn die Miete zum voraus bezahlt ist, geht es mich nichts mehr an, wohin meine Mieter ziehen. -

Ich war schwer enttäuscht, aber nicht am Boden zerstört. Eine innere Stimme sagte mir, dass es eines Tages doch noch geschehen würde und wir wieder ... aber ich hatte keine Zeit für Träume. Ich musste die Reise zur Grossen Insel vorbereiten. Bankangelegenheiten regeln, die Container und die Fahrzeuge verschiffen lassen. Ich hatte zu tun - und es gefiel mir, alleine die Verantwortung zu tragen. Dass mein Exgatte, der mein legaler Ehemann blieb, inzwischen auch die vereinbarten zehn Millionen Francs pünktlich überwiesen hatte, trug dazu bei, nicht in Depressionen zu verfallen.

21

Im Dorf am Bahnhof entwickelten sich die Dinge nicht zum Guten. Ein paar Wochen nach dem Waldbrand, dessen Inszenierung sich inzwischen bis in die Hauptstadt herumgesprochen hatte, holte die Zentralmacht zum Gegenschlag aus. Ein Dekret der Regierung verfügte, dass alle Nationalparks ab sofort für jeden Besuch, außer für wissenschaftliche Zwecke, geschlossen seien. Der Plural war ein Bluff für das Ausland, denn es gab nur einen einzigen Park, den man ausländischen Besuchern hätte anbieten können: jener beim Dorf am Bahnhof. Dass es den Revolutionären aber durchaus ernst war, bewies eine Brigade der Gendarmerie, die in das Dorf am Bahnhof abkommandiert wurde, um allfällige Besucher rechtzeitig abzufangen und nachhause zu schicken. Es entsprach der landesüblichen Logik, dass man den Nachbarn, der es zu etwas gebracht hatte, so lange sabotiert, bis er wieder so arm ist, wie seine etwas weniger gewieften, etwas dümmeren, etwas fauleren Mitbürger. Damit war die erste verlorene Schlacht wettgemacht, die Schmach des Zentralstaates, die er seitens einer aufmüpfigen und schlauen Dorfbevölkerung erlitten hatte, fürs Erste getilgt.

Für Jeanne und Roseline, die beiden Wirtinnen und Hoteldirektorinnen im Hotel de la Gare brachen harte Zeiten an, es gab nichts mehr zu verdienen. Die wenigen verbliebenen Vorräte und Getränkereserven wurden innert Kürze die Beute der Gendarmen, die sich nur unwesentlich anders benahmen als vor Jahrzehnten die Sénégalais, wie Henri und der Panjaka bitter feststellten. Es kam noch schlimmer.

Das Forstministerium richtete kurz darauf im Bürgermeisteramt ein eigenes Büro ein, das fortan die Tickets für den Park verkaufen sollte und - das Schlimmste für die Bevölkerung - das die Bewilligungen für den Holzschlag außerhalb des Parkes erteilte, gegen Gebühr versteht sich. Im Park war jedes Jagen, Sammeln oder Holzschlagen strikte verboten. Bei Zuwiderhandlungen drohte Gefängnis. Das Hotel de la Gare wurde von der staatlichen Bahngesellschaft requiriert und an ein Familienmitglied des Bürgermeisters vermietet.

*

Der Traum von der eigenen Existenz war nicht nur für Jeanne und Roseline an den Stacheln der Wirklichkeit wie ein Ballon geplatzt. Das ganze Dorf hatte seine in den letzten Jahren mit eigenen Mitteln im Bahnhof aufgebaute Zukunft verloren. Während die angestammte Bevölkerung in die innere Emigration flüchtete, mussten sich die beiden jungen Frauen entscheiden. Entweder fort vom Dorf, weil es für sie keinen Platz mehr gab oder sich beim neuen Pächter des Hotel de la Gare verdingen Es war eine schwierige Entscheidung, denn fortgehen hätte alle Risiken eines Scheiterns in einer größeren Stadt, womöglich in der Hauptstadt nach sich gezogen. Hierbleiben roch ganz nach den Erfahrungen mit den Rakotobes, die ebenfalls durch Protektion und Beziehungen zu einem Unternehmen gekommen waren, von dem sie nichts verstanden und das sie ausweideten, bis nichts mehr da war. Die neuen Patrons machten auf Anhieb keinen wirklich besseren Eindruck. Nachdem der Panjaka und seine Frau bereit waren, ihnen wenigstens für die erste Zeit wieder das alte Gästehaus zur Verfügung zu stellen, war der Entscheid gefallen. Sie blieben im Dorf. Es war auch aus einem ganz anderen Grund ratsam, im Schutz einer Dorfgemeinschaft zu bleiben, wo man sich auf die Unterstützung eines Panjakas und dessen Frau verlassen konnte: Jeanne war schwanger.

Es musste an einer dieser feuchtfröhlichen Feiern gewesen sein, als man mit den Guides des Parks ein gutes Wochenende abschloss, an dem gut zahlende Kundschaft aus der Hauptstadt da war. Jeanne und vor allem Roseline, die ihrer jüngeren Geschäftspartnerin auch in diesen Dingen den Weg vorzeichnete, waren keine Kinder von Traurigkeit. Jedenfalls nicht, solange das Hotel de la Gare so gut lief. Da ließ man sich gelegentlich gehen und die Guides, die gut Kasse machten, ließen ihrerseits nichts anbrennen. Man war jung, man war attraktiv, man wollte das Leben genießen - intensiv, schnell. Morgen war ein anderer Tag. Zukunft? Das war später.

Die Schwangerschaft, die sich eines Morgens mit Übelkeit ankündig-
te, als Jeanne und Roseline gerade in die Dienste der neuen Pächter des
Hotel de la Gare eingetreten waren, kam zum denkbar ungünstigsten
Zeitpunkt. Die Reserven aus der guten Zeit im Hotel de la Gare waren
aufgebraucht; Jeanne brauchte dringend ein Einkommen. Ein Kind würde
in dieser Situation nicht nur eine körperliche Belastung werden, die das
Arbeiten irgendwann verunmöglichte, es würde auch ein zusätzlicher Kos-
tenfaktor werden. Und das in unsicheren Zeiten.

Unter dem Siegel der Verschwiegenheit besprach sie sich mit ihrer
Freundin. Die ältere Roseline, selber noch ohne Kinder - ich hab' Glück
gehabt, - sagte sie fröhlich, brachte eine Abtreibung ins Spiel, zumal vom
Vater weit und breit keine Spur war, weil in den lustvollen Zeiten des
Hotel de la Gare gleich mehrere der beliebten Waldläufer in Frage gekommen wären. Unter der prüden sozialistischen Herrschaft, war diese
Korrekturmöglichkeit bei Fehltritten oder Missgeschicken zwar ebenso
verboten, wie unter der katholisch geprägten Kolonialherrschaft, aber es
gab Möglichkeiten. Erfahrene Frauen wüssten immer einen Ausweg; davon war Roseline überzeugt. Doch Jeanne lehnte einen solchen Eingriff
rundweg ab. Eine Weitergabe des in ihr wachsenden Kindes zur Adoption
wurde erwogen. Und Jeanne dachte mehrere Tage darüber nach, ganz
besonders als die morgendlichen Übelkeiten mit all ihren Folgen häufiger
wurden. Mit den ersten gespürten Bewegungen des werdenden Kindes
verflog aber auch diese Option. Sie wollte ihr Kind austragen und sie
wollte es behalten. Es sollte ihr Kind sein. Es war das Einzige, was sie auf
dieser Welt besaß.

*

Die Regenzeit kam näher, die Zeit der Orchideen, der Reptilien und
der Geburt der Indri-Babies, ganz zu schweigen von den zahlreichen nis-
tenden Vogelarten in der vielfältigen Regenwaldlandschaft. Die Natur, das
Leben, schien wieder seinen überbordenden Rhythmus zu finden. Nach
den toten Monaten, die das Dorf am Bahnhof in eine tiefe Depression
geworfen hatten, kamen die ersten Fahrzeuge mit Besuchern aus der
Hauptstadt. Der Park war nun offiziell unter staatlicher Führung eröffnet
und die Bevölkerung aus dem Parkperimeter ausgesperrt worden. Der

Bürgermeister wurde zum mächtigsten Mann, Statthalter der Zentralmacht und Herrscher über die finanziellen und natürlichen Ressourcen.

Der Panjaka berief die Ältesten ein, um zu beraten. Sie mussten einen Weg finden, wie sie den Wald, der nun per Dekret nicht mehr ihnen gehörte, als Ressource für Bau- und Brennholz, für Heilpflanzen und als Quellgebiet für sich zurück gewinnen konnten, ohne dass man ihnen durch Bürokratie und Korruption das Leben zur Hölle machte. Und wie sie von den früher oder später eintreffenden Touristen doch noch profitieren konnten. Ihr Gewicht gegen den verhassten Zentralstaat wog nicht allzu schwer. Aber man musste es versuchen. Sie trafen sich mit dem Bürgermeister in der Mairie, wo einst die Colons ihre Macht ausgeübt hatten.

Der Bürgermeister, noch vor ein paar Monaten ein kleines, unbeutendes Würstchen, das man aus der Provinzhauptstadt in den Wald versetzt hatte, wo er sein Amt eher als Strafe, denn aus Überzeugung versah, spielte nun den Mächtigen. Er empfing sie in einem früheren Versammlungsraum und während sie sich vor ihm aufstellten, stieg vor Henris innerem Auge der Tag des Prozesses herauf, als seine Kameraden aus dem Widerstand ihr Todesurteil erhielten und er, dank seiner Redseligkeit oder Sprachfähigkeit, wie auch immer, sich retten konnte. Der Bürgermeister trug nun die moderne Uniform, die keine war, aber die man trug, wenn man zur Elite gehören wollte: chinesisch-koreanische Klassik der Apparatschiks. Er wollte betont jovial wirken und ließ sie dadurch erst recht eine unverhohlene Schadenfreude des Siegers über die Verlierer spüren. Schließlich hatte ihn der Fokonolona, dessen Repräsentanten nun - wie er meinte - kleinlaut vor ihm standen, seit seinem Amtsantritt ebenfalls spüren lassen, dass er hier ein Fremder sei, dem man nicht über den Weg traute. Die Stimmung zwischen den Ältesten und dem lokalen Machthaber war gereizt. Henri, den sie als ihren Sprecher bestimmt hatten, versuchte, die Diskussion auf neutrales Gelände zu lenken.

- Wie steht es um die Bahnlinie, Maire? - fragte Henri unverdächtig. - Man hört, sie solle repariert werden, um wieder regelmäßig Waren und später Touristen zu transportieren. Selbst die Micheline soll wieder fahren. -

- Ja, das stimmt. Das hat mir der Forstminister persönlich mitgeteilt, als er mich kürzlich in der Hauptstadt empfing. Aber, was geht euch das an? - Der Maire war auf der Hut.

- Na ja, weißt Du, wir machen uns halt Gedanken für unser Dorf und vor allem für unsere Jungen, was aus ihnen werden soll, wenn mit dem Wald nichts mehr los ist. - Henri näherte sich dem heiklen Terrain.

- Was soll das heißen; nichts mehr los sein mit dem Wald? -

- Schau mal. Du weißt doch genau, dass wir bis seit dem Abzug der Colons den Wald und alles frei bewirtschaftet haben. Und so viel man hört, ist das alles gar nicht so schlecht gewesen. Frag bloß die Wissenschaftler. Kürzlich ist mir einer über den Weg gelaufen, der hat geschwärmt von den Babakoto-Populationen. Die Indris hätten sich hier, bei uns, ein regelrechtes Exil eingerichtet, weil sie überall sonst gejagt würden. Und die Vazahas sind ganz wild auf diese Tierart. Aber nicht nur auf die Tierart. Die wollen auch sehen, wie die Leute im Wald leben, verstehst Du? - Henri kam in Fahrt, der alte Lehrer brach bei ihm durch. - Ich meine, wir meinen, wenn die Bahn wieder in Ordnung kommt, gibt es zwei Möglichkeiten. Entweder man benutzt sie um hier anzukommen, oder man fährt mit ihr fort. -

- Soviel kann ich mir auch vorstellen. Und? - raunte der Bürgermeister, schon etwas ungeduldig.

- Es ist doch gescheiter, wenn die Bahn vor allem Leute hierher bringt. Ich meine die Fremden. Aber die wollen ja nicht bloß ein leeres Dorf sehen, sondern auch etwas von der Kultur. Von unserer Kultur, wie wir von den Guides erfahren haben. Wenn nun aber niemand mehr da ist, die Häuser leer, das Dorf ausgestorben, weil hier keiner mehr ein Einkommen findet, außer dir und deinem Cousin im Hotel de la Gare natürlich, und deshalb alle unsere Leute mit der Bahn weggefahren sind, dann fehlt hier etwas; verstehst Du, was ich meine. - Henri machte eine Pause, ließ die Worte wirken, auch weil er um die Begriffsstutzigkeit des obersten Autoritätsträgers wusste.

Dieser legte seine Stirn in Falten und man hörte, wie die Gedanken lärmend durch die leeren Gänge seines Hirns polterten. - Wo willst Du hinaus, Henri? - fragte er, um Zeit zu gewinnen.

- Wir bieten dir das Dorf als Attraktion an. Die Touristen werden ein Dorf vorfinden, wie es vor vielleicht fünfzig Jahren noch existiert hat und wo sich seither nichts verändert hat. Das Paradies einer Waldgesellschaft, die Wilden, die guten Wilden. Ein Museum für Völkerkunde. Eine Schau, in der man .... - Henri kam nicht dazu, den Satz zu Ende zu bringen.

- Schon gut, schon gut. Ich habe begriffen. Das tönt ja alles ganz vernünftig. - stellte der Bürgermeister fest und in seinem Kopf, dort, wo es noch Reste von intakten Zellen gab, jene die jeder korrupte Beamte als Notvorrat bis zum Ende seiner Tage mit sich herumträgt, die Eigennutz-Zellen, begann es zu klingeln. - Und was wollt ihr dafür? -

- Wir? Ob wir etwas dafür wollen? - fragte Henri in schon zu Kolonialzeiten geübter Scheinheiligkeit, die man gegenüber Grosskopfeten zwecks Überleben anzuwenden gelernt hatte.

- Ja, natürlich. Du willst mir doch nicht weismachen, dass ihr das alles ausgeheckt habt, ohne etwas dafür zu verlangen! Also was wollt ihr für eure Show? -

- Aber Bürgermeister, hast Du nicht begriffen, worum es uns geht? Wir wollen doch nur eine Zukunft für unsere Kinder hier. Von dir wollen wir nichts, gar nichts. ... Obwohl, das heißt, eigentlich könntest Du uns einen Gefallen tun, aber das ist nicht ein Preis, versteh das bitte nicht falsch; nur einen Gefallen, der dich nichts kostet. -

- Was? -

- Also, die Sache ist so. Wenn wir unser Dorf, das ja dem Park als zusätzliche gute Einnahmequelle zur Verfügung stehen wird - Henri ließ die Worte im Hirn des Maire in dessen Währung umwandeln. - Dann müssen wir natürlich auch unsere Lebensweise entsprechend gestalten, sonst ist das alles nicht glaubwürdig. Ich gebe dir ein Beispiel. Unsere Waldmedizin, die Heilpflanzen, sind inzwischen über unser Land hinaus bekannt, das hab' ich im Radio gehört, als eine hoch gestellte Persönlichkeit - er meinte damit den Admiral, dessen Name oder Titel nie öffentlich genannt wurden, weil der Admiral in seiner Bescheidenheit auf jeden Personenkult verzichtet haben wollte - vom enormen wirtschaftlichen Potenzial gesprochen hat, das die Grosse Insel einen weiten Sprung nach vorne machen lassen werde. - Der Maire nahm bei der allgemein bekannten Nicht-Nennung des Admirals würdig Haltung an.

- Also die Leute werden sich für die Heilpflanzen interessieren, für unsere Waldapotheken, sie werden sie in ihrer Anwendung sehen wollen, welche Sude wir zubereiten, womit wir Verletzungen pflegen und so weiter. Und weil wir dieses Leben sozusagen im Original vorleben müssen, brauchen wir auch den Zugang zum Wald. So, wie wir ihn immer hatten. Ohne Bewilligungen, Bescheinigungen, Quoten für Bäume und dergleichen. Hast Du jetzt begriffen, Maire? Was wir verlangen, ist nichts. Du musst einfach nichts machen, wenn wir so leben sollen, wie es unsere Vorfahren taten. Aber Du wirst davon nur profitieren. -

Die Ältesten stimmten nickend dem Vortrag Henris zu. Und der Bürgermeister wollte sich die Sache überlegen. Aber er hatte bereits für sich entschieden: diese Geldquelle wollte er sich nicht entgehen lassen.

*

Das Projekt eines Walddorfes, in dem die Eingeborenen nach alter Väter Sitte lebten, wurde nie umgesetzt. Kaum ein Jahr nach dem Fall der Mauer im fernen Berlin gab es auf der Grossen Insel Massen, die in Bewegung kamen, zumindest in der Hauptstadt, und die sich gegen den roten Admiral erhoben. An einem Augustsonntag waren Hunderttausende unterwegs zum pompösen, von wuchtigen Mauern umgebenen und von Hundertschaften einer persönlichen Garde bewachten Präsidentenpalast - einem Geschenk des koreanischen Freundes Kim an den Genossen Admiral - zwanzig Kilometer außerhalb der Stadt. Das Ziel war kein geringeres, als den Diktator zum Rücktritt zu zwingen. Man war mit Pauken und Trompeten unterwegs und die von Pastoren herausgegebene Losung hieß: wir werden die Mauern von Jericho mit unseren Posaunen zum Einsturz bringen. Es kam nicht dazu, aber Dutzende unbewaffneter Demonstranten starben im Kugelhagel der Präsidentengarde während der Hausherr sich per Helikopter aus dem Staub machte. Und ein Jahr später bei jenen Exil erhielt, die er sechzehn Jahre zuvor mit Schimpf und Schande über Nacht aus dem Land gejagt hatte: bei den Franzosen.

Die Übergangsregierung erklärte fortan die Demokratie nach westlichem Muster als das neue Staatsmodell. Die Clans der Militärmachthaber wurden weggefegt, ihre Lakaien in den Ministerien, in Provinzen, Städten und Dörfern entlassen. Man wollte das Land auf den Weg der Demokratie bringen. Dasselbe Ausland, das den Diktator die letzten Jahre mit Krediten der Weltbank und des Währungsfonds über Wasser gehalten hatte, huldigte nun den aus dem Nichts aufgetauchten Demokraten. Doch das einzige, was demokratisiert wurde, war die Korruption. Waren es vorher die jedem kleinen Bürger bekannten Clans des Admirals, die sich schamlos bedienten, so meinten jetzt alle, die auch nur den geringsten Posten inne hatten, sie dürften nun auch können. Und so kam, was kommen musste. Die Diktatur der unfähigen Militärs wurde durch jene der unfähigen Demokraten ersetzt, deren allererster Parlamentsentscheid nach neun Monaten Generalstreik war, dass jeder Abgeordnete das Recht auf ein neues, eigenes Geländefahrzeug hatte. Angesichts der Dringlichkeit, Autoprospekte studieren zu müssen, blieb den neuen Demokraten kaum Zeit, sich für das Wohl des Landes einzusetzen. So kam, was kommen musste. Nach drei Jahren war auch dieser Spuk vorbei; das Land war inzwischen in einer kolossalen Anarchie versunken. Der gewählte neue Präsident wurde wegen Unfähigkeit von seinen eigenen Leuten, die sich mit Geländefahrzeugen, Villen, Benzingutscheinen und den gerade aufgekommen Mobiltelefonen fürs erste gesättigt hatten, per Parlamentsbeschluss seines Amtes enthoben. Es kam - ein weiteres Mal -, was kommen musste. Es gab Neuwahlen und der rote Admiral kehrte im Triumphzug aus seinem Exil zurück - und wurde glanzvoll wieder gewählt. Vermutlich zum ersten Mal legal. Er sollte sich die Grosse Insel nochmals für fünf Jahre unter den Nagel reissen.

*

Im Dorf am Bahnhof hatte das Leben wieder seinen unspektakulären Gang genommen. Der verhasste Bürgermeister war weg und wurde in echten Wahlen durch einen Mann aus dem Dorf ersetzt, von dem man wusste, dass er nicht von allzu viel Intelligenz belastet war. Er war der Kandidat des Panjaka gewesen. So erhielten die Ältesten die wahre Macht zurück und begannen nun, zwar nicht das Walddorf aufzubauen - ohnehin nur als Übergangsangebot bis zum absehbaren Ende des roten Admirals gedacht -, aber sich doch ernsthaft um den Tourismus zu kümmern. Denn dieser Geschäftszweig war das Einzige, was sich trotz den Umstürzen zu entwickeln begann.

So übernahmen Jeanne und Roseline, die ersten erfolgreichen Direktorinnen, das Szepter von neuem und bauten dort weiter, wo sie vor einem halben Dutzend Jahren gestoppt worden waren. Sie waren nun zu dritt. Denn Jeanne hatte ein Mädchen geboren: Aimée, das sie vergötterte. Das Mädchen war bereits eingeschult und besuchte die zweite Klasse. Und war es vorher Jeanne, die den alten Schuldirektor wegen ihrer Erscheinung gelegentlich irritierte, ließ ihn jetzt das kleine dunkle, aber nicht schwarze Mädchen, das ihn mit wachen Augen und stets akkurat gezöpfeltem Haar für Momente in ferne Zeiten entschwinden.

*

Das Jahrzehnt nach dem Fall der fernen Mauer in Berlin verlief gut für das Dorf am Bahnhof. Die weißen Berater aus der Hauptstadt füllten die Kassen des Dorfes, wo nun alle irgendwie von den Touristen profitierten. In gewisser Weise wurde die Idee des Walddorfes doch noch umgesetzt. Denn es gab viele, die sich an den Zugangswegen zum Park mit lokalem Handwerk oder als Spécialiste pour plantes médicinales anboten und immer wieder mal ein kleines Geschäft mit Neugierigen machten, ganz zu schweigen von den Guides, die zu den neuen Reichen des Dorfes wurden.

Jeanne und Roseline wurden zu viel gefragten und in jeder Beziehung begehrten Geschäftsfrauen. Es war nur logisch, dass sich an ihrem Zivilstand eines Tages etwas ändern musste. Die ständigen kurzen Liebschaften wurden allmählich zu anstrengend, weil die Auswahl der Männer sich irgendwann erschöpft hatte und weil sie sich auch um ihren Ruf Gedanken machen mussten. Für junge Frauen zwischen Fünfzehn und Fünfundzwanzig war zwar ein lockerer Umgang mit dem männlichen Geschlecht nichts Außergewöhnliches. Aber ab einer gewissen Stellung, die sie nun beide zweifellos erobert hatten, war es für das Geschäft und auch für das eigene Empfinden besser, stabile Verhältnisse anzustreben. Männer mussten her, nicht irgendwelche, sondern Ehemänner.

*

Der Winter ging mit der Reisernte zu Ende. Die Toten waren einmal mehr in ruinösen Festivitäten umgebettet worden. Nistende Vögel, Blütenmeere, umbrochene Böden und steigende Temperaturen eröffneten einen neuen Zyklus des Lebens. Der kurze Frühling vor der heißen Regenzeit. Die Experten und Helfer hatten in ihren Büros viel zu tun. Es galt Rapporte und neue Anträge zu schreiben, um sich den Aufenthalt auf der Grossen Insel der schönen Frauen für ein weiteres Jahr zu sichern. Da blieb kaum Zeit für lange Wochenenden im Nationalpark beim Bahnhof im Regenwald. Die beste Zeit für Jeanne und Roseline, das Projekt Ehemann an die Hand zu nehmen. Das Hotel de la Gare wurde für ein paar Tage, für die es ohnehin keine Reservationen gab, geschlossen. Aimée, Jeannes kleiner Sonnenschein, wurde in der Familie einer Schulkameradin in Obhut gegeben.

Im Zug ging es hinauf zur Provinzhauptstadt, die sie am Spätnachmittag erreichen würden. Im Gepäck waren die besten Kleider verstaut. Etwas Schminkzeug und genügend Geld für ein langes Wochenende in der Stadt. Es sollte gar reichen, um sich etwas Passendes für die beiden Abende zu kaufen. Man wollte nicht plötzlich knapp bei Kasse sein, womöglich jemanden um Geld bitten. Sie hatten erlebt, wie es den von den Vazaha ausgehaltenen Mädchen erging. Unweit des Bahnhofs stiegen sie im teuersten Hotel der Stadt; zu dem, wie man vernahm, gleich auch das beste Restaurant der Stadt gehörte. Das würde Geld kosten, gewiss, aber sie waren ja nicht zum Vergnügen hier, sondern um zu investieren.

Das Nachtessen wollten sie sich an einem strategisch gut platzierten Tisch im „Papillon" auftragen lassen, von wo aus das ganze Restaurant zu überblicken gewesen wäre. Doch der Tisch war schon besetzt, wie ihnen der Oberkellner zu verstehen gab. - Aber der Tisch daneben ist noch frei, Mesdames. Außerdem ist es ein Tisch für zwei Personen, nicht wie der erste, der für eine kleine Gesellschaft reserviert ist. - Sie setzten sich an den kleinen Tisch und begannen, die Speisekarte zu studieren.

Jeanne und Roseline waren gerade mit dem Entrée beschäftigt, als mit viel Getue eine kleine Gruppe gut gekleideter junger Einheimischer, alle zwischen achtzehn und vielleicht zwei, dreiundzwanzig Jahren, an den reservierten Nebentisch geführt wurde. Der Oberkellner überbot sich in Unterwürfigkeit gegenüber dem vermutlichen Chef der Gruppe, einem gut aussehenden, hoch gewachsenen Hochlandmann, dessen Hautfarbe und Haare jedoch einen Anteil Küstenblut in seinen Adern vermuten ließ. Sie waren zu fünft. Zwei, der vermutete Chef und ein etwas jüngerer, mussten Brüder sein, die drei anderen wahrscheinlich ihre Kumpels. Sie waren gut erzogen, das war auf den ersten Blick zu erkennen, nur etwas laut; wie junge Leute im Ausgang eben sind. Der Oberkellner sorgte persönlich für das Quintett, während sich am Zweiertisch daneben die unteren Ränge um die schönen Frauen kümmerten.

Es gibt Momente, in denen nur mit Blicken geredet wird. Und ein Blick von Roseline zur Kellnerin, die gerade die Teller des Entrée abräumte, fragte: Wer sind die Burschen da? Die Kellnerin bewegte sich um den Tisch herum, um sich mit Jeannes Gedeck zu beschäftigen und dabei mit dem Rücken zum Quintett zu stehen. - Das ist Hery, der Sohn von Louis-Philippe, mit seinem Bruder Fidy, die andern sind ihre Freunde. - flüsterte die Kellnerin. Um mit den beiden Tellern und den benutzten Bestecken in die Küche zu verschwinden.

Die Auskunft war für Jeanne und Roseline nicht gerade erhellend. Die Vornamen sagten ihnen nichts. Als die Kellnerin mit dem Hauptgang kam, wurde die Konversation fortgesetzt, wobei die Gäste kein Wort sagten während am Nebentisch dem Oberkellner die Bestellungen diktiert wurden. - Hery und Fidy sind die Söhne von Louis-Philippe, Sohn des ehemaligen Präfekten, verstehen Sie? Ihr Großvater, der Präfekt ist vor ein paar Jahren gestorben, Louis-Philippe ist nun der mächtige Mann hier. Ländereien, Immobilien, Mühlen, Import-Export, versteht Ihr? Gerüchte sagen, dass Louis-Philippe nach der Rückkehr des Admirals den Posten des Präfekten übernehmen solle. Sein Vater war ja mit ihm gut befreundet. - sie wechselte ohne Absicht zur vertraulicheren Anrede.

Die jungen Frauen warfen sich Blicke zu. Sie waren sich einig. Am Nebentisch wurde das Entrée aufgetragen, man trank Wein aus der Region dazu, aber die jungen Männer blieben gesittet. Jeanne und Roseline unterhielten sich über Belangloses, wechselten aber abwechslungsweise Blicke zum anderen Tisch. Aus der Unterhaltung nebenan erfuhren sie, dass die Jungmannschaft im Anschluss an das Dinner sich in dem in einem der Nebenräume eingerichteten Nachtclub, einer Diskothek, zu amüsieren gedachte. Jeanne und Roseline, inzwischen beim Dessert, entschieden, sich im Zimmer frisch zu machen, um anschließend ebenfalls in die Disco zu gehen.

*

Außer, dass in der brechend vollen Disco mehrheitlich Einheimische ihre Körper verrenkten und die paar Weißen die Farbtupfer waren, hätte nichts vermuten lassen, dass man sich am südlichen Ende der Welt befinden würde. Die Musik schon gar nicht. Céline Dijon, Shaggy und vor allem Michael Jackson, dessen Earth Song gerade rund um den Planeten kreiste. Es waren dieselben Hits, wie in einer x-beliebigen Disco in Europa. Die Gäste gehörten aber zu jener Schicht, die durch Glück, Beziehungen und Korruption der landesweit zur Epidemie gewordenen Armut entfliehen konnte, denn eine Cola kostete hier soviel, wie eine Familie auf dem Land während einer Woche verdiente. Jeunesse dorée. Jeanne und Roseline gehörten sicherlich zu den Ausnahmen; sie waren weder arm, noch hatten sie ihr Geld gestohlen oder geschenkt erhalten. Sie wollten sich amüsieren und die beiden Söhne des reichen Louis-Philippe erobern.

Das Quintett des Restaurants hatte auch in der Disco einen Tisch, ein Tischchen eher, gleich am Rand der Tanzfläche für sich reserviert. Sie saßen gut gelaunt in den weichen Sesseln, als die beiden jungen Frauen aus dem Walddorf eintraten und sich einen Platz an der Bar suchten, denn freie Tische gab es keine mehr.

Wenn sich gut aussehende junge Frauen gut aussehende junge Männer angeln wollen, ist es für die letzteren schon zu spät, denn der Haken sitzt schon fest, bevor sich der Fisch dessen bewusst ist. Vor allem, wenn es sich die jungen Frauen leisten können, nicht betteln zu müssen, sondern den Fisch zappeln zu lassen. Und wenn es sich bei den Frauen um sehr erfahrene Liebhaberinnen handelt, ist jede Aussicht auf Rettung hoffnungslos. Der Haken sitzt so nur noch fester. Schon lange vor Mitternacht tanzten Roseline mit Hery und Jeanne mit Fidy jeden Slow so eng umschlungen, als sei es der letzte.

Jeanne und Roseline erwachten erst am späten Morgen in ihrem Zimmer ein paar Etagen über der Disco. Sie hatten sich gegen vier Uhr morgens von Hery und Fidy zwar mit innigsten Küssen verabschiedet, aber sonst war nichts passiert. Kein Drängen, keine Drohung. Als die jungen Frauen zu verstehen gaben, dass sie die Nacht alleine zu verbringen gedachten, zogen sich die jungen Männer ohne Murren zurück. Eine gute Erziehung, zweifellos. Man vereinbarte ein Rendez-vous am Nachmittag und für den Abend ... man würde sehen. Jeanne und Roseline waren dabei, ihr Projekt umzusetzen.

Es wurde ein wunderschöner Samstagnachmittag, an dem Hery und Fidy ihren - wie sie sich einbildeten - Eroberungen in Herys fabrikneuem Hilux durch die Gegend, zu einem See außerhalb der Stadt fuhren. Dort gab es ein an einem Abhang stehendes romantisches, kleines Hotel mit einem Restaurant, dessen ausladende Terrasse eine schöne Aussicht auf den See bot. Man trank Fruchtsäfte, keinen Alkohol und begann, sich für die anderen zu interessieren. Man kam sich näher. Die Blicke wurden tiefer und als man in der Dämmerung in die Stadt zurück fuhr, waren es zwei verliebte Paare, die in gelöster Stimmung im geräumig-luxuriösen Geländefahrzeug unterwegs waren. Sie machten einen Abstecher ins Haus der Eltern, das schon der Großvater bewohnt haben soll, einer palastähnlichen Villa auf einem Hügel, der eine eindrückliche Sicht über einen Teil der Stadt gab. Die Eltern waren abwesend, an einem Parteikongress des eben aus dem Exil zurück gekehrten Admirals. Aber es schien nicht so, dass man nur in Abwesenheit der Eltern sich getraute, Frauen mit nachhause zu bringen. Keine Geheimnistuerei vor dem Personal, keine Erklärungen, einfach so, wie wenn es ganz normal wäre. Hery und Fidy zeigten stolz ihre Zimmer, die mit allem ausgerüstet waren, was man auch in einer reichen europäischen Familie erwartet hätte. Langsam setzte sich bei Jeanne und Roseline die Erkenntnis durch, sie hätten mit den beiden Burschen womöglich das große Los gezogen. Und die beiden jungen Männer blieben auch am zweiten Tag die wohlerzogenen Söhne einer kultivierten Familie. Sie schienen echt in die beiden jungen Frauen verliebt zu sein.

Der zweite Abend verlief wie der Abend zuvor, nur dass jetzt der beste Tisch im Restaurant von den beiden Paaren besetzt war und das Tischchen und die Sessel an der Tanzfläche in der Disco für die vier jungen Leute bereit standen. Präzise berechnend, hatten die beiden Frauen frühzeitig aus dem Hotel ausgecheckt, und mussten nun, um Mitternacht, nur noch das bereit gestellte Gepäck abholen, um mit den beiden jungen Männern in deren Elternhaus zu fahren.

Die Nacht war so verlaufen, wie sie zwischen frisch verliebten jungen Leuten zu verlaufen hat. Am Frühstückstisch war man bei bester Laune und beim Austausch vieler verstohlener Blicke versammelt. Man berührte seine Partnerin, ließ seine Hand auf dem Unterarm des nächtlichen Partners ruhen. Die Gespräche kreisten über der nahen Zukunft, die man als nicht viel weiter weg denn die nächsten Stunden ausmalen wollte. Es war schließlich Fidy, der Benjamin, der die Runde mit einem Vorschlag überraschte.

- Warum fahren wir euch nicht in Herys Wagen zurück? Wir starten gleich nach dem Frühstück, essen etwas unterwegs und im Laufe des Nachmittags werden wir im Dorf am Bahnhof sein. Dort nehmen wir zwei Zimmer im Hotel de la Gare und Montag früh fahren Hery und ich wieder in die Stadt zurück. -

Der Vorschlag wurde begeistert aufgenommen. Und Roseline bestand gleich darauf, dass - Hery und Fidy dort unten unsere Gäste sind. Nicht wahr Jeanne? - Jeanne nickte begeistert.

Wenig später waren die Vier unterwegs auf der Strasse, an deren Ende der Ozean lag. Von vierzehnhundert Meter über Meer hinunter auf Meereshöhe. Eine gefährliche Strecke, eigentlich eine einzige Serpentine, am

Anfang noch durch Reisfelder, dann durch den Wald, entlang eines reißenden Flusses, an dessen Canyon die stets abschüssige Strasse nur wenige Meter vorbei führte. Nach dem verspäteten Mittagessen in einer Gar-
küche unterwegs, begann der Abschnitt mit dem steilsten Gefälle. Auf der
linken Seite, das schroff aufsteigende Gelände, in das einst ein Pfad und
später von Zwangsarbeitern eine veritable Strasse gehauen wurde. Rechts
ging es oft fast senkrecht fünfzig Meter in die Tiefe und manchmal war
der Fluss ganz nah, so dass sich die Stromschnellen fast auf Höhe der
Strasse befanden. Hery war trotz seiner weniger als fünfundzwanzig Jahre
ein geübter Fahrer, er kam mit dem schweren Fahrzeug gut zurecht, ging
keine Risiken ein. Aber sie waren nicht alleine auf der Strasse. An einer
unübersichtlichen Stelle schnitt ein in die Höhe kletterndes Taxi-Brousse
die Linkskurve und Hery riss reflexartig das Steuer nach rechts, konnte
den schweren Wagen nicht mehr zurück auf den Asphalt ziehen, schlitter-
te an den rechten Rand des Geländes, das hier senkrecht in die Tiefe sack-
te ...

22

Kurz vor meiner Rückreise zur Grossen Insel verbrachte ich die letzten noch verbleibenden Tage und Nächte im Hotel nahe des Jardin du Luxembourg. Alles war erledigt und ich war voller Energie für den Neubeginn in meinem Land. Unter Tränen hatte ich mich von Maurice verabschiedet, den ich bei François lassen musste; der Kampf um den Jungen, den Erbfolger, den Stammhalter, den Stolz der Familie, wäre-wenn überhaupt - nur um den Preis meiner eigenen Zukunft zu gewinnen gewesen. Maurice tat mir leid, der Junge konnte ja nichts dafür. Auf der anderen Seite: was hätte ich ihm in meinem Land bieten können? Es war besser für ihn, wenn er bei seinem Vater bliebe, wo eine gute Schule, ein Beruf und eine Zukunft auf ihn warteten. Später, vielleicht, würden wir uns in den Ferien wieder sehen. Ich hingegen musste für mich selber schauen. Die Zeit in Paris war abgelegt.

Noch in dieser letzten Nacht in Paris war ich aus einem Albtraum aufgeschreckt, der mich ratlos machte und gleichzeitig in größte Angst versetzte. Es war nicht Fabienne, die mich zurück rief, auch wenn die Gedanken an das erste Kind, in letzter Zeit immer stärker geworden waren und der Albtraum ihres Todes in immer kürzeren Abständen zurückkehrte. Es war einer jener furchtbaren Träume, vor denen mich Großmutter gewarnt hatte, und die stets einen Tod verkündeten. Ich sah dabei jemanden, ob Frau oder Mann war nicht zu erkennen, der einem Treibsand ähnlich, in Zebuscheiße versank und für den es keine Rettung gab. Es musste jemand sein, der mir sehr nahe stand. Aber ich konnte nicht sehen, wer. Und das war das Schlimmste. Doch ein paar Stunden später stand ich im Flughafen Charles-de-Gaulle und checkte in die Business Class zum Flug auf die Grosse Insel ein.

*

In der nördlichen Provinzhauptstadt an der großen Bucht bezog ich in einem neu erbauten Hotel das größte verfügbare Zimmer, eine Art

Familienzimmer. Mit meinem umfangreichen Gepäck, immerhin zügelte ich eine ganze Existenz, benötigte ich Platz. Eigentlich hätte ich mich gerne bei Mustapha einquartiert, aber die Regenzeit nahte und damit auch die Windstille. Es war nicht gut für den Geruchssinn, wenn man über einer Tunfischfabrik schlafen musste. Trotzdem stattete ich Mustapha einen Besuch ab, schließlich war er ja in gewisser Weise mitverantwortlich, dass das Anwesen „Chez Eleonore" in meine Hände fiel. Außerdem wollte ich bei ihm Lastwagen reservieren, die mir in ein paar Wochen die Container zur Bucht transportieren sollten. Abgesehen davon, hatte sich in der Zeit seit unserem Besuch in der Stadt so gut wie nichts verändert. Die Häuser hatten sich um ein paar Jahre näher dem endgültigen Zerfall entgegen gebröckelt - wie mir Mustapha erzählte - die Korruption war nun allgegenwärtig. Ich mietete eines der neuen japanischen Fahrzeuge, die der Yogi inzwischen importiert hatte, um für die Zeit bis zum Eintreffen meiner eigenen Fahrzeuge möglichst unabhängig zu sein und ließ mich vom selben Fahrer herumchauffieren, wie beim ersten Mal.

In den nächsten Tagen bereitete ich den Empfang der Container vor und nahm dafür die Dienste eines Transitärs in Anspruch, eines Spezialisten, der sich nicht nur auf das Entladen importierter Ware verstand, sondern vor allem auch auf die Schliche und Tricks von Zöllnern und Dockern, denen der Ruf von Pest und Cholera vorauseilte: die ersten waren zu bestechen, die andern so zu überwachen, dass sich beim Öffnen der Container nicht gleich die Hälfte des Inhaltes in Luft auflöste. Deshalb überließ ich Monsieur Brice die Organisation und die Abwicklung der ganzen Einfuhrgeschichte. Brice war ein Angestellter einer mir von Mustapha empfohlenen Transitärfirma mit französischem Mutterhaus. Ein Bär, der mich um zwei Haupteslängen überragte, dessen Ausstrahlung aber vor allem eines sagte: Ehrlichkeit. Ich stellte ihm, dem Mann vom Hochland, der sich an der Küste reichlich verloren vorkam, eine ganz anständige Prämie in Aussicht, wenn die einzuführenden Güter einmal sicher und komplett an der Bucht eingetroffen seien, vermied es aber, mit Geld zu protzen. Ich war zwar eine reiche Frau geworden, aber das Dümmste, was ich hätte tun können, wäre gewesen, diesen Reichtum irgendwie zu zeigen oder auch nur erahnen zu lassen. So blieb ich überall, wo ich mich zeigen musste, sehr bescheiden im Auftritt, ließ nie ein lautes Wort verlauten, verhielt mich wie alle anderen Landsleute, wenn man mit

Autoritäten zu tun hatte: unterwürfig. Anders war es mit den Lieferanten, bei denen ich Zement und anderes Baumaterial einkaufen musste, wofür ich den Architekten aus der Bezirkshauptstadt rief. Es wurde um jeden Sack Zement gefeilscht, jedes Armierungseisen war Gegenstand von Verhandlungen. Ich war froh, dass ich das meiste aus Europa mitgebracht hatte, so wurden Geld und Nerven gleichermaßen geschont.

Ich hatte gut zehn Tag in der Hafenstadt zu tun. Während der Architekt den Transport des Baumaterials überwachte und begleitete, war ich mit meinem Fahrzeug unterwegs zur Bucht. Ich hieß den Fahrer, nicht ans Maximum zu gehen, zwar zügig zu fahren, aber nicht zu rasen, wie es sonst auf Landstrassen Gepflogenheit des Landes war. Ich wollte die rund achtstündige Fahrt genießen, den Kopf leeren und mich auf Anna und Jean freuen, die mit Bestimmtheit schon ganz nervös sein mussten, denn ich hatte bloß geschrieben, dass ich allein, aber nicht wann und weshalb ich ohne Familie käme.

Im Laufe des Nachmittags bogen wir von der Hauptstrasse nach Westen ab. Die Sonne stand im letzten Drittel des Nachmittags. Wenn wir nach der Piste zur Bucht hinunterfahren würden, müsste sich die rotgelbe Scheibe gerade auf die Inseln vor meiner Bucht senken. Nach der Fahrt durch die in den betörenden Duft frisch geernteter Mangos eingehüllten Dörfer entlang der Piste, vorbei an den blühenden Orchideen, begleitet von der Geschäftigkeit der schwarz-weißen Paradiesvögel, deren Männchen sich wegen der langen Schwanzfedern wippend durch den lichten Wald bewegten, bedacht mit den Warnschreien der Lemuren, bogen wir endlich auf „meinen" Weg zur Bucht ab. Die letzten Kilometer, während denen das Land sich langsam zum Meer hinab senkte und man deshalb eine Schwindel erregende Sicht über die unmittelbar vor der Bucht stehenden Baumriesen, bis weit über die Inselgruppe hinaus in den Kanal von Mosambik gewann, waren eine einzige Orgie von Farben des nahenden Sonnenunterganges. Die Natur strengte sich an, die letzten Energien des Tages vor der hereinbrechenden Nacht zu mobilisieren. Alles schien näher zu sein, wirkte intensiver als zu jeder anderen Tageszeit. Wir fuhren durch die von Jean in meiner Abwesenheit gepflanzte und vor der Gefräßigkeit der Rinder durch hohe Einzäunungen geschützte Kokospalmen-Allee, von der man natürlich erst die Wipfel der Jährlinge sah. Weiter vorne, näher dem Meer zu, waren unter hohen Bäumen Kaffeebäume gesetzt worden. Die schnell wachsenden Papayabäume mit ihren kurzen Kronen waren zu erkennen, ebenso die einjährigen Mangos, Orangen, die Zitronen und die von mir so sehr geliebten Litchies. In ein paar Jahren, vielleicht in drei oder vier, würde hier ein Garten Eden sein. Mein Garten Eden.

*

Schon bevor wir noch die letzten abschüssigen Meter durch die Zufahrt hinunter zum Strand fuhren, hieß ich den Fahrer hupen, so dass Anna und Jean von meiner Ankunft erfuhren, denn ich konnte sie aus der Stadt nicht anrufen, im Paradies gab es kein Telefon.

Vor einem lodernden Himmel, der das vor uns liegende Meer zu entzünden schien, kamen Jean und Anna daher gerannt. Sie hatten beide Tränen in den Augen, nein, sie weinten wie kleine Kinder und auch ich wollte meine Gefühle nicht mehr verbergen. So standen wir vor einem Panorama, das normalerweise nur in Ferienprospekten angeboten wurde, umarmten uns und weinten gemeinsam vor Freude während im Hintergrund die Sonne rasch im Meer versank.

Der erste Abend nach der Trennung war ganz dem Erzählen und dem sich Wiederfinden gewidmet. Sie wollten natürlich wissen, warum ich allein gekommen sei, aber ich wollte sie mit der Geschichte nicht belasten und suchte nach der plausibelsten Erklärung: François und ich hätten uns scheiden lassen. Punkt. Was hätte ich denn auch sonst erzählen sollen. Etwa vom Verhältnis Marie-Jeannes mit François, dass sich die beiden schon Monate lang, vermutlich mehr als ein Jahr lang, hinter meinem Rücken vergnügt hatten? Dass sie im Moment der Entdeckung des Skandals nicht einmal Reue gezeigt hatten? Hätte ich Jean und Anna von der Ungeheuerlichkeit berichten sollen, dass sich ein fast fünfzigjähriger Vater und seine knapp fünfzehnjährige Tochter allen Ernstes eine gemeinsame Zukunft ausgemalt hatten? Und was hätte es für einen Sinn ergeben, wenn ich meine schleichende Entfremdung zwischen mir und meinem Exmann hätte erklären wollen? Eine Entfremdung, die alleine es ermöglichte, einen kühlen Kopf zu bewahren, wo die meisten anderen Frauen an meiner

Stelle entweder durchgedreht, sich oder die beiden anderen umgebracht hätte oder sogar beides zusammen? Es hätte überhaupt keinen Sinn ergeben, ganz zu schweigen davon, dass ich die unglaubliche Geschichte so schnell wie möglich vergessen wollte. Wir verbrachten stattdessen einen wundervollen Abend an der Bucht, bei einem von Anna spontan herbeigezauberten Abendessen. Ein Abend, der von einer sternenklaren Nacht überzogen wurde und die mich auf der wogenden Melodie des auf den nahen Strand hinauf- und hinterrollenden Meeres in einen tiefen Schlaf gleiten liess.

*

Auf dem Gut gab es nun jeden Tag mehr Betrieb. Die Lastwagen kamen mit den Baumaterialien, für die in aller Eile ein Unterstand gebaut werden musste, denn die Regenzeit würde bald die ersten Niederschläge bringen. Dann musste alles im Trockenen sein. Der Architekt hatte zu diesem Zweck ein Dutzend Bauarbeiter aus der Bezirkshauptstadt kommen lassen, die sich zuerst ihre eigene Behausung bauten, was gerade einen Tag dauerte, um sich dann um das Materialdepot zu kümmern. Es ging während ein paar Tagen ziemlich hektisch zu, aber vor Weihnachten war alles in Sicherheit. Und als hätte der Himmel das Zeichen verstanden, fiel an Heiligabend der erste schwere Regen.

Für die nächsten Monate entstand auf „Chez Eleonore" ein regelrechtes kleines Dorf, in dem die Bauarbeiter zunächst alleine in ihren Unterkünften wohnten. Später kamen ihre Frauen nach, es entstanden einfache Familienhäuser für die Dauer der Bauarbeiten. Die Zeit bis zur Lieferung der Container wurde genutzt, um die Bauplätze vorzubereiten. Fundamente wurden ausgehoben, Mauern hochgezogen. Brice hatte inzwischen die Container ausgelöst und dank der von Mustapha generalstabsmäßig durchgeführten Operation kam alles heil und ohne den geringsten Verlust bis zur Baustelle. Sogar die beiden Fahrzeuge wurden schadlos geliefert und von meinem inzwischen rekrutierten Fahrer übernommen. Nun konnte der Bau der Häuser und die Bewirtschaftung des Gutes mit Volldampf in Angriff genommen werden.

Das weitläufige Haus war nach dem Muster eines spanischen Gutsho-fes entworfen worden. Vier Flügel wurden um einen quadratischen, schat-tigen Innenhof mit einem Brunnen im Zentrum gebaut, um den herum eine tiefe, Schatten spendende Veranda verlief, an deren Hauptseite eine breite, ebenfalls überdeckte Treppe zur Empfangshalle führte von der links und rechts die Flure zu den um den Innenhof angelegten Zimmern abgingen. An der Hauptseite gab es nur einen großen Raum, die Emp-fangshalle, an deren Stirnseite eine Bar eingerichtet werden sollte, wo man sich mit Erfrischungen für den Aufenthalt auf der Terrasse im Innenhof oder auf der zur Allee weisenden Veranda versorgen würde.

Das Holzhaus am Strand blieb stehen. Es sollte nach der Inbetrieb-nahme des Haupthauses als Strandrestaurant und Bar genutzt und zu-sammen mit ein paar Bungalows das Zentrum der Tourismus-Anlage „La Crique" bilden. Das erste Haus von Jean und Anna wurde abgerissen, für hatte ich etwas Neues geplant.

Jean und Anna sollten ihr eigenes Haus neben dem Haupthaus, ganz in meiner Nähe haben. Hinzu kamen einfachere Häuser für das Haus- und Wachpersonal, später wurden Unterkünfte für Erntehelfer angebaut. Jean und Anna erwiesen sich in der Aufbauphase des Gutes als treue und unersetzliche Stützen; mit der Zeit wuchsen wir drei, obwohl es immer ein Verhältnis zwischen Patronne und Angestellten war, zu einer verschwore-nen Gemeinschaft zusammen, die jeden Fortschritt im Projekt zusammen feierten und sich über jeden Rückschlag ebenso gemeinsam ärgerten. Von beidem gab es in den ersten Jahren reichlich.

*

Das Haupthaus war gebaut und auch das Haus von Jean und Anna war bereits bezogen worden. Wir kümmerten uns nun um die Anbauflä-chen, wo bereits der eine oder andere Versuch von Jean und Anna noch vor meiner Rückkehr gestartet worden war. Zusätzliches Personal für das Haus, die Küche, die Pflanzungen war von Jean und mir rekrutiert wor-den. Die wichtigsten Arbeiten lagen hinter uns und wir konnten uns den Ausbauprojekten widmen und der Frage, ob das Gut wirklich für dem Tourismus angeboten werden soll. Wir entschieden uns für einen Versuch, dessen Risiken und Kosten unter Kontrolle gehalten werden konnten. Jean sollte am Strand fünf einfache Bungalows aufbauen und das Restaurant in Schuss bringen; dann wollte ich versuchsweise das Produkt „La Crique" den sich mehr und mehr für die Grosse Insel interessierenden Reiseveranstaltern schmackhaft machen.

*

Jean, Anna und ich nahmen die zweite gemeinsame Regenzeit in Angriff. Es war die Zeit der Ernte, auch wenn die Kaffeestauden noch keine Früchte trugen, genauso wenig wie die Litchie-Bäume. Aber Mango gab es jede Menge und natürlich die ganzjährigen Papayas; an vielen Bäumen rankte Pfeffer in die Höhe und gab mit seinen leuchtend grünen Trauben deutliche Zeichen für die Ernte. Der Reis stand hoch und die gelblichen Ähren wollten geschnitten werden. Es gab zu tun. Da kam - es war zwischen Weihnachten und Neujahr - zur Unzeit also, aus dem Osten ein heftiger Wind auf und mit ihm ein schwerer Regen. Nicht, dass Regem zu dieser Jahreszeit ungewöhnlich war, aber die Zeichen standen auf Sturm, es gab Warnungen am Radio und im Fernsehen, das wir dank einer kurz vorher montierten Satellitenschüssel ebenfalls empfangen konnten. Der Sturm entwickelte sich innert vierundzwanzig Stunden zum Zyklon. Das war nun doch viel zu früh für die Jahreszeit, gelten doch Februar und März als Zyklonperiode. Außerdem war es eher selten, dass solche tropischen Stürme gerade über die Halbinsel hinwegfegten, weil sie in der Regel viel weiter im Süden durchzogen. Doch Werweißen nützte nichts, der Sturm war da - und blieb für zwei volle Tage, während denen ich Jean und Anna, aber auch das übrige Personal ins Haus nahm, das sich als Schutzburg für unsere Gemeinschaft zu bewähren hatte. Mit Anna sorgte ich für die Frauen und Kinder der Angestellten - die meisten noch Säuglinge - die sich voller Angst vor dem uns mit Böen von hundertfünfzig oder sogar Stundenkilometern Geschwindigkeit überfallenden Zyklon - und um einen solchen handelte es sich, wie man Tage danach im Radio bestätigte - im Innenhof, auf der Veranda versammelt hatten. Die Männer versuchten, Maschinen und Material zu schützen, ihre Wohnhäuser, die Lager und Garagen zu verbarrikadieren, dem Wind jede nur erdenkliche Angriffsfläche zu entreißen. Mit wenig Erfolg. Meine Burg hielt stand. Das Haus war gut gebaut. Dafür war der Rest des Gutes wenn nicht zerstört, so doch stark beschädigt. Die jungen Kaffeepflanzen waren weggefegt, die ernte-bereiten Reisfelder überschwemmt, die Allee der nun schon mannshohen Kokospalmen weitgehend abrasiert. Unten am Strand das reinste Chaos. Von den noch im Bau befindlichen Bungalows standen gerade noch die betonierten Eckpfeiler, die Wände und das Dachgebälk musste sich ir-gendwo draußen auf dem Meer befinden. Auch der als Restaurant gedach-te, frühere Familienbungalow war zerstört, vom Wind zerfetzt. Aber es gab keine Verletzten, und die Angst war nur ein flüchtiger Gast.

Am dritten Tag zog der Sturm ab, löste sich im Westen auf, wo nun die Sonne rotglühend unter einem gelb-violett-malvenfarbigen Himmel im mehr versank, als hätte es nie einen Sturm gegeben. Endlich empfing uns die Nacht in Frieden und Sicherheit.

*

Ich sah das Mädchen, oder eher die junge Frau, wie sie - ein Kind auf ihren Rücken gebunden - durch eine baumbestandene, halboffene Land-schaft schritt. Sie trug das Haar in Zöpfen, die zu zwei Knoten jeweils hinter jedem Ohr gebunden waren und das Gewand war die Lambda, ein gelb-blauer Wickelrock und auf dem Kopf balancierte sie in einem ge-flochtenen Korb vermutlich ihre ganze Habe. Sie sang ein Lied, das mir wohlbekannt war. Es war ein Lied aus meiner Kindheit. Als sie näher kam, sah ich, dass sie eine sehr dunkle Haut hatte, die von der unterge-henden Sonne in eine kupferfarbene Patina getaucht wurde. Ihre Augen waren schwarz und funkelten wie meine als ich jung war. Sie lief singend an mir vorbei. Das Kind schlief friedlich auf ihrem Rücken.

*

Am Morgen nach dem Sturm erwachte ich aus einem tiefen Schlaf, der mir einen neuen Traum beschert hatte und den ich nicht zu deuten wusste. Aber es war ein ruhiger Traum von einer schönen, jungen Frau, die ich selber hätte sein können. Vor Jahrzehnten. Ich träumte denselben Traum in den kommenden Jahren immer wieder, während sich Fabienne aus meinen Träumen zurückgezogen hatte.

2000 - 2007

Die Berliner Mauer war vor über ein Jahrzehnt gefallen und mit ihr sowohl im Westen als auch im Osten alle Hemmungen. Den würdevollen Ansprachen der Staatsmänner folgten bald die lärmigen Marktschreier, die den nach Wohlstand Dürstenden im Osten das Jahrzehnte vermisste Angebot ins Haus lieferten. Der Wohlstand brach zwar über die so lange darbenden Menschen herein - wenigstens über einige von ihnen -, aber Wohlsein wollte sich nicht einstellen. Dafür lieferten sich Gier und Neid, Prunksucht und Verschwendung einen unerbittlichen Kampf um Marktanteile.

Etienne, der in Berlin eine Feldforschungskampagne im südlichen Afrika vorbereiten sollte, hatte über Nacht ein neues Forschungsthema entdeckt. Da stand er mittendrin in einem nie gekannten Umbruch, den Menschen gewollt in Angriff nahmen. Es war staunenswert und wissenschaftlich von Belang, wie sich eine Gesellschaft in so kurzer Zeit neue Regeln gab, sich neue Verhaltensweisen aneignete, wie sie neue Werte entwickelte und sich beinah in Monatsschritten von einer Gemeinschaft zu einer Ansammlung von Individuen häutete. Ganz besonders im Osten, von dem man nun nicht mehr durch eine Mauer getrennt war. Warum sollte er nicht in dieses frei Haus gelieferte Studienobjekt einsteigen, statt irgendwo im Busch nach Spuren von Schamanen zu suchen? Seine wissenschaftlichen Freunde wurden von denselben Zweifeln geplagt. Man begann, das fernab liegende Projekt zu hinterfragen und arbeitete an Alternativen. Zu wichtig schien, was vor der Tür geschah. Man musste dran bleiben. Aber interessierte das jemanden?

*

Der Umbruch in den sozialistischen Kolonien hatte nicht lange auf sich warten lassen. Reihenweise meldeten die mit Rubel oder Ostmark aufgepumpten Regime im Süden Konkurs an. Auch die Grosse Insel war nun sozusagen offiziell bankrott und rief den Klassenfeind zu Hilfe. Skylla und Charybdis aus Bretton Woods waren zwar schon mehr als ein Jahrzehnt im Land und hatten das Lied vom freien Handel, von Demokratie und Pluralität gesungen. Schon hatten sich die beiden Ungeheuer als Sieger gewähnt. Aber der rote Admiral war schlauer gewesen. Das neue Geld schuf neue Chancen für den Clan des Admirals, nicht für die Menschen, die im Elend weiter darbten.

In seiner Schläue - die viele noch Jahrzehnte später mit Intelligenz verwechselten - hatte über Nacht die Insel zum liberalen Hort von freiem Handel und freiem Wort erklärt. Die Parteiuniformen waren Maßanzügen gewichen. Und natürlich: man hieß nun auch die alte Kolonialmacht, die den Admiral und seine Generäle militärisch ausgebildet und unter deren breite Fittiche man Exil gefunden hatte, hoch willkommen. Die alten Kameraden und die neuen Ideologen in den alten Hauptstädten hatten ihm jedes Wort geglaubt, weil sie es glauben wollten – und zahlten ein weiteres Mal das Gelage eines Mannes, der doch immer nur ein Zechpreller gewesen war. Drei Jahre nach dem Fall der Mauer, zählte der Despot zu den reichsten Männern seines Fachs. Der freie Handel blieb in seinen Händen. Die Zensur für die wenigen mickrigen Zeitungen wurde zwar abgeschafft, aber die einzig über das ganze Land ausstrahlenden Radio und Fernsehen blieben im Besitz des Staates, der Propagandaapparat des Admirals. Wie eh und je.

Es war offensichtlich, das Land brauchte Hilfe zur Entwicklung. Wie so viele andere Länder auf dem schwarzen Kontinent, die im Jahrzehnt des Aufbruchs neue Partner suchten. Und es kamen Entwicklungshelfer – ganze Bataillone, es kamen Evaluatoren – Heerscharen, es kamen Berater für die Regierung – in Massen. Es kamen Regierungs-Nichtregierungs-Multinationale Organisationen – in kilometerlangen Fahrzeugkolonnen. Sie berieten in Finanzfragen, Wirtschaftsfragen, Naturschutzfragen, Frauenfragen, Ernährungsfragen, Landwirtschaftsfragen, Wasserfragen, Wüstenfragen, Demokratiefragen, in Gesundheitsfragen sowieso und auch in Armutsfragen. Das einzig sichtbare Ergebnis waren die neuen Gesichter in der Stadt. Weiße Frauen und Männer, in den selben Erstklasshotels, in denen früher die Planungsideologen der Bruderstaaten abgestiegen waren, einckeckend und hoch über den Slumgeschwüren in klimatisierten Sitzungsräumen darüber debattierend, wie man fünfzehn Millionen Menschen, die seit Generationen gezwungen waren, von der Hand in den Mund zu leben hatten, über Nacht in die freie Marktwirtschaft werfen soll. Sie waren die ersten Touristen im Land. Mit Tausend-Dollar-Tagessätzen, plus Spesen selbstverständlich.

Zehn Jahre lang florierte der Markt der Helfer und Berater, deren Berichte und Studien zu Bergen anschwollen – ohne, dass sich an der Armut der Millionen innerhalb und außerhalb der Hauptstadt nur das Geringste änderte.

*

Ein Dutzend Jahre waren seit dem Fall der Mauer vergangen. Die Welt sah anders aus. Die Städte des früheren Ostens waren endlich genauso hässlich wie jene des früheren Westens. Hatte man eine gesehen, war man in allen gewesen. Der schlechte Geschmack trat seinen planetaren Siegeszug an. Die Globalisierung der Dummheit wurde dank der neuen Kommunikationstechnologien unwiderruflich in bislang ungeahnte Dimensionen vorangetrieben. Auf den Strassen begannen die Leute mit sich selber zu reden, was man allgemein Kommunikation nannte, aber bloß darauf hinaus lief, dass zwar alle überall und über alles redeten aber keiner mehr etwas verstand. Alle hatte plötzlich zu allem eine Meinung aber von nichts eine Ahnung, was bis dahin nur Politikern vorbehalten war.

Nur auf der Grossen Insel änderte sich nichts. Der Admiral – von einem durch einen Putsch von der Strasse verursachten Unterbruch von drei Jahren abgesehen – war immer noch da. Im ganzen über zwanzig Jahre. Solange bis ihn die neuen, alten Freunde endgültig fallen lassen mussten. Der Betrug war offensichtlich geworden und die Wähler in den Ländern der Geldgeber hätten nicht nur die Dummheit ihrer eigenen Regierenden, die sich über Jahre hinweg von einem Despoten über den Tisch hatten ziehen lassen, durchschauen, sondern auch Fragen stellen können. Nach dem Verbleib ihrer Steuergelder zum Beispiel. Die man in Milliardenhöhe angeblich für den Kampf gegen eine Armut ausgeben hatte, die im Grunde immer schlimmer geworden war.

Da kam endlich ein neuer Star in Sicht. Einer, der so sprach wie der Mann mit den Cowboy-Stiefeln. Genau so. Genau so dumm. Der Admiral gewann die erste Runde einer neuen Präsidentenwahl, doch ließ der Herausforderer verkünden, alles sei Betrug, er selber hätte eine Mehrheit und somit die Wahl gewonnen. Es kam zu Scharmützeln und schließlich fast zum Bürgerkrieg. Und es kam wie es kommen musste. Der Nichtmehrgeliebte musste zum zweiten Mal ins Exil – in den Schoss der Mère Patrie; wohin denn sonst. Der Neue übernahm das Ruder. Ein Unternehmer, der im Schatten und mit Schmieren des Admirals ein Monopol für Milchprodukte aufgebaut hatte. Und in Amerika Amerikas Traum verkörperte. Während ihn die einen als den neuen Befreier von der Diktatur feierten, sahen andere bereits einen neuen Albtraum heraufziehen. Die Pessimisten sollten für einmal falsch liegen - es wurde schlimmer als ein Albtraum.

*

Das Hörn des Schienenfahrzeugs ist aus der Ferne zu hören. Durch die anstelle des längst abgeholzten Urwaldes als Bau- und Feuerholz-Plantagen gepflanzten lichten Eukalyptus-Stämme blitzt das blütenweiße Gefährt immer wieder in der gleißenden Morgensonne. Schon sind die zur Dekoration auf der Lokomotive angebrachten grün-weiß-roten Fähnchen zu erkennen. Fröhliche Gesichter strecken sich durch die offenen Fenster. Am Bahnhof im Regenwald herrscht Nervosität und der Bahnhofsvorstand pfeift unablässig auf seiner Trillerpfeife und schwenkt aus unbekannten Gründen eine rote Fahne.

Eine Blasmusik steht bereit und die Schüler der Primarschule bilden ein Carré vor gehisster Flagge. Beim letzten Kreischen der Scheibenbremsen wird die Nationalhymne intoniert, von den Kindern mit besonderer Inbrunst mitgesungen. Nach umfangreichen Reparaturen wird heute die Strecke vom Hochland hinunter an den Ozean zum ersten Mal wieder befahren. Und die Kinder sehen zum ersten Mal seit langem wieder Touristen - die meisten Schulkinder sehen überhaupt zum ersten Mal weiße Menschen -, die hierher kommen, um den Regenwald zu besuchen, die Indris, von den Kindern respektvoll Babakoto genannt, zu beobachten, Chamäleons zu sehen, Schlangen und seltene Pflanzen. Es ist die erste echte Touristengruppe, die ins Dorf im Regenwald kommt. Und sie kommt mit der legendären Micheline, einem Schienenbus, den man aufgrund der Pneuräder aus Gummi nach dem Pneu-Herstellers benannt hat. Das Gefährt wurde für den erhofften Touristenboom instand gestellt, mit originalen Korbsesseln, Bar und Snacks inklusive.

Als erster steigt der Reiseleiter aus, den die Kinder mindestens so neugierig mustern, wie die nachdrängenden Weißen. Der Mann sieht ja eigentlich so aus, wie Leute aus dem Dorf, aber irgendwie doch nicht so ganz. Die Haare sind glatt, von grauen Strähnen durchzogen, die Haut etwas heller als das hier vorherrschende Kaffeebraun. - Un métis -, raunen sich die zahlreichen Erwachsenen zu. Und als aus der Menge eine kleine, alte Frau auf den gut aussehenden, reifen Mann zu rennt, vor Freude in Tränen versinkt gar schreit, die Arme weit aufhält, da rufen viele Ältere wie auf Kommando: Etienne!

Der zurückgekehrte Sohn des Dorfes übergbt seine Reisegruppe dem Besitzer einer Bungalow-Anlage, die man ein paar Schritte vom Bahnhof aufgebaut hat. Einfache Häuschen aus lokalen Baustoffen, ein Restaurant. Nichts für besonders anspruchsvolle Leute. Am Abend ist eine erste Exkursion in der Dämmerung geplant, dafür werden ein paar Burschen aus dem Dorf engagiert, die sich Guide nennen und gebrochen ein paar Worte Französisch sprechen, dafür aber jeden Frosch persönlich kennen. Etienne, der die Gruppe durch ein Land führt, das für ihn genau so fremd geworden, wie es für seine Kunden ist, wird im Wald nicht gebraucht. Er kann sich seiner Mutter widmen. Ein freier Tag.

Ein alter, kleiner Mann in einem viel zu weiten Anzug sitzt derweil im Schatten unter dem Vordach des Bahnhofsgebäudes auf einer Holzbank und sieht der Szene aus wachen Augen zu. Er weiß, dass er nach der Mutter an die Reihe kommt, denn sein ehemaliger Schüler nur noch sie im Dorf – nebst ihm, seinen alten Lehrer. Nach so vielen Jahren kommt es dem alten Mann auf ein paar Minuten auch nicht mehr an.

*

Der neue Präsident, den viele den Milchmann nennen, kurbelt den Tourismus an. Er sieht darin eine Möglichkeit, Geld ins Land zu holen, das sozusagen direkt zu den Leuten käme und zwar überall dort, wo es Naturschutzgebiete gibt, und die sind inzwischen über die ganze Grosse Insel verstreut. Natur und Landschaften sind neben Stränden und Korallenriffen das Kapital der Branche. Denn die Insel vor dem afrikanischen Kontinent ist so etwas wie ein Natur-Heiligtum, weil fast alles, was kreucht und fleucht, rankt und wächst nur gerade auf dieser Insel anzutreffen ist. Biologen, Herpetologen, Primatologen, Botaniker, Pharmakologen, Geologen, sie alle bilden eine Gemeinschaft, die seit Jahren die Insel rauf und runter untersucht und dabei auf Millionen Seiten ihre Erkenntnisse hinterlassen. Diesen Schatz will der Milchmann heben. Die fremden Leute sollen dafür bezahlen, Lemuren und Orchideen, Chamäleons und Schlangen zusammen mit ein paar Eingeborenen in freier Wildbahn betrachten zu dürfen. Dumm nur, dass korrupte Minister bis hinauf zum Präsidenten, die Plünderung der letzten Edelhölzer in nie gekanntem Ausmaß vorantreiben und so die verbleibenden Wälder und deren Bewohner verschwinden. Gezeigt werden die Restbestände einer einst üppigen Natur.

Die Besucher sind nette Leute. Schenken Kindern Bonbons, T-Shirts und jede Menge Kugelschreiber. Bezahlen für ein Foto Geld und etwas mehr für junge Mädchen. Nach ein paar Jahren werden aus den Besuchern die neuen Herren, die den Preis für Tiere, Knaben und Mädchen bestimmen, ohne an deren Armut etwas zu ändern.

*

Es wurde ein langer Abend. Mutter und Sohn hatten sich ein Leben zu erzählen und der allein lebende Henri, den sie dazu eingeladen hatten, wollte alles wissen, was es aus Paris, der Hauptstadt seines Herzens, zu berichten gab. Doch Etienne sagte zu ihm nur einen einzigen Satz: - ich habe Eleonore getroffen. -

23

Sie erwachte aus einem Traum und wusste, dass das elende Leben einer von der Adoptivmutter gehassten und, von einem Stiefbruder geschwängerten Waise nicht Schicksal sein musste. Im Traum hatte ihr eine uralte Frau gesagt, sie solle ihren Weg gehen. - Höre auf die Stimmen, lerne die Zeichen deuten und handle danach. Geh weg von hier, denn Du wirst den Weg finden, der dich nachhause führt. -

Sie war einfach gegangen, ohne Hast und Umstände, ohne Geld. Sie hatte einfach gehen müssen, jetzt, in diesem Moment. Wie eine Riesenwelle hatten sie die Bilder, die sie - bevor die alte Frau gesprochen hatte - im Schlaf überrollt und ihr innerhalb einer einzigen Sekunde die eigene Zukunft als auch jene des auf ihrem Rücken schlafenden Säuglings und jene der noch ungeborenen Kinder offenbart.

Nicht dass sie in Angst und Schrecken versetzt worden wäre; davon hatte sie in den letzten zehn Jahren, seit sie nach dem Tod ihrer Mutter Marie-Jeanne in die Obhut - wie es hieß - „gütiger Menschen" kam, schon mehr als genug mitbekommen. Es waren die Geschichten der Frauen aus dem Klan ihrer Adoptivfamilie, mit denen sie sich gerade am Fluss aufhielt, um Wäsche zu waschen. Bilder, in denen sie an die Stelle der sich gerade ahnungslos unterhaltenden Frauen getreten war und die sie zum Aufbruch zwangen.

Sie war die Schwägerin geworden, die mit fünfundzwanzig Jahren das achte Kind zur Welt bringen musste und ihrem Mann und der Familie viel Anerkennung beschert und sich selber einen zu frühen Tod – es wird entweder das Fieber des Kindbettes sein, eine Infektion, Schwäche. Kinder sind unser Reichtum, heißt die Stammesdevise. Die Zahl der Geburten werde vom Schicksal bestimmt, beteuern die Alten. Also wird auch sie weitere Kinder zu gebären haben. Und wird in fünf Jahren eine verbrauchte Frau sein. Vielleicht schon vorher tot. Derweil sich ihr Mann im deuxième bureau vergnügt.

Sie ist plötzlich die ständig von Schlägen gezeichnete Nachbarin geworden, eine Klassenkameradin aus der viel zu kurzen, gemeinsamen Schulzeit. Denn ein Mann hat seine Frau zu züchtigen, sagen die Alten. Und so schlägt sich ein Mann durch die Ehe, manchmal aus Rache, manchmal aus Ärger, meistens aus Frustration darüber, niemand sonst erniedrigen zu können.

Sie war die junge Witwe, deren Mann vergiftet wurde, weil er sich die Frau des Händlers zu seinem zweiten Büro gemacht hatte und die nun nicht nur die Schande ertragen, sondern auch noch fünf Kinder ernähren muss. Denn die Frau eines Fremdgehers ist meist selber die Ursache für die Untreue also auch Schuld an dessen Schicksal, sagen die Alten.

Sie ist ihre Adoptivmutter, la petite mère, die sich nur gerade ums eigene Wohlergehen kümmert, sich im Falle einer Trennung zwischen ihr und dem aufgezwungenen Ehemann das Erstgeborene als Sklave zuführen ließe und darauf achtete, dass dieses Kind auch nie eine Schule von innen sähe, weil es sonst bloß auf dumme Gedanken käme, worauf sich die Geschichte wiederholen würde.

Sie ist ihre Tochter, die eben erst Geborene auf ihrem Rücken, sieht sie als Verdingkind versklavt und mit fünfzehn an den Sohn eines Geld und Einfluss versprechenden Klan-Notabeln verschachert, als Gebärmaschine, die dieses unendlich unwürdige Leben weiter führen soll.

Sie hat ihre eigene Zukunft gesehen. Bis zum Ende einer früh gealterten und jung Verstorbenen. An einem unverdächtigen Morgen verlässt eine junge Frau - ein Mädchen noch - ihr Haus als ginge sie zum Markt. Sie heißt Aimée.

*

Zunächst war eine Fahrt im Taxibrousse nicht in Frage gekommen. Nicht nur des Geldes wegen. Sie wollte keine Begegnung riskieren. Nicht mit einem Mitglied ihrer Adoptivfamilie, erst recht nicht mit jemandem aus dem Klan jenes Mannes, an den sie für ein paar Rinder verschachert worden war. Und selbst ohne eine direkte Begegnung hätte man erfahren, wohin sie unterwegs gewesen wäre. Man hätte sie erkannt, hätte die beiden Klans informiert, hätte dafür gesorgt, dass diesem schon immer vorlauten Kind die Bäume nicht in den Himmel wachsen würden. Das kam schon gar nicht in Frage: dass jemand aus freien Stücken der Hölle auf Erden entkomme. Stattdessen, wählte sie den Weg durch den Wald, den Regenwald. Schutz und Schatten suchend, Nahrung findend, Wasser. Die Regenzeit hatte gerade begonnen, wilde Früchte überall. Mangos, auf die sie als Knirpse – nur wenige Jahre war es her - kaum warten mochten. Bis der erste Regen das Zeichen für die Ernte gab und sie, ein jedes mit einer langen Bambusrute als Erntehaken oder mit kurzen Stecken als Wurfgeschosse gerüstet, in den Schlaraffenwald zogen.

Sie kannte den ersten Teil der Strecke, wo ihr Stamm noch während ihrer Kindheit ein respektables Waldgebiet besiedelt hatte. Bevor sich die Alten dazu entschlossen, dem Fluss abwärts zu folgen, näher an die bedeutenderen Orte, wo es damals bessere Verdienstmöglichkeiten zu erhoffen gab.

So war der erste Tag ein Gang zurück zu ihren ersten Kindheitserinnerungen, die rar geblieben sind. Ein Kind des Waldes erlebt kaum je den Unterschied zwischen Kindheit und Erwachsensein. Krebse fangen in den Flüssen, als Beilage zum eintönigen Reis. Wilde Früchte, Beeren – zuerst aus spontaner Lust in die Münder gestopft, danach als Beitrag zur Ernährung des Klans.

*

Die nächsten Tage schützte sie der noch fast unberührte Wald, sie fühlte sich geborgen. Brettwurzeln von Urwaldriesen und das Blatt einer Palme boten nachts den nötigen Schutz gegen den Regen. Sie fürchtete sich weder vor wilden Tieren noch vor giftigen Schlagen, denn die gab es auf der Insel nicht. Vor Skorpionen musste man sich in Acht nehmen und vor giftigen Tausendfüßlern. Die Mücken waren das Schlimmste und gelegentlich ein paar Blutegel. Gegen die Mücken schützte das in unendlichen Varianten verwendbare traditionelle Tuch, die Lambda. Blutegel waren eine Frage des richtigen Drehs. Man musste die Fingernägel als Zange benützen und die widerlichen Blutsauger vollständig und gleichzeitig drehend aus der Haut drücken. Wasser gab es im Regenwald mehr als genug, vorausgesetzt man wusste, wo es zu suchen war. Und das vom Instinkt geübte Auge des Waldkindes erkannte in diesem grünen Chaos jede Spur eines Pfades. Sonne und Schatten zeigten Richtung und Zeit.

Endlich wiesen Mango- und Kapoka-Bäume auf Siedlungen, denen sie anfänglich auswich, denn Sie befand sich in einer fremden Gegend. Welcher Stamm lebt hier, welche Sprache sprechen diese Leute? Sind sie uns wohl gesinnt. Doch sie war sich ihrer Sache sicher. Sie wusste, es konnte ihr nichts Schlimmes geschehen. Sie vertraute den Bildern.

Sie wagte endlich den Schritt in ein Dorf. Man begegnet ihr freundlich, ohne Misstrauen. Fragte nicht nach dem Woher und Wohin, denn im Busch sind Frauen mit Kindern oft allein unterwegs. Das heilige Gastrecht würde ihr die Unterkunft verschaffen. Dazu hätte sie sich bloß beim Dorfchef vorstellen müssen, der ihr das Gästehaus zuweisen würde, so wie man auch in ihrem Dorf mit Fremden umginge. Wo befand sie sich? Und würde sie dem Dorfchef trauen können?

Sie fragte eine Frau, die auf dem Kopf einen Korb voller Karotten und auf dem Rücken, wie sie selbst, einen Säugling trug. Die ebenfalls blutjunge Mutter antwortet ihr in einem ähnlichen Dialekt. Freundlich, hilfsbereit. Man riet ihr, noch etwas weiter zu laufen, bis zu einer Missionsstation, wo es für ihr Kleines besser sei, auch wenn sie vom Dorfchef gewiss auch das Gästehaus zugeteilt bekäme. Sie zögerte keinen Moment, den Rat zu befolgen, denn Dorfchefs kennen andere Dorfchefs, kennen alle Klans im weiten Umkreis. Und dann hätte es für sie gefährlich werden können, denn es ist Sitte und Tradition, dass Fremde, welche Gastfreundschaft in Anspruch nehmen, über ihre Herkunft Auskunft geben. Dankbar ließ sie sich den Weg nach einer auf einem halben Tagesmarsch liegenden Missionsstation erklären. Bis zum Sonnenuntergang müssten sie es schaffen.

*

Schon am Vortag war der holprige, nur von Ochsenkarren befahrbare Weg von einer veritablen Straße abgelöst worden. Der Verkehr war dichter geworden, Taxi-Brousses, Geländefahrzeuge, Lastwagen. Die Küste lag rechterhand, dem Sonnenaufgang zu, manchmal tat sich zwischen dem Busch ein kobaltblaues, von gischtenen, schneeweißen Sprenkeln versetztes Fenster auf, als sei es ein in die Landschaft gehängtes Gemälde. Ein Gemälde vor einer im späten Nachmittagslicht, in unendliche Grüntöne getauchten Wand aus Büschen, Gräsern, und Kokospalmen. Und die himmlische Beleuchtung wechselte vom makellosen Blau ins zunächst Gelblich-rötliche und dann in das einzigartige Malvenfarbige. Das alltägliche Farbspektakel der Tropen. Die Kupferstunde. Der eben noch tiefblaue Baldachin über der einsam dahin eilenden Frau wechselte in Minutenschnelle zum von Myriaden glitzernder Sterne übersäten Nachtschwarz. Im Licht der Milchstraße, erreichte sie unter einem noch mondlosen Himmel die erleuchtete Missionsstation.

Sie wurden von einer Haushälterin empfangen, einer Weißen, die sich Soeur Benedetta nannte. Die Schwester sprach etwas bizarr in einer Sprache, die wohl ein lokaler Dialekt hätte sein sollen. Was sie verstand, war, dass Frère Damiano gerade in der Chapelle die Messe lese und erst zum Nachtessen hier sei. Auch ohne umständliche Erklärungen verstand die Soeur, dass die junge Mutter und das Kind ein Nachtlager bräuchten. Ein Bad und ein rechtes Essen und die Liebe des Herrn. Ohne weitere Umstände richtete sie der Reisenden ein Gästezimmer, das sogar über eine Dusche verfügte. Mit warmem Wasser! Selbst eine Kinderbadewanne wurde hervorgezaubert. Das Bett war weich, mit Leintüchern bespannt und sogar mit Kissen bestückt, was ihr, die bis dahin nur auf den aus Palmenfasern geflochtenen Matten geschlafen hatte, fremd vorkam. Benedetta ließ die beiden allein, so als wären sie schon immer hier Gast gewesen. Mit Lauten und Zeichen gab sie, bevor die Tür zugezogen wurde, bekannt, dass das Nachtessen um acht serviert würde. Noch fast zwei Stunden Zeit.

Sie versorgte zuerst das Kleine, badete es, gab ihm abwechselnd die Brust und schlief darüber fast selber ein. Irgendein Geräusch entriss sie dem sich allmächtig auftürmenden Schlaf und sagte ihr, dass noch eine Pflicht zu erfüllen war, die Pflicht eines Gastes. Das Nachtessen mit dem Missionar.

Bruder Damiano war ein einnehmender Mann. Er erweckte spontan den Eindruck eines jener Heiligen, die sie in den Katechismus-Lektionen jeweils sonntags nach der Messe kennen gelernt hatte. Man hatte ihnen Bilder gezeigt von Blut überströmten, weißen, bärtigen Männern. Mal von Pfeilen durchbohrt, ein anderes Mal von Steinen erschlagen oder von Pferden gevierteilt; geköpft, auf Pfähle gespießt. Eine seltsame Religion, die Liebe predigt und durch Gewalt Heilige produziert. Damiano musste ein alter Mann sein, dachte die junge Frau, als sie von Benedetta zu Tisch gebeten wurde. Ihr gegenüber saß jedenfalls einer, mindestens so alt wie ihr Adoptivvater, in einem weißen Anzug, mit kurzem weißem Bart und grauem sehr kurz geschnittenem Haar. Sein Blick war gütig und das handlange, hölzerne Kreuz, das an einer aus Holzperlen geknoteten Kette über seiner Brust baumelte, trug das übrige zum Bild eines von Liebe und Gottesdienst geprägten Mannes bei.

Sie aß zum ersten Mal seit langem etwas Warmes. Zuerst gab es eine Suppe, die ihr mit dem fein gehackten, fast rohen Gemüse und den aus Teig geformten kleinen Röhrchen fremd vorkam, aber durchaus schmeckte. Es folgte Reis, der so war wie er sein sollte, und Fisch. Zum Nachtisch wurden Früchte gereicht. Mangos natürlich. Pater Damiano bestand darauf, dass sie beide den Wein, das Blut des Menschensohnes, kosteten, wie er in erstaunlich guter lokaler Sprache zu erklären versuchte, ohne dass sie jedoch viel davon verstand. Nach dem Nachtisch war es Benedetta, die sie fast unmerklich beinahe aufhob, und in ihr Zimmer geleitete. Sie schlief sofort ein und nahm kaum war, dass sie zum ersten Mal seit zehn Jahren nicht auf dem Boden schlafen würde.

Sie erwachte durch einen stechenden Schmerz im Unterleib und im Rücken presste das Gewicht des Mannes, der in sie eingedrungen war. War sie im Traum von ihrem Mann eingeholt worden? Ein Traum, der sie an ihren Mann erinnern sollte? Aber es war nicht der Mann, der sie beinahe jeden Abend vergewaltigt und der nie Zärtlichkeit, vor allem nicht im Umgang mit einer Frau, erlernt hatte. Damiano, keuchend, geifernd über ihr, drückte sie aufs Bett. Ihr Becken klemmte zwischen seinen Knien fest wie in einem Schraubstock, während er immer und immer wieder von hinten in sie eindrang, immer schneller, brutaler. Es fiel kein einziges Wort. Nur Keuchen. Geifer, Schweiß, der ihr auf den Rücken tropfte. Sie wusste, dass Widerstand wenig nützen würde. Der Mann musste mindestens das Doppelte der zierlichen Frau wiegen. Allein sein Gewicht genügte, um sie unter sich zu halten. Als es vorbei war, zog er seinen ungeschützten Schwanz aus ihr und verschwand ohne ein einziges Wort und ohne Hast aus dem Zimmer.

Beim Licht einer Kerze wusch sich die Geschändete im angrenzenden Badezimmer. Sie weinte nicht, war weder zornig noch von Selbstzweifeln zerfressen. Sie bewegte sich so, wie wenn sie gerade erst aufgestanden wäre, um die Morgentoilette zu erledigen. Es musste gegen vier Uhr sein; die Hähne hatten gekräht und das nur spärlich durch die Fensterläden durchschimmernde Licht des frühen Tages war für die im Wald Aufgewachsene eine genauere Zeitangabe als es eine Uhr vermocht hätte. Als sie mit sich selber fertig war, hob sie das Kleine aus dem Bettchen, gab ihm die Brust, wusch es, machte es reisefertig und band es sich auf den Rücken.

Nachdem sie lautlos ein paar Schränke durchsucht hatte, verschwand sie im ersten fahlen Tageslicht aus der Missionsstation, als ob sie nie hier gewesen wäre. Auf der letzten Stufe der breiten Holztreppe blieb sie für einen kurzen Moment stehen, flüsterte ein paar Worte und hob eine offene Hand zum Haus, als ob sie zum Abschied winken würde.

Als Benedetta die vermeintlich Erschöpfte zum Frühstück auffordern wollte, war das Gästezimmer leer.

Am Tag danach würde das Missionshaus vollständig niederbrennen. Man würde verkohlte Menschenknochen finden, die man Damiano zuschreiben würde, weil er nicht mehr aufzufinden gewesen wäre, und Benedetta würde auch keine Auskunft über seinen Verbleib vor dem Brand gegeben haben. An einen Besuch kurz vor dem Brand würde sie sich nicht erinnern können. Nie mehr wird eine Missionsstation an diesem Ort betrieben werden.

Aimée wollte ihre Reise in den Norden nun im Taxi-Brousse fortsetzen, um schneller voran zu kommen. Sie war in der Hauptstadt, fern von jeder Gefahr, vom Klan entdeckt und zurück geschleppt zu werden. Und sie hatte das in der Missionsstation gestohlene Geld, das niemand mehr vermissen würde.

*

Noch in den feucht-kalten Stunden der über die westlichen Berge flüchtenden Nacht stand sie an der noch geschlossenen Billet-Bude der Transport-Kooperative an, deren Busch-Taxis in den Norden fuhren. Sie hatte Glück, denn sie war mit ihrem auf den Rücken gebundenen Säugling, nebst einem weißen Paar, das sich riesige Rucksäcke angeschnallt hatte, die erste Reisende, die darauf wartete, dass sich die über die ganze Breite der Bretterbude reichende Klappe öffnete. Sie war seit ungezählten Tagen auf Umwegen vom Südosten in die Hauptstadt unterwegs gewesen, den Träumen folgend, auf schnellstem Weg nordwärts. Mit Geld, das sie als Entgelt für den Raub ihrer Würde hatte mitlaufen lassen, und das sie nun ohne Skrupel in ihre fortgesetzte Flucht investierte. Im Morgengrauen wurde die Schlange vor dem Kabäuschen der Kooperative immer länger und länger, es stand außer Frage, dass die vierzehn Plätze im Mazda-Bus niemals ausreichen würden, um die ausnahmslos mit viel Gepäck befrachteten Reisenden aufnehmen zu können. Es würde eng werden - das sowieso - aber es würde der Ellbogen bedürfen, um sich für einen Platz durchsetzen zu können. Ob man nun zuerst angestanden war oder als Letzter. Aber die junge Frau mit dem Kind auf dem Rücken; das Mädchen fast, das ein Kind auf dem Rücken trug, ließ sich nicht beirren. Als würde sie von einer undurchdringlichen Aura geschützt, stand sie da und wartete. Und keiner der großmäuligen Mitkonkurrenten um einen Platz im Mazda wagte auch nur einen Fuß vor die kleine Frau zu setzen. Da war jemand, der stärker war als jede Muskelkraft und auch als jeder Bakschisch. Da war ein Mensch, der sich von nichts und niemandem vom Kurs abhalten lassen würde. Nicht einmal die beiden Vazahas, die eine zeitlang mit ihr vor dem Bretterverschlag ausgeharrt hatten und denen nach einem ungeschriebenen Gesetz die besten Plätze zustanden, versuchten ihre Euros, die neue Schattenwährung, in Stellung zu bringen, als der Ticket-Verkäufer endlich die Klappe öffnete. Sie verkörperte eine Kraft, der niemand zu widerstehen wagte. Sie sagte kein Wort zuviel, drohte nicht, war leise, wie man es hier zu sein pflegt; sie trat einfach an die offene Klappe und sprach mit einer Stimme, die von weit her kommen musste, und die in ihrer Tiefe und Klarheit einer reifen, sich ihrer Autorität bewussten Frau, einer Königin gehören musste. Keiner begriff, was passierte, aber alle verstanden. - Geben Sie mir bitte den Platz für mich und für mein Kind hinter dem Chauffeur. Bis nach ... bis am Zielort. - - Alles klar, Madame. - sagte der Ticketverkäufer. Sie bezahlte und bekam das Ticket.

Die beiden Rucksäcke standen da und staunten, weil diese unwiderstehliche, kleine Frau, wohl fast ein Kind noch, nicht darauf bestanden hatte, die Plätze neben dem Chauffeur für sich zu kaufen. Sie konnten nicht wissen, dass die beiden Plätze neben dem Fahrer zwar die beste Sicht auf die Strasse und die Landschaft böten, aber auch die Plätze mit der besten Aussicht auf einen frühen Tod waren. Man nannte diese beiden Plätze, les places des morts. Es stand noch in keinem Reiseführer.

*

Die Fahrt im vollbesetzten Kleinbus dauerte vierundzwanzig Stunden für eine Strecke von eintausend Kilometern. Bereits drei Stunden nach dem Start flehten die bleichen Touristen um einen Halt - zum Kotzen. Die Serpentinen über die Pässe des Hochlandes waren trotz gesenkten Seitenfenstern zuviel für sensible Mägen.

Man startete am Nachmittag und fuhr bald in die Nacht hinein, was einerseits den Vorteil zeitigte, dass nachts die Temperaturen im küstennahen Tiefland sanken, aber andererseits die Gefahren auf unbeleuchteten Straßen die von unbeleuchteten Fahrzeuge befahren wurden, beträchtlich ansteigen ließ. Ging alles gut, würde man - erschöpft, verschwitzt, am Rande des Verdurstens und ausgehungert - am Abend des zweiten Reisetages am Zielort ankommen.

Im hinteren Teil, wo sich zwölf weitere, ausschließlich einheimische Passagiere drängten, wurde derweil geschlafen, geraucht, gefurzt, einige erzählten Geschichten. Einer prahlte von seinen guten Geschäften in der Hauptstadt, aber als ihn ein anderer aus einer hinteren Sitzreihe vernehmlich fragte, weshalb er sich denn diese Reise im Taxi-Brousse antäte und nicht im Flugzeug reise, wenn er doch so gute Geschäfte mache, murmelte der Prahler kleinlaut etwas von ausgebuchten Flügen. Man reise, weil man musste, nicht zum Vergnügen. Angehalten wurde für die Notdurft der Chauffeure und auf Drängen der Passagiere und zweimal zum Auftanken. Alle sechs Stunden, vorausgesetzt, man blieb nicht wegen Pannen irgendwo in der Savanne liegen, wurde an Garküchen gehalten, um Poulet-Sauce, Romazava oder Soupe Chinoise und Reis zu futtern. Gefahren wurde bei stets geöffneten Fenstern, der Gestank im Fahrgastraum wäre sonst schon nach kurzer Zeit nicht mehr auszuhalten gewesen, wobei die Frage offen blieb, ob die unangenehmen Gerüche mangelnder Hygiene oder vielmehr den auf den Trottoirs für ein paar Cents angebotenen Chanel 5 - garantiert echt - zuzuschreiben waren.

Aimée entstieg mit ihrem Kind dem kleinen Bus kurz nach der letzten Rast, wenn normalerweise das letzte Viertel des Parcours in Angriff genommen wird. Es war an einer Kreuzung, wo eine ungeteerte Straße, eher ein Piste, von der Nationalstraße abbog. Es war Mittag, die nächsten fünf Stunden würde sie zu Fuß unterwegs sein, denn, wo sie hin wollte, gab es keine Transportmöglichkeiten mehr, es sei denn, man durfte sich auf einen Ochsenkarren setzen, um zwar nicht schneller als zu Fuß, aber doch weniger ermüdend vorwärts zu kommen.

24

Die Reisegruppe unter der Führung Etiennes hatte ein reich befrachtetes Programm abzuspulen. Nach den Regenwäldern des Südostens, die sie in der Dschungelbahn durchfuhren, ging es quer über die Insel in den Westen, um sich von den gigantischen Baobabs beeindrucken zu lassen und um die dortigen Trockenwälder in der blütenreichen Vor-Regenzeit zu besichtigen. Man reise weiter, nun wieder auf dem zentralen Hochland, Richtung Hauptstadt, um von dort die lange Reise in den Norden anzutreten, wo man zum Abschluss am Meer ein paar Ruhetage verbringen wollte.

Das halbe Dutzend gut zahlender, meist älterer dafür reiseerfahrener Gäste ließ sich von den Landschaften und von den meist fröhlichen und einfachen Menschen begeistern. Etienne hatte den Job als Reiseleiter eigentlich als Notlösung angenommen, weil die Ethnologie in einer Zeit der Gier, der überbordenden Gewinne für die einen auf Kosten der ebenso überbordenden Armut der anderen, zu einer brotlosen Kunst geworden war. Universitäten hatten jetzt Wirtschaftsfachleute zu produzieren, als künftige Chefs von Banken und Investmentfirmen. Das Projekt einer vergleichenden Begleitforschung zum gesellschaftlichen Wandel im Osten und Westen als Folge des Mauerfalles war ohne Finanzierung geblieben.

Im Laufe der Reise fand er zur Begeisterung für die Entdeckungen in seinem Heimatland und entfachte sein persönliches Feuer auch in den Köpfen und Herzen seiner Kunden, obwohl er den Umstand seines Noviziats diskret verschwieg. Vielleicht war gerade die Tatsache, dass es eigentlich auch für Etienne die erste Reise quer durchs Land war, die bei seinen Mitreisenden die Neugier weckte und immer wieder für überraschende Begegnungen sorgte. Und dieses Land war ein Wechselbad der Gefühle, das zur eiskalten Dusche wird, besonders, wenn man sich der Hauptstadt nähert, nachdem die Tage vorher in einzigartigen Landschaften, in friedvollen Dörfern in Wäldern und Savannen und unter einer armen, aber warmherzigen Bevölkerung verbracht worden waren.

*

Die Strasse windet sich in engen Serpentinen und kühnen Rampen hinauf zum Hochland. Die angenehme Wärme der küstennahen Landschaft weicht einer feuchten Frische. Die Strassen sind gefährlich, weil auf der kurvenreichen Strecke nicht nur die Übersicht fehlt, sondern bei den meisten Verkehrsteilnehmern auch die Vorsicht. Schwere Unfälle gibt es immer wieder, besonders, wenn die notorisch übermüdeten Taxi-Brousse-Fahrer gelegentlich einschlafen.

Die ereignislose Hügellandschaft rund um die Hauptstadt erstaunt die Reisenden, die sich fragen, wo hier einmal Wälder gestanden haben sollen, die das Land einst zur „Grünen Insel" geadelt hatten. Wo Wasserläufe zwischen den Hügeln hinunterrauschen, sind kunstvoll angelegte Reisterrassen zu erkennen, deutlich die fast gelben Beete der Ansaht. Die asiatisch geprägte Kultur tritt zu tage, in den Gesichtern und in der Hautfarbe der immer zahlreicher der Strasse entlang eilenden, und schließlich zu unübersehbaren Massen verdichtenden Menschen deutliche Spuren hinterlassend. Ernste Gesichter, frühmorgens eingehüllt in Tücher, bedeckt mit Hüten und wollenen Mützen, eine durch Mark und Bein strömende Kälte kaum wirksam abwehrend. Im Laufe des Tages gegrillt von der Hitze. Hie und da ein Mangobaum, ein seltener Akzent in einer immergleichen, baumlosen Landschaft. Die Architektur geprägt von den zweistöckigen, roterdigen, Stroh gedeckten Häusern, in denen das Erdgeschoss als Stall fürs rare Vieh und das Obergeschoss für die Menschen dient. Eukalyptus-Plantagen säumen die nun durchgehend gute Strasse. Brennstoff als Vorbote der nahenden Hauptstadt.

Die Hochebene der Hauptstadtregion kündigt sich mit ausgedehnten Reisfeldern an. Nahrung für die Hauptstadt. Noch sind es fünfzig Kilometer bis in die Stadt, noch eine gute Stunde Fahrt. Aber die Tentakel des monströsen Kraken reichen weit hinaus, um alles rettungslos in seinen Schlund zu reißen.

Die letzten Vororte sind vorbeigehuscht, der beißende Atem der Stadt empfängt den Reisenden. Schlucken wird zu einem Aneinanderreiben von Glaspapier ähnelnden Würgen, die Nase läuft und die Augen brennen. Husten, Schleim und Tränen, der Tribut an eine Stadt des Elends, der Armut und der Gewalt. Die beiden von der langen Reise von Schlamm und Staub bedeckten Fahrzeugen der Reisegruppe reihen sich ein in den

Stau glänzender Offroad-Limousinen der Spitzenklasse mit ihren abgedunkelten Scheiben hinter denen ephemere Minister oder Hofschranzen des Präsidentenpalastes sitzen und sich vor der vorbei ruckelnden Wirklichkeit unsichtbar machen. Tausende und Abertausende ziehen zu Fuß in die Stadt, gekrümmt von Lasten ebenso wie von der Angst vor einem Leben, das so ist und nicht anders. Viele in Lumpen, im Grunde wandelnde Lumpenhaufen, kein Lachen. Das strahlende Lächeln einer unbekannten Schönheit in einem Dorf im Wald liegt Tage zurück. Kein Schmuck, keine Farben, keine Wärme. Nach tausend Kilometern ist man endlich auf tausendvierhundert Metern über Meer angelangt. Die Auffahrt zu Hölle ist geschafft.

In anderen Offroadern der edlen Sorte sitzen die ehemaligen ephemeren Minister und ehemaligen Hofschranzen, deren Dienstwagen ohne vor Scham Rost anzusetzen zu deren Privatfahrzeugen mutierten. Und in der dritten Gruppe lassen sich die Damen und Herren Führungskräfte der Nicht-Regierungs- und UNO- und Geldgeber-Organisationen zu ihrem schweren Tageswerk aus ebenso end- wie fruchtlosen Sitzungen und zu Cocktails mit den ephemeren und ehemaligen ephemeren Ministern und den Hofschranzen chauffieren. Abgestumpft betrachten sie ebenso gedanken- wie gnadenlos das Geschehen in den Strassen der Hauptstadt, wenn sie aus ihren an der Peripherie gelegenen Villenquartieren in den innersten Kreis der Hölle gefahren werden.

Dorthin marschieren jeden Morgen unvorstellbare Menschenmassen. Auch sie kommen von außen, aber aus dem Elendsgürtel. Die meisten tragen jeden Tag Lasten auf Köpfen, Schultern und Rücken, die sie auf immer in die Knie zwängen, selbst wenn sie ohne Lasten gehen könnten. Sie zwängen sich zwischen den Fahrzeugen und den anarchisch auf jedem Zentimeter Trottoir ausgebreiteten Waren der ambulanten Marktfahrer. Die Lastenträger übersehen die dargebotenen Einzelteile von Transistorradios, Fernsehern oder die nur einen einzigen Gebrauch vom Schrott entfernten chinesischen Billigprodukte, die den Trottoirhändlern von den Indern, den Besitzern regulärer Eisenwarenläden, gegen mickrige Provision zum Verkauf überlassen wurden. Auch hinter den abgedunkelten Fahrzeugscheiben hat man keinen Blick für die kleinen Pyramiden, den Toko, zu drei, vier oder fünf Stück aufgeschichteten Karotten, Tomaten, Kartoffeln oder Orangen, manchmal Seifen oder für die in anrüchigem Öl frittierten Teigstücke, die man Mofo nennt, das Brot. Der Kampf ums Überleben erzeugt bei allen dasselbe: Gleichgültigkeit.

Jeden Tag stoßen über zweihundert neue Menschen zu der bereits unkontrollierbaren, unregierbaren und unwürdig hausenden Masse, um endgültig hier zu bleiben. Dort, wo sie herkommen, wächst nicht einmal mehr die Illusion, überleben zu können. Sie kommen aus dem verdorrten Süden oder aus dem südlichen Hochland, wo auf den durch vielfache Erbteilung nur noch Handtuch schmalen Reisfeldern keine Familie mehr ernährt werden kann. Wo man jeden Sonntag mindestens fünf Stunden in der Kirche sitzt und der Pastor salbungsvoll erklärt, dass der wahre Reichtum der Menschen, die Kinder seien. Leider fehlt dann immer just die Zeit, um zu erklären, wie man diese Kinder auch ernähren soll. Zweihundert Neuankömmlinge pro Tag. Nicht viel, denkt man, bei einer Zweimillionenstadt oder vielleicht sind es auch schon Zweieinhalbmillionen, keiner kennt die wirkliche Zahl. Aber jeden Tag zweihundert mehr sind über siebzigtausend im Jahr.

Sie werden kaum in den Glaspalästen wohnen, an denen die dunklen Offroad-Limousinen gerade vorbei schleichen, auch nicht in jenen, die unweit davon gerade im Wettbewerb unter Millionären – wer hat den höchsten - hochgezogen werden und die dann jahrelang leer stehen. Hier dürfen die Reichen ihr durch Diebstahl, Korruption, Vetternwirtschaft und durch jede Art von Betrug erworbenes Geld in einer an Perversität nicht zu überbietenden Geldorgie verschleudern. Die Schwester der Banalität der Armut ist die Pornographie des Reichtums. Steuerfrei, straffrei. Noch sind Haiti und Afghanistan führend auf der Liste der Armenhäuser der Welt platziert, aber man ist auf guten Wegen, bald den Spitzenplatz einzunehmen.

Man ruckelt vorwärts Richtung Stadtzentrum. Frauen gehen schmucklos durch die Strassen. Zu gefährlich wäre es, sich mit sichtbaren Werten zu zeigen. Ein Ohrläppchen ist schnell abgerissen, eine Halskette, Armreife oder Uhren können gar Schlimmeres bewirken. Verhärmt herumzulaufen kann das Leben retten. Schmucklos gehen die Frauen durch die Strassen einer verhärmten Stadt.

Kinder tragen Kinder herum. In farblos gewordenen, fadenscheinigen Lumpen stellen sie Geschwister dar. Aber die Rollen sind einstudiert und die jeweils kleinen Kinder auf den Rücken der wenig Größeren sind gemietet. Es gibt genug davon. Drei, vier Jahre später wird das nunmehr größer gewordene Kind seinerseits ein kleineres auf den Rücken binden und herzzerreißend den im Schritttempo dahin Schleichenden die Hände entgegenstrecken. - Manger, Partager. Msieu. -

Unweit des ehemaligen Bahnhofs, der jetzt ein Treffpunkt für die nobleren Leute aus dem Dunstkreis der Machtträger und ihren Zuträgern aus der internationalen Gemeinschaft geworden ist, brennen Autoreifen. Darum herum eine johlende Menge, die Gesichter in triumphierenden Grimassen, ein Tanz um einen brennenden Turm aufgeschichteter Autoreifen, ein Veitstanz. Aus den brennenden Reifen recken sich Hände und hätten die klimatisierten Fahrzeuge heruntergelassene Scheiben, würden die Insassen die entsetzlichen Schreie eines Verbrennenden hören, die das Gejohle der von Hass und Rache trunkenen Meute übertönen. Das Ende eines ertappten Diebes. Die Polizei schaut zu und wartet auf die Feuerwehr. Man will sich nicht die Finger verbrennen und der Tag ist noch lang.

Etwas weiter quält man sich am neu erbauten Hotel de Ville, dem Sitz des Bürgermeisters, vorbei. Fünf Jahrzehnte lang war hier eine Brandruine, die vom Ende einer Zeit kündete, als es dem Land noch gut ging, wenn auch unter kolonialer Fuchtel - und am Beginn eines fünfzigjährigen Abstiegs zur Hölle. Die einstige Prachtstraße, die Avenue de l'Indépendance, ist ein einziges Chaos. Wo keine Autos stehen – denn fahren kann niemand mehr -, gehen Bettler, fliegende Händler, Taschendiebe, Hehler und abzockende Polizisten ihren Geschäften nach. Die Ladengeschäfte unter den Arkaden sind kaum mehr als solche zu erkennen, die den Schaufenstern vorgehängten Gitter sind so dicht und massiv, dass die Waren nicht mehr sichtbar sind. Am Eingang stehen Bewaffnete. Überfälle mit Waffengewalt gehören zur Tagesordnung.

Die Limousinen mit Fahrziel Regierungsviertel sind fast am Ziel. Noch ist das letzte Hindernis zu bewältigen, der Aufstieg zur Oberstadt. Es ächzen die öffentlichen Kleinbusse, schwarze Dieselwolken ausstoßend, es schleifen die Kupplungen, Keilriemen kreischen und der Geruch verbrannten Gummis vermischt sich mit dem Smog aus abertausenden von Auspuffgasen, Holz- und Holzkohleöfen und mit dem übel riechenden Frittieröl der am Straßenrand klebenden Garküchen. Daneben Abfallmulden, breit umsäumt von durchwühlten Abfällen aus Nahrungsresten, Plastikteilen und Marktabfällen, darauf die Abfallmenschen in Konkurrenz mit Hunden, Katzen und Ratten, um das Letzte des Letzten rangelnd und unberührt von den Abscheu demonstrierenden Blicken der Passanten. Nach mehr als einer Stunde Fahrzeit und etwa zehn Kilometern sind die meisten an ihrem Ziel, dem klimatisierten Büro in einem Ministerium, einer Regionaldirektion, einer UN-Agentur oder einem der wenigen privaten Arbeitsplätze angelangt. Dem innersten Kreis der Hölle, des dem Auge des Zyklons verwandten ruhigen, friedvollen Ortes im Zentrum.

*

Etiennes Gruppe macht nur für eine Nacht Halt in der unerträglichen Stadt. Und keiner seiner Gäste würde auch nur einen Tag länger bleiben wollen. Zur großen Erleichterung aller, geht es schon frühmorgens Richtung Norden los. In einem Nationalpark an der Nordwestküste werden zwei Nächte an einem Waldsee eingeschaltet, um sich an den Sensationen des laubfallenden Tropenwaldes, aber auch an den im See lebenden, riesigen Nil-Krokodilen erschauernd zu erfreuen. In aller Herrgottsfrüh geht es nach der zweiten Nacht weiter. Eine gut zehnstündige Reise steht auf dem Programm.

Hie und da, vor und nach größeren Ortschaften, eine Kontrolle der Armee, um angeblich die Sicherheit auf der Strasse zu gewährleisten, in Wahrheit interssiert die Sicherheit der Fremden kaum, es geht um eine Angelegenheit in eigener Sache. Einkassieren. Räuberei im Kampfanzug des Staates. Man durchquert die fruchtbaren Ebenen, wo in den Gemüsebeeten und Reisfeldern oder in Baumwoll- und Tabakpflanzungen gearbeitet wird. Die Felder dehnen sich links und rechts des Straßendammes aus und werden während der Regenzeit durch die reiche Sedimentfracht aus dem höher gelegenen Hinterland jedes Jahr natürlich gedüngt.

Weiter geht es durch das scheinbar menschenleere Land. Tausende von Bismarck-Palmen setzen mit ihren an Helmbüschen erinnernden Kronen bizarre Akzente in einer jetzt silbrig glitzernden Graslandschaft.

Eine Landschaft, die jedes Jahr in Flammen steht, wenn die Bauern das ausgedorrte Gras abbrennen, um in Erwartung des Regens die Jungpflanzen schneller wachsen zu lassen. Dann werden nur noch die den Flammen Widerstand leistenden Bismarck-Palmen aus dem schwarzen Aschenmeer emporragen. Traditionelle Vernichtung der Natur im Dienste der Viehzucht.

Durch die Ausläufer eines Gebirgsmassivs, das sich wie ein Riegel in der Ost-West-Achse von einer Küste zur anderen zieht, nähern sich die beiden Fahrzeuge neuen Waldgebieten. Grün ist der in unzähligen Schattierungen variierte Grundton. Ein ganzjährig feuchtheißes Klima bringt drei Meter Regen. Wie im Regenwald der Ostküste, der Heimatregion Etiennes. Am Straßenrand ziehen die Früchte des Waldes vorbei, ein kilometerlanger Früchtemarkt. Bananen, kurz und dick oder dünn, lang und gelb oder grün. Als Futter für den Reisenden oder als Ingredienz einer lokalen Spezialität. Die Bananenrepublik am Straßenrand. Die gigantischen Jakobs-Früchte, deren Fruchtfleisch von den Kindern heiß geliebt wird, weil es furchtbar süß schmeckt und noch furchtbarer stinkt, wenn es irrtümlich im Auto transportiert wird. Kokos-Nüsse im Erfrischungsangebot mit Trinkhalm und schlagfertigem Verkäufer, der die grüne, leer getrunkene Frucht durch einen gezielten Machetenschlag entzwei und das noch schlabberige weiße Fruchtfleisch freigibt, das mit einem von der Frucht abgeschlagenen Löffelstück aus der Schale ausgekratzt wird. Die Gon-Gon, die Coeur de Boeuf, die Corossol, die Ananas in verschiedensten Größen, der Pfeffer, der in Lianen in den wegsäumenden Kakao- und Kaffee-Pflanzungen an den Schatten-Bäumen emporwächst und in grüner, schwarzer oder weißer Form zusammen mit Ingwer, Zimt, Gelbwurz und Koriander und Sternanis und Tamarinden und Nelken dem Reisenden angeboten wird. Vanille, die in den Bergen angepflanzt und in veredelter Form den Weg ins Reisegepäck findet, das nachher auf Dauer vom Parfum des edlen Gewürzes imprägniert ist. Ylang-Ylang-Blüten, Grundlage des Traumstoffes der Parfumindustrie, hangen in den mannshoch dressierten, in akkuraten Reihen stehenden Bäumen auf vorbeiziehenden Feldern. Die Ausführungen Etiennes werden durch ein nicht enden wollendes Ah und Oh quittiert. Es wird fotografiert, gekostet und viel gelacht, auch wenn die Reise für die Herrschaften im reifen Alter doch ziemlich ermüdend ist. Doch ein Ende ist in Sicht, denn der Bezirkshauptort ist erreicht und bis zum Ziel rechnen die Fahrer noch eine knappe Stunde.

Als sie von der Bombentrichtern gleichen Löcher übersäten Nationalstraße links auf die Halbinsel abbiegen, steht die Sonne tief im Westen, bald würde sie den Himmel in ein faszinierendes Farbspektakel tauchen, den letzten Widerstand des Tages gegen die unbesiegbare Nacht mobilisierend. Noch ist der Himmel blau, aber am westlichen Horizont steigt eine hellere Schicht auf, die zunächst in ein bleiches, dann in ein sattes und endlich in orange-rötliches Gelb übergeht, das den Himmel von Westen her überzieht, als hätte jemand eine Decke hochgezogen. Im Osten mutiert derweil das Blau zu Königsblau und als die ersten Sterne sichtbar werden, verabschiedet sich der Tag im Westen mit einem Feuerwerk in violetten und malvenfarbigen Wolkengebilden, die manchmal, in den letzten Sonnenstrahlen, als helle Flammen aufzulodern scheinen.

Die Nacht trägt ihren täglichen Sieg davon. Es bleiben noch ein paar wenige Kilometer auf holpriger Piste bis zu den Bungalows des eben erst eröffneten Hotels „La Crique", das nicht nur für die Kundschaft eine Entdeckung werden soll.

25

Eleonore ruft Anna, ihre Freundin und treue Helferin in Haus und Küche, herbei. Sie möge einen Krug gekühlten Tamarindensaftes, den bittersüßen Saft ihrer Kindheitstage, und zwei Gläser auftragen. Und sie möchte doch eines der Gästezimmer herrichten; jenes, das dem Schatten des vor Jahren gepflanzten, zum Riesen empor gewachsenen, zum alljährlichen Paradies der Angestellten-Kinder gewordenen Mangobaumes zugewandt sei. Und es sei wohl auch ein Kinderbett herzurichten. Eleonore trifft diese Anordnungen ohne ein einziges Wort. Ein auf die Allee von hohen Kokospalmen hingedeutetes schwaches Anheben und Senken des Kinns der Patronne beantwortet alle ungestellten Fragen. Anna, die nun neben ihr steht, verschwindet wortlos in der kühlen Halle des herrschaftlichen Hauses. Sie weiß längst auch ohne Worte, was ihre Patronne und Freundin meint.

Eleonore bleibt auf ihrem Sessel sitzen und betrachtet die junge Frau, wie sie, noch am Ende der Allee stehend, zögernd und schließlich, als gäbe sie sich einen inneren Ruck, entschlossen auf das Haus zukommt.

*

Die junge Mutter steht vor der Veranda. Sichtbar erschöpft, weiß außer der gegenüber älteren Menschen üblichen Begrüßungs- und Verehrungsformel nichts zu sagen. Doch die alte Frau, gewandet in einen gelbblauen Wickelrock, die Haare gezöpfelt und in zwei Knoten gebunden, luftig umschwingt von einer Lambda in den Farben ihres Wickelrockes, erhebt sich nun von ihrem Korbsessel, winkt sie sanft und gütig lächelnd in einer Geste zu sich, heißt sie in den Schatten zu kommen, abzulegen, das Kind vom Rücken zu lösen, es sich auf einem Stuhl bequem zu machen. Zu trinken, dem Säugling zu trinken zu geben. Ohne ein einziges Wort.

- Ich heiße Aimée. - sagt die Junge leise, schüchtern. - Und das ist meine Tochter. - und weist auf den Säugling hin, der nun in ihren Armen schläft. - Sie hat noch keinen Namen. -

- Und ich bin Eleonore. - Eine einladende Bewegung und schließt die neben sie getretene Freundin in den Arm. - Und das ist Anna, Liebes. Tante Anna. Wir haben dich seit langem erwartet. Willkommen zu Hause. -

Aimée will fragen, kommt aber nicht dazu.

Motorenlärm unterbricht die Stille und das eben erst begonnene Gespräch. Am Ende der Allee fahren, eine Staubwolke hinter sich her ziehend, zwei Geländefahrzeuge durch das große Tor. Sie steuern auf das Haus zu, wo sie vor der Hauptterrasse halten und ein halbes Dutzend Weiße und einen Mischling vor die Treppe leeren.

- Verzeihung, Madame, ist hier das Hotel La Crique? - erkundigt sich der Mischling, der ganz offensichtlich die Gruppe führt.

- Nicht ganz, Monsieur, das Hotel befindet sich am Strand, gleich dahinten, die Straße runter. Wir haben Sie erwartet. - antwortet Anna, die oben auf der Terrasse im Schatten steht. Neben ihr in einem Korbsessel eine junge Frau, ein Neugeborenes an der prallen Brust; ein wenig im Hintergrund steht eine Frau in einem farbigen Wickelrock, das Gesicht beschattet von einer Lambda. Und diese Frau richtet jetzt das Wort an die Gruppe.

- Und ich möchte Sie ganz herzlich Willkommen heißen. Ich bin die Besitzerin. Eleonore. - Sie tritt einen Schritt vor, lässt das Kopftuch auf die Schultern gleiten. Und breitet freudestrahlend ihre Arme aus. -

- Bienvenue Etienne! -

Epilog

Die sichelförmige Bucht wird auf ihrer linken Seite durch mannshohe, von der Brandung tausender Jahre zu kolossalen Kieseln geschliffenen runden Felsbrocken begrenzt. Auf der rechten Seite ragt eine über die Jahre von ihren Besitzern noch fast unberührt belassene Halbinsel in den Kanal vom Mosambik hinaus. Sie ist auch heute noch bis fast zum Wasser hinunter von Urwald bewachsen.

Die Natur hat die Halbinsel auf ihrer Längsachse exakt nach dem Verlauf der Sonne ausgerichtet. Am Morgen fallen die ersten Strahlen aus dem Nordosten in den Wald ein, bringen die Tautropfen an den Blättern zum Glitzern und der Duft der vor Jahren am landeinwärts auslaufenden Waldrand unter einzelnen Waldriesen gepflanzten, blühenden Kaffeestauden betört die Sinne. Am späten Nachmittag senkt sich genau vor der Landzunge die gelb-orange-rote Sonne in den Ozean und taucht den Himmel, das Meer und die nicht fernen Inseln in eine Magie wechselnder Farben bis die Nacht vom Nordosten her sich wie ein blaues Tuch über der Halbinsel ausbreitet, um rasch als sternenübersäter Vorhang im Südwesten im Meer zu versinken.

Das ist die Zeit, wenn zwei alte Frauen sich vor einem eigenartigen Gebäude, das die eine einst an der Spitze der Halbinsel erbauen ließ, auf der steinern Bank vor dem vergitterten Portikus niederlassen und aufs Meer hinausblicken. Die eine der Frauen ergreift wortlos die Hand der Freundin, drückt sie leicht und gibt ihr so das Zeichen, zurück zu kehren, vorbei am seltsamen Gebäude, das bald ihr endgültiges Zuhause sein wird. Wo sie dereinst für immer, die geschlossenen Augen der untergehenden Sonne zugewandt, neben Etienne und Jean den Frieden finden werden.

Aber vorerst werden sie noch in ihr vierflügeliges Haus zurück kehren, sich an den langen und breiten Tisch auf der Veranda setzen, wo Kinder lärmen und Aimée das Szepter führt.

Anmerkung des Autors

Die Figuren dieses Romans und ihr Handeln, sind frei erfunden. Wo sich reale Ereignisse abspielen, sind diese Abschnitte durch Jahreszahlen angezeigt.

Sollten sich darüber hinaus Ereignisse und Personen in der Wirklichkeit finden, die der Fiktion dieses Romans ähnlich sind, hat sich die Wirklichkeit von der Fiktion verführen lassen.

Olten im Juli 2017

SF

Anhang

Le Déserteur

Monsieur le Président
Je vous fais une lettre
Que vous lirez peut-être
Si vous avez le temps

Je viens de recevoir
Mes papiers militaires
Pour partir à la guerre
Avant mercredi soir

Monsieur le Président
Je ne veux pas la faire
Je ne suis pas sur terre
Pour tuer des pauvres gens

C'est pas pour vous fâcher
Il faut que je vous dise
Ma décision est prise
Je m'en vais déserter

Depuis que je suis né
J'ai vu mourir mon père
J'ai vu partir mes frères
Et pleurer mes enfants

Ma mère a tant souffert
Elle est dedans sa tombe
Et se moque des bombes
Et se moque des vers

Quand j'étais prisonnier

On m'a volé ma femme
On m'a volé mon âme
Et tout mon cher passé

Demain de bon matin
Je fermerai ma porte
Au nez des années mortes
J'irai sur les chemins

Je mendierai ma vie
Sur les routes de France
De Bretagne en Provence
Et je dirai aux gens:

Refusez d'obéir
Refusez de la faire
N'allez pas à la guerre
Refusez de partir

S'il faut donner son sang
Allez donner le vôtre
Vous êtes bon apôtre
Monsieur le Président

Si vous me poursuivez
Prévenez vos gendarmes
Que je n'aurai pas d'armes
Et qu'ils pourront tirer

Boris Vian, Februar 1954

Von der französischen Zensur verbotener Schluss-Vers

Si vous me poursuivez
Prévenez vos gendarmes
Que j'emporte des armes
Et que je sais tirer

Stefan Frey

(*1952). Ausgebildet als Kaufmann und Journalist, ist der Autor seit den frühen Siebziger Jahren publizistisch tätig und engagiert sich aktiv in Projekten für Kultur, Umwelt und Entwicklung. Zusammen mit dem Fotografen Christian Gerber Reportage-Reise nach Kuba. Zehn Jahre im Dienste einer global tätigen Natur- und Umweltschutzorganisation, danach unabhängiger Berater in Kommunikationsprojekten. 1987 erste Reise nach Madagaskar, seither in vielen Projekten auf der Grossen Insel im Einsatz. Seit 2003 entwickelte und realisierte er dank Spenden aus der Schweiz Projekte für die Elektrifizierung von Dörfern im Norden der Insel.

Verschiedene Veröffentlichungen in Zeitungen und in der Sammlung «Spiegelungen der Macht», 2010, Knapp-Verlag, Olten. Im Februar 2013 erschienen "Blätter aus dem Tropenwald", Kurzgeschichten aus Madagaskar; Knapp-Verlag, Olten. 2017 der Roman „Der Abgang – Bericht aus einer nahen Zeit".

Unveröffentlichte Kriminalromane. Der Autor lebt heute in Olten (Schweiz) und in Diego-Suarez (Madagaskar).

Zeitfracht Medien GmbH
Ferdinand-Jühlke-Straße 7
99095 Erfurt, Deutschland
produktsicherheit@kolibri360.de